U0045964

戲非戲256

第三部

(一)

杯中起漣漪

烽火戲諸侯　作

高寶書版集團

道門真人飛天入地，千里取人首級；佛家菩薩低眉怒目，抬手可撼崑崙。
誰又言書生無意氣，一怒敢叫天子露戚容。
踏江踏湖踏歌，我有一劍仙人跪；提刀提劍提酒，三十萬鐵騎征天。

◆目錄◆

第一章　翰林院群英薈萃　長庚城主臣密會

離陽新帝登基後，重視文治，尤重翰林，對後者的厚愛簡直到了無以復加的地步。首先將趙家甕那邊的衙址內遷至武英殿、保和殿之間的中線右側，然後下詔以後翰林院掌院學士與禮部共同主持科舉，欽定為本朝慣例，於是「日後非翰林不得入閣」的說法，在京城塵囂四起。

今日大辦喬遷之喜的翰林院內可謂群英薈萃，好一副琳琅滿目的盛世景象！發跡於此地的禮部侍郎晉蘭亭，在翰林院任職的祥符元年新科狀元郎李吉甫、既是探花郎更是弈壇新秀的吳從先、因功從地方上升遷入翰林院的宋家雛鳳宋恪禮、洞淵閣大學士之子嚴池集、已是離陽正三品高官的門下省左散騎常侍陳望、曾任國子監右祭酒的孫寅。

在這撥年紀最長者也不過而立之年的青年俊彥會聚一堂之前，其實有許多跟翰林院有淵源的重臣公卿都已陸續散去。例如中書省一二把手齊陽龍、趙右齡，公認老翰林出身的坦坦翁桓溫，執掌翰林院十多年新近入主吏部天官的殷茂春、有夏官稱號的兵部尚書棠溪劍仙盧白頡，或獨身而至，或連袂而來，真真正正是讓這座嶄新的翰林院蓬蓽生輝，沾足了官氣貴氣和雅味仙味。

此時在開春時分的幽靜庭院內，在一株枝頭泛起嫩黃小如棗花的青桐樹下，所有人都在欣賞一局棋，對弈之人卻都不是什麼棋待詔國手，甚至都不是在京城連敗三位國手而聲名鵲起的吳從先，而是兩個朝野上下都感到面生的人物，兩者年齡懸殊得厲害。

一張石桌四張石凳，桌上擱了一張「老味彌佳」的黃花梨棋盤，左右對峙的黑白棋盒分裝白黑棋子，石凳上放有錦繡墊，下棋兩人當然是坐著手談，但剩餘兩只凳子，坐著的人物可就是世間榮貴的頂點了——當今天子趙篆、皇后嚴東吳。

在棋局上一爭高低的對手，除了被皇帝陛下暱稱為「小書櫃」的俊秀少年，還有一個至今仍是白丁身分的離陽百姓。此人正是廣陵道祥州人氏范長後，與吳從先並稱為「先後雙九」，在以往對戰中范長後又技高一籌，故而在天下弈林也有「范十段」的美譽。同時因為范長後擅畫枯石、野梅、冬竹三物，其中以野梅最佳，傲骨高潔，如今太安城已經有范長後「一樹獨先天下春」的說法，其畫作在京城官場可謂一尺千金且有價無市。

在探花吳從先成名之前，藏在深閨人未識的范長後被天子特召入京。之所以會有這份旨意，緣於真實身分是欽天監監正的小書櫃，在皇帝授意下與吳從先一口氣下了六局棋，三慢三快，吳從先都輸得乾脆俐落，那麼號稱當今棋壇第一人的范長後就自然而然進入了皇帝的視線。

皇帝陛下親自定下的這局棋彩頭可不小，若是范長後贏了，那麼就可以直接留在翰林院擔任黃門郎。如今的翰林院已是天下讀書人當之無愧的龍閣，觀棋眾人都是離陽王朝最聰明的那一小撮人。其實心知肚明，范長後在棋盤上的輸贏並不重要，能夠入了帝眼，范十段早已贏在棋外了。

小書櫃雖然天資卓絕，但終究孩子心性，坐沒有個坐相，歪著身子，一手托腮幫，一手落子如飛，幾乎是在范長後落子時就敲子在盤。反觀衣衫素樸的范長後，在世外高人的風度一事上無形中就落了下風，但這種位於下風的劣勢，只是針對欽天監監正的古怪而言，事實上范長後靜心凝神、正襟危坐，不論從棋盒中緩緩撿取棋子的「動」，還是長考時的拈子「不動」，都極富宗師風采。

對於小書櫃棋盤內外都咄咄逼人的攻勢，范十段的應對不急不緩，兩人開局二十餘手暫時還看不出得失端倪。連同皇帝趙篆在內，能夠站在一旁觀棋的人物，不說棋力極高的吳從先，就算從未跟人有過對弈的陳望，眼力肯定都不差，甚至昔年有「北涼女學士」之稱的皇后嚴東吳也看得目不轉睛，頗為專注。

嚴池集就站在這位母儀天下的姐姐身後。那趟觀政邊陲，只有他半途而廢，跟由薊北入遼西的兵部大隊分道揚鑣，獨自返回京城。此事讓嚴池集在士林的聲望受損，不過有當朝國舅爺這張天大的護身符，至今沒有人敢跳出來說三道四。

嚴池集看著棋盤上的勾心鬥角，悄悄抬起頭望著那棵枝頭綠意報春喜的老梧桐，浮現出滿臉疲憊。如果說涼州之行讓他和孔武癡大失所望，那麼薊北之行就是讓嚴池集感到憤怒了。

薊北防線，自韓家起就是中原抵禦北莽的兵家重地，雖然離陽更重視兩遼，但能夠在薊北手握兵權的武將，無一不是由兵部精心篩選被朝廷寄予厚望的人選，可嚴池集在薊州北關看到了什麼？是未戰先退，主動收縮防線！

面對他的斥責，幾位邊防大將都含糊其詞，而在北涼道挑三揀四的高亭樹則出奇沉默起來，顯然是收到了某些京城人士的授意。嚴池集收回視線，冷冷地望向身側不遠處的晉三郎，後者也敏銳察覺到年輕國舅爺的不善眼光，只是報以一張無可挑剔的溫雅笑臉。

嚴池集與他對視，突然，嚴池集感到袖子被拉扯了一下，低下頭，看見姐姐指著棋盤一處柔聲笑道：「小監正好像下了一手妙棋，你看對不對？」

那孩子聽到皇后娘娘的誇獎，抬頭咧嘴燦爛一笑。

嚴池集輕輕嘆息，不再與侍郎大人針鋒相對，轉而觀戰棋局。

范長後的後手應對依舊不溫不火，這讓跟嚴池集一樣同是皇親國戚的陳望頓時有些刮目相看。尋常貧寒士子能夠面見天顏，孔雀開屏都來不及，如范長後這般始終舒緩有度，殊為不易。狀元李吉甫是遼東豪閥世族子弟，論詩賦，不如榜眼高亭樹，論琴棋書畫，更是遠不如吳從先，所以朝野上下大多認為他這個有些木訥的狀元郎名不副實。

事實上在晉蘭亭創辦的詩社中，也少有聽到李吉甫如何高談闊論，只是前幾日戶部尚書元虢開口跟翰林院借用李吉甫，才讓人意識到李吉甫興許不像表面那般不討喜，今日一行人中唯一能夠跟晉蘭亭比官帽子大小的陳少保就只與李吉甫聊了幾句。吳從先原本想要不露痕跡地湊上去跟左散騎常侍混個熟臉，結果很快就冷場。

相比在場諸人，今日宋恪禮的現身最出人意料。

稱霸文壇數十載的宋家兩夫子可當不得「極盡哀榮」四字，死後諡號也都只算中下，宋恪禮當時更是從清貴的翰林院下放到地方當縣尉。越發熟稔官場規矩的晉蘭亭就十分好奇，已經從高枝打落泥濘中去的宋家雛鳳，怎能重返京城，是攀附了哪條伏線？宗室勳貴暫時還沒有這份能耐，坦坦翁對宋家一向觀感糟糕，導致一干張廬舊人都不會對宋恪禮有好臉色，也沒聽說中書令齊陽龍與宋家有什麼交集。

晉蘭亭思索片刻，既然不得要領，也就懶得去計較。一個宋恪禮的起起伏伏註定無法影響大局，當年晉蘭亭的確是要對同在翰林院當黃門郎的宋家嫡長孫主動示好，恨不得親手送去幾百刀自製招牌熟宣，可如今？侍郎大人都大可以對此人視而不見了。

在公卿滿堂的小朝會上，他晉三郎只能敬陪末座，只是「鳳尾」，可在此時此地，卻是當之無愧的鳳頭。隨著翰林院在離陽朝廷水漲船高，禮部的地位也必然隨之看漲，他日後執掌禮部是板上釘釘的事情。科舉一事，屆時禮部為主翰林院為輔，那他晉蘭亭就會是祥符年間所有讀書人的共同「座師」！

晉蘭亭微笑著低頭彎腰，俯視棋局，一隻手扶在皇帝欽賜的腰間羊脂玉帶上，一手悄悄緊握。

天下文脈在我手，何愁廟堂人脈？

吳從先可能是最在意棋局勝負的那個人，他神情複雜地看了眼那個與自己對弈多次的范長後，心思苦澀。春秋遺民范長後，字月天、號佛子，在祥州時就是他心頭怎麼拔都拔不去的那根刺。不管兩人公開、私下相處時如何相談甚歡，吳從先都知道自己既鄙夷此人又羨慕此人——鄙夷范長後無視科舉，羨慕范長後猶如「有天人在側，為其謀劃」的高超棋力。

在自己連敗三大棋待詔國手前後，吳從先一次都沒有提及這個范長後，但消息靈通的京城仍是很快知曉了祥州有個范十段。皇帝陛下在召范長後入京前，跟他有過一場氣氛輕鬆的君臣問答，吳從先也只好硬著頭皮說上一句言不由衷的「臣與那范月天，勝負參半」。可惜仍是阻止不了皇帝陛下的好奇心，尤其是他接連慘敗給那個簡直就是棋仙轉世的孩子後，據晉三郎說天子幾乎是每日一催禮部，詢問那范十段何時入京。能有這份殊榮待遇，之前那位可是「吾曹不出如蒼生何」的宰相大人啊。

當范長後孑然一身入京後，吳從先當晚便去了驛館，「語重心長」為范長後講述了那名神童的棋風，「先手布局看似潦草，無心也無力，及中盤落枰，猛然變幻，恍惚如瓦礫廢墟之地，驟起一座巍峨高樓，有居高臨下獅子搏兔之勢」。當然吳從先也清楚這類虛無縹緲的說法，說了等於沒說，范長後聽了以後根本沒有用處。至於為何只說先手、中盤，而不去說收官，倒不是吳從先有意藏私，而是吳從先與那孩子下棋，就沒有多於兩百手的棋局，最重臉皮清譽的吳從先根本就不好意思多說什麼。

吳從先好不容易在京城一鳴驚人，怎會願意范長後來太安城奪了自己的風頭？巴不得范長後一敗塗地。簡單說來，當今棋壇強九國手吳從先可以輸給那名傳聞來自欽天監的天才少年，那如同世間頂尖武夫輸給陸地神仙，不損聲名，但他絕對不可以輸給范長後太多，這就像李淳罡當年輸給王仙芝，之後王仙芝輸給徐鳳年，輸了一次，就徹底輸了。

范長後下棋的「慢」，也僅是相對欽天監小書櫃的疾如閃電。一個時辰後，當范長後連續「長考」十幾手後，頭一次以迅雷不及掩耳之勢下出了勝負手，那個滿臉優哉游哉神色的孩子好像第一次看見對手，不再托著腮幫，不再左右張望，坐直了腰杆，但是不看棋局，而是直直盯住那位正在低頭伸手捲起袖口的范長後。

在場眾人連吳從先都看不出這一手的精髓，其餘一旁觀戰的看客自然更是如墜雲霧，其中晉蘭亭忍不住轉頭小聲詢問吳從先，後者也不敢妄言。

孫寅伸出雙指揉了揉耳垂後，打了個哈欠；宋恪禮瞇眼，緊緊抿起嘴唇；陳望則在細細打量那年少監正的神情變化，李吉甫則小心翼翼望向眉頭緊皺、身體前傾的皇帝陛下；心思都放在棋盤上的嚴池集彎下腰，跟姐姐嚴東吳交頭接耳。

如果加上神情自若的當局者范長後，不算皇帝趙篆、皇后嚴東吳和那位欽天監監正，那麼今日翰林院青桐樹下，有來自北涼道便多達四人——陳望、孫寅、嚴池集、晉蘭亭，江南道有吳從先、廣陵道則有范長後、兩遼道有李吉甫、京城有宋恪禮。以此看來，似乎當今天子比先帝對北涼要更具胸襟。

皇帝饒有興致地看著小書櫃破天荒對某人露出惡狠狠的表情，打圓場道：「暫且封盤，你們倆稍後再戰。小書櫃、范長後，盡力將此棋下成千古名局。若是收官更加出彩，回頭朕讓宮中丹青聖手為你們作畫留念。朕馬上要去參加一個小朝會，去晚了，可是會被坦坦翁絮叨半天的。」

身穿紫袍官服的晉蘭亭趕忙微微弓腰，為皇帝陛下和皇后娘娘讓出一條道路。

皇帝牽著皇后的手，面帶笑意離去，由嚴池集一人送行。

晉蘭亭作為禮部侍郎也要參與那滿眼盡紫的小型朝會，只是皇帝不發話，他自然不好黏在皇帝身邊，畢竟有狐假虎威之嫌。

在那三位「一家人」率先離開後，他特意拉上吳從先走出翰林院走上一段路程。原本後者就在禮部觀政，而且相比殿試名次更高卻沉默寡言的李吉甫，晉蘭亭更看好同是詩社骨幹的吳從先，對已經在兵部出人頭地的高亭樹那更是高看一眼。

◆

嚴東吳輕聲道：「為何如此器重那范長後？」

皇帝轉頭對皇后眨了眨眼睛，悄悄說道：「下棋爭勝，只是怡情小事，其實什麼九段、十段，於國何益？不過靖安王趙珣尚且有一位目盲棋士陸詡，我貴為一國之主，怎能沒有一位范十段在身邊？」

嚴東吳忍俊不禁道：「這也能嘔氣？陛下，你還是個孩子嗎？」

皇帝一臉幽怨道：「難道我在妳心中已經老了嗎？」

嚴東吳記起身後還跟著弟弟嚴池集，輕輕咳嗽一聲。

皇帝哈哈大笑，不以為意，故意緩了緩腳步，讓這位在薊北碰了一鼻子灰、憋了一肚子氣的小舅子跟上後，才輕聲安慰道：「薊北的事情，朕也不勸你什麼，只想讓你不要急。聽你姐說你不願意在兵部待下去了，想去哪裡？禮部，還是吏部？」

嚴東吳正要說話，皇帝微微加重力道握住她的手，她只好把話咽回肚子。

嚴池集顯然有些畏懼那個越來越有威嚴的姐姐，猶豫了一下才小聲道：「陛下，微臣想要來翰林院，這裡書多。」

皇帝瞪眼道：「沒外人的時候，喊姐夫！不過來翰林院，沒問題，但是先從小黃門郎做起，否則我倒是無所謂讓你做大黃門。你脾氣過於溫和了，又是什麼都不願意去爭的性子，肯定要被許多老前輩排擠冷落的。那些上了歲數的老文人，跟六部官員不太一樣，可不管你是什麼國舅。」

嚴池集「嗯」了一聲。

皇帝轉頭對嚴東吳笑意溫柔道：「你們姐弟多聊聊，我這個外人啊，就不礙眼嘍。」

等到皇帝在本朝宦官第一人的宋堂祿陪同下漸行漸遠，嚴東吳低聲問道：「為什麼沒有把我交給你的東西還給那個人。」

嚴池集臉色微白，心虛道：「我沒見著鳳哥兒啊。」

她厲聲道：「閉嘴！」

身體一顫的嚴池集小心翼翼問道：「要不然我偷偷銷毀掉？」

嚴東吳幾乎是瞬間勃然大怒，然後竭力壓抑住火氣，臉色陰晴不定，最終咬牙道：「藏好！」

嚴池集垂頭喪氣。

嚴東吳平復心情後，語氣放緩，讚賞道：「你方才沒有說要去禮部和吏部，很好。」

嚴東吳跟這個弟弟面對面站著，幫他攏了攏衣襟領口，輕輕道：「你要記住一件事，文正、文忠、文恭，此三文美謚，必出於翰林院！」

嚴池集怯生生道：「姐，我沒想那麼多，真的。」

嚴東吳彎曲雙指，在這個弟弟額頭敲了一下，有了些笑顏：「你啊，傻人有傻福。」

嚴池集欲言又止，嚴東吳顯然猜出了他心中所想，搖頭道：「宮裡頭的事情，你別管。回去吧，我有一種直覺，現在那座院子裡的那幾個年輕人，會……」

說到這裡，皇后娘娘不再說話了，抬頭望著太陽，耀眼，所以有些刺眼。

◆

嚴池集回到院子，在青桐樹下，那孩子正冷著臉問道：「你跟誰學棋？」

范長後微笑道：「自四歲起，便與古譜古人學棋。」

孩子指著棋盤上那最後一手棋：「古人可下不出這一手！」

范長後平靜道：「我輩今人不勝古人，有何顏面見後人？與古人學棋不假，但輪到自己下棋，不可坐困千古。」

孩子冷哼一聲，瞥了眼棋盤殘局：「若不是欽天監發生那場變故，我心不在焉，今天都不會給你下出什麼勝負手的機會！明天你來欽天監摘星閣！」

范長後不置可否。

老氣橫秋的孩子大步跑著離開，只有這個時候，才有點他那個年紀該有的稚氣。

自幼就在欽天監的小書櫃屁顛屁顛一路快跑，好不容易才找到那位最是心生親近的皇后娘娘。與跟人下棋時的氣勢凌人截然相反，他見著了嚴東吳是滿臉稚嫩笑容，就像一個小孩遇見了疼愛自己的姐姐。

嚴東吳揉了揉小書櫃的腦袋，憐惜道：「難為你了。欽天監遭此劇變，陛下還要你跟人下棋，回頭我幫你罵他幾句。」

在前不久那場嚴密封鎖的變故中，僅是戰死的護衛就有八百多人，大多是武藝高強的禁軍銳士不說，還有幾十位懸佩有錦鯉魚袋的高手。尤其是後者，在先前護送「某物」前往廣陵道途中，一百多名被朝廷刑部招安的江湖頂尖草莽，全部神祕陣亡，趙勾已經遭受重創，這一次折損無異於雪上加霜。但比起真正的損失，欽天監內錬氣士的死絕，那就是根本都不算什麼了。

這些世人所謂的神仙中人，不乏指玄神通的高手，更對離陽朝廷有著不可或缺的功效。他們的存在，本身就是一種可以象徵天道威嚴的恢弘震懾。

皇帝，是天命所歸之人，故而奉天承運。

結果，離陽北派扶龍鍊氣士，在那場血腥戰事中，死得一乾二淨！

對圍棋一事素來視為「閒餘小道」的當今天子，為何會倉促搬遷翰林院？又為何親自為范十段范長後造勢？還是因為想要轉移臣子視線，盡力壓下那場波及整座京城的動盪漣漪？

嚴東吳更是親眼見到溫文爾雅的「四皇子」把自己關在御書房內整整一宿。等他出來時，連大太監宋堂祿尚且不敢靠近，是她不得不親自上前，為其包紮那鮮血淋漓的左手。

小書櫃搖頭道：「監正爺爺說過，人都是要死的，我不傷心。如果不是我還必須要替監正爺爺跟某個人下三局棋，就算我死在那裡，也無所謂。」

然後孩子在心中默念道，雖然那老頭兒死了，但他的徒弟也許已經出現了。

這件事情，他不會告訴任何人，哪怕是皇后姐姐。

嚴東吳氣笑道：「不許說晦氣話了，你才多大點的孩子，好好活著。」

小書櫃嘿嘿笑道：「我想吃桂花糕了。」

嚴東吳牽起他的小手，走在皇宮內：「那得等到秋天呢，所以啊，更要好好活著。」

◆

翰林院中，當嚴池集走近後，發現氣氛有些微妙。

官階最高的陳望與李吉甫站在一旁閒聊著，那個曾經在國子監舌戰群儒的狂士孫寅趴在石桌上，十段國手范長後在為其詳細復盤。

嚴池集本來都已經停下腳步，突然發現形單影隻的宋恪禮朝自己笑了笑，嚴池集會心一笑，走上前去。

祥符二年春，這一日，這座小院內，有六人。

陳望、孫寅、宋恪禮、范長後、李吉甫、嚴池集。

◆

幽州長庚城三里外的一座驛站，一位披有厚裘以禦風寒的年輕人站在路旁，身邊站著一個孩子，正蘸著口水翻閱一部泛黃書籍。

北涼道的驛路兩側多植槐柳，但是這條驛道卻有些不同，只有「知聞知秋」的梧桐，據說這裡頭大有講究門道。當年大將軍徐驍封王就藩，長庚城富豪為了討好這位號稱殺人不眨眼的人屠，專門換上了近千棵綠意森森的梧桐樹，只因為世子殿下的名字裡有個鳳字，「鳳非梧桐不棲」嘛。

可惜大軍繞道繼續西行，徐驍根本就沒有入城，讓那些割肉的豪紳好是尷尬，不過隨著世子殿下世襲罔替北涼王後，新涼王的心腹皇甫枰又升任幽州將軍，成了長庚城的主人，於是那些老人就樂了，隔三岔五就跟後輩們炫耀自己是如何如何有先見之明。

去年懷化大將軍鍾洪武坐鎮的陵州官場翻天覆地，幽州卻得以相安無事，這些老頭子就更是得意非凡了，皇甫枰也的確對這撥老人的家族頗多照拂，時下長庚城就有一個「溜鬚拍馬，二十年都不晚」的有趣說法。

遠方驛路上揚起陣陣塵土，馬蹄聲越來越近，年輕人收起思緒。當為首一騎身穿北涼境內罕見的紫袍官服——要知道京紫不如地緋，說的就是紫袍京官的權柄不如身穿緋袍卻能牧守一地的地方官員。

那位封疆大吏翻身下馬，就要下跪時，年輕人笑著擺手道：「急著趕路，免了。上車說話。」

來者正是幽州將軍皇甫枰，能讓他跪拜的當然也就只有北涼王徐鳳年了。

兩人坐入馬車廂內，徐鳳年的大徒弟余地龍小心翼翼收起那本冊子，做起了車夫，背負長匣的劍道宗師麋奉節和腰佩涼刀的死士樊小柴，這兩位高手分別護駕在馬車左右。

徐鳳年跟皇甫枰相對而坐，只是一個隨意盤腿，一個跪坐得一絲不苟。

皇甫枰請罪道：「讓王爺久等了。」

徐鳳年沒有說話，皇甫枰也清楚那套官場應酬只會讓眼前這個人反感，立即說道：「根據最新諜報，滲入幽州境內的朱魍提竿、捕蜓郎和捉蝶女都已斬殺殆盡，北莽江湖高手除了六人不知所終外，其餘都已處理乾淨。策反的兩人中，其中一人用以釣出那六條漏網之魚，另一人用作暗棋遣返北莽。」

徐鳳年點了點頭，他並不會摻和具體事務，對褚祿山苦心經營起來的拂水房更不會去指手畫腳，所以轉移話題問道：「徐偃兵那邊如何了？」

皇甫枰答道：「還在追殺途中。當時截殺燕文鸞的十人，除去鐵騎兒、口渴兒當場斃命之外，其餘八人一起向北逃竄。六日前，提兵山峰主斡亦剌率先被其餘高手當作棄子，為徐偃兵殺於鳳起關。

四日前，北莽魔頭阿合馬死在幽州邊境以北三十里處，但也成功拖住了徐偃兵，好在三天前觀音宗鍊氣士發現蛛絲馬跡，才發現那六人竟然折回了幽州西北的射流郡，差點就給他們逃脫，兩天前又有兩大北莽高手死在徐偃兵槍下。」

徐鳳年輕聲笑道：「那就只剩下公主墳小念頭、大樂府，那個聽說是李密弼的老相好，還有繼劍氣近黃青之後最有希望成為劍仙的鐵木迭兒。十大頂尖高手連袂出動，而且之前機關算盡，到頭來落得這麼個淒涼下場，恐怕那老嫗和李密弼都想不到吧。

對了，傳言鐵木迭兒很年輕，北莽江湖一直說他是草原上的鄧太阿，而且在逃亡途中境界暴漲，不但迅速晉升指玄，鳳起關最後一劍還有了幾分劍仙風采，是不是真的？」

皇甫枰點頭道：「鐵木迭兒與其他境界停滯的北莽高手不同，武道修為一日千里，幾乎每經歷一場死戰就有收穫。諜報上紀錄此人年歲至多二十八，中等身材，但腋下長癬，癬似龍鱗，傳言身具真龍氣相。」

說到這裡，皇甫枰譏笑道：「鐵木迭兒祖上確是草原雄主，大奉王朝最後那點元氣就是被他祖輩給折騰沒的，至於腋下生有龍鱗一說，想來是好事者的無稽之談。」

徐鳳年搖頭道：「沒這麼簡單，黃青死後的氣數既然沒有給一截柳，那就是到了鐵木迭兒身上，說不定銅人師祖的那份也給了他。」

皇甫枰雖是江湖出身，但他恰恰是最憎惡江湖的，甚至可以說是恨之入骨。

徐鳳年突然笑了：「結果還是死，誰讓他遇上了一位半步武聖。看得出來，徐叔的境界也在穩步攀升，他這小半步，比起別人連破數個境界那可都要來得恐怖。」

徐鳳年瞇起眼，靠著車壁，緩緩道：「舊的江湖在戰馬鐵蹄之下，很快就要成為絕響，也不知道以後的江湖是怎麼一個景象。在這之前，北涼魚龍幫也好，徽山大雪坪也罷，都是曇花一現了。」

道德宗、棋劍樂府、提兵山、公主墳。

武當山、徐偃兵、隋斜谷、糜奉節、吳家百騎百劍。

加上已經無法抽身的南海觀音宗和西域爛陀山。

接下來還有多少高手，會死在北涼？

皇甫枰恨恨道：「北莽不過是隨隨便便調動了兩萬餘騎軍，那薊北塞外八十堡寨就盡數內遷，這幫有恃無恐的酒囊飯袋，有本事乾脆把橫水、銀鷂兩城也給讓出去！」

徐鳳年平靜道：「銀鷂城守將劉彥閬是出了名的牆頭草，京城一有風吹，他的動作能比京畿官員還要更快。有袁庭山在的薊北邊關要故意給北莽放水，已是板上釘釘的事情，我們就不要抱有希望了。」

皇甫枰臉色陰沉道：「如果劉彥閬果真丟掉銀鷂，那麼橫水城也就等於孤懸關外了，何況手握橫水城的武將衛敬塘，還是首輔張巨鹿少數前往軍中攀升的得意門生。此人這麼多年對北涼始終抱有強烈敵意，如今張巨鹿一死，衛敬塘自保都難，就更不會跟兵部對著幹了，說不定撤得比劉彥閬還果斷。

如此一來，薊北門戶大開，北莽一旦持續投入兵力，加上顧劍堂的遼西邊軍紋絲不動，那麼我幽州葫蘆口就真的有腹背受敵的可能了，郁鸞刀那支幽州騎軍的處境不妙！當初遊掠於葫蘆口外，攔腰截斷北莽東線糧草的經略，也就成了空談。」

徐鳳年冷笑道：「沒事，若是劉彥閬、衛敬塘不願意鎮守國門，就讓郁鸞刀的一萬幽州騎軍去幫他們守！」

高空中，一頭神駿飛禽猛然間破開雲霄，傾斜墜落，臨時充當馬夫的余地龍笑臉燦爛地抬起手臂，牠停在孩子手臂上，雙爪如鉤，勢大力沉，好在余地龍的氣機雄厚，根本就是個怪胎。

這頭屬於六年鳳品種的海東青只出自遼東，當年由褚祿山親自熬出，送給世子殿下。兩遼貢品分九等，在兩遼獵戶說成「九死一生，難得一青」的海東青中，三年龍和秋黃兩個稀有品種都高居第一等，六年鳳更是可遇不可求。徐鳳年初次遊歷江湖，除了老黃和那匹劣馬，就還有這頭六年鳳陪伴。

余地龍歡快地喊了一聲「師父」，徐鳳年探出簾子，接過這頭矛隼，親暱地摸了摸牠的腦袋，才解下綁在牠腿上的細繩，然後輕輕振臂，六年鳳隨之展翅高飛，在主人頭頂盤旋幾圈才驟然拔高飛速離開。

傳來的情報只有簡簡單單的三個字——衛死守。

意思很明確，衛敬塘會死守橫水城。

徐鳳年輕聲感慨道：「疾風知勁草。」

高興之餘，皇甫枰疑惑道：「衛敬塘為何拚著性命不要也要守住橫水城？難道是褚都護的暗中謀劃？」

徐鳳年搖頭道：「拂水房的手腕再厲害，也不可能買通衛敬塘這種讀書人。」

徐鳳年想了想，說道：「大概是恩師張巨鹿的死，讓衛敬塘下定了決心吧。」

皇甫枰仍是憤憤不平：「可惜偌大一個薊州，才出了一個衛敬塘。」

徐鳳年面無表情道：「怎麼不說偌大一個離陽王朝，才出了一個張巨鹿？」

短暫沉默過後，徐鳳年笑道：「看來得你獨自去幽州了，我去一趟薊北，找郁鸞刀，順便見識見識那位衛敬塘。」

皇甫枰心頭一顫，震驚道：「王爺，你難道要以身涉險，親自上陣帶兵前往葫蘆口外？」

不等徐鳳年說話，皇甫枰跳下馬車，身形掠至驛路前方，然後撲通一聲跪下，一言不發，就那麼跪在那裡。

余地龍匆忙讓馬車停下。徐鳳年下車後，走過去攙扶這位有失官儀的幽州將軍，但是曾經被陵州官場嘲笑為「清涼山下頭號看門狗」的皇甫枰，死活不願起身。

徐鳳年沉聲道：「起來！」

皇甫枰趴在驛路上，嗓音沉悶道：「皇甫枰若是今日不攔住王爺，明天就會被褚都護、燕統領和二郡主打死、罵死！一個殺敵哪怕數萬但英勇戰死的北涼王，比不上一個在北涼境內好好活著的北涼王！」

徐鳳年皺眉道：「這點不需要你提醒，我比誰都知道輕重。放心，我會帶上糜奉節和樊小柴，再說了，我雖然境界不如以往，但要說逃命自保，並不難。如今北莽的頂尖高手，真不多了。」

皇甫枰顯然是打定主意一根筋到底，抬頭死死望著徐鳳年，追問道：「若是拓跋菩薩親自截殺王爺，又當如何？」

徐鳳年無奈道：「拓跋菩薩正在奉旨趕往流州的路上，何況你忘了幽州邊境上馬上就能收尾的徐偃兵？」

見皇甫枰還不願意起身，徐鳳年踹了他一腳，氣笑道：「皇甫枰，你的死諫，比起太安城言官的火候差了十萬八千里。起來吧。」

皇甫枰緩緩起身，猶豫了一下，輕聲道：「王爺，下官說句大逆不道的真心話，你不能死，你死了，皇甫枰這輩子都做不成北涼的顧劍棠。」

對於皇甫枰的掏心掏肺，徐鳳年只是瞥了這位幽州將軍一眼，便一笑置之，然後和余地龍各自騎上一匹馬，與糜奉節、樊小柴四騎遠去。

皇甫枰不去擦拭額頭的汗水。

雙方心知肚明，他皇甫枰真正想說的，不是什麼北涼的顧劍棠，而是離陽王朝的徐驍。有朝一日，裂土封王。

皇甫枰也不介意徐鳳年知道自己的野心。

◆

四騎在驛路上向東疾馳。

騎術已經十分精湛的余地龍轉頭看了眼那支騎隊，說道：「師父，這個幽州將軍怎麼說來著，什麼油什麼燈的？」

徐鳳年笑道：「你想說不是省油的燈？跟誰學的，師妹王生還是師弟呂雲長？」

孩子嘿嘿笑著。

徐鳳年打趣道：「想念王生了？那當時怎麼不跟她一起去北莽？」

孩子趕緊板起臉一本正經道：「她跟那白狐兒臉是去北莽砥礪武道的，我哪能拖她後腿呢？她可是說了，等回到清涼山，肯定一個打我和呂雲長兩個。」

徐鳳年含有深意道：「你啊，輸了一半了。」

余地龍愣了愣：「師妹果然在北莽能練成最厲害的劍法？」

然後他又忍不住自顧自地開心笑起來。

徐鳳年搖了搖頭。

一直言語不多的麋奉節擔憂道：「薊州畢竟不是北涼，有許多潛伏的趙勾眼線，王爺還是小心些為好。」

徐鳳年點了點頭。

麋奉節不露痕跡地看了眼那女子死士樊小柴。這名指玄宗師不明白為何徐鳳年要捎帶上她，麋奉節打定主意要死死盯住她，以防不測。

神情冷漠的樊小柴目視前方。

薊州，曾經隸屬北漢疆土。其實不光是當初薊州韓家，北漢國祚長達一百六十餘年，有太多太多世族豪門都曾是北漢的臣子，而她樊家，更是世代簪纓、滿門忠烈。

徐鳳年突然說道：「這次妳順路去給樊家祖輩上墳敬次酒，以後未必有機會了。妳要是最後決定留在薊州，我現在就可以答應妳。妳不用急著回答，到了那邊再說。」

樊小柴猛然咬住嘴唇，滲出猩紅血絲，眼神瘋狂，笑道：「我沒臉面去祖宗墳前敬酒。既然我殺不了你，甚至都不敢對你出手，但我還可以親眼看著你死在沙場上。」

麋奉節匣內名劍大震，怒道：「樊小柴！妳尋死？」

樊小柴肩頭微微顫動，笑聲越來越大，高坐在馬背上，滿臉不屑：「嘖嘖，指玄高手，我真是怕死了。」

徐鳳年平淡道：「夠了。」

麋奉節深呼吸一口氣，樊小柴也立即收斂起那股子癲狂意味。

他們兩人的坐騎沒來由地馬蹄一滯。

被忽視的那個孩子余地龍，看了眼伸手扶了扶劍匣的老頭子，又看了眼握韁手指有些發青的年輕女子，這位徐鳳年的大徒弟偷偷撇了撇嘴。

徐鳳年閉上眼睛。

他知道，幽州葫蘆口已經開始死很多人了。

第二章　帥帳內莽軍議政　葫蘆口戰火初起

離陽王朝的翰林前輩修《北漢史》不吝筆墨，不同於對東越、南唐兩地的刻意貶低，對北漢尤其是薊州尤為激賞，稱之為「薊州滿英烈」、「皆為慷慨勇士，死後亦無愧英魂」。但是在北漢軍中砥柱的樊家在與人屠徐驍的對峙中，一位接著一位慷慨赴死後，在韓家投靠離陽最終被滿門抄斬後，在老將楊慎杏率先薊州老卒被困於廣陵道後，耗盡了薊州的勇烈之氣，薊州就像是個不服老的遲暮老人，終究是真的老了。

夕陽西下，位於薊北最前沿的橫水城城頭，兩人並肩站在餘暉中。

身穿離陽文官公服的男子四十來歲，氣質儒雅，但是臉龐有著久居邊關的滄桑感。他便是橫水城的守將衛敬塘，永徽九年的榜眼，卻沒有選擇將翰林院作為官場跳板積攢人望，先是在兵部觀政半年，很快就主動跟座師張巨鹿請求調往邊陲。

首輔大人只答應了一半，答應他的外調，卻沒有答應衛敬塘前往遼東，於是衛敬塘就來到了薊州，先是在薊南擔任縣令，隨著官品越來越高，他主政一方的轄境也越來越靠近薊州邊境，直到成為統領薊州橫水城軍政的主官。

正四品而已，論撈油水，只要不去碰邊境商貿，甚至比不上江南那邊的縣令；論官威，他比起那批科舉同年中幾位順風順水的佼佼者更是差了太多。有位當初不過是三甲同進士的同鄉同年，年少時與他有嫌隙，在京城不過是個兵部主事，這麼多年就一直給他穿小鞋。

先前兵部官員觀政邊陲，隊伍中有那位同年的兵部同僚捎帶了封信給衛敬塘，信中幸災樂禍地詢問「西北風沙的滋味如何」，更揚言要讓他在這個鳥不拉屎的地方喝足一輩子。衛敬塘對此一笑而過，那位攀附上京城晉三郎的同年大概永遠無法瞭解，他眼中不毛之地的大漠邊塞，是何等氣象萬千，又是如何能讓一個讀書人棄筆投戎而不悔的！

衛敬塘身邊站著的青年武將，正是幽州萬餘騎軍的年輕主將郁鸞刀。

先前北莽騎軍示威關外，劉彥閬放棄銀鷂城，只留下一些老弱殘兵，和十來名不懂孝敬上官而被留下等死的官吏。郁鸞刀的騎軍沒有急於入城，而是在銀鷂城外駐紮下來，然後發現橫水城沒有動靜，這才在兩天前獨身入城找到他衛敬塘，之後郁鸞刀手下接管了銀鷂城的糧倉。

衛敬塘按例其實可以管，但對此只是睜一隻眼、閉一隻眼，下屬有人憤然，衛敬塘只說了一句話：「銀鷂糧草，我們橫水城動不得，拿了一粒也有人要丟官，但與其被北莽蠻子當成南侵，交給願意向北莽拔刀的人，又如何了？」

英俊非凡的郁鸞刀腰間除了佩有那柄祖傳的絕世名刀「大鸞」外，還有一把同樣紮人眼球的嶄新涼刀。

他輕聲問道：「衛大人，我始終想不通。但我還是想代替北涼向你道一聲謝。」

衛敬塘默然無語，神情堅毅，望著那一望無垠的黃沙大漠。

不南徙，是一罪；放任銀鷂糧草為幽州騎軍占有，更是一罪。若是那兵部觀政官員回京後參上一本，在摺子上說幾句類似治政無方的言語，又是一罪。

數罪並罰，已經足夠衛敬塘掉腦袋的了。

橫秋城那些換命之交的老兄弟也不理解，有人差點想要直接把他綁去薊南，說橫水城有他們來死守便是，不缺你衛敬塘一人。

但是衛敬塘最後仍然還站在這裡。

郁鸞刀笑道：「雖說我那一萬騎的糧草補給，有某些薊州人士冒著風險暗中支持，但若沒有銀鷂糧倉，今日仍是要捉襟見肘了。那袁庭山可是迫不及待要給我一點顏色瞧瞧了。」

衛敬塘不偏不倚地說道：「其人品性雖似跳梁小丑，惹人厭惡，但不得不承認此人治軍用兵，相當不俗。」

郁鸞刀看著數十里地外陸續升起的一縷縷狼煙，笑道：「衛大人，就當是郁某與你賭氣好了，今日終要好教你知道一事，幽州騎軍雖不如涼州鐵騎，但比你們薊北騎軍可是要強上很多啊。」

衛敬塘似笑非笑，無奈道：「本官拭目以待。」

郁鸞刀轉身就要大步離去，突然又轉身回來，摘下腰間那把涼刀，擱置在城牆上，神情鄭重道：「衛大人，不管你收不收，這把涼刀，我都送給你。我北涼，敬重所有敢於死戰的人！」

衛敬塘沒有去拿起涼刀，笑問道：「哪怕我是首輔大人的門生？哪怕我一直罵大將軍徐驍是亂國賊子？」

郁鸞刀哈哈大笑，猛然抱拳，留下涼刀，瀟灑離去。

衛敬塘目送這名本該在離陽官場前程錦繡的郁氏嫡長孫走下城頭，收回視線，看著那柄北涼刀，輕聲道：「好一個北涼。」

衛敬塘抬頭望向天空，滿眼淚水，微笑道：「恩師，你在信中問我，敢不敢一起下去喝酒，學生衛敬塘，樂意至極！」

◆

幽州葫蘆口外，一頂有重兵把守的巨大帥帳內，上等鯉魚窯出品的炭火熊熊燃燒，春寒全部被擋在帳外。帳內三十多人中，有一半身披北莽高層武將甲冑，另一半則身著南朝兵部官服，後者年紀都在二十到三十之間。

此時大軍先鋒已經率先開始突入葫蘆口，前軍九萬餘人，主將楊元贊統率各部兵力，主力是這位北莽大將軍的三萬親軍，龍腰州各大軍鎮兵馬有四萬，但真正的精銳卻是暫領南朝兵部侍郎銜的洪敬岩麾下那兩萬柔然鐵騎。柔然山脈一帶歷來便是北方草原精騎的兵源重地，出駿馬，更出健卒，最重要的是比起其他地方，柔然鐵騎更服管束，願輕生敢死戰。

北莽、離陽在永徽年間那麼多場大戰，柔然鐵騎展露出來的悍勇，連許多中原名將都側目以待，當時離陽老首輔也不得不承認「此地蠻子有大秦古風」。除了楊元贊坐鎮的先鋒大軍已經長驅南下外，其餘二十萬兵馬依舊在葫蘆口外按兵不動，比起歷史上遊牧民族的叩關侵略，這次南下北涼顯然要更有章法。

楊元贊是北莽東線名義上的主帥，但楊元贊領兵出征後，看似群龍無首的帥帳卻沒有出現一絲混亂，無數條調兵遣將的軍令從此處精準下達各軍。這就得歸功於南朝軍政第一人的董卓，他在一躍成為南院大王後，著重改制兵部，增添「幕前軍機郎」一職，順勢提拔了一大撥年輕人擔任兵部幕僚，人人御賜錦衣玉帶，因此又有「幕前錦衣郎」的綽號。

雖然品秩不高，但可謂位卑權重，他們制定出來的用兵策略，只要通過西京兵部審議，別說軍鎮將領和大草原主，就連各州持節令以及楊元贊、洪敬岩這些大將都要按例行事。

大戰開啟後，這些軍機郎一律離開兵部隨軍而行，大多趕赴東線。董卓給予他們「見機便宜行事」的大權，西京廟堂上當然不可能沒有反對聲音，只是一來董胖子沒怎麼搭理，還厚顏無恥拿了女帝陛下的聖旨做擋箭牌，再者那些如同一夜之間躋身朝堂中樞的年輕人，多是耶律、慕容兩姓，要不然就是「灼然膏腴」的龍關貴族子弟，出自北莽「北七南三」甲字十姓中的年輕翹楚，最次一等也是北莽乙字大姓。

可以說董卓這一手破格提拔，差不多將北莽頂尖貴族都給一網打盡了。因此西京的那點唾沫，都不用「會做人」的南院大王親自反駁，就已經早早淹沒在更多的口水中，只不過北莽很快就意識到董胖子的陰險狡詐。

這些軍機郎分成兩撥，一撥到了東線，掣肘大將軍楊元贊，一撥則去了大將軍柳珪所在的西線，唯獨他的中線，一個都沒有！只是大局已定，加上涼州以北的戰事註定會最僵持最血腥，去那裡撈取軍功實屬不易，軍機郎身後那些老奸巨猾的祖輩父輩，也就配合默契地捏著鼻子認了。

只不過當幾乎所有人都以為幽州葫蘆口戰役僅是涼州戰事的佐酒小菜時，南院大王董卓竟然親自趕到了這裡，來到一群軍機郎之中。

寬闊如大殿的軍帳內，董卓站在長桌一端的最北位置。桌上擱置有砌有山脈、河流、城池的沙盤，葫蘆口地勢一覽無餘。

大奉末年就有一代數算奇人在著作中提出斜面重差術，後來又有製圖六體，經過三百來年的完善，之後黃龍士更提出海拔一說，使得沙盤制藝攀至巔峰，故而當今沙盤之精細準確，足以讓古人瞠目結舌。

在這座沙盤上，洪新甲一手締造的葫蘆口戍堡體系得到最直觀的體現，三城六關兩百寨堡在沙盤上都有標識，數量更大的烽燧因為太小，只有那些占據險地的重要烽燧，才以長不過寸的小旗幟表現。

風塵僕僕的南院大王才剛剛率數百董家親騎趕到此地，只喝了口羊膻味頗重的粗劣奶茶略微驅寒，就讓一名姑塞州世族出身的年輕軍機郎開始講述葫蘆口戰事進展。

後者手中提著一根碧玉質地的纖細長竿，在一群殺氣騰騰的武將中也毫不怯場，在沙盤上畫了一個大圈，朗聲道：「北涼重用洪新甲，截至今年開春，幽州葫蘆口在此人手上營建寨堡兩百一十四座。離陽大興堡寨一事，發軔於永徽初年……」

聽到這裡，很快就有一名打著主意來幽州搶糧搶人搶軍功的大草原主忍不住翻白眼道：「別扯那些沒勁的玩意兒，就說咱們的兒郎殺到葫蘆口何處了，斬了多少顆腦袋？你這娃兒說得輕鬆，董大王和咱們也聽得爽利。每次聽你們讀過書的人在那兒念叨，兩張嘴皮子吧唧吧唧的，老子就打瞌睡！」

董卓看都沒有看一眼那位口無遮攔的大悉剔，盯著沙盤緩緩說道：「繼續。」

大草原主頓時縮了縮脖子，不敢造次。

那名幕前軍機郎繼續說道：「離陽大興堡寨屯田最早是薊州韓家提出，初衷是減緩離陽早期發動戰事的糧草補給壓力，後來離陽順勢將薊州各鎮邊軍後撤內徙，充實內地防務，縮短運糧路程，一旦戰事起，也可先以寨堡阻滯兵鋒銳氣，再由後方主兵力伺機出擊。只是十多年來，離陽故意重兩遼而輕薊北，顯然是有意將薊州這顆軟柿子當成幽州的葫蘆口，只要我軍南下選擇以薊州為突破口，北涼和兩遼就可以展開夾擊之勢。」

軍機郎手中那根碧玉長竿指向了葫蘆口的北部某處：「北涼堡寨尤為雄壯，大寨周千步有餘，小寨周八百步；大堡周六百步，小堡周三百，且堡寨從無定形，與葫蘆口各處地理形勢緊密相連，死死控扼河谷要道。

牆體多為夯土，且有包磚，許多堡寨內外數層，更有高低之別，稍不留心，我方即便成功攻入堡寨大門，仍是有硬仗要打，足可見洪新甲用心險惡。就像此處的葫蘆口堡寨群，以棗馬寨為核心，有包括青風寨、蜂起堡在內十八堡寨拱衛，相互呼應，總計有戍守將卒三千四百人，此地肯定會產生雙方的第一場惡戰。」

他手中玉竿微微向南偏移：「若北涼葫蘆口僅是有這些寨堡烽燧阻擋，不值一提，但是在陳芝豹擔任北涼都護後，葫蘆口建起了三座城牆高聳的牢固城池，雖遠遜西北第一雄鎮虎頭城，但絕對不容小覷。這座依山而建的臥弓城就是其中之一，事實上葫蘆口北方防線，所有戍堡烽燧都是依附臥弓城。不同於堡寨的死守，葫蘆口三城內都駐有數量不等的幽州精銳騎軍。」

一位橘子州正三品武將笑道：「那幽州也有拿得出手的騎軍？我還以為那燕文鸞手下只有一群烏龜爬爬的步卒呢。」

「烏龜爬爬」這個典故，在北莽流傳已久。這二十年來，涼莽戰事大多發生在涼州北線之上，幽州一向狼煙寥寥，北涼步軍大統領燕文鸞這頭「老」虎在北莽眼中，就沒什麼威勢可言了。

年輕一輩的北莽將領，對北涼都護褚祿山或者是新任騎軍統帥袁左宗，都還算服氣，畢竟很多年前那幾場戰於北莽腹地的大型戰役，袁左宗的戰功都有目共睹，那祿球兒更是一路攆著如今的南院大王追殺了差不多千里路程。再者北莽鐵騎如風，對慢悠悠的步軍怎會瞧得上眼？所以燕文鸞在北莽就有了一個「烏龜大將軍」的綽號。

董卓終於出聲，面容肅穆道：「你們都清楚我十多萬董家軍以步卒居多，但你們可能不知道，我董卓起先如何調教步軍，都是亦步亦趨跟那燕文鸞學的。雖然如今足以傲視絕大多數幽州步卒，但被你們笑話成『烏龜大將』的燕文鸞，別的不說，他手底下有一千重甲鐵士，其戰力仍是當之無愧的天下第一步軍。『董步卒』的戰力如何，還需要我自誇幾句嗎？」

董卓抬頭看了眼在場眾人，眼神冰冷：「幽州騎軍上不了檯面？別忘了，那支打得咱們姑塞州變成篩子的龍象軍，老底子可就是幽州軍。」

董卓陰森森笑了笑，露出一口雪白牙齒：「對了，忘了跟你們說件祕事。大將軍楊元贊在得知自己要對陣燕文鸞後，已經安排好後事了。你們要是覺得我董卓這是在長他人志氣、滅自己威風，沒關係，嘿，反正我把醜話說前頭，到時候誰被幽州守軍打疼了，記得可千萬別跑到我和陛下面前訴苦啊。」

在場披甲武將都有些悻悻然，那群最近沒少遭受白眼的軍機郎則只覺得大快人心。前段時間，後者不厭其煩地給先鋒將校詳細講解葫蘆口北部戍堡群的地勢、構造和兵力分配，幾乎詳細到了每個寨堡、每座烽燧，這些看似瑣碎的消息都是北莽諜子用鮮血換來的珍貴軍情，只是當時軍中武官大多都打著哈欠潦草應付。

在他們看來，北莽鐵騎馬蹄所至，降者殺不降者更殺，打仗就是這麼簡單，哪裡需要跟個娘兒們繡花似的。這種根深蒂固的認知，官職不過從六品、正七品的軍機郎們無法改變，但是一時風頭無兩的南院大王董卓大駕光臨，所有武將或多或少都有些警醒，尤其是那句大將軍楊元贊安排後事，讓帳內幾位楊元贊心腹將領都冷汗直流。

那位倍感神清氣爽的持竿軍機郎在董卓眼神授意下，娓娓道來：「以連綿成片的寨堡阻滯我軍攻勢，那只是十幾年前離陽朝堂上文官的幼稚看法，其實在當時薊北的戍堡雛形就已經明確告訴兩國雙方，在沒有雄鎮大城作為防禦核心的情況下，離陽所謂的『使莽騎不能深入為患』的想法，太過天真。

薊北當時邊寨也不在少數，相距遠者五十里，近者三十里，可謂緊密羅列於關防要害。當年我大莽用無數場成功奇襲證明一件事，堡寨控扼要道不假，但想要阻擋靈活騎軍南下，癡人說夢而已。薊州堡寨林立，分兵各處，如何敢戰？所以後來離陽言官紛紛彈劾那些薊北戍堡校尉，罵他們『寇大至則龜縮，寇小至仍不敢出鬥，唯有寇退去數百里方敢出』。」

說到這裡，軍機郎微微一笑，伸手指了指自己的鼻子：「嗯，離陽言官老爺們所說的這個『寇』，就是指咱們北莽鐵騎了。」

帳內哄然大笑，就算是董卓臉上也有些淡淡的笑意。

一位手握數萬帳牧民的草原大悉剔哈哈大笑道：「呼延軍機，你要早這麼說話，咱們這幫大老粗也就不會不耐煩了嘛。老說幽州那些寨堡如何如何厲害了得，也不好好誇一誇咱們大莽兒郎，咱們這幫覺得讀書識字比砍頭還可怕的糙爺們兒，可不就聽不進耳朵啦？」

董卓這次來幽州主要就是給東線將領潑冷水的，不過未嘗沒有改善軍機郎與實權武將僵硬關係的心思。對於帶兵打仗，在北莽尤其是北方草原王庭，一個字就可以概括——糙！

董卓作為南朝廟堂第一人，要做的就是讓南朝的腦子與北庭的武力結合起來，雙方不但不能扯後腿，還要盡力合作。這絕非董卓在白日做夢，因為那些更瞭解中原戰事精髓更精通紙上兵略的軍機郎，跟前線武將本就是一根線上的螞蚱，說到底大家一榮俱榮、一損俱損。只要董卓捅破那層窗紙，雙方就能夠勠力同心，大家馬背上賺軍功，馬背下分軍功，把幽州、把北涼一鼓作氣打下來。那就等於將中原這個假清高的雍容貴婦衣裳給脫光了，到時候北莽鐵騎勢如破竹，中原之主，就該隨陛下一起姓慕容了。

董卓下意識牙齒敲著牙齒，眼神熾熱。只要打下北涼這塊硬骨頭，大勢就到北莽手中，以後能夠抵擋鐵騎南下的，靠什麼離陽名將就別想了，北莽的真正敵人，只有那一座座礙事的高大城池而已。

想到這裡，董卓走向帳內一張偏桌，桌上放有葫蘆口內三城的木製模型，出自能工巧匠之手，這是太平令命西京匠人精心打造的物件，有四十餘件，囊括了北涼所有重要城池，專門讓前線將領知曉北涼城池的構造。東線幽州有八件，帳內暫時擺出來三件。

當時馬車顛簸，其中按照長庚城仿製的木件就給顛簸得碎爛不堪。眾多軍機郎去找那負責運送的一名宗室官員討說法，那仗著自己姓耶律的傢伙摳著鼻屎說愛咋的咋的。當時他身後有數十名健壯扈從，都已經抽出了戰刀，差點一言不合就要砍了那些軍機郎。

然後沒過幾天，一封聖旨就到了，那名宗室成員被當場砍頭，隨行扈從悉數賜死！長庚城的嶄新木件也一併送來，傳旨內侍只對那官員的靠山撂下一句：「此物是太平令親自督造。」於是那位戰戰兢兢的耶律將軍立即就打消了為侄子喊冤的念頭。

軍機郎又一次為帳內武將講述那座木製臥弓城的構造，解釋何謂剁口、垛牆，何謂女牆睥睨，何謂馬面墩臺，以及各處弩弓配置，中間穿插著某個朝代的中原守城戰役。

等到口乾舌燥的軍機郎說完，董卓沉聲道：「諸位，中原城池機關重重，布局精妙，你們要記住一件事情，我們身為攻城武將，多知道一些城池如何防禦，那我們北莽兒郎就可以多活無數！」

董卓抬起手臂指了指葫蘆口方向：「臥弓城是幽州第一座城池，為了拔掉它，屆時我們肯定有數千人乃至過萬人戰死在那裡，註定無法再回到草原故鄉。我當然希望我軍所有人都可以活著進入幽州腹地，甚至是一路打到他們離陽的裏樊，打到那燕剌王把守的南疆，好看一看那大海到底是怎樣的模樣！但是這不現實，打仗就會死人，否則大將軍楊元贊也不會心存必死之心來打這場仗。」

董卓突然面容猙獰，厲聲道：「我董卓今天趕來這裡，其實只想跟諸位說兩句心裡話！我北莽兒郎即便要死，也要戰死在更南方的地方！要死，不要死在一個土地貧瘠、疆域狹小的北涼，要去死在富饒的中原，去死在太安城下，去死在南海之濱！」

◆

北莽九萬先鋒大軍如決堤洪水湧入葫蘆口，那些堡寨烽燧就像淺灘上不起眼的石子，瞬間淹沒。

葫蘆口最北的蜂起堡，連同六座烽燧，幽州尉卒一百九十七人，羽箭一支不剩，戰死。

清鳳寨被破，三百六十二人，涼刀全部出鞘，戰死。

白馬堡被破，兩百一十三人，堡內無一處不起硝煙，全部戰死。

葫蘆口北部堡群核心——棗馬寨，遍地屍體橫陳，除了被戰損嚴重氣急敗壞的北莽騎軍在屍體後背補上一刀外，無一人死於逃跑途中，傷口全在身前！

棗馬寨周邊十八大小堡寨，除了南部最後那座雞鳴寨，全為北莽大軍攻破，無人降。

雞鳴寨不同於其他大多建於河谷的堡寨，而是位於一座矮山的陡峭山崖之上。無數北莽騎軍在山腳兩邊快速打馬而過，呼嘯如風。大概是為了追求兵貴神速，想要以最快速度推進到臥弓城外，並沒有理會這座既孤立無援又無關緊要的小寨。

寨內，甚至都不是都尉而僅是副尉這麼個芝麻官的主將，把所有士卒召集起來，兩百三十多人。所有人可以清晰聽到山腳北莽馬蹄踩踏的巨大聲響，以及那些北蠻子策馬狂奔喊出的怪叫聲。

雞鳴寨副尉唐彥超是個身材高大的中年大漢，典型邊關老兵痞一個。軍中禁酒，可他幾次都是因為酗酒誤事，本來早就可以當上都尉的漢子就這麼在雞鳴寨耗著。每次喝酒，唐彥超都要跟那些大多年輕的屬下吹噓他當年曾是前任騎軍副統領尉鐵山的親衛，早年是如何跟隨尉將軍在北莽境內大殺四方的。

寨內的年輕人起先還聽得心神搖曳，可年復一年聽著那些東西，耳朵都起老繭子了，於是每次唐副尉酒後吹牛，很多人都開始搖頭晃腦做鬼臉。如果唐彥超沒有醉死，瞧見這些小王八蛋在背後模仿自己的腔調，倒也不如何生氣，只會罵上一句兔崽子不曉得敬重英雄漢。

以前就算有幽州將校來巡視寨子，也穿不整齊甲冑的唐彥超，今日破天荒穿戴得一絲不苟，連那邋遢的滿臉絡腮鬍子也給刮了去，差點都讓人認不出副尉大人了。

若是平時，肯定會有一些膽大的年輕士卒湊上前去嬉皮笑臉說，「喲，副尉挺人模狗樣的啊，咋還沒找著嫂子啊。」可此時此刻絕大多數人都只有心思沉重，半點笑臉都擠不出來。寨子那幾名年歲不小的老人就站在唐彥超身邊，也都在默默檢查甲冑和弩刀。

唐彥超環視一圈，語氣淡然道：「沒過二十歲的，還有，在家裡是獨苗的，都老老實實站在原地！不是的，出列一步！」

不算唐彥超和他左右兩側七人，前方二百二十一人，粗略看去，走出來一大半。

唐彥超舉目望去，突然指著一個娃娃臉的士卒笑罵道：「白有福，如果老子沒有記錯，你小子才十八歲，瞧著更是連十五都沒有，給老子滾回去！」

瞧瞧，副尉大人好不容易端出點「本官」的架子，這才幾句話，就馬上露餡了，一口一個老子，活該一輩子都摘不掉那個副字。

叫白有福的士卒漲紅了臉，大聲道：「阿爹說了，當兵打仗吃餉，是天經地義的事情，那麼上陣殺敵，也是應該的！」

唐彥超一手扶住腰間那把今年才新換過的北涼刀，笑道：「那你娘就沒偷偷告訴你別真拚命？」

白有福滿臉尷尬，輕聲道：「還真說了。」

頓時笑聲四起。

唐彥超抬起手後，復歸先前的寂靜無聲。

這名恐怕連幽州刺史聽都沒聽過的副尉，沉聲道：「燕將軍先前有令，要我們葫蘆口堡寨只需據地死守，不用出去迎敵！」

唐彥超停頓了一下：「所以這次出寨殺蠻子，是我唐彥超違抗軍令。站在原地的，留在寨內，出列一步的，也可以不用下山。對，下了山，這輩子就算交待在山腳了。

這沒什麼好隱瞞的，誰都不是傻子！我唐彥超活了四十來年，上陣四十多次，算起來一年一次都有餘，這輩子除了沒找到媳婦，沒啥好說的了。你們那些連二十歲都沒到的小娃兒，離活夠的歲數，還早呢！好好活著！」

唐彥超指了指北方，惡狠狠道：「老子當不上都尉，當不上大官，不丟人！但是北邊寨堡李景、胡林、劉知遠那幫傢伙肯定都戰死了，老子要是躲著不死，丟不起這個臉！就算老子丟得起這臉，咱們雞鳴寨也丟不起！」

唐彥超怒吼道：「出列的，跟老子走！到了下頭，沒了軍法管束，唐彥超再跟各位兄弟們一起喝個痛快！」

這一日，雞鳴寨包括副尉唐彥超在內一百四十八人，率先戰死於寨外的山腳。

隨後，年紀都不到二十歲的其餘八十人，戰死。

其中白有福被一名加速衝鋒的北莽騎軍用彎刀捅穿脖子。

他死前只有一個念頭，要是能打到北莽境內，死在那邊就更好了。

沒過多久，一名白髮蒼蒼的威嚴老將在這處山腳停馬，下馬後望著屍體分作兩撥的血腥戰場，向身邊一位鐵甲上血跡斑斑的將領平靜問道：「我方折損多少了？」

那名武將狠狠抹了把臉：「幽州堡寨弓弩極銳，且人人死戰到底。只知道我們戰死的就有四千多，受傷的更多。」

正是東線主帥的楊元贇臉色凝重，重重嘆息一聲。這還沒有見到葫蘆口三城的臥弓城，更沒有見到燕文鸞的精銳步卒啊！

楊元贇看著山上那座註定空無一人的雞鳴寨，自言自語道：「這仗沒法打啊！」

第三章 徐鳳年密會暗棋 徐偃兵截殺三子

徐鳳年進入薊州境後就覆上一張生根面皮。面皮出自南疆巫女舒羞的手筆，當初徐鳳年潛行北莽，就多虧了這些奇巧物件。

四騎跨境，拂水房諜子早就準備好了四份無懈可擊的戶牒路引。如今北涼道豪紳像是被稚童搗亂老窩的蟻群，紛紛向境外逃竄，徐鳳年寥寥四騎根本不扎眼。樊小柴知道他要去薊北橫水城見郁鸞刀和衛敬塘，但是他們四騎雖然馬不停蹄、晝夜不息，可並沒有走那條最近的路，反而直插薊州心腹處，最終來到那座建於大奉朝寶華末年的大盞城。

徐鳳年沒有急於入城，而是在城外官道上勒馬而停，神情複雜地望向這座沉默的高城。

作為昔年舊北漢的陪都，可謂滿城官宦貴戚，當年還是征字頭將軍之一的徐驍率軍攻打北漢，整座薊州都給徐家鐵騎踩踏得稀巴爛，唯獨剩下這麼個大盞城逃過一劫。

當大軍緩緩兵臨城下後，大難當頭，那一夜無數士子對酒當歌，據說城外三里遠都可以聞到濃郁的酒氣，所以就有了後世野史「三百漢家臣，一夜醉死休」的典故。樊小柴自幼便因國破家亡而顛沛流離，但是作為忠烈樊家的後人，哪怕是逃亡，她在那十多年中大體上依舊還算安穩，也曾在大盞城居住過大半年時光，衣食無憂，元宵賞燈，郊遊踏春。

那時候她還會有許多天真的想法，若是北漢猶在，她也許會更錦衣玉食些，會按部就班嫁給一位門當戶對的世族俊彥，相濡以沫，相夫教子，白頭偕老。爺爺和爹，還有那麼多叔伯也不會戰死沙場，到最後只剩下一個她，如果不是後來自己被趙勾相中，那樊家就等於連一個清明祭祖的人都沒了。

執著於武道的糜奉節就沒有這麼多傷春悲秋的感觸，身後劍匣已經裹以棉布遮掩，光看架勢，這位離開正統江湖太多年的沉劍窟主可沒什麼宗師風範，只像是個不諳人世情的刻板老僕而已。

徐鳳年輕輕說了聲「進城」，四騎就撒開馬蹄前往城門，除了姿容足以惹人憐惜的樊小柴給城卒狠狠多剜了幾眼，並沒有生出是非。

在城南入城後，徐鳳年熟門熟路領著他們前往城北，一路走街過弄穿巷，樊小柴難免會訝異，照理說徐鳳年不該如此熟稔大鑫城格局的。

四人最終在城北一處通衢鬧市叫青竹酒樓的地方歇腳。酒樓生意興隆，一樓見縫插針找張空椅子都難，迎客的店小二也不太地道，掉進錢眼出不來了，大咧咧牽過了四人坐騎去馬廄，接下來就不管客人的死活了。要吃飯喝酒，等著吧，就不信四位外地客官還能換地方。四人只好在堆滿青竹板子的櫃檯前等空出張桌子落座。

徐鳳年百無聊賴地拿起一塊青竹板，上頭刻有菜肴名字，附有價格，可真不便宜，都快趕上京城的咋舌水準了。當真是滿樓的冤大頭啊，當然現在又多了他們四頭待宰肥羊。

徐鳳年欣賞著竹板上的秀媚楷體，眼角餘光看到那名透著滿身伶俐勁兒的年輕店小二上了二樓。徐鳳年會心一笑，心想這廝多半是瞧出他們四匹馬的來歷了。

出幽州前，拂水房就將那四匹幽州戰馬換成了河州驛騎，進入薊州境內前，暗中接頭的拂水房諜子又給換成了四匹上等薊南軍馬。徐鳳年看出了那店小二鬼鬼祟祟的蛛絲馬跡，除了余地龍，糜奉節和樊小柴自然也都察覺到這青竹酒樓的不同尋常，尤其是剛剛因功晉升為拂水房玄字號大璫的樊小柴，怯怯弱弱的表像下，散發出一絲隱藏極好的嗜血氣息。

糜奉節厭惡地瞥了她一眼，擁有如此皮囊的絕色女子，當死士做諜子也就罷了，怎的還打心眼裡喜歡上了殺人，而且通常都是虐殺。

樊小柴挑釁地回了糜奉節一眼，這讓早就對這瘋婆娘滿腹怨氣的沉劍窟主越發心生殺機了。如果不是北涼王就在身側，糜奉節背後劍匣藏有精心挑選出來的八柄絕世名劍，他不介意將這女子大卸八塊。

酒樓內眾多來此一擲千金的豪客其實都挺精明，故意酒後吐真言，都在嚷著什麼：

「老闆娘！來給爺敬個酒，放心，爺是斯文人，只吃酒不吃人！」

「徐家娘子，咋從沒見妳相公露過臉，真是個王八蛋，這天寒地凍的鬼天氣，也不怕徐娘子晚上難熬？」

「掌櫃的，老子在青竹酒樓連吃了十幾頓飯，開銷都夠把大盞城二流窯子的花魁給拿下了。妳倒好，手也不給摸一下，這天底下的生意，哪有妳這般做的？」

一樓也不全是這些滿嘴葷話的腌臢糙漢子，不乏青衫儒雅的士子書生，大多堪堪及冠的歲數，對於耳中這些汙言穢語，都竭力忍受著。

如今薊州的世道不太平，讀書人的行情也就每況越下，越發不景氣了，要是擱在前幾年，他們早就拍案而起罵得這幫市井潑皮狗血淋頭，別說動手，他們都不敢還嘴。

只是薊州動盪連連，先是薊州定海神針楊慎杏大將軍帶走了所有薊州老卒，然後是袁庭山那條過江龍來薊州成了山大王。其不但是大柱國顧劍棠的乘龍快婿，之後更拐騙了薊州雁堡李家的女子做妾，且手握兵權，薊南薊北所有江湖宗門幫派可都唯袁將軍馬首是瞻，袁庭山眨眼工夫就將薊州幾條不服氣的地頭蛇收拾得生不如死，如今又聽說北莽數萬騎軍叩關南下，薊北邊境上的銀鷂城已經都給丟了。

薊州唯一的好消息就是韓家沉冤得雪，當今天子親自下旨追謚韓家老家主韓北渡為「武襄」，不但不是世人猜想的以第二等「忠」字打頭，最多配一個「忠定」或者是更靠後些的「忠烈」，反而在以第一等「武」字八大美謚中，拿下了排在第五的「襄」字。

不提離陽奪取天下前的謚號氾濫，離陽趙室自永徽年間起，對待臣子在謚號賜敕一事上始終有重文輕武之嫌。拋開北涼王徐驍這個極端特例不去說，幾位春秋戰功顯赫的老將死後的謚號都是「忠」字起，輔以「簡」、「敬」等字，大概唯有大將軍顧劍棠死後有望登頂，得以謚號「武寧」。以此可見離陽新君對當年「君要臣死，臣即慷慨死」的韓家，是何等破格表彰嘉獎了。

更振奮人心的是在韓家被朝廷洗冤之前，薊州就已經傳出一個驚人消息——有一位當年逃過一劫的韓家遺孤出現了。隨著他橫空出世，薊州市井也開始流傳一段可歌可泣的佳話，說那韓家老家主的嫡長孫當年之所以沒死，並非韓家存私心想要留下一炷香火，而是一位家中忠義客卿聯手一位早年受過韓家恩惠的江湖武道宗師，硬是背著韓家抱走了那年幼孩子，在逃難途中不幸身死的那名客卿死前曾遺言：「韓家以國士待我，我必以國士報之」。

雖說此人姓名隱晦不明，但那位武道宗師則是二十年前薊州鼎鼎大名的江湖梟雄，實力極其接近一品境界，號稱二品小宗師中無敵手，叫侯萬狐，綽號「萬戶侯」。北漢覆滅前擔任過軍中校尉，被譽為薊州萬人敵。國破後，在薊北邊關拉起了兩千多遊騎馬匪，此人揚言終有一日要砍下徐驍頭顱當酒壺，不料很快銷聲匿跡。原來是為了報恩救下了韓家那嫡長孫，傳言如今被關押在雁堡地下鐵牢中，可見韓家忍辱負重多少年，這名薊州豪俠便不見天日多少年了。

雁堡李家這段時日無數人打著各類幌子登門拜訪，要不是最後袁庭山親自派遣一支弩刀鮮亮的騎軍故意駐紮在雁堡大路上，恐怕雁堡就不要奢望有片刻安寧了。

樓上樓梯口出現一個曼妙身影，但不知為何立即打了個轉，一閃而逝了。樓下眼尖的漢子頓時噓聲四起，用手拍桌，用筷敲碗。原來是那掌櫃的徐氏婦人給樓下酒客來了一出猶抱琵琶半遮面。

這些錢囊從不缺銀子的漢子哪裡肯甘休，怪叫連連，往死裡喝倒彩。這讓那些忍無可忍的年輕士子各自與鄰桌怒目相視，脾氣好點的粗魯漢子就翻白眼，脾氣差點的直接朝地上吐唾沫，也有用打手勢去問候讀書人祖宗很多代的。

說來奇怪，那老闆娘其實姿色出彩不假，但怎麼也稱不上如何傾國傾城，但不管是糙爺們兒還是斯文書生，就算沒有一見鍾情，都偏偏越看越歡喜。前者眼窩子淺，垂涎的是那婦人沉甸甸的胸脯、滾圓挺翹的屁股，還有勾人魂魄的狐媚眼神，以及能跟他們對罵比他們還葷的獨到風情。後者的理由就要五花八門，有說那徐氏販酒娘子趴在櫃檯後偶爾發呆的神情很有韻味，有說瞧出了老闆娘剛烈貞婦的本性，更有說她對讀書人天然親近，保不齊是舊北漢哪家豪閥流落民間的大家閨秀。

但真正讓酒客只敢嘴上揩油卻萬萬不敢下手的理由，以及讓青竹酒樓生意火爆冠絕大薹城的理由只有一個，那就是如今被朝廷破格升任南麓關校尉的韓家嫡長孫是徐氏的義弟！

◆

那個店小二笑臉燦爛卻一肚子狐疑地跑下樓，畢恭畢敬請徐鳳年四人上樓就座。

徐鳳年摸出一塊碎銀丟去，店小二笑容更盛，喊了一句「謝公子賞」。店小二不奇怪這四人上樓，但直接去三樓雅間可就太奇怪了，大蠡城那麼多醉翁之意不在酒的名門豪客頭回到此，可都沒這份殊榮。

店小二把四人領到了三樓房門外就止步，徐鳳年推門而入，糜奉節站在門口。

樊小柴跟隨徐鳳年跨過門檻，她瞥了眼那位站著不動、滿臉驚喜的婦人，確實有些妖嬈韻致，尤其是胸口風景，能讓尋常男子恨不得跑去雙手托住減其負擔，不過也就那麼回事了。樊小柴本身姿色就在婦人之上，路數更是截然相反，大體上算各有千秋，井水不犯河水。

徐鳳年坦然坐下後，微笑道：「青竹娘，傻站著幹什麼，倒酒啊。就算重操舊業，做那人肉包子的行當，那也總得先把客人灌醉不是？」

被戴了張生根面皮的徐鳳年喊青竹娘的女子，摀住嘴，不知是哭是笑。

她正是徐鳳年在北莽橘子州遇見的青竹娘，開黑店賣黑酒，若不是山腳那夜，她無意中吐露心扉說了一句醉話，事後徐鳳年也不會跟忠義寨大當家韓芳有牽連，更不會一路殺上六嶷山長樂峰的沈氏草廬。那麼韓家嫡長孫可能就會在沈氏草廬的欺壓下連山大王都當不了，只能跟那張秀誠換個山頭重新豎旗；那麼薊州就不會有自投羅網等候問斬的韓家長孫，不會有之後的改天換日，韓芳突然從囚犯一舉成為離陽王朝一等一的忠烈之後，成為壓死首輔張巨鹿的最後那根稻草。

可以說，這兩年潛伏在整個薊州的拂水房死士和諜子，都在圍繞著一個人展開隱蔽且謹慎的複雜活動，這個幸運兒正是率領二十一騎重返薊州的韓芳！哪怕拂水房耗費大量心血和人力、物力，但韓芳能夠最終在一次次試探中成功脫穎而出，大概仍是有些受到韓家十數代先祖英烈的庇護，連遠在北涼遙掌薊州諜報事務的徐渭熊和褚祿山都對此嘖嘖稱奇。

這顆棋子是徐鳳年親手埋下的，距離開花結果尚早，但對如今雪上加霜的北涼來說，薊州有和沒有韓芳，肯定是天壤之別的兩種格局。

徐鳳年這趟來薊州大鬷城，要見的不是韓芳，而是那個自稱道德宗外門弟子的張秀誠。當時忠義寨樹倒猢猻散，只有此人堅定不移在韓芳身上押注，將其視為可以幫自己雞犬升天的「得道真人」。事實也證明這個北莽南朝秀才出身的道士不但賭對了，而且賺了個鉢滿盆盈。如今已經有了正兒八經的離陽官身，在南麓關輔弼校尉韓芳。

徐鳳年當然不會冒冒失失直接跟韓芳碰頭，哪怕現在接連數次重創後元氣大傷的離陽趙勾已經在薊州不如往昔，老軍頭楊慎杏的走，新權貴袁庭山的來，更是使得薊州趙勾裁減嚴重。韓芳的運氣是好，但徐鳳年對自己的運氣可沒多少信心。

青竹娘坐下後給徐鳳年倒了一杯陳年花雕，酒香迅速彌漫，心情激盪過後，她顯然有些侷促不安，輕聲問道：「徐朗，你怎麼來大鬷城了？」

韓芳的韓家遺孤身分，青竹娘等他遭了牢獄之災才後知後覺。至於徐鳳年的身分，連韓芳也是進入薊州紮根後才被一名找上門的拂水房老諜子告知。這種祕事，韓芳當然不會跟青竹娘一個無親無故的婦道人家多說一個字。這次徐鳳年來大鬷城會見張秀誠，後者也不敢洩露任何口風。

韓芳的境遇天翻地覆，青竹娘自然隨之水漲船高，在大盞城寸土寸金的地段開了這一間酒樓。在九嶷山山腳身世淒慘到連名字都乾脆不用的她，恐怕橘子州最底層的北莽諜子都沒聽說過，就更別提薊州這邊的趙勾了。

時至今日，青竹娘還只把他當作龍腰州或者是姑塞州的甲字豪閥子弟，至於「徐朗」的身手，她從頭到尾都不清楚。那晚在忠義寨也好在沈氏草廬也罷，她都醉死在酒店外桌上，後來道士張秀誠順嘴提過幾句，只說徐公子的武藝是生平僅見，不是一品境界也差不遠了。但她真正想知道的，張秀誠都沒說，她真正想要聽到的，張秀誠也沒提。

她甚至不知道這輩子還能否再見他一面。

今天好不容易見到了，竟是又想著他趕緊離開大盞城，這裡畢竟是離陽的兵家重地啊，你一個北莽南朝的世族公子，不怕掉腦袋嗎？

徐鳳年打趣道：「咋的，我不能來啊，怕蹭吃蹭喝？」

青竹娘沒有說話，下意識伸指挑了挑鬢角青絲，生怕自己哪裡被挑出毛病來。她雖然沒有跟那柔弱女子長久對視，但電光石火間的眼神交錯，就已經讓她很是自慚形穢了。多俊的一位小娘子，氣韻上佳，一看就是書香門第的賢淑閨秀，關鍵是那女子，比自己年輕啊！

她突然驚醒似的，壓低聲音說道：「張真人其實昨天就在店中住下了，吃喝睡都在這樓靠窗的最里間。他比我更早見到公子，方才說稍後就到，得揀個沒有客人進出的間隙，讓我托話給你，說是請徐公子海涵。」

徐鳳年「嗯」了一聲。

到了大鑫城青竹酒樓，馬上就要跟如今化名張茯苓的張秀誠親自搭上線，這讓徐鳳年忍不住想起另外一條隱線——不在薊州，而在倒馬關外，就在葫蘆口外！

這次他說是先到薊北橫水城去見郁鸞刀和衛敬塘，但真正的意圖還是收攏這兩條經營數年的伏線。相比薊州韓芳，另外那顆名叫宋貂兒的暗棋能夠更早發揮作用。

當時徐鳳年跟隨劉妮蓉帶隊的魚龍幫出關走鏢，宋貂兒是副幫主肖鏘請來借刀殺人的幾股馬賊勢力之一，徐鳳年相中了此人的心性果決手腕狠辣，讓宋貂兒事後去跟當時還僅是幽州果毅都尉的皇甫枰要錢要糧。

宋貂兒果真如徐鳳年所料，如果不提那武藝平平和可憐身世，其實什麼都不缺，擱在離陽中原江南，進士及第或是成為風流名士都不難，所以在有了一位實權果毅都尉不遺餘力支持的大好形勢下，宋貂兒很快在邊境上大魚吃小魚、吃蝦米，甚至連他娘的泥巴都吃，籠絡起了三百號悍匪馬賊，等到皇甫枰當官當到幽州將軍後，實力不斷擴張的宋貂兒儼然成了幽州關外數一數二的馬賊領袖，明面上手下精壯就過千。

別看相比各地軍伍，這個數目不大，興許還比不上一個吃空餉的校尉，但要知道宋貂兒當時只靠著三十六名馬賊就能在關外自在逍遙了。宋貂兒麾下那暫時沒有換上精良裝備的一千馬賊，大概就已經可以等同於薊州三千騎軍的戰力了。

如果說薊北郁鸞刀的萬餘騎軍，北莽已經心中有數，做了後手應對，那麼宋貂兒來去如風的一千馬賊，以及可以驟然壯大的「宋家匪」，就是可以隨時隨地對北莽東線大軍捅刀子了，至於具體是捅腰眼子還是往肩頭抽一刀子，徐鳳年這一次會親自去布局。除此之外，在北莽朱魍和江湖勢力往幽州滲透的時刻，徐鳳年也藉此機會將許多人馬悄悄打散撒向關外，如道德宗掌律真人崔瓦子所認為的，什麼聽潮閣豢養的一半鷹犬都隱藏在葫蘆口堡寨，障眼法而已，早就跟宋貂兒的馬賊會合了。

那天在清涼山後的碑林，徐鳳年面對指著自己鼻子破口大罵的米邛，沒有任何反駁，只是說了一句「自己沒有做好」。

也許他這個北涼王確實做得沒有多好，但徐鳳年做的事情，肯定比外界想像的要更多。

徐鳳年喝了口先前青竹娘剛剛溫過的花雕，原本還有些笑意的他突然沉默起來。

十五年陳花雕酒自永徽元年起即是江南道貢品之一，其出產地自大奉王朝便有獨特風俗：富家生下女子，便以出生時幾日釀酒幾罈，酒罈繪彩，多埋入老齡桂樹下，至女子長成出嫁，便以此酒做頭等陪嫁物。

當年北涼大郡主遠嫁江南，北涼王徐驍揚言要採備一千罈花雕做女兒陪嫁之用，倉促之下結果只湊了八百多罈。原本這也不是什麼有多丟臉的事情，那會兒人屠嫁女，誰敢說三道四的，誰不知道罵他徐驍再凶，徐驍聽過也就算了。若是有兩個女兒的閒言閒語傳到他耳朵裡，只要不是隔著幾千里外的，保管皇帝都護不住。

到最後，是那個起先最攔著大姐嫁人的世子殿下，親自帶著王府親兵，花了整整一天的時間，幾乎把涼州城內所有權貴富豪的家門都給硬闖了一遍，這才在徐脂虎出嫁那天的清晨時分，兩眼通紅的世子殿下終於捧回了最後一罈上等花雕酒。

徐鳳年不言語，青竹娘也不出聲。

不再身披道袍而是身著便服的張秀誠輕輕推門而入，他本想下跪行大禮，但看見青竹娘還留在屋內，一時間有些左右為難。

徐鳳年回神後，舉了舉酒杯，微笑道：「都是故人相逢，坐下說話。」

張秀誠的誠惶誠恐可不是假裝的，他親娘咧，眼前這位可是堂堂離陽西北藩王啊，那只握著酒杯的手，還握著整整三十萬邊關鐵騎！這位頂著北涼王爵和上柱國頭銜的年輕人，那可是正在跟北莽百萬大軍、跟整個北莽王朝玩命死磕啊！退一萬步說，拿走北院大王徐淮南和提兵山第五貉腦袋的男人，打死王仙芝的傢伙，張秀誠他這麼個裝神弄鬼的道士，不是算碰到真神仙了嗎？

張秀誠看了眼還蒙在鼓裡的青竹娘，用字正腔圓的薊州口音，小心翼翼問道：「王……徐公子，無妨？」

徐鳳年點頭道：「不礙事。」

張秀誠鬆了口氣，正襟危坐，沉聲道：「小的斗膽先不說正事，大當家的讓我先替他做件事情，以後見了面，他再補上。」

說完這句話，張秀誠就站起身，跪在地上重重磕了三個響頭。

徐鳳年沒有攔著他。

額頭微紅的張秀誠重新坐下，迅速平穩了情緒，繼續說道：「在王……」

張秀誠忍不住罵了句髒話，先給自己狠狠甩了一耳光，這才說道：「在徐公子授意下，郁將軍帶兵去薊北的路線上，經過了南麓關附近，大當家也連夜率領三千兵馬去堵截，大打出手了一番。果然，那只帶有幾十扈從的袁庭山事後露頭了，對大當家的少了幾分戒心。郁將軍這一路北行，可就咱們南麓關拔刀了，其他十幾路兵馬都縮卵得一塌糊塗。不是小的胡吹，北涼鐵騎的確不愧是天下第一的雄兵！哪怕隔了個河州，薊州軍照樣怕得要死。」

徐鳳年笑道：「要是薊州主心骨楊慎杏還在，可能就不是這副光景了。」

張秀誠沒說幾句話就覺得口乾舌燥了，瞥了眼桌上那只酒杯，愣是沒敢去拿。

徐鳳年幫他倒了一杯，他這才低頭彎腰接過去，微微側過頭一口飲盡。

看得青竹娘都傻眼了。

這是唱的哪出戲？什麼郁將軍、什麼北涼鐵騎的？楊慎杏她倒是聽說過，那個在薊州作威作福然後到了別地就立馬水土不服的老頭子嘛，據說在離陽一個叫廣陵道的地方吃了場大敗仗，典型的晚節不保。

她對袁庭山則相對更熟悉些，沒辦法，這個袁大人在薊州是婦孺皆知，是毀譽參半的一個傳奇人物。認可的，對他崇拜得五體投地，把他誇得不行，都捧上天了；不認可的，恨得牙癢癢，罵他是條瘋狗，還是曾經被北涼王打得滿地找牙的瘋狗，不靠騎馬殺敵掙取功名，而是只靠著騎女人才有今天的地位。

張秀誠正要說話，屋外有人輕輕叩門，張秀誠如驚弓之鳥一般猛然起身，嚇了青竹娘一跳。

徐鳳年壓了壓手，示意張秀誠少安毋躁，平靜道：「進來。」

糜奉節進屋後，極其嫌棄地冷冷瞥了眼樊小柴，輕聲說道：「那姓阮的找上門了。」

徐鳳年笑道：「是該說這哥們兒陰魂不散好還是癡情一片好？」

原來在他們四騎進入薊州邊境後，無意間遇到一支四十人的私人馬隊，護送著一位世家子弟。馬隊配置不比薊州勁騎差，那傢伙幾乎只看了一眼快馬擦肩而過的樊小柴，魂魄就跟著樊小柴那一騎走了，什麼都不管不顧，立即掉頭策馬狂奔，拚命趕上徐鳳年四騎。

原來那個叫阮崗的年輕人少年時，在大鑫城見過仍是少女的樊小柴，當時便驚為天人，等到樊小柴離去，這個癡情種藉口出門遊學都快把大半座薊州翻遍了，這麼多年始終沒有娶妻，結果他覺得那場重逢就是天意。

樊小柴一開始說不認識什麼阮崗，也從沒有在大鑫城停留過，阮崗當時看徐鳳年的眼神那叫一個幽怨，誤認為樊姑娘嫁為人婦，成了他人美眷。有意思的是阮崗從頭到尾沒有仗勢欺人的企圖，只懇求「徐奇」君子成人之美，千萬要讓他和樊姑娘破鏡重圓，最後這位薊州副將的嫡子甚至下馬就那麼跪在驛路上，滿臉涕淚。所幸他當時沒能看到馬背上樊小柴的猙獰表情，這位拂水房第三號大璫當時真的是連把他分屍的念頭都有了。

樊小柴望向徐鳳年，面無表情地說道：「我找個機會宰了他，放心，肯定神不知、鬼不覺。」

徐鳳年搖頭笑道：「妳們女子能有這麼個在意自己的男人，就算不在一起，也不能傷人太多。畢竟這種好男人，這個世道，真不多了。」

樊小柴還是板著臉，問道：「要不然我把他弄進拂水房『偏房』？此人好歹是薊州副將最器重的兒子，用得著。」

徐鳳年反問道：「妳又不喜歡他，再者妳也都當上拂水房排在前十的大人物了，還在乎這點功勞做什麼？」

徐鳳年笑了笑，搖頭道：「我看不見的地方，拂水房女子做這類事情，我不去管，但妳就站在我眼前，算了。」

樊小柴「哦」了一聲，就不再有下文。

徐鳳年對糜奉節說道：「隨便跟阮崗知會一聲，就說明天我去他家登門拜訪，讓他備好美酒佳餚。就讓他繼續等著吧，有個念想掛在心頭，哪怕是掛一輩子，大概也比心如死灰好一些。」

屋內所有人都沒有接話，張秀誠是不敢，糜奉節是不上心，樊小柴是開始閉目養神了，只有青竹娘柔聲道：「是這樣的。」

徐鳳年沒來由想起了同為北涼棋子之一的王府客卿，戴上那張入神臉皮的舒羞。這枚棋子，直覺告訴徐鳳年，不但在青州襄樊城那位藩王身邊落地生根，而且連顏色都變了。

師父李義山一向視圍棋為小道，最重要一點就是認為圍棋分黑白，且永遠是黑白，但人心最易反復，豈是黑白兩色可以劃分的？

即便離著北涼有數千里之遙，哪怕如今北涼鐵騎自顧不暇，但要讓一個在青州檯面上見不得光的舒羞一夜暴斃，拂水房花點代價還是可以做到的，但是這沒有任何意義。

倒是另外那張入神面皮的主人，去了北莽的那顆隱蔽棋子，總算開始風生水起了。

至於在太安城內高居門下省左散騎常侍的陳少保陳望，和陵州金縷織造王綠亭的至交好友孫寅，徐鳳年沒怎麼將他們當作必須聽命於北涼的棋子，順其自然就好。

徐鳳年倒是更期待曹嵬那傢伙。在郁鸞刀近萬幽騎的「掩護」下，曹嵬那支更為精銳的騎軍，興許真的可以成為一錘定音的奇兵。當然前提是，北涼三線能夠咬牙扛下北莽鐵騎的南侵。

徐鳳年端著酒杯起身走到窗口，望著川流不息的鬧市大街，喝了口花雕酒。

你太平令在北莽皇宮，以百幅大緞拚湊出兩朝如畫的錦繡江山，要為那老嫗以黑白買太平。

技術活兒，當賞。

不過這個「賞」，是我北涼三十萬鐵騎，就看你北莽吃不吃得下了，小心燙穿了肚腸。

不惹是生非的四騎，在偌大一座大蠡城的去留，就像滴水投於巨壑，根本激不起什麼。

◆

徐鳳年跟張秀誠談妥事宜後，很快就離開酒樓。青竹娘只在相送時說了一句話，說上次離別，他送給她一句話，這次她還給他，徐鳳年笑著說收下了。

張秀誠回到雅間視窗望著四騎在街上遠去，沒有轉身。

女子正在緩緩收拾桌上的酒壺酒杯，和那些盛放佐酒小菜的精緻碟子。

張秀誠好奇地問道：「青竹娘，那句話是什麼？可以說嗎？」

青竹娘婉約笑道：「有什麼不能說的，他上次對我說要好好活著，天底下沒有比這更大的道理了。」

張秀誠感慨道：「這世道要亂了。」

青竹娘小聲問道：「他到底是誰？你要是不能說，就別說。」

張秀誠轉過身，有些疑惑：「還真不能說。只是我跟他聊了那麼多，青竹娘妳還沒猜出來？」

青竹娘臉頰微紅：「我也不知道當時在想什麼，反正覺得現在好像什麼都沒能記住。」

張秀誠愣了一下，忍住笑意：「妳就當他是徐朗好了，反正他真實身分總有水落石出的一天，到時候妳就算逃回北莽閉上耳朵都沒用。從他對待那婢女的細節中看得出來，不說是好人，但肯定壞不到哪裡去。」

青竹娘白了一眼這個總喜歡自嘲只會在故紙堆裡降妖除魔的道士，輕聲道：「他呀，壞著呢。」

張秀誠不明就裡，也不樂意摻和這檔子事情，省得裡外不是人。對了，在春秋士子眼中的神州陸沉後，也不知哪個嘴上不積德的讀書人說了句大損話，流傳甚廣，就是說「徐驍照鏡子，裡外不是人」。張秀誠在薊州紮根後一開始不理解，後來才知道是罵那位老涼王殺人太多，是闖入陽間的厲鬼。至於其他如「大將軍走路，一高一低」，這個簡單明瞭，是在暗諷徐驍是個瘸子；「上梁不正、下梁歪」，曾經是用以笑話人屠駝背和他長子徐鳳年紈褲無良，不過隨著徐鳳年的聲名大振，已經很少有人提起。

張秀誠嘆了一口氣，可惜自己是沒法子看上一眼那位功高震主且得善終的大將軍了。收斂起這些無用思緒，張秀誠看了眼窗外天色，自己也該出城了，大當家那邊還等著自己的消息。

張秀誠突然坐回位置，讓青竹娘放回杯筷菜碟，倒了杯酒，慢飲起來。

她則斜靠在視窗，安靜地望著那熱鬧喧囂的異鄉市井。

◆

徐鳳年四騎在過大蠡城以北的雁停關後，為了防止橫生枝節，就棄馬而行，徒步翻山越嶺，在樵獵罕至的山路快速北行。

麋奉節和樊小柴都對那孩子刮目相看，小小年紀，悟性好不奇怪，但內力如此雄厚就完全說不通了。他們當然打破腦袋都想不到牧羊童余地龍，繼承了王仙芝三分之一的衣缽。

薊州之行，六年鳳總能精準找到徐鳳年，傳遞來幽州戰況。

當一行四人沿著一條峽谷奔走在高處脊背上時，徐鳳年又一次驟然停下身形，抬臂撐起那隻破雲而墜的神駿海東青。麋奉節看見往常神情平淡的北涼王這次有些凝重，站在崖畔怔怔出神。余地龍一屁股坐在地上，脫下那雙結實牛皮靴子倒提起來，倒掉那些硌腳的沙礫。

麋奉節忍不住開口問道：「葫蘆口戰事不利？」

徐鳳年搖頭道：「棗馬寨那邊的第一場接觸戰，雙方戰損其實還在褚祿山和燕文鸞的意料之中。但是就目前我收到的諜報來看，有些戰場之外的『意外』必須要重視起來了——楊元贊親自領先鋒軍直撲臥弓城。

自古以來，一輩子得有半輩子活在馬背上的北方遊牧民族，自然騎射嫻熟，但大奉王朝開國初期仍是對草原勢力保持著絕對優勢。你們也許想不到，哪怕在大奉末期，哪怕不依靠城池堅固和精銳弓弩，奉軍與草原騎兵的交戰，依舊是可以打平手的。雙方出現勝負顛倒，也就是這兩百來年的事情。

無數趟夾帶私貨牟取暴利的邊關貿易，加上兩百年無數次南下遊掠的大擄而歸，讓北方草原擁有了相當規模的匠人和鐵器。春秋士子洪嘉北奔，更給北莽帶去了豐富的人口、深厚的中原文化，以及潛移默化的戰爭觀念。董卓私軍重視步卒、重視攻城、重視輔兵，就是其中一個顯著的變化。」

徐鳳年蹲下身，抓起一把黃土，輕輕攥在手心，說道：「北莽號稱在東線一口氣投入三十萬大軍，如果往前推個三、四十年，我們身處中原春秋九國早期，一定會想當然地以為所謂的三十萬兵馬，撐死了就是十來萬戰兵。就算再加上運輸糧草的民夫和負責保養輜重器械的輔兵，也到不了三十萬。

這種未戰之前先把自己膽子壯上一壯的陋習，徐驍可能不是第一個心生抵觸之人，但徐驍絕對是抵觸得最堅決最徹底的武將。從他攻打各大離陽藩鎮割據勢力開始，他有五千兵馬就說五千，後來還鬧出個天大笑話。

剛打北漢那會兒，北漢前線將領一聽諜報說徐驍出征時帶了兩萬，守城大將掐指一算，好嘛，照老規矩不過六、七千人而已，至多一萬，這場仗有的打，不用撤退。最終那名北漢大將給徐驍擒獲，斬頭祭旗前還使勁大罵徐驍是大騙子。徐驍氣得一腳就踹掉那大將半口牙齒，回罵：『老子說兩萬就是兩萬，童叟無欺，這樣的老實人你也有臉罵是騙子？』」

余地龍原本在抓著兩只靴子晃來晃去，像是想要兜些風在靴子裡，聽到這裡，也安靜下來，豎起耳朵聽師父講那些離他很遠的一樣東西——戰爭。

徐鳳年握緊五指，感受著手心由黃土帶來的沁涼感，感慨道：「北莽、涼州中線和流州西線不去說，幽州東線上的三十萬，戰兵可是超過二十萬，而且其餘十萬輔兵，其實也與戰兵無異。北莽多騎少步，董卓定下規矩，此次出征作戰，戰兵在奔襲途中一律不許搭建帳篷，下馬閉眼則睡，睜眼上馬則戰。之所以有十萬輔兵，更多是為了針對葫蘆口的堡寨體系而設。楊元贊對付棗馬寨堡群，就是交由各路輔兵去攻城拔寨。

這十萬輔兵中的統兵將領，大多父輩都是春秋遺民，或者直接就是四、五十歲的春秋遺民本身。而楊元贊的親軍和洪敬岩的柔然鐵騎，這些主力騎軍直接繞過寨堡，長驅直下，力求以最快速度推進到臥弓城下。等到大軍兵臨城下，攻城器械運到之時，那麼後方戰線也差不多已經清掃乾淨，龍腰州負責糧草補給的征役民夫就可以源源不斷地安然南下，所以說這場仗，北莽和董卓打得很『中原』。」

樊小柴冷冷道：「如此說來，臥弓城以北的堡寨擺明瞭就是一個死字，為何幽州不乾脆將臥弓、鸞鶴、霞光三城在葫蘆口最北一字排開，不就將北莽大軍攔在關外了嗎？還不用擔心各大堡群被北莽騎軍緩緩蠶食。說到底，你們北涼為了那個雄甲天下的名頭，就不把士卒性命放在眼裡！」

麋奉節用看待白癡的眼神打量著這個娘兒們，老人那張乾枯臉龐上破天荒有了些笑意，當然這種笑容肯定跟善意無緣。這不是說麋奉節一下抓住了樊小柴言語中的漏洞，沉劍窟主的想法簡單至極，在沙場上血水裡泡過死人堆裡躺過的北涼武將，尤其是用春秋戰事證明過自己戰爭才華的老將燕文鸞之流，怎麼會是沽名釣譽的傻瓜？

徐鳳年沒有嘲笑樊小柴站著說話不腰疼，或是譏諷她的井蛙之見，而是抬起那握土的拳頭點了點腳邊峽谷，平靜道：「葫蘆口不是這裡。我親自走過塞外，大體上能想像得出葫蘆口的口子到底有多大。且兵事上何處依山建城，何處斷塞築隘，何地臨水建堡，何地據險造燧，不但都有講究，而且也都有種種複雜的變通。葫蘆口，是北涼道地勢最得天獨厚，也是唯一擁有天然縱深的防禦重地。妳說讓堡寨士卒去死，其實是對的，一旦敵軍『寇大至』，這些據險而守的將士，其險是不足以『守活』的，只能死守和『守死』。」

徐鳳年握緊拳頭，崖上風沙撲面，吹拂得他鬢角髮絲繚亂，只聽他接著道：「北涼只告訴離陽葫蘆口可以填下十五、六萬的北蠻子，中原人大多不願意相信。若是說燕文鸞一開始就是要葫蘆口三城兩百堡寨的五萬幽州守軍，要他們全部戰死在葫蘆口……」

語氣始終平緩的徐鳳年略作停頓後，笑了笑：「恐怕中原就是聽說了這件事，也會假裝沒聽見的。也許『哦』了一聲，然後就沒下文了。該喝酒喝酒，該賞雪賞雪，該清談清談，人生得意須盡歡啊。」

樊小柴咬著嘴唇，仍是倔強問道：「一人願意死戰，百人願意，就算千人願意，可幽州邊軍五萬人，真願意明知要死也死在葫蘆口？爹娘給了他們兩條腿，不會逃？」

糜奉節終於可以理直氣壯教訓這個除了殺人什麼都不會的娘兒們了，嗤笑道：「妳這位舊北漢頭等勳貴的遺脈，哪裡能曉得北涼人是怎麼想的。大將軍入主北涼不過二十來年，軍心猶在，何況北涼邊境這麼多年可不是啥太平日子。當兵打仗，上陣殺敵，北涼甲天下，可不是光靠北涼大馬和弓弩涼刀，歸根結底，是那股子氣撐著！妳樊小柴懂嗎？」

徐鳳年不置可否，微微苦澀輕聲道：「北涼一向對外宣稱三十萬鐵騎，離陽好事者一直很好奇徐驍到底給我攢下多少家底，騎軍步卒各有多少，邊軍和地方駐軍各有多少。」

余地龍輕聲問道：「師父，那到底有多少啊？」

徐鳳年出現一抹恍惚失神，轉過頭後，笑臉溫柔道：「你猜？」

余地龍搖搖頭。

徐鳳年重新望向西北天空。曾經有個不知道什麼時候就老了的老頭子，就很喜歡說「你猜」兩個字，徐鳳年總報以白眼回一句「猜你大爺啊」，他就會笑咪咪回答「對嘛，本來就是你爹」。

徐鳳年收起這一點思緒，沉聲道：「葫蘆口幽州駐軍願意死守，有麋奉節你說的原因，但更重要的卻沒有說出。北涼不足兩百萬戶，受限於狹小地域，不管如何休養生息，人口始終不到千萬。那麼我問你們一個很簡單的問題，區區兩百萬戶，北涼軍卒竟有數十萬，哪家哪戶不是有人身在軍伍？如果北涼邊軍覆滅，又有哪家哪戶不需要身披縞素？」

徐鳳年咬牙道：「其中幽州青壯幾乎全在幽州本地軍中，葫蘆口三城兩百堡寨所有駐軍的背後，幾乎咫尺距離，就是他們的家鄉！他們多死一人，家人也許就能多活一天！道理就這麼簡單！」

徐鳳年緩緩站起身，說道：「主持幽州軍務的燕文鸞，他訂立了一條不成文的規矩，徐驍在世時，就有無數幽州官員大肆抨擊，等我世襲罔替之後，包括黃裳在內所有赴涼士子，無一不強烈要求將這條規矩廢除。」

麋奉節不知此事，倒是成為拂水房大諜子的樊小柴很清楚。

『幽州邊軍有鐵律，不論何人，臨陣後退者，一經查實，全家皆斬！』

「燕文鸞曾經親口對我說過，他可以不當那個北涼步軍統領，甚至可以把幽州邊關軍權交給別人，但是這條規矩，在他戰死前，誰都不能改。我徐鳳年，也不行！」

徐鳳年吐出一口濁氣，瞇起眼呢喃道：「這就是戰爭，這就是北涼。」

山風凌厲，徐鳳年站在崖畔，跟三人離得有些遠，顯得有些形單影隻。

樊小柴猶豫了一下，開口問道：「接下來做什麼？」

徐鳳年微笑道：「能做什麼就做什麼。這趟趕路來薊州，我就一直在做同一件事情。」

之前有所察覺端倪的麋奉節小心問道：「王爺是在試圖重返武道巔峰？」

徐鳳年回答道：「山窮水複疑無路，而且就算腳下真的已經沒有路了，我也得自己走出來一條。」

敦煌城外有巨大石佛，以雄山為胚；

大佛日復一日，年復一年，笑看人間，憐憫世人。

武當山主殿有真武大帝，扶劍而立數百年；

聖廟內至聖、亞聖和諸多陪祭先賢，身死氣猶在。

他輕輕默念道：「自在觀觀自在，無人在無我在，問此時自家安在，知所在自然自在。如來佛佛如來，有將來有未來，究這生如何得來，已過來如見如來。」

道門坐忘悟長生，佛家觀想求放下，儒教守仁恪禮弘毅。

徐鳳年閉上眼睛，伸出手攤開，任由大風吹散手心那撮黃土。

◆

當徐鳳年最後趕至橫水城時，特意穿上一襲素潔儒衫的中年男子獨自出城相迎，說了一句話，相贈一物。

徐鳳年策馬離去時，永徽六年的榜眼郎，長揖作別。

「我於永徽七年離開江南，曾隨身攜帶一袋家鄉泥土。十四年後，泥土早已消散不存，只留下這只舊布袋，懇請我死後，北涼馬蹄有朝一日能踩在北莽腹地，到時候且取一抔北莽泥土，遙祭衛敬塘！」

◆

幽州射流郡以北地帶，不知經過幾百年還是數千年的流水侵蝕，地面支離破碎，溝壑交錯，突兀出一座座大小各異的原堠[1]。

一名肌膚黝黑、五短身材的年輕劍士站在視野開闊的平頂條狀大堠上，正在用手臂去擦拭那柄自出爐後便從來沒有出過劍鞘的長劍，劍名就叫「無鞘」。

北莽有好刀無名劍，北莽江湖無劍客，這些都是北莽、離陽公認的。雖然劍氣近是世間屈指可數的劍道宗師，那柄定風波更是在劍譜榜上有名的重器，但那個離陽江湖還是覺得北莽無劍，還說再給北莽一百年，照樣無劍。

他對於這種事情，比起特意改了名字寓意要為北莽劍道青黃相接的劍氣近，要淡然許多。對他而言，練好自己的劍比什麼都強，而且練劍就是練劍，至於什麼陸地神仙、什麼天下第一，需要多想嗎？所以他從不浪費精力去思考「劍」以外的事情。

他手中這把無鞘是一柄新劍，沒有歷史也沒有傳承，鑄造材質和鑄劍師的手藝，都不算太差，只是比起榜上那些連名字都取得極有意思的名劍，肯定相差甚遠，沒有十萬，八千里的差距多半是有的。

但是當年領著他走上練劍道路的男人，那個從不願承認是他師父的傢伙，離別前幫他付了鑄劍的銀錢後，對他說了好些婆媽絮叨至極的「遺言」，就像一個垂死之人愣是吊著那口氣死活不咽下去，熬了幾天幾夜，估計那病床前再孝順的晚輩也會受不了的。

「一把劍，稱手就行，稱手了就能稱心，連佩劍都換來換去的劍士，練不出好的劍法。當然，你可能會問一把劍斷了不得換劍嗎？錯啦！不信？你看那離陽李淳罡不就只有一把木馬牛嗎？人家都能劍開天門了，你跟他學能有錯？不能吧？

我雖不練劍，但我覺得劍士相劍、挑劍，就跟男人找媳婦一樣，一見鍾情最重要，鍾情之後再不移情。你啊，趕緊多看幾眼你手中的劍，花了我好幾十兩銀子啊，你這個窮小子還敢不一見鍾情？有本事你搖個頭試試看，看我不打斷你手腳！這點眼力見兒都沒有，還練個屁的劍！白瞎了我幾十兩銀子。

看你表情好像很不捨得我走？咦？你小子這到底是點頭還是搖頭？你娘的，不想我走，你好歹伸手揣點銀子行不行？幾顆銅板也行啊。哦，敢情是想跟我討幾本劍譜祕笈，不好意思開口？實話告訴你，沒有！小子，最後送你一句話，記住，別以為不收你錢就不當回事。練武，不管是練刀還是練劍，兩個字說破一切道理——離譜！

不懂吧，這兩字夠你琢磨個十年了。誰讓你悟性差，比我年輕時候是要差，否則我早就收你做徒弟了。既然悟性差，就別怨我小氣，要怨就怨你爹娘去。話就說這麼多，既然我在北莽找不著媳婦，那就去離陽找。咱倆啊，以後就爭取別見了，我怕到時候心疼劍錢，後悔今天幫你結帳。」

當時旁邊那位鑄劍師氣得臉色鐵青。小窮光蛋不去說，你這大窮光蛋才真是你娘的，十一兩銀子說成幾十兩也就罷了，還想湊個整數只付十兩？就這麼號人物，就在老子這劍鋪把天都給吹破了，還誤人子弟教別人「離譜」？你本人就是最大的離譜！

然後脾氣暴躁的鑄劍師終於忍無可忍，當場就開罵了：「就你能在咱們北莽找著媳婦才奇了怪了，趕緊滾去離陽那邊禍害別人家女子吧，那才真是謝天謝地了！」

年輕劍士停下擦拭劍身的動作，眺望遠方，嘴角有些笑意。當年那位名不見經傳的鑄劍師如果知道那個傢伙的身分，估計打死他都不敢那麼罵人。

如今的拓跋菩薩在成為北莽第一人後，始終被認為不敵王仙芝，不管拓跋菩薩這些年境界修為如何穩步攀升，都沒能改變這個事實。

但是在拓跋菩薩之前的那位前任北莽第一高手，在他莫名其妙消失之前，北莽上下都堅信，當時的他完全可以與離陽王仙芝酣暢死戰！

這個被譽為大草原上千年一出的天才，就是呼延大觀——他一人即一宗門。

而他這個沒能成為呼延大觀徒弟的劍客，就是鐵木迭兒。他的祖輩，曾是草原上飛得最高的那頭雄鷹，甚至在中原的天空肆意翱翔。

鐵木迭兒本來不是一個會追憶或者說懷念什麼的人，他有種直覺，自己這次多半是回不到草原了。

他對北莽這個「王朝」沒什麼感覺。草原兒郎大多如此，一頂帳篷就是一個家，一個姓氏就是部落。他之所以蹚渾水，正是因為北莽王庭拿他所在的部落做威脅。

當時十人聯手截殺那姓燕的北涼大將軍，鐵騎兒和口渴兒先死，提兵山斡亦剌被那位小念頭率先捨棄，死於某個關隘，後來七人再度陷入死局，總是埋怨喝不著酒的阿合馬大笑著赴死了。後來他們差一點就在大樂府的帶領下成功脫離險境，可惜被一群據說是鍊氣士的人物發現了蹤跡。

兩個在北莽江湖成名已久的高手也死了，鐵木迭兒甚至到現在還不知道他們的名字，只記得兩人都用刀，其中一個還幫他擋了那北涼高手一槍。如今就只剩下他鐵木迭兒、大樂府先生、總遮住半張臉的公主墳小念頭，還有那位鬢角鮮花早已丟失的陰沉老婦人。

這場本該是一群人圍毆一人的大好局面，為什麼會輸得這麼慘？大樂府先生在逃亡途中說了許多道理，鐵木迭兒都給忘了。反正只知道他們嘗試了無數種方法，一開始是四散逃竄，後來是竭力圍攻，再後來是花樣百出的埋伏截殺，到頭來，都沒用。

從頭到尾，那個實力強大到讓鐵木迭兒都感到恐怖的北涼男子，都在用一種方法追殺他們：誰站在了最北的位置上，他就盯住誰殺，而且殺得一點都不急。從來都是只出一槍，在這之前，對手大可以施展生平所長，若是誰腳下的位置更北，他就會毫不猶豫地轉移目標。

一般來說，像到了十人這種境界的武道宗師，體力、腳力都極強，鐵了心要逃跑，相同境界的敵人哪怕技高一籌，想要殺死對手並不容易，需要長時間接連不斷的鏖戰。但問題在於那個只提了一杆普通鐵槍的傢伙，每次殺人都只需要一槍，這比什麼都致命。

他在出槍前，就靠著強健無匹的體魄跟他們耗，要麼躲閃，要麼來不及躲閃，便硬碰硬地力扛。正是親身領教過這人的可怕，鐵木迭兒才明白為什麼經常聽人說世上高手只分兩種：一種是王仙芝，一種是由拓跋菩薩領頭的所有天下武人。

鐵木迭兒咧嘴一笑，那個說要去離陽找媳婦的男人，在當今天下，大概他和拓跋菩薩，加上那位北涼王，能算是一種武人，然後包括他鐵木迭兒在內所有人，都是另外一種。

有個衣襟染有血跡的中年人就蹲在年輕劍客腳邊，抓起一小撮泥土放入嘴中，慢慢咀嚼微笑道：「在想什麼開心的事情？我們四條喪家犬，也就只有你能笑得出來了，還這麼不勉強。」

鐵木迭兒笑道：「想一個男人。」

那吃泥土的儒雅男人打趣道：「鐵木迭兒，你這話說得很有深意啊，以前還真沒瞧出來。」

鐵木迭兒「嘿」了一聲。

那位落拓男子好像也挺有閒情逸致，轉著酸文道：「春，地氣通，土甦醒。我嘴裡這種黃綿土，屬於泥土裡的小孩兒，年紀輕著呢。我前幾天嘗過的那種，就老了。」

雖然不感興趣，但鐵木迭兒還是很認真聽著。

男子環視四周，笑意醇和，神祕兮兮低聲道：「既然站在了這裡，那你就有機會能活。我們三個，就難嘍。」

一位身形傴僂的老婦人陰陽怪氣道：「大樂府，你的心情也不差嘛，還能跟鐵木迭兒在這兒聊天打屁。咱們那位小念頭可是豁出性命去，才幫咱們贏取這點寶貴的喘氣時間。」

正是棋劍樂府大先生的男人笑道：「一寸光陰一寸金，光陰這東西，其實什麼時候都值錢的。當然，現在就更值錢了。咱們四個的腦袋加起來，應該勉強能值上個一萬騎軍。粗略折算，以一萬騎的十年沙場壽命為準，那就是……」他突然站起身，正色道：「來了。」

鐵木迭兒握緊手中無鞘，沉聲道：「我這一劍，一定能比先前那座關口更快。」

老嫗冷笑道：「有劍仙一劍的風采又如何了？只要殺不死徐偃兵，咱們今天肯定又得搭上一條命。」

大樂府拍了拍年輕劍客的肩膀：「劍，越來越快，哪怕是後一劍快過前一劍，只有一絲一毫，也是大好事。鐵木迭兒，要信任自己，和你的劍！」

年輕人點了點頭。

黝黑的臉龐，耀眼的陽光。

這讓大樂府的沉重心情也好了幾分，他望向那四人中年紀最大也最怕死的老婦人，神情淡然道：「這次我留下。」

老婦人非但沒有領情，反而尖酸刻薄道：「也該輪到你們棋劍樂府了！」

大樂府一笑置之。

◆

約莫半里外，兩道身形不斷交錯，向鐵木迭兒這座大堞「緩緩」而來。

老嫗瞇眼望去，面沉如水。

大樂府卻沒有去看那場廝殺，抖了抖袖口，盤腿而坐。

白衫長裙女子像一隻白蝶在黃沙高坡上翩翩起舞，縹緲靈動。

這位綽號「半面妝」的小念頭與那姓徐的傢伙貼身搏殺。

她腳尖一點，身體一旋，五指如鉤，抓向那徐偃兵的頭顱。後者身軀隨之後仰，臉龐上方幾寸處堪堪被那隻纖纖玉手劃過。

手中鐵槍尾端順勢輕描淡寫地一鉤，撞向小念頭的脖子。

這種當真沒有半點煙火氣的隨意「出槍」，連同半面妝在內八人都領教過無數次，因為沒有蘊含充沛氣機，所以就算被擊中，也遠遠不至於傷筋動骨，但在鳳起關那裡斡亦刺就恰恰因此而惱羞成怒，在挨了八槍後，性子暴戾的提兵山峰主就氣炸了肺，就不再準備隨時逃竄而蓄力，轟出了堪稱生平最巔峰的一拳，不留餘地，視死如歸。

結果當然就是斡亦刺被徐偃兵抓住機會，一槍洞穿了前者的拳頭、胳膊和肩頭。

小念頭身體傾斜，踩著碎步迅猛前衝，躲過了那杆鐵槍。若是有人觀戰，由側面望去，那就像是她在以肩扛槍。

小念頭剎那間就來到剛剛站直的徐偃兵身前，四指併攏做尖刀，狠狠刺向徐偃兵的心口！

徐偃兵手腕輕抖，槍身就在她肩頭輕輕一磕，將這名小念頭給橫推了出去。

白衣女子雙腳在黃沙地面上滑出一道痕跡，嘴角滲出猩紅血絲。

徐偃兵手提鐵槍，面無表情，沒有理會眼神如刀的小念頭，而是望向隔有兩條深溝的那座大墚。

演戲演了這麼久，也該粉墨登場了。

果然，小念頭縱身一躍，往溝壑中墜去。

在小念頭跳崖之前，那坐在地上，像是一位私塾先生坐於桌前準備授業的大樂府，輕輕笑道：「天地無言，大風歌之。」

大漠多風沙，但若是只有大風吹拂漫天卻無一粒黃沙，這肯定不符合常理。

徐偃兵所站原上四周，便只聽大風呼嘯嗚咽，而無沙礫。

大樂府盤膝而坐，閉目凝神，瞬間七竅流淌出鮮血，但面容安詳，朗聲道：「戰城南，死郭北，野死不葬烏可食。為我謂烏：『且為客豪！』」

只見言盡之時，一抹身影緩緩升起，又一位大樂府站起，如千萬縷光線彙聚成形。

「他」向前走出一步，直接穿過了坐著的自己。

他大袖飄搖，踏出的步子越來越大，臨近大墚邊緣，如同化作一抹長虹，徑直衝向了徐偃兵。

坐著的那位大先生滿臉血跡，膝上的青衫滴滿了鮮血，沙啞道：「人生一世，草木一秋，瞑目皆歸泥。」

又一位大樂府站起，只是身形不如先前那一位寫意風流，步伐踉蹌，但速度極快，同樣掠向了徐偃兵。

劍仙御劍飛行，朝遊北越暮蒼梧，喻其之快。

但是仙人出竅神遊，猶有過之。

兩位「大樂府」一前一後出竅，前者停在徐偃兵身後，後者來到徐偃兵身前。

不知何時，鐵木迭兒站在了神魂遠遊但身已死的大樂府先生身前，怒吼道：「大風！」

大樂府的屍體、起劍的鐵木迭兒、一位樂府魂魄、徐偃兵、又一位大樂府魂魄。

五者恰好位於一條直線之上。

那「朱魍兩繭」之一的老婦人根本就沒有看清鐵木迭兒是如何出劍，又是何時離開大原前往對面那座高墚。

等她終於能夠定睛一看，才發現自己看到的局勢詭譎至極，以至於她不敢相信自己的眼睛。

大樂府拿性命作為代價，「牽引」鐵木迭兒遞出去這地仙一劍的殺招。

以徐偃兵一槍刺透身前四尺外鐵木迭兒的肩膀告終。

無鞘劍的劍尖離徐偃兵的心口仍有一尺距離。

雖然劍氣已至，讓徐偃兵的胸口出現一攤猩紅，但這肯定不足以致命。

一尺之隔，在武道頂尖宗師之間的生死相向，足以是陰陽之隔。

但在徐偃兵和鐵木迭兒之間，有一個人握住了那杆鐵槍，這才讓徐偃兵沒有能夠隨便將槍身一個向下斜拉，去攪爛鐵木迭兒的心肺。

徐偃兵拔出鐵槍，槍身發出一連串刺破耳膜的摩擦聲。

那位不速之客一手扶住鐵木迭兒，一手甩了甩手腕，掌心有些血絲。

老婦人咽了咽口水。

作為朱魍老祖宗級別的前輩，她認出了那個人。

呼延大觀！

除了拓跋菩薩，也沒有誰能讓徐偃兵那一槍半功而返，讓後者無功而返當然更不現實。

呼延大觀笑道：「緊趕慢趕總算給我趕到了。徐偃兵，你不殺鐵木迭兒，我就不找徐鳳年的麻煩，如何？」

徐偃兵神情冷漠，提槍寸餘，後撤一步。

眼前對手值得他將距離拉開到最適合鐵槍發揮全力的位置。

呼延大觀一臉無奈道：「說實話，涼莽開打，關我屁事，我之前就沒想過要跟徐鳳年過不去。」

鐵木迭兒掙扎了一下，呼延大觀扶住他的肩頭的那隻手微微加重力道，前者頓時連呼吸都困難起來。

呼延大觀正了正神色，說道：「但如果你今天執意要殺鐵木迭兒，那我也不介意殺一殺徐鳳年，至於能否成功，我不管。」

老婦人知道那呼延大觀根本沒有刻意流瀉氣機，但她就是會感到窒息。

然後她馬上就湧起一股悲憤欲絕的情緒，不管如何克制都壓抑不住。

因為那個追殺他們得有整整一旬時日竟然都沒開口說過一個字的傢伙，終於說話了！

徐偃兵平淡道：「先問過我的槍。」

說起離陽官話比離陽百姓還順溜的呼延大觀爆了句粗口，苦笑道：「打住、打住，怕了你了！徐偃兵，既然你決心要打一架，行，你手中這杆鐵槍內裡早已經不堪一擊了，你回去換一杆新槍，好歹能撐得住你出三槍，否則也打不盡興！

我呼延大觀就在這裡等著你，鐵木迭兒，那啥念頭的，還有那個不服老老愛插朵大紅花的老婆子，我都幫你留在這裡。到時候誰贏了誰說話，如何？」

徐偃兵點了點頭，就這麼直截了當地轉身離開了。

這一幕看得那朱魍老婦人差點眼珠子都給瞪出眼眶。

等到徐偃兵的身影消失在視野中，呼延大觀鬆開手，滿臉淚水的鐵木迭兒轉身望向那座大墚，那裡坐著樂府大先生。

那柄無鞘從他手心悄然滑落。

呼延大觀平靜道：「撿起來。」

鐵木迭兒好像六神無主，根本沒有聽到呼延大觀在說什麼。

呼延大觀也懶得廢話，一巴掌甩過去，直接將鐵木迭兒甩到大樂府的屍體前幾丈外，腳尖一點，再將那柄棄劍一併踢過去。

白紗遮住半面的小念頭來到呼延大觀身邊，神情複雜。

呼延大觀嘆息道：「八百年前，妳我是誰，重要嗎？洛陽放不下，那不奇怪，她是大秦皇后。連我這個所謂的秦帝影子都早早放下了，妳算什麼？不過就是個被大秦軍亡國的皇室女子罷了。這樣的恩怨，八百年來，中原各國各朝各代，皇帝皇后都出了那麼多茬，更別提什麼小國公主不公主的了，沒意思的。」

呼延大觀抬頭望向天空：「何況那人走了，徐鳳年只是徐鳳年而已。妳去恨誰？當初妳成功挑唆那兩名女子反目成仇，甚至可以說大抵，正是妳害得大秦一世而亡，還不滿足？」

小念頭一把撕下面紗。

她的半張臉絕美非凡，但是另外半張臉，一張張陌生的女子面孔不斷變換。

最終定格。

竟是一張男子的半臉。

呼延大觀轉過頭，不去與她對視，輕聲道：「妳走吧。」

她看著遠方那張在空中飄蕩的白紗，抬起一隻手，輕輕摀住那半張臉，呢喃道：「你真的走了啊？那你說，我又能去哪裡呢？你總是這樣，連看我一眼都不願意。我從不恨你啊，我只想你看一眼，一眼就好……」

呼延大觀問道：「真不走？」

公主墳小念頭抬起另外一隻手，雙手十指如鉤，極其緩慢地將自己兩張臉都割劃得血肉模糊。

而她毫無痛苦之色，閉上了眼睛。

她用今人聽不懂的腔調，輕輕哼起了一支曲子。

等到曲終，呼延大觀一掌推在她額頭上。

她墜入峽谷。

呼延大觀獨自負手站在原地，輕聲感慨道：「這一世終於都了了。」

那襲白衣，如一隻不願破繭而出的纖弱白蝶，怯生生躲在繭中看著外面的世界。

世上再無那女子獨處時，摘下面紗，一年又一年，一世又一世，對鏡卻看他。

◆

北涼境內一座私塾的屋簷下廊中，一位古稀老人躺在籐椅上，曬著溫煦的陽光，四周坐滿了蒙學稚童，老人每唱一句，孩子們便跟他唱一句。

那是一首從大秦覆滅後沒多久便流傳開來的古謠。

歌聲悠揚。

楊家有女初長成，養在深閨人未識。
天生麗質難自棄，一朝選在君王側。
回眸一笑百媚生，六宮粉黛無顏色……

1 墚：高原上呈條狀延伸的嶺岡，頂面較平緩，兩側為狹深的溝谷。

第四章　北莽軍兵臨城下　臥弓城死盡死絕

臥弓城外，不復見各地烽燧點燃平安火。

北莽先鋒大軍，兵臨城下。

大風，黃沙，貧瘠的土地，大風又將這些乾燥黃土吹拂到空中，撲擊那些獵獵旗幟。

城外北莽戰陣前方，不斷有精銳遊騎飛馳傳遞軍令。臥弓城頭，一張張大型床弩蓄勢待發，所有城頭將領都下意識握緊了刀柄。

一聲高亢凌厲的號角，驟然響起！

若是以往北莽南下遊掠遇城攻城，這個時候多是驅使中原邊關百姓和降卒前衝，不但填上壕溝，還能夠大量消耗守城一方的箭矢，最多同時輔以輔兵推盾車前行，步騎蜂擁而出，臨城後萬箭齊發，可以達到「城垛箭鏃如雨注，懸牌似蝟刺」的效果。只要守方出現軍心不穩，憑藉北莽武卒的悍勇，登城後可一戰擊潰。

但是今天這次兵臨臥弓城，北莽東線軍務在主帥楊元贊的主持下，展現出與以往兩百餘年北蠻侵略叩關截然不同的攻城風格。左右兩翼各三千騎軍護衛中軍步卒開始衝鋒的同時，有一種往年極少出現在西北邊塞的兵家重器，以大規模集結的方式浮出水面——投石車！

楊元贊幾乎是在一夜之間便架設了不下六百座投石車，最大者需要膂力出眾的拽手兩百人，一顆巨石重達百斤！六百座投石車，不但車兵南下時攜帶有相當數量的巨石，還在進入葫蘆口後沿路搜刮殆盡了臥弓城以北所有大石。

此時，所有按兵不動的北莽將士都情不自禁地抬頭，安靜等待著那壯觀的景象——無數巨石將一起向高空拋撒而去，然後重重砸在臥弓城牆頭，或是落在環城兵道和登城。

六百座投石車，看似面朝臥弓城列陣平正，若是由城頭那邊望來，便知擺出了一個弧度。

力強者架在距城最遠的弧心，稍弱者設於左右，以此類推。

不知道是誰率先喊出「風起大北」，投石車附近的北莽大軍齊齊竭力吼出這四個字。

第一顆特意裹有油布被點燃的百斤火石，高高飛起，被拋擲向臥弓城。

那一幕，彷彿一位天庭火靈降落人間。

數百顆巨石追隨著這顆火石砸向幽州葫蘆口第一座城池，所有北莽將士都為這種陌生的攻城手段而震驚。

巨石落在城頭，墜在城內，或是為城牆所阻滾落護城壕內。

城內城外，滿耳盡是風雷聲。

所有人都像是感受到了大地的震顫，臥弓城如同在無聲嗚咽。

而那早於投石先行卻慢於巨石撞城的六千莽騎，當然不是直接攻城而去的。以騎攻城，除非萬不得已，否則再家大業大的統兵將領也吃不起這種肉疼。這些騎軍的作用僅是護送步卒順利推進至城外兩百步，幫己方步軍壓制城頭的弓弩狙殺。

與步卒拉出一段路程的兩翼騎軍，在朝城頭潑灑出一撥箭雨後，不再前驅，而是斜向外疾馳，為後方騎軍騰出位置，所以兩支騎軍就像是洪水遇上了礁石，卻並不與之拚死相撞，自行左右散開。

一名領軍的健壯騎將在反身的時候，回頭瞥了眼。

那座城頭，身為楊元贊嫡系親軍的千夫長，他是知道六百座投石車存在的，而且也比普通千夫長更早知曉投石車的威勢。原本在他看來都不用兩支騎軍的護衛，臥弓城守軍在數百顆巨石的密集轟砸下，就會嚇得抬不起頭來，任由城外步卒一路推進到壕溝外，但是在衝鋒途中，他身前身後不斷出現傷亡。

城頭床弩一陣陣勁射，其中有先後兩騎竟是直接被一根巨大弩箭貫穿！兩騎屍體就那麼掛於弩箭給當場釘死在地面上。

若說北涼勁弩鋒銳早有耳聞，那麼在巨石炸裂無數垛牆的時刻，臥弓城灑下的箭雨仍是有條不紊，這就很讓這名千夫長心思複雜了。他曾親眼看到兩名幽州兵被巨石當頭砸下後，附近的城頭弓箭手仍是整齊射出了相當水準的羽箭。千夫長撇了撇嘴，這幫幽州人當真不怕死嗎？他們腳邊可就是一攤攤爛肉啊！

在巨石砸城和北莽兩翼騎軍的先後掩護之後，臥弓城的弩弓箭矢越發集中在北莽中軍的攻城步軍身上。不斷有步卒連同盾車被床弩一同貫穿，甚至有運氣不好的步卒被直接一弩射中胸口，被那股巨大慣性衝力帶著倒滑出足足十幾步，撞得後方盾卒和盾兵都跌倒在地。更多的是被城頭的弓箭拋射而射殺在前奔途中，尤其是當步軍戰線出現凹凸不平後，最是勇烈敢於衝在最前方的戰卒和輔兵，都開始遭受城頭神箭手的刻意針對。

箭雨不弱，但落在密密麻麻的蝗群中，如同杯水車薪，仍是殺之不盡。

漆黑蝗蟲一般略顯擁擠的步卒，根本不理會腳下的屍體和傷患，繼續前衝。城上一名身材魁梧的披甲弓箭手拉弓如滿月，正要激射一名正在大聲下令填壕的北莽蠻子頭目，就被一根羽箭射穿喉嚨。

他的屍體被胡亂拉到一處，很快就有身後弓箭手迅速補上位置。

連續挽弓，尤其是滿弓殺敵最是損傷手臂。在幽州軍中，對於距敵幾步的拉弓幅度都有相關嚴格軍令，何時用弓何時用弩更是深入人心。先弩後弓再弩，是雷打不動的北涼鐵律，其中「先弩」即是以床弩、腰引弩和腳踏弩為主。

臥弓城作為幽州葫蘆口三城之一，床弩數目雖然不如北涼虎頭城那麼誇張，但這並非大將軍燕文鸞要不來床弩，而是臥弓城的規模限制了床弩張數。可在之前的互射中，對北莽中軍仍是造成了巨大的傷亡，直接死傷在硬木為杆鐵片為翎的床弩之下的敵軍，目測之下就有百人之多，其中兩名壓陣的北莽中軍將領更是一個不慎被大床弩給射殺當場。

想來這肯定會讓兩名已經距離城頭極遠的千夫長死不瞑目，因為他們的南朝匠作官員總說自己的大弩不論射程還是筋力，都已經不輸北涼，可真到了戰場上，才發現根本不是這麼一回事！

在兩翼騎軍用箭雨掩護之前，甚至是在更早的北莽己方各類弓弩射出之前，臥弓城的床弩和腰引弩已經從城頭率先射出。

若非投石車那幾撥巨石一定程度上壓抑下了城頭的弩雨，恐怕中軍步卒連死在護城壕附近都是奢望。下馬攻城作戰，本就是北莽健兒最不擅長的事情，若說在馬背上跟北涼騎軍廝殺搏命，他們就算戰況處於下風也毫不畏懼，可是沒了馬匹騎乘，那實在是一件窩火堵心的事情。好在這次負責攻城的步軍都是南朝各個邊鎮的兵力，一向在北莽軍中低人一等，他們的死活，相比居於兩翼的精銳騎軍是不怎麼讓人上心的。

一名滿臉絡腮鬍子的北莽攻城大將大手一揮，六百座投石車開始向前推進，準備第二輪拋石，不用以摧毀城頭，而是盡量阻絕支援臥弓城頭的有生力量。

主帥楊元贊對於此次攻打不到六千兵力的臥弓城是志在必得，而且老將軍的要求是一日攻下此城！對於此舉，帥帳內不乏異議。有說臥弓城外地勢不利於攻城，步軍陣形過於狹長，是派上一萬還是八千，其實意義相差不大，不如分批次遞進，給予臥弓城源源不斷的持續壓力，哪怕一日攻不下，最多兩天也能拿下這座臥弓城，使得傷亡可以銳減。

正是種家長公子的種檀跟隨投石車一起前行。在他們更前方，有一張張南朝自製的床弩，有一架架雲梯和一根根錘城木，有一座座尚未有弓箭手進入的高聳樓車。

高坐馬背的種檀抬起手遮在額頭前，臥弓城終於不得不開始用上輕弩了。

種檀聽著不斷有遊騎傳信而來，耳朵裡都是一個個冰冷的數字，死了多少，傷了多少。

才半個時辰，就死了百餘騎和足足一千出頭的步卒，這還是沒有攀城。

是死。全都死在了護城壕外，最遠也只是死在臥弓城城牆下。

但是，在北莽能算是頂尖將種子弟的種檀，連自己都感到很意外。

他沒有太多的心情起伏，反而倒是開小差想起許多有趣的事情。就像以前聽父親大將軍種神通說起早期的春秋戰事，九國混戰中，據說離陽出動了六萬騎攻打南邊鄰居東越的一座雄城，酣戰三日，無功而返。

事後東越舉國歡慶，把那名僅以萬餘人馬便守住國門的守將奉若神明，東越皇帝的聖旨用五百里加急敕封那人為太傅。很多年後，世人才恍然，那場雙方總計七萬兵力蕩氣迴腸的一場大敗和大捷，大戰了三天，竟然到頭來雙方加起來只死了不到六百人。

種檀輕輕嘆了口氣，舉目遠眺那座幽州城池。可以說，正是臥弓城的老主人，一步一步把春秋八國的衣裳和臉皮給剝乾淨，讓早年還有些溫情脈脈欲語還休的戰爭，變成從頭到尾都鮮血淋漓的慘劇，使得戰死陣亡的數目越來越高，從一戰死數千，到傷亡破萬，再到數萬人，直到那場每日都有死人每天都有兵源擁入的西壘壁之戰。

如果說徐驍生前教會了春秋八國何謂騎兵作戰，那麼是不是可以說，徐驍死後，還要教會北莽何謂中原守城？

種檀瞇起眼，己方步軍終於開始攀城了。

臥弓城的城牆，如有蛾縛，如有蟻附。

城頭上，滾木、礌石、燙油齊下。

一架架雲梯被長鉤推倒。

一名名北莽攀城步卒被近在咫尺的箭雨當頭射下，墜落後，不幸還未死絕的傷兵也被後續攻城大軍踩踏致死。

城頭上阻滯北莽步卒登城的幽州弓箭手和輕弩手，也相繼被幾乎與城頭等高的樓車弓箭手射殺，紛紛向後倒去。

在這種密集射殺中，有高強武藝和沒有武藝傍身的，其實都得死。城頭幾名依然還有雄勁臂力的神箭手，就被樓車內的弓箭手特別針對，一個個被射成了插滿羽箭的刺蝟。

北莽的攻城方式無所不用其極，在戰局膠著的情況下，可謂見縫插針，將床弩對準那些城牆空白處，射出一支支與大型標槍無異的踏橛箭，成排成行地釘入城牆後，幫助北莽步卒藉此攀城而上。而那些如敏捷猿猴攀箭而上的北莽步軍，無一不是種檀精心挑選出來的敢死悍卒。

種檀聽著信騎傳來的前線軍情，從他嘴中不急不緩傳出一條條命令帶回前線。雖然是一場代價巨大的死攻，但是攻城方式並不僵硬死板，如同守城一方的換防，種檀亦是會讓那位兵馬折損「過界」的千夫長撤下。至於這條界線具體是多少，在種檀心中攻城初期暫時定為死傷百人，等到二十名千夫長率領的兩萬步卒都經歷過了一撥攻城後，第二輪會遞增到一百五十人。沒有過線，任你帶兵將領是姓耶律或者是慕容，也得繼續硬著頭皮上；若是過了線，任你再想酣戰死戰，也得乖乖撤下。

種檀不管那些千夫長百夫長如何不理解，事實上也根本不需要他們理解，他反正已經跟主帥楊元贊要來了陣前斬將的大權，誰不服，有本事拿腦袋來違抗軍令。

種檀下意識伸手撫摸著胯下戰馬的背脊上的柔順鬃毛。

這種「錙銖必較以求如臂使指」的統兵方法，是那名白衣武將教給世人的，只不過很多有樣學樣的武將絕大多數只得皮毛不得精髓，一來無法像那個人那樣熟悉麾下每一名校尉都尉的帶兵戰力以及韌性，二來戰場上瞬息萬變，若是刻意追求這種細節上的盡善盡美，容易撿了芝麻丟西瓜。再者，不等大軍分出勝負，主將就已經累得像條狗了，不說主將本人，旗兵和傳令信騎也都要揮斷手和跑斷腿。

種檀自認所學比皮毛多，但精髓還未抓住，可種檀不著急，光是幽州葫蘆口就還有鸞鶴、霞光兩座城池要打，且城池更大，守兵更多。

種檀的坐姿始終穩若磐石，只是偶爾會跟身邊披甲的侍女要一壺水，潤潤嗓子，否則喉嚨早就冒煙了。

二十名中軍千夫長都近距離見識過了城牆的風景，其中有兩人幾乎就要成功站穩城頭。其中一人是被七、八杆鐵槍捅落，砸在了屍體堆上，摔了個七葷八素，起身後看到腳邊不遠處就有七、八根筆直插在屍體上的箭矢，若是砸在這上邊，就算不被戳出個透心涼，也肯定別想去打鸞鶴城了。

還有一人是剛站到城頭，已經用戰刀砍斷數支槍頭，就要一步踏入，結果被一支角度刁鑽的流矢射中肋下，踉蹌倒下的時候還被一種稱為「鐵鴞子」的飛鉤給狠辣鉤住。在幽州士卒將他狠狠往上拉的時候，後背撞在城牆上的千夫長趕緊抬臂胡亂劈砍，這才砍斷了鐵鍊。

他狼狽落地後順勢一個翻滾，身後就嗖嗖射落五、六根羽箭，顯然是他那身扎眼的鮮亮甲冑「惹了眾怒」。這讓他帶兵回到中軍後方整頓時，仍是心有餘悸，自己可是差點就成了第一個戰死幽州的千夫長啊。難怪戰前那幫礙眼的軍機郎提醒他們可以加層甲可以披重甲，但千萬不要披掛太過花哨惹眼的鎧甲。

臥弓城上那種可以利用絞車收回的車腳檑已經壞去七七八八，那些勢大力沉殺傷力巨大的狼牙拍更被盡數毀去。死在此物當頭一拍的北莽步卒最是淒慘，渾身上下就沒有一塊是好肉，就像一條豬肉給鉋子細細刮過，屍體慘不忍睹。

◆

約莫晌午時分，一聲尤為雄壯的號角響徹戰場。

戰場上本就沒有停滯的攻勢為之一漲。

主帥楊元贊策馬來到先鋒大將種檀附近，身邊還跟著一群騎軍將領和五、六名錦衣玉帶的軍機郎。他們發現種檀身邊有許多年輕文官坐在一張張几案前，下筆如飛，不斷紀錄著各種攻守戰事細節。

楊元贊沒有去跟種檀客套寒暄，而是走到一名被太平令命名為「疾書郎」的年輕官員身側，彎腰撿起一份墨跡未乾的紙張。上面字跡略顯潦草：

「臥弓城木櫑之後有泥櫑、磚櫑數種，勢力稍弱」

「以硬木鐵壞我軍撞城車三架，其物鋒首長尺餘，狀似狼牙，藏設於城門高牆後，落下如雷」

「據報，臥弓城出城箭矢年齡各有長短，歲長者鍛造已有七、八年，造於永徽十四年，箭頭竟歷久常鋒如新，遠勝我軍」

楊元贊冷笑道：「好一個箭頭歷久常鋒！這句話，本將有機會定要親自捎帶給西京兵部那幫官老爺！讓他們瞪大狗眼仔細瞧上一瞧！」

那名被殃及池魚的疾書郎趕忙停下動作，滿臉誠惶誠恐，生怕這位北莽十三位大將軍之一的勳貴老人，拿他這個暫時連正式流品都沒有的小人物出氣。

大將軍輕輕放回那張紙，笑道：「不關你的事，你們做得很好，拿下臥弓城後，本將會親自幫你們疾書郎記上一功。」

連可以躋身北莽權柄前四十人之列的大將軍都下馬了，種檀也沒那個厚臉皮繼續坐在馬背上。同為南朝大將，楊元贊雖不如柳珪那般深受女帝陛下器重，但比起種檀的老子種神通，且不論調兵遣將的本事能耐，僅就信任程度而言，楊元贊超出種神通一大截。再說了，種檀就在老人家的眼皮子底下混飯吃，還不趕緊走到主帥身邊？

楊元贊和種檀兩人有意無意並肩走到一處，種檀輕聲道：「先前在西京朝堂上聽某位持節令大人說了句話，當時還挺熱血沸騰，今兒想起來有些不確定了。」

剛剛從傷兵營地趕來的楊元贊有些不悅，皺眉問道：「哪句話？」

種檀笑道：「北涼號稱離陽膽氣最壯，那咱們就打爛他們的膽子，打光他們的膽氣。」

楊元贊問道：「有何不妥？」

種檀用馬鞭遙遙指了指臥弓城：「這座城當然成不了當年穩坐中原釣魚臺十數年的襄樊城，可即便隨後鸞鶴和霞光也成不了，但是接下來幽州境內，我們北莽當真不納降一兵一卒？就算幽州沒有出現襄樊城，那麼防線最為穩固的涼州呢？我們難道真要把北涼兩百萬戶都趕盡殺絕才甘休？」

楊元贊冷笑道：「你就沒有發現臥弓城以北堡寨的一二把手都是些什麼人？臥弓城的主將副將又是什麼歲數？」

種檀略加思索，有些開竅，笑道：「都是些早年到過北莽腹地河西州的老卒，臥弓城的朱穆和高士慶更是都快花甲之年了。以此看來，葫蘆口到臥弓城為止，雖然兵力少，但放在這裡的人馬，都是真正敢死之人。也難怪臥弓城去年末從流州遷徙到城外的一千多驍勇流民，哪怕戰力不俗，也都給帶回鸞鶴城以南一帶了。」

楊元贊感嘆道：「燕文鸞此舉，是以退為進。流州那些流民一開始都抱有懷疑和觀望態度，一旦幽州葫蘆口防線讓他們作為先死之人，不用我們北莽招降，他們自己就要炸營嘩變。牽一髮而動全身，甚至要連累所有離開流州的流民，以及整個流州的局勢。

但是先死臥弓、鸞鶴兩城，甚至到時候再讓流民一退再退，直接退至霞光城後，設身處地去想，你若是流民，會如何想？敢不敢戰？答案顯而易見，死了那麼多幽州軍，才輪到他們走上戰場，既然都千里迢迢來到了幽州，又何惜一死？種檀，這也正是燕文鸞用兵老到的地方啊。」

種檀「嗯」了一聲。

種檀突然笑道：「羌戎兩部攻城尤為勇悍，出人意料。」

楊元贊平靜道：「太平令揚言平定北涼後，原本只分四等的北莽子民，會多出涼人這第五等，那麼當下墊底的第四等羌戎各部就終於『高人一等』了。」

種檀雖然知曉此事，但仍是一臉匪夷所思，問道：「這真的也行？這就能讓人視死如歸了？」

楊元贊輕聲道：「中原多謀士，驚才絕豔，不與他們傾力輔佐的謀主對敵，有著咱們無法想像的風采。不說那位離陽京城姓元的帝師，不說遠在南疆的納蘭右慈，只說已經死了的聽潮閣李義山，十多萬流民是如何出現的，又是如何心悅誠服歸順北涼的？葫蘆口戍堡是如何起來的，又是怎麼拚死抵禦咱們大軍的？北涼的牧場、糧草、兵餉，是如何輾轉騰挪，硬是幫北涼支撐起以一地戰一國的？」

種檀點了點頭，沉聲道：「好在我們一樣有太平令！」

楊元贊突然壓低聲音道：「等到覺得什麼時候可以破城了，你帶足精銳，親自上陣登城。」

從沒有這個念頭的種檀正想要拒絕，就聽楊元贊以不容拒絕的語氣說道：「北莽需要英雄！」

◆

從中午那一聲嘹亮號角聲吹響後，臥弓城這堵城牆，就成了一座鬼門關。

隨時隨地都在死人，而且死人的速度越來越快。

已經得到補充再度保持兩萬整兵力的北莽攻城步卒，一千人與一千人的更換速度也越開越快，哪怕大將種檀已經將那條界線拔高到兩百人，一樣沒能阻滯這種驚人速度。唯一的好消息就是這些攻城士卒在經歷過先前兩次甚至是三次的攻城經驗後，越來越清楚如何躲避泥磚檑，越來越知道如何多留個心眼，注意哪些從角樓陰險激射而至的箭矢，許多第一次攻城時難免兩腿發軟的北莽士卒，都忘我地扛盾蟻附而上，已經可以完全不去看那些城牆下的屍體，不理會那些將死之人的哀號呻吟。

最重要的是，在己方持續不斷的衝擊下，他們可以清晰感受到城頭攻勢的衰減。

不斷有兵馬趕赴臥弓城的正面戰場，從最早的五百人換防增補，到兵甲還算鮮亮的三百，再到不足百人帶傷，最後到了一聲令下三十四人就得跑上樓道的地步。

在高大城樓居中坐鎮的臥弓城主將朱穆趕到城頭之前，副將高士慶已經帶著兩百親兵在城頭第一線廝殺了一個多時辰，若不是白髮蒼蒼卻老當益壯的老將那杆鐵槍實在強勁無匹，如果不是這位江湖豪傑出身的副將親兵中有很多身手不俗的高手，城頭此時就應該站滿北莽蠻子了。而內城牆下，盡是來不及善後的袍澤屍體，胡亂堆積，到後來，臥弓城守卒只能含著淚將他們的屍體丟下去。

堆積成山。

朱穆親自帶著三百一直蓄勢的精軍火速支援高士慶，將那一百多已經跳入城牆近身肉搏的蠻子斬殺殆盡。朱穆雙手涼刀，滾刀氣勢如虹，被他一刀攔腰斬斷的北莽蠻子就多達八人，但是就算親兵援軍將大多數攀附有十幾名敵軍的雲梯推回地面，仍是阻止不了殺紅了眼的北莽蠻子陸續登城。

朱穆看著有「美髯公」稱號的高士慶鬍鬚被血水浸染打結得就跟一條條冰棒似的，一刀將一名百夫長模樣的北莽蠻子劈掉腦袋，一腳踹中那無頭屍體，順勢將一名才登城揚起戰刀的蠻子給撞飛下城，大聲譏笑道：「高老兒，怎的如此不中用，不是要老子快天黑的時候再來幫你撿回那條槍嗎？這離著天黑可還有一個多時辰啊！」

渾身浴血的高士慶默不作聲，一槍捅死一名蠻子，鐵槍一記橫掃，又把一個從城頭高高躍下的蠻子橫掃出去。

半個時辰後，城內唯一的騎軍，是那人人雙騎的幽州一等騎軍。

根本沒有機會出城衝鋒的這四百人，也開始登城。

登城前，相依為命多年的戰馬，都被他們殺死。

不願親手殺死自己的坐騎，只好換馬，默然抽刀出槍。

黃昏中，殘陽如血。

主將朱穆和副將高士慶背靠背，身上甲冑破碎不堪的朱穆急促喘氣，胸口被一刀重創，視線模糊起來。他狠狠搖了搖腦袋，艱難問道：「高老頭，我朱穆是家裡那群不爭氣的敗家子都逃出了幽州，去了江南。這幾個月被一大幫老傢伙白眼得厲害，看我就快跟看北莽蠻子差不多了，我這才願意死在臥弓城，算是對大將軍和燕文鸞都有了個交代。那你圖什麼，當時你也不罵過我來著？怎麼還主動要跟那李千富的侄子換了位置，你真是活膩歪了？」

高士慶伸手從腰部拔出一根破甲卻未曾入骨的羽箭，吐出一口血水：「我一家老小都留在幽州，也沒你兒子孫子那麼貪錢，活得心安理得，以後就算死，也死得清清白白。高士慶這輩子不欠人什麼，永徽二年，在北莽橘子州你救過我高士慶一命，這次來陪你，就當兩清了！到了地底下，別跟我稱兄道弟，見著了大將軍，我高士慶丟不起那臉！」

臥弓城的城頭上，充斥著「殺光北涼賤種」的喊聲。

當一支戰力遠比先前攻城北莽步卒更加驍勇的人馬登上城頭後，朱穆先被人砍斷雙手，再被砍掉頭顱。

高士慶背靠著城牆，身前被五、六根鐵槍刺入，老將持槍而亡。

夜幕中。

先鋒大將的一名親兵站在高高城頭上，吹響戰場上最後一聲號角。

不分敵我，臥弓城內外，有將近兩萬死人註定聽不見這聲響了。

為北莽幽州戰線立下頭功的種檀緩緩閉上眼睛。

好像聽見了，風過臥弓城。

如泣如訴。

◆

如果不是從北涼都護府傳遞來一封措辭嚴厲的六百里加急驛信，那麼北涼步軍統領燕文鸞此時就不是站在霞光城的城頭上，而是站在鸞鶴城那裡了。

所以當臥弓城被北莽先鋒大軍一日攻破的消息傳回時，那群幽州軍政大佬都感到陣陣後怕，若是燕大將軍出了差池，那葫蘆口還守個屁啊。要知道在兩、三年前，幽州軍界都是在桌面上說一句「北涼有沒有世子殿下沒啥兩樣，但幽州有沒有燕將軍是有天壤之別」的，當然時至今日絕對沒誰敢說這種混帳言語了。

燕文鸞和陳雲垂兩位幽州定海神針並肩走到一張暱稱「九牛老哥」的床弩附近。北涼大弩中，「九牛」、「二虎」雙弩在各大城中都有大量配置。燕文鸞掂量著那支與標槍無異的巨大箭矢，臉色平靜，身後眾人的心思可就跟那支巨箭差不多，絕對不輕。

在既定策略中，在北莽大軍僅遣十五萬大軍南下葫蘆口的前提下，臥弓城都要死守不住，但是哪怕北莽投入幽州的東線兵力比預期多了一倍，可臥弓城一天都沒能守住，這就很讓人吃驚了。親自負責葫蘆口三城具體軍務的何仲忽，這位老將軍能罵幾句朱穆和高士慶出氣，其他人可沒這膽量，事實上也不忍心，畢竟臥弓城六千人都已戰死，死者為大，再者那些人何曾給幽州軍丟臉了？

皇甫枰神情複雜道：「北莽步軍中擁有大量精製弓弩不說，還有整整六百座投石車，先以兩萬人馬輪番攻城，在戰損嚴重的形勢下，仍是被主將種檀下令為每一名千夫長補齊千人，一直戰至攻破臥弓城為止。」

何仲忽冷笑道：「這是北莽蠻子在拿臥弓城練兵呢。用屁股想都知道這幫崽子攻破臥弓後，保證會拆掉半座城，到時候攻打鸞鶴，投石車可就不僅僅是兩輪投擲了。」

燕文鸞平靜問道：「鸞鶴城內的八百騎都調回了吧？」

皇甫枰點頭道：「已經在趕回霞光城途中了。誰都沒料到北莽蠻子攻城火力會那麼大，根本就沒有給臥弓城騎軍出城騷擾的機會。如果那種檀沒那麼一根筋，北莽步卒起碼要多死個兩、三千人。」

何仲忽一拳砸在城牆上，無比心疼道：「都是我幽州好兒郎啊！」

燕文鸞輕輕放回那根箭矢。

霞光城主將謝澄舒偷偷咽了咽口水，壯起膽子說道：「大將軍，由於我們把臥弓、鸞鶴兩城的流州士卒都遷出，鸞鶴城那邊出現了騷動……」

這個敏感話題一被挑起，連同何仲忽和皇甫枰在內所有人都小心翼翼看向燕文鸞。

燕文鸞臉色如常，淡然道：「騷動？是不是說得輕巧了？怎麼，你謝澄舒跟鸞鶴城的楊驃是親家，就幫著他打馬虎眼？如果我沒有記錯，那個用兵變來要脅主將的鸞鶴城虎撲營，可是幽州為數不多的老字營之一，先後兩任校尉統領，分別是鍾洪武和劉元季兩個老傢伙的心腹愛將。當時鍾洪武丟了官，咱們那位校尉大人就卸甲辭官以表忠心。這也就算了，反正鍾洪武帶出來的將兵大多是那麼個德行，可給劉老兒當過親兵的荀淑，照理說不該這麼膽大包天才對。說吧，在場諸位大人，還有多少人是對我將流州卒撤出前線戰場心懷不滿的。」

城頭上人人大氣都不敢喘，尤其是霞光主將謝澄舒和兩位副將，已經撲通跪下，連場面上那些請罪的言語都不敢說一個字。

何仲忽趕緊打圓場，一臉無奈道：「瞧你這話說的，都擺出這副吃人的架子了，誰還敢跟你掏心掏肺說實話。」

燕文鸞沒有說話。

何仲忽嘆了口氣，對霞光城三位將領笑了笑，和顏悅色說道：「都起來吧。大將軍說了多少次了，男兒膝蓋不是用來給人下跪的。你們三人中有兩個可都是去過清涼山面對面見過大將軍的，哪次不是讓你抱拳行禮就行了？」

燕文鸞突然說道：「虎撲營去掉營名。」

此言一出，就算是何仲忽都臉色劇變，更別提還跪著的謝澄舒三人了。

北涼老字營要是打了敗仗，甚至是打了勝仗但是戰果大小輸給其他老字營，那都跟挨了刀子一樣難受。至於去掉營名？那比殺了他們還難受！在北涼，一個老字營就算把人馬都戰死了，死得一個不剩，仍然可以保留營名。

事實上所有老字營最喜歡相互攀比，歷年戰事累加，先是比拚誰殺敵最多，比拚誰戰力更勝一籌，到最後，連滿營死絕的次數都能拿出來比，而且在最後這一項比試中勝出的，很能讓人心服口服。

像那跟蓮子營、鷓鴣營和大馬營同為最老資歷戰營的先登營，就憑藉此事奪魁，這麼多年一向以第一老字營自稱，就算是個小卒子，路上見著別營的都尉甚至是校尉那可都是鼻孔朝天的，因此導致北涼邊軍中有個外人無法理解的古怪現象：經常會有「這輩子的校尉，下輩子的將軍」，意思是說那些老字營的一把手寧願一輩子當個校尉，也不樂意去當什麼官位品秩更高的將軍，要當將軍就放在下輩子好了。

虎撲營去名，這就意味著世上再無虎撲營了，等於營中所有戰死和因傷退出的前輩們所有的心血都將付諸東流。

尤其是那些戰死在他鄉的老字營先烈，在北涼邊軍眼中就會成為生生世世不得安息的孤魂野鬼。

燕文鸞歪頭輕輕吐了口唾沫在地上，依舊是不溫不火的語氣：「什麼狗屁玩意兒，比涼州那些騎軍老字營，差了十條街。」

老將軍就這麼徑直離開霞光城。

皇甫枰臉色古怪，但是他暫時不能離開霞光城，只是默默將這位步軍統帥送行到城外，然後趕回城頭。

果然沒有誰離開，完全是紋絲不動，謝澄舒三人依舊低頭跪著，一向好脾氣也好說話的何仲忽臉色陰沉得可怕。既是霞光城副將同時也是另外一支老字營統領的盧忠徽，這個身上疤痕比他兒子年歲還要多的中年武將，竟然在那裡像個委屈的孩子在哽咽抽泣。

盧忠徽的擋騎營，正是燕文鸞一手打造的老字營。當年西蜀境內道路崎嶇，不宜徐家鐵騎馳騁，早在西壘壁之役中就大放光彩的擋騎營更是戰功顯赫，號稱一步當一騎，連千騎開蜀的先鋒大將褚祿山都不吝讚譽為「何止是一步當一騎，千步猶可擋千騎」，故有擋騎營的稱號！

燕文鸞說了個「狗屁玩意兒」，可不是說什麼站著說話不腰疼的風涼話，而是一巴掌狠狠打在他北涼步軍統帥自己的老臉上啊。

何仲忽雙手扶在城牆上，背對眾人，輕聲道：「臥弓城沒了，他能不傷心？整個北涼，老燕不心疼葫蘆口，誰能更心疼？不但是葫蘆口，所有幽州步軍，都是他親手帶出來的，他就真願意讓咱們幽州軍先死，流州卒後死了？不可能的啊。現在幽州邊境上的萬餘流州士卒，還有涼州的，更包括流州本地的，以及那些在陵州紮根的，可都看著咱們葫蘆口呢。」

何仲忽深呼吸一口氣，厲聲道：「傳令給鸞鶴城，虎撲營去營名！包括校尉荀淑在內一干都尉標長、伍長，准許他們全部以戴罪之身參加守城戰！他們要是覺得這次炸營嘩變都不夠解氣了，行，有本事就去宰了鸞鶴主將楊驃！大不了到時候我何仲忽親自帶兵去平叛！」

謝澄舒咬緊牙關，說道：「末將懇求大將軍准許虎撲營將士戴罪立功，給他們一個重新拿回老字營營名的機會！」

何仲忽猛然轉身，一腳把這名霞光城主將踹得倒飛出去：「在這種關鍵時刻，鸞鶴城鬧這麼大，你以為就只有燕文鸞大動肝火？你們以為那封六百里加急上頭就只說了讓咱們燕大將軍不要親身涉險？都護府褚祿山，我們的都護大人已經明說了，『如果幽州將士不服管束，涼州戰事雖緊，卻也抽得出幾名得力驍將代為守城』。你聽聽，褚祿山都想要讓你那位親家滾出鸞鶴城了！我何仲忽答應了有個屁用！」

步軍大統領已經走了，副帥何仲忽雖然沒有立即離開霞光城，但也氣得臉色鐵青快步走下城頭。

跟在何仲忽身後的皇甫枰問道：「會不會過猶不及？」

何仲忽大手一揮，重重撂下一句：「咱們幽州軍沒那麼嬌氣！」

皇甫枰繼續問道：「那麼那些當時在鸞鶴城跟著虎撲營起鬨，藉機想要出城的兩百多普通士卒，如何處置？」

何仲忽冷聲道：「這有什麼好問的，當然是按軍法處置，斬立決！」

皇甫枰望著那個背影，仍是追問道：「何將軍，我問的是他們的幽州家屬，如何處置？」

何仲忽腳步一頓。

長久的沉默。

皇甫枰輕聲道：「兩百多人，本將會以全部戰死而論，若是日後清涼山和都護府問起，由我負責。」

何仲忽轉過身：「皇甫枰，你圖什麼？」

皇甫枰笑而不言。

何仲忽瞇起眼，緩緩道：「皇甫枰，說實話我可是很不喜歡你這個幽州將軍，就算你這次賣了這個人情，我還是討厭得很。你這種聰明人，見多了。」

皇甫枰坦然微笑道：「我要是真聰明，難道不該是只做事不說話嗎？」

何仲忽笑了笑，轉身離去，輕輕感慨道：「要是大將軍還在世，就算沒來霞光城，也該在都護府那邊露面的，而不是像現在這樣，別說人了，咱們北涼王的影子都見不著。」

皇甫枰欲言又止，最終還是沒有開口說話。

◆

半日後，鸞鶴城內，一座校武場上，大門緊閉。

只剩下清一色的一營將士。

兩千七百二十六人，都到了。

老字營最重「老」規矩，往往是創建營號時多少人，那麼以後就應該是多少人，除了極少數建營時人馬實在太少的老字營，絕大多數都是這麼個雷打不動的人數。

北涼軍中，除了大將軍徐驍的徐字大旗，就只有一種兵馬可以豎起徐字旗以外的旗幟。當年官至北涼都護的陳芝豹立不起陳字旗，如今的騎軍大統領袁左宗也豎不起袁字旗，但是蓮子營可以，大馬營可以，鶥鴣營以及今天早上還可以有「虎撲」兩字營旗在風中獵獵作響的這支老營，也可以。但是從現在起，他們跟北涼普通邊軍一樣，不可以。

霞光城副將和擋騎營校尉盧忠徽，親自帶了一條軍令和一句話給鸞鶴城和虎撲營。他以副將身分將軍令帶給鸞鶴城主將楊驃，軍令是虎撲營去名。

他再以擋騎營校尉的身分來到虎撲營營地，沒有入營，在門口對那個滿臉淚水的荀淑說了一句話：「先請你們全營戰死，等見著了底下的前輩們，再去跪著吧。」

◆

校武場上。

荀淑面無表情地站在最前方，身邊是舊虎撲營二十三名都尉和四十七名副尉，其中不少人還在那裡抬起手臂遮住臉龐。

荀淑沉聲道：「是我荀淑對不起你們，對不起所有在虎撲營戰死的前輩！」

荀淑用拳頭一擂胸口：「我不理解燕大將軍的軍令，第一條不懂，第二條更不服氣！打心底裡不服氣！」

荀淑狠狠揉了一把臉，慘然笑道：「可是不服氣沒用啊。難道我們虎撲營還真去兵變，真像何大將軍說的那樣在鸞鶴城叛亂？」

荀淑望著那些臉孔，沉聲道：「你們有沒有這個念頭，老子管不著，但誰真敢這麼做，我第一個砍死他！有的，出來跟我單挑？先做了校尉再說！」

荀淑突然哈哈笑道：「就你們這群兔崽子，老子一隻手就能撂倒一群！」

人群中，突然有人高聲喊道：「校尉，我要是明兒多殺幾個北莽蠻子，能不能讓燕大將軍把虎撲營稱號還給咱們？」

荀淑沒有欺騙這些兄弟，搖了搖頭。

荀淑突然對校武場外吼道：「楊驃，帶著你的人馬趕緊滾蛋，老子是幽州虎撲營老卒，不是叛軍！

到了明天，如果我和兄弟殺的人沒有你們七千人多，我荀淑下輩子投胎做你兒子！」

聽著校武場內的滔天罵聲，鸞鶴城主將楊驃摸了摸耳朵，對身邊兩位副將苦笑道：「可以放心了，咱們走吧。」

不過離開前，楊驃扯開嗓子大聲回了一句：「姓荀的，記住啊！要是以後幾天殺人沒我們多，記得給楊驃當乖兒子！」

他娘的，校武場都傳出整齊一致的拔刀聲響了，楊驃趕緊帶人一溜煙離開。

此時，洪敬岩的柔然鐵騎一如之前，即將先行到達幽州城外，卻註定不參與攻城。

這當然也意味著武備更勝臥弓城的鸞鶴城，馬上就要迎來一場死戰。

◆

整整屯兵五十萬的北莽中線，在那頂帥帳中，一個胖子繞著北涼沙盤走了一圈又一圈。

所有人都不知道這位南院大王到底在自言自語個什麼。

董胖子走到了沙盤上「西域」附近，停了一下，繞到「薊州」那邊，又停了一下。

在看到「北涼」、「西蜀」之間的地帶，也停了一下。

他最後走到桌子中央，雙手扶住桌面，輕聲道：「葫蘆口臥弓城一日被破，現在整個中原肯定都在罵你們北涼是坨狗屎，罵你們徐家鐵騎是吹出來的雄甲天下……」

董卓習慣性上下牙齒敲了敲：「我知道你肯定沒有躲在清涼山。你有三個選擇：打通了流州以西，去跟西域爛陀山上那些和尚打交道。或者去西蜀邊境，低聲下氣跟陳芝豹約來一場面對面的交易，替北涼做筆割肉的買賣。再要麼就是去薊北的橫水、銀鷂，幫幽州收拾離陽新君送給你的爛攤子。」

這個胖子自顧自壓低聲音在那兒叨叨不休：「去西蜀，我可管不著，去薊州的話，那兩萬因為衛敬塘沒討著半點便宜的末流騎軍，肯定不夠看嘛……萬一是去了西域，就真讓人頭疼了，難道我還能專門為你安排一位持節令或者是大將軍，親自帶著幾萬大軍在那邊守株待兔？我樂意，別人也不樂意啊……」

董卓又開始繞著桌子轉悠。

「要不然拋一枚銅錢，猜有字沒字？」

「這哪行啊，軍國大事豈能兒戲！」

「就是就是，董卓啊，你今兒可是南院大王了，做事情，得慎重哪。」

「嗯！有道理！咦？你們還傻愣著幹啥？趕緊的，給老子拿枚銅錢過來！」

第五章　都護府籌劃禦敵　郁鸞刀大破莽騎

當離陽王朝西北第一雄鎮虎頭城在一千餘座投石車的密集轟砸下，距離虎頭城並不算遙遠的北涼都護府上下，還是有條不紊地快速運轉。都護大人甚至還有「閒情逸致」跟人在一座囊括幽河薊三州地形的沙盤前，抽空關心鸞鶴城馬上就要全面展開的戰況。

如果說對於鸞鶴城的風吹草動，幽州軍還不當一回事，只當作地方武將不顧全域的意氣用事，但是有資格站在都護府大堂的傢伙，都清楚褚都護是起了濃重殺心的。如果不是還沒有離開此地的徐渭熊說了一句，褚祿山真的已經懶得管燕文鸞會不會顏面掃地，都已經派人前往鸞鶴城交接邊防了。為此身在涼州防線的步軍副帥顧大祖就已經跟褚祿山紅過臉了，包括周康在內許多大將也迫不得已當過了和事佬。

褚祿山站在沙盤前，雙手十指交叉在腹前，輕輕拍打手背。

不僅僅是軍事才華厚薄的關係，所站位置不同，也會影響沙場將領的思考方式。將才和帥才，一字之差，看似咫尺之遙，但實則雲泥之別。

徐渭熊坐在椅子上，膝蓋上蓋了一條厚重毯子。

袁左宗在場，齊當國也在。

很有意思，雖然各不同姓，但都是「一家人」。

徐渭熊望著沙盤輕聲道：「按照臥弓城的雙方戰損來看，就算楊元贊的攻城方式很『中原』，葫蘆口一樣還是能以四萬多人，拚掉十五、六萬甚至更多北莽大軍。畢竟這葫蘆口是越打越難的，只不過雙方頂層武將都心知肚明，霞光城會是一個轉捩點。

打下霞光後，一旦幽州門戶大開，北莽就具備更多的戰術選擇，是騎戰是步戰，是圍點打援，還是專門針對幽州有限騎軍，或是乾脆捨棄幽州城池，一門心思策應他們的中線主力大軍，都可以。」

齊當國低聲道：「要是北莽一開始就咬鉤，全力攻打流州就好了，他們的糧草補給線就會出現很多漏洞。」

徐渭熊搖頭道：「真要打流州，那就不是補給線的問題了。董卓和那位太平令有足夠本事把他們的補給線變成魚餌，反過來引誘我們上鉤。」

袁左宗點頭道：「百萬大軍全線壓境，可以說北莽半座南朝都在為前線補給順暢而在割肉，事實上不光是南朝姑塞、龍腰兩個邊州大出血，出動了不下百萬頭牛羊，橘子、河西兩州也早就開始動了。隨著北院大王拓跋菩薩解決了後院風波，開始帶兵南下流州，北莽已經等於用舉國之力來打這一場惡仗。我們就算有心奇襲，也已經不可以稱為『襲』了。」

視線一直在沙盤上「胡亂」逛蕩的褚祿山，突然盯著葫蘆口某地不動，自言自語道：「要不然？」

齊當國是根本聽不懂，袁左宗是在沉思，快速權衡利弊。

只有徐渭熊直截了當否決道：「不行，太冒險了。這跟我們北涼最初的策略嚴重相悖！」

一頭霧水的齊當國轉過頭望向同為大將軍義子的袁左宗，後者輕笑道：「葫蘆口真正的存在意義，除了表面上損耗北莽兵力，還有更深層次的特殊含義。葫蘆口得天獨厚的地域縱深，不光是帶給幽州的，也是帶給整個北涼的。當時義父和李先生做了最壞打算，設想涼州被破，那麼有三條退路。

一條是率軍退入西蜀，坐蜀地而靠南詔，這是上策，現在……第二條是經如今的流州進入西域，但這是下策，在西域我們畢竟沒有穩固的根基。第三條中策的退路，就是死守幽州西和北邊的葫蘆口。有必要的話，把河州、薊州都握在手裡，不管那離陽朝廷的感受，我們北涼強行再度把橫向戰線拉出一條來！這條策略最關鍵的一點，就是要把葫蘆口當成中原的襄樊城。」

袁左宗指著葫蘆口，緩緩道：「都護大人是想在葫蘆口來一場出其不意的大戰，讓我或者是周將軍領精銳騎軍冒險奔赴葫蘆口，先把楊元贊的西線大軍一口吃掉。如此一來，本就兵力不足的涼州和流州就會越發勢如累卵。但是如果能夠僥倖成功，風險大，好處當然是也很大……」

徐渭熊沉聲道：「世上沒有僥倖一說！我們賭不起，北涼也沒有到非賭不可的地步！」

齊當國偷偷露出個「你好自為之」的表情，袁左宗淡然一笑。

褚祿山想了想，說道：「我們北涼最壞的打算，說到底就是拚光了老底子，也要北莽交出六十萬以上的兵力，這不難。」

恐怕換成別人來說這種話，哪怕是北涼騎軍副帥周康，都要惹人腹誹一句「這牛皮不怕吹破天啊」，可是褚祿山來說，還真就能讓人願意真心相信。

始終十指交叉的褚祿山微微彎曲了其中一根手指，點了點薊北方向：「衛敬塘總算良心發現，沒丟棄橫水城，正因為橫水城還在，才能讓郁鸞刀沒有淪落到拿那一萬幽州騎，去攻打那座差一點就被薊州雙手奉送給北莽兩萬人的銀鎢城。

現在局勢其實還算好了，顧劍棠好歹沒明著跟北莽最西邊的邊軍嚷嚷『哥們兒，你們趕快去打幽州吧，別總跟我大眼瞪小眼成天含情脈脈了，你們走了，我顧劍棠保管啥都沒看見』。還有，離陽那位趙家天子還沒有讓戶部下令准許北涼百姓更換戶籍，沒有讓河州等地像個花魁似的開門接客，不收咱們北涼的銀子，還倒貼……」

袁左宗輕輕咳嗽一聲。

意識到在徐渭熊面前說這個不太妥當，褚祿山嘿嘿一笑，天不怕、地不怕的都護大人也趕緊轉移話題：「我是不怎麼會下棋，嗯，要是跟義父下一百盤，那還是能下贏一百盤的。」

齊當國捏了捏下巴，會心一笑。

玩笑過後，褚祿山繼續說道：「衛敬塘和橫水城是變數，咱們跟北莽都一樣是措手不及，就看誰能抓住機會了。何況王爺也去了那裡……」

徐渭熊這一次竟是當場勃然大怒，直呼其名怒斥道：「褚祿山！你吃了熊心豹子膽？」

齊當國被嚇了一跳，更加如墜雲霧。

袁左宗輕聲道：「太冒險了。就算王爺帶著郁鸞刀的騎軍，大破那兩萬長途跋涉又無依託的北莽輕騎，也許原先也就止步於此，最多向西而去，打幾場小型戰役。可一旦我們額外出兵，就等於是逼著王爺和那一萬幽州騎軍要在葫蘆口外打一場大仗了。而此時洪敬岩的柔然鐵騎一直沒有動，幽州大軍隔著犬牙交錯的半座葫蘆口，就算我們的騎軍跟王爺會合，還是太冒險了。這個風險比起我率軍奔赴葫蘆口吃掉楊元贊，還來得鋌而走險，不行！」

褚祿山鬆開交錯十指，抬起手臂用兩根食指揉著眉梢，死死看著葫蘆口：「你們以為這是我逼著王爺嗎？不是的，是王爺在逼我們！」

褚祿山拿起一根竹竿，狠狠戳在沙盤上的葫蘆口外，面容猙獰道：「王爺是想要告訴幽州，告訴整個北涼，大戰之時，他北涼王，他徐鳳年就在這裡！」

徐渭熊似乎想要站起身，掙扎了一下，安靜坐定，閉上眼睛，咬緊嘴唇沉默不語。

袁左宗開心地笑了，細細眯起那雙丹鳳眼眸，渾身散發出異樣的風采，這是他成為北涼騎軍統帥後第一次如此不掩飾沉寂已久的鋒芒：「那就這麼辦！」

徐渭熊睜眼後，神情平靜，視線極其尖銳地望向北涼都護：「虎頭城能堅守四十天？」

徐渭熊看著三人，沉聲道：「如果做不到，一兵一卒都別想離開涼州邊線！」

褚祿山冷哼道：「最少！」

不等徐渭熊望向自己，「白熊」袁左宗只留給她一個已經遠去的背影。

跨過門檻後，一向極其注重儀表的袁左宗破天荒伸了個大懶腰，搖了搖脖子。

做完這一切，袁左宗快步走出北涼都護府。

當天，一支萬人騎軍，悄然離開駐地。

北涼三十萬鐵騎，雄甲天下。

而這支騎軍，雄甲北涼軍。

大雪龍騎！

一支長途奔襲的六千騎軍，悍然出現在了葫蘆口外。

為首一騎，披甲提槍，腰佩涼刀。

◆

在徐鳳年跟橫水城守將衛敬塘見面前，郁鸞刀的幽州騎軍當時已經跟那兩萬莽騎有過一場交鋒。後者是臨時從顧劍棠東線那邊抽調出來的輕騎，本意是想打出一場快若疾雷的奔襲戰，一口氣將孤懸塞外相互依託的橫水、銀鷂兩座空城「吃掉」，便可以順勢將幽州萬騎壓縮在薊北一帶。屆時幽州騎軍糧草不繼，這支孤軍深入的北涼左翼奇兵自然就會老老實實無功而返。

因為衛敬塘和橫水城的存在，迫使驚疑不定的北莽騎軍不敢冒失南下，等到他們斥候探知地理位置更西邊的銀鷂不同於衡水時，已經「如約」撤軍。兩位原本暴跳如雷的北莽萬夫長靜下心一商量，覺得大不了捨棄衡水占據銀鷂，照樣可以對幽州騎軍造成一定程度的震懾。

只是戰場上機會稍縱即逝，在他們在橫水城以北駐足不到一天後，等到他們精疲力竭的兩萬大軍撲向銀鷂時，在距離那座邊城百餘里處，大軍腰部遭到了五千幽州騎軍在側面發起的突襲。兩名萬夫長和幽州騎軍主將郁鸞刀都心知肚明，兩支騎軍都很疲憊，關鍵就看誰的緊繃著的那根弦先繃斷。

郁部騎軍先前在明確無誤得知銀鷂棄守後，副將就提議迅速返程。郁鸞刀的執拗這個時候得到淋漓盡致的展露，執意要以不惜禍害戰馬體力和大量騎卒掉隊的巨大代價，也要趕在北莽獲得兩座邊城前狠狠打上一仗。

兩名性格持重的副將都不讚同，但是北涼將士絕對恪守軍令的本能，讓兩位將軍沒有辦法違抗主將郁鸞刀的大膽行事，最終郁部幽騎在三日疾馳五百里的強行軍途中，逐漸分割成了三股騎軍。

馬匹腳力更優，騎卒戰力也最強的郁鸞刀親率先鋒五千騎，也終於及時趕到了戰場，如同一枚鋒銳箭矢毫無徵兆地直插北莽大軍肋下，完成了戰於薊北城池之外的戰略意圖。

幽州騎軍的突兀橫插，一下子就將措手不及的北莽騎軍給狠狠鑿穿陣形，之後兩次氣勢如虹的衝鋒，更是讓莽騎前後斷裂，失去聯繫。氣急敗壞的兩名萬夫長能夠被派來薊州，肯定是北莽最東線邊境上能征善戰的驍勇將領，雖然戰況不利，但絕對沒有就此束手待斃。

要知道有相當數量騎軍參與的廝殺，戰死幾千人其實並不少，可一旦戰事被某一方打成一場追殺戰，死個上萬人那都是少的。所以兩名各領前後萬餘騎的萬夫長同時決定將這五千幽騎包餃子，雖然註定勝也勝得結局慘烈，但比起被這支幽州偏師打出一個類似五千騎斬首萬餘人的戰果，肯定要好上太多。

但是幽州五千騎爆發出來的穿透力和殺傷力，讓北莽騎軍所有千夫長都感到膽戰心驚。三次「互撞」，雖然說都是幽州騎軍借助突襲在正面衝鋒中占據人數優勢，但是足足北莽兩千餘騎當場陣亡，還是讓北莽騎軍咋舌。離陽兩遼邊線上幾支久經沙場打老了仗的精銳騎軍，撐死了也就是這種本事。

郁鸞刀沒有率領五千騎酣戰到底，順利展開數次衝鋒後，就開始有意無意把戰場牽扯到更西的位置。兩名萬夫長各自掂量了一下己方騎軍的體力，前後被撕裂出空隙的兩支大軍於是出現了一種細微的戰術偏差——北莽後方騎軍想要讓騎卒換馬再戰，更靠近銀鷂的那支騎軍則直接就銜尾追殺過去。

這種偏差其實按照最先戰場上雙方投入的兵力差距，北莽騎軍別說致命，其實都不算什麼失誤。傷亡慘重的北莽前方騎軍仍有八千多騎，他們的果斷追殺不但可以咬住幽州騎軍，還可以順勢與後方騎軍合攏彌補上那條縫隙，形成那條騎軍鋒線上的絕對兵力優勢。只是幽州軍第二支三千餘人騎軍的到達戰場，打亂了莽騎所有布局。

幽州所有騎軍都是輕騎，但是這一支騎軍明顯是以犧牲時間換取了裝備上的相對突出，與薊北邊線持平追擊郁鸞刀所率騎軍的北莽八千多騎，一下子就又被這支幽州騎軍將腰部搗爛，如烈馬撞入麥田，瞬間收割掉一千餘莽騎的性命。加上郁鸞刀主力騎軍恰到好處地同時展開衝鋒，士氣高漲的七千餘幽騎對上傷痕累累且如驚弓之鳥的七千莽騎，後者怎麼打？後方萬餘莽騎倒也凶悍，迅速掉轉馬頭，想要以牙還牙給幽州騎軍來一場攔腰斬斷。

可就在此時，戰場兩翼又出現了兩支生力軍，數目不大，但是對北莽騎軍士氣軍心的打擊絕對是無法估量的。

一支是豎起一杆「徐」字大旗的兩千幽騎，一杆是離陽橫水城的旗幟，人數更少，僅是橫水城衛敬塘的六百騎軍。

可那名在戰場後方的北莽萬夫長已經驚懼得無以復加，自然而然打起了退堂鼓，說好了老子帶兵來薊州是不費一兵一卒就有大功勞到手的，現在倒好，兩座城池的城牆都沒摸到一下就給人打得這麼慘。

不是不能救那幾千騎，只是救下以後，那老子也就可以回去當個屁大的千夫長了。於是還在戰場上拚死廝殺突圍的萬夫長回離律就透心涼了，那個昨天還跟自己在帳內把酒言歡的萬夫長就那麼跑了！好在終於被回離律和六百親騎向北衝殺撕扯出一個口子，之後不斷有莽騎尾隨北竄。

有意為之的郁鸞刀根本就沒有去看回離律和他身後不到三千莽騎，而是舉目遠眺，死死盯住了開始緩緩撤退的另外一名北莽萬夫長郎寺恩。他是故意讓出那個口子的，要是郎寺恩和那一萬騎打定主意死戰到底，恐怕郁鸞刀的這支幽州騎軍就只能剩下個兩、三千騎。

這不是郁鸞刀畏懼死戰，否則他也不會趕來銀鷂、橫水以北打這場仗，而是拿幽州騎軍跟本該屬於顧劍棠收拾的兩萬人死磕到底，這對北涼根本沒有意義。不過拿一命換兩、三條是沒意義，但不等於拿一命換十命沒意義，所以郁鸞刀就是故意讓回離律帶著混亂不堪不成陣形的三千殘騎，去禍害破壞郎寺恩的萬餘騎。

郁鸞刀這位被譽為繼曹長卿之後又一位「西楚得意」，冒天下之大不韙地孤身趕赴王朝西北，進入北涼後深刻理解了何謂「邊關鐵騎」，對北莽騎軍也有足夠全面的瞭解。他知道要將北莽精銳打出兵敗如山倒然後己方肆意追殺的效果，很難，但如果來一手「禍水北引」就有機會！甚至都不用郁鸞刀做出太過具體的兵力調配。

當他和身邊八百騎率先追逐回離律的三千騎後，很快就有暫時無人可殺的兩千多騎馬上跟上，加上橫水城六百騎和最後進入戰場左翼的兩千幽州騎，同時開始向北衝鋒。

在回離律帶著殘部向北瘋狂逃竄後，看著那些不管不顧朝著己方衝撞而來的王八蛋，臉色鐵青的郎寺恩當時就恨不得把他們全宰了，只是看著那些掏出輕弩後「優哉游哉」往回離律騎軍背後射去的幽州騎軍，或者是一個加速後，戰刀都已不用刻意出力，只需要藉著戰馬前衝的慣性，提起刀，刀鋒就能在北莽騎兵的脖子上拉出一條大口子，很輕鬆很省力，但絕對足夠殺人，郎寺恩就嘶吼著下令部下加速撤退。

北莽兩萬騎軍本就是倉促趕到薊北戰場，雖然跟幽州騎軍同樣是一人雙騎，但是郎寺恩再清楚不過被騎軍追殺的後果，此時也只能恨不得戰馬有八條腿。

當回離律和親衛騎卒跟上郎寺恩大軍尾部的時候，三千餘「僥倖」突圍的殘部已經被無聲無息宰掉了兩千多。

在接下來長達三個時辰的漫長追殺和逃亡中，郎寺恩也有兩千多騎軍被不知疲倦的幽州騎軍殺死。如貓抓老鼠一般，北莽騎軍無時無刻不在死人，無時無刻不有小股騎卒脫離大軍四散潰逃。

最後是在入夜前，那名面如冠玉的幽騎主將終於在親手斬殺掉回離律後，停止了追擊。

橫水城六百騎就跟著幽州騎軍一路收取戰功。他們在離陽邊關以守城為主，雖然沒有參加過今日這種雙方騎軍多達三萬人的戰爭，但是小規模的遊騎接觸戰，這些年沒有斷過，隔三岔五就有發生。

堪稱薊州一流精銳的橫水城騎軍斥候沒有如何落下風，但是哪裡敢想像殺北莽蠻子就跟六、七月間割取麥子一樣簡單？薊州跟北涼一樣是邊陲重地，作為薊州老卒，薊北將士自有其多年沙場磨礪而出的那股傲氣，前些年聽見顧劍棠嫡系將領出身的蔡楠帶著整整六萬大軍出現在北涼邊境上，竟然在遇到只帶了一萬騎軍南下的老涼王後，無一人敢言戰，據說那蔡楠甚至膝蓋發軟地頭一個就跪下了，搞得帶了六萬兵馬是跑去給那徐驍檢閱似的。

這場鬧劇在薊州和京城私底下都廣為流傳，只是讓外人想不通的是，得了「六萬跪將軍」綽號的蔡楠既沒有被朝廷兵部斥責，甚至總領北地軍政的大柱國顧劍棠好像也沒有覺得有何不滿，蔡楠的官帽子依舊戴得紋絲不動。

這一戰過後，薊北橫水城總算是明白了，徐家三十萬邊軍統稱徐家三十萬鐵騎，真正的騎軍有十二、三萬，主力皆在涼州以北，其中以步軍為主的幽州不足兩萬騎兵，然後隨隨便便讓一個原本「籍籍無名」的北涼新人郁鸞刀拉出來一萬騎，又以己方不足三千的傷亡，「隨隨便便」做掉了一萬兩千多北莽騎軍！

橫水城六百騎的主將在返程途中，實在忍不住好奇，跑去跟那位滿身鮮血的年輕郁將軍套近乎，小心翼翼問了個問題，詢問北涼邊境騎軍是不是都跟他郁鸞刀的幽州萬騎，一樣鋒芒無比。

郁鸞刀先是搖頭，那名橫水城騎軍頭目如釋重負，然後郁鸞刀笑著說涼州騎軍比幽州騎軍要強很多，那位自認麾下六百騎個個都算精銳的薊州老騎當時就崩潰了。最後郁鸞刀又說他們北涼邊軍中有個說法：算上北莽、北涼和離陽的兩遼，整個天下也許能有一百多萬的騎軍，但天底下的騎軍歸根結底只分為三種：「北涼鐵騎是一種，天下其他騎軍是第二種。」

那橫水騎軍頭目就澈底納悶了：「還有一種？」

郁鸞刀當時笑咪咪說道：「就是嚇得蔡楠六萬大軍都跪下的那支騎軍，人數不多，就是一萬。」

那薊北老騎吞了吞口水，沒敢搭話。

當時郁鸞刀輕聲感慨道：「你們薊州不懂，離陽也不懂，因為趙家祖上燒了高香啊。」

橫水城騎軍頭目更不敢說話了。

衡水六百騎四周，是那些不論沙場廝殺還是大勝而歸都保持沉默的幽州騎軍。

◆

在戴著生根面皮的徐鳳年祕密見過衛敬塘後，在橫水城外守候的郁鸞刀親自陪同徐鳳年返回銀鷂。此時幽騎都已正大光明地入城接管銀鷂軍政一切事務。

沙場果然是最好的磨刀石，早先僅是因為相貌太過俊俏而惹眼的郁鸞刀，如今還是英俊非凡，但是身上已經有一種鐵血冷厲的氣質，渾如天成。

徐鳳年輕聲道：「幽州葫蘆口那邊不容樂觀。以一萬對兩萬，殺敵一萬二，傷亡不過三千，你這場實打實的大捷算是一場及時雨啊，你這個『同』將軍頭銜也可以摘掉那個字了，以後幽州不會有人質疑你的帶兵能力。這場兩軍奔襲的接觸戰，說不定還可以被後世兵家視為經典戰役。」

郁鸞刀平靜道：「但是這種無關大局的勝利……」

徐鳳年搖頭道：「雖然離陽朝廷那邊會視而不見，甚至會刻意壓制一切薊北戰況，但是對我們北涼是個好消息，幽州守軍也需要這樣的勝利。」

郁鸞刀眉頭皺起：「戰馬糧草都不缺，可是一萬騎中能夠馬上奔襲葫蘆口的兵力，這場仗打下來，也就只有六千，不過可以一騎三馬。但是現在問題在於，北莽不但已經知道我們的意圖，而且都能夠做出應對，怕就怕顧劍棠那邊繼續睜一隻眼、閉一隻眼。

再者衛敬塘應該很快就要丟官，總掌薊州大權的袁庭山，甚至完全可以讓雁堡李家的那六、七千私兵來接防橫水、銀鷂，到時候衛敬塘就連死守橫水城都很難了，朝廷和薊州這個機會都不會給他的……」

一直耐心聽郁鸞刀講述的徐鳳年突然側頭，看著這名幽州軍中資歷最淺的年輕將領，笑著不說話。

嘴唇乾澀滲出血絲的郁鸞刀轉過頭，以為有什麼不妥，下意識摸了摸自己的臉龐。

徐鳳年收回視線，微笑道：「郁鸞刀，幽州需要你這樣既能打硬仗、勝仗又懂廟堂規矩的將領。」

郁鸞刀猶豫了一下，很認真說道：「很高興能夠在薊北看到王爺。」

徐鳳年點了點頭，說道：「薊州本來就不是我們北涼的地盤，是死是活讓離陽折騰去。可惜衛敬塘是不會答應跟我們回幽州的，否則我都想把他綁去了。既然如此，那我們就稍作休整，養足精神，去葫蘆口！」

郁鸞刀「嗯」了一聲，沉聲道：「當時戰事結束，末將就已經將四百名斥候遊騎都撒出去，一方面是防止那些零散逃竄的北莽騎軍生出是非，另一方面是爭取最大限度地盯著顧劍棠的東線。

從這兩天得到的消息來看，郎寺恩殘部已經沒有再戰的決心，只顧著逃回大本營，想著怎麼跟北莽東線大將解釋這場大潰敗。就算北莽膽敢再度抽兵投入薊北，給他們的戰馬多出兩條腿，這幫蠻子也趕不上我們的腳步。」

郁鸞刀很快補充了一句：「不過北莽最東線那邊還是有幾個名將的。北莽皇帝一年四季都要巡遊，王帳按時節稱為春夏秋冬四『捺鉢』。北莽有四個年輕人獲此殊榮：拓跋菩薩的大兒子是四人中的春捺鉢，剛剛成為南朝幕前軍機郎的領袖；種神通的兒子是夏捺鉢，此次是幽州先鋒大將；北莽最東線上則有秋、冬兩捺鉢，都不是回離律和郎寺恩可以媲美的出色將領。如果是這兩人中的一個帶著精銳騎軍趕來，會相對棘手一些。」

說到這裡，一直給人溫文爾雅儒將感覺的郁鸞刀也忍不住罵道：「顧劍棠的東線大軍都只會吃屎嗎？」

徐鳳年忍俊不禁道：「行了，離陽從來都是這副德行，錦上添花都別指望。咱們啊，不管做什麼事情，都按照他們會落井下石來做打算。」

暮色中，郁鸞刀一臉憤懣陰沉地點了點頭。

當天深夜，始終沒有洩露身分的徐鳳年在收到海東青飛速傳遞來的一份諜報後，讓麋奉節找到還未卸甲休息的郁鸞刀，告訴他「臥弓城被北莽先鋒大軍一日攻破」。

郁鸞刀腳步匆匆來到徐鳳年臨時居住的原銀鷂將軍府一座偏院。

徐鳳年坐在石凳上，等到郁鸞刀走近後，抬頭說道：「明早出發，帶上那六千騎。其餘一千多受傷較重的騎卒先暫時留在銀鷂，之後不管是北莽後續騎軍來襲，還是那個袁庭山下絆子，直接離開銀鷂，返回幽州！」

郁鸞刀點頭道：「末將這就去下令。」

突然從背後傳來一句話：「我陪你們一起去葫蘆口外。」

郁鸞刀猛然轉身，神情複雜至極——有震撼，有憂慮，但更多是驚喜！

徐鳳年揮了揮手。

麋奉節等到郁鸞刀離開院子，憂心忡忡道：「王爺，這麼做真的合適嗎？」

徐鳳年沒有說話，開始閉目養神，一直枯坐到天亮。

◆

拂曉時分，徐鳳年睜開眼。

不知為何臉色極其沉重的郁鸞刀按時來到院中，言辭間有請罪的意思，說大軍起程可能要耽擱一個時辰。徐鳳年問他何事，郁鸞刀欲言又止，就是不說。

徐鳳年皺著眉頭凝視著這個在薊北一役中光彩四射的年輕將領。不管是大軍疾馳數百里的「貪功冒進」，還是強行軍中的有條不紊，不論是到戰場的突入時機和角度，還是之後的拉扯戰線和「放縱」敵騎逃離戰場，以及到最後擴大戰果的咬尾追殺，「郁家得意」都證明了哪怕在名將薈萃的北涼，一樣有他郁鸞刀一席之地！

郁鸞刀死活不願說出原因，那火冒三丈的徐鳳年就要跟著郁鸞刀去親眼看一看了。徐鳳年、余地龍、糜奉節、樊小柴四騎，跟在包括郁鸞刀和兩名副將在內的二十騎身後，由一騎幽州斥候帶頭，出城向東北方位策馬狂奔了半個時辰。

沿途都是硝煙四起一片狼藉的堡寨村落，雖然這一線不在北莽兩萬大軍的行進路線上，但是大戰後回離律和郎寺恩潰散殘部有接近千人，這些散兵遊勇哪怕對上四、五十幽騎都會望風而逃，但是橫水以北的那些沿河小村莊就遭了災。

橫水六百騎這幾日不斷外出追剿，但是一股股二、三十的莽騎在初期的驚慌後，不斷會合，其中就有一支人數達到兩百的北莽騎軍，跟橫水騎軍有過一場硬碰硬的遭遇戰，雙方都損失慘重。而且在塞外大漠，別說幾百騎幾十騎，就是千騎萬騎，只要一旦遠離城池關隘，那就真是大海撈針了。

郁鸞刀的四百騎精銳斥候跟北莽騎軍在野外相遇後，並不主動出擊，只負責刺探軍情，而莽騎敢跟橫水騎兵開戰，但是看到那些佩涼刀負輕弩的幽州騎軍後，就算人數上占有絕對優勢，也是主動退讓遠遠逃散，大體上是井水不犯河水。不過若是幽州斥候遇上小股莽騎，順手賺些戰功，郁鸞刀和軍中副將校尉都對此沒有異議，多殺幾個北莽蠻子還需要理由？

但是郁鸞刀今天之所以如此沉默，是因為一伍的五人斥候，除了先前偵探到的諜報，只有一騎返回銀鴿城帶了個最新消息，這個消息甚至都稱不上有半點分量的軍情。

那名斥候說，他們在城外一個村子遇上了六十騎北莽蠻子，按照北涼斥候條例，以一伍對一標，己方只需要傳回消息就可以，因為數目懸殊，不會擔負那「不戰而退之罪」。何況這伍剛從更北返程的幽州斥候，本就不該與北莽那些騎軍作戰，而是需要馬上回到城中，將搜集到的軍情遞交給騎軍大營。

郁鸞刀除了那名伍長擅自主張違抗條例而生氣外，心底更多是一種無奈。在最重軍律的北涼，那四騎斥候極有可能連先前掙得的那點戰功都保不住，郁鸞刀更不知道如何去跟就在幽州騎軍中的北涼王彙報。涼幽邊軍中，戰陣退縮、謊報軍情和殺良冒功是三大板上釘釘的死罪，但各類違抗條例，也是緊隨其後的死罪。

幽騎副將石玉盧瞥了眼隊伍後頭那古怪四騎，對郁鸞刀輕聲說道：「四名斥候肯定已經戰死了，事後如何上報？」

郁鸞刀流露出一絲罕見的痛苦神色：「據實上報。」

作為幽騎四百斥候首領的范奮若是在薊北戰役之前，聽到這種冷血的混帳話，早就對主將郁鸞刀破口大罵了，但是一場仗打下來，幽州騎軍上下都對郁鸞刀敬佩至極。

范奮小聲道：「郁將軍，就不能通融通融？大不了咱們不計他們先前的那份戰功，只上報一個『路遇大隊莽騎，四人戰死南歸途中』？」

郁鸞刀默不作聲。

騎隊疾奔入那座臨河的村子，隨處可見村民的屍體，本該有四、五十戶人家的村落早已雞犬不留，唯有村外幾株枝幹彎曲的楊柳，正在這個本該萬物生長的初春時分，吐露著那幾抹綠色。

在莊子北方一座村舍前的曬麥場上，他們看到了一家老幼五口人慘死的屍體。兩名老人被北莽戰刀砍死在門口，那名本該去田間播種春麥的中年莊稼漢子，死後還攥緊著鋤頭。他兒子的頭顱就在他眼前，那具幼小的無頭屍體離著他娘親更近些。婦人被剝光了衣服，給北莽騎軍糟蹋後，四肢被砍斷。

那名年輕的斥候抽泣道：「伍長看不過去，說讓我把軍情帶回銀鷂城，然後就說他戰死在更北的地方了，讓我別管他們三人死活。我不肯走，伍長就狠狠踹了我一腳，說五個人都死在這裡，軍情咋辦？」

曬麥場上，四名幽州斥候，涼刀輕弩都被收走，甲冑都被卸走，就只有四具屍體了。一人死在泥屋牆下，那條持刀的手臂被北莽騎兵剁下後，故意放在他頭上。兩人死在曬麥場上，那名伍長屍體被綁在一條長凳上，當成了箭靶子，全身上下都是被弓箭射出的血水窟窿。

郁鸞刀和石玉廬、范奮所有人都沒有說話。

他們不是沒有見過比這更殘酷的場景，在他們北涼以北，哪年沒有不死不休直到一方徹底死絕的戰爭？他們又有誰沒有為一位又一位的北涼袍澤收過屍？

但是，這裡不是北涼，是薊州啊！

能夠清清楚楚喊出四人名字的老斥候范奮，紅著眼睛輕聲道：「不值，你們死得不值得啊……」

然後范奮看到那名披厚裘的年輕公子哥走向伍長的屍體，范奮大步向前，想要一把推開那不順眼至極的年輕人。

老子們在戰場上殺敵的時候不見你，現在大戰落幕了，你小子還穿了件場中戰死四人可能一輩子都買不起的裘子，裝什麼好人？老子管你是薊北哪位豪門世家的後代！范奮伸手的同時吼道：「滾你的蛋！只要我們北涼沒有死絕，收屍就輪不到你們外人！」

但是范奮突然發現自己竟然根本推不動那個年輕人。

那人背對眾人蹲下身，緩緩解掉捆綁在那具屍體身上的冰涼繩索，脫掉身上那件裘子，裹住屍體。

范奮一怒之下就猛然拔出腰間涼刀，與此同時，連石玉爐都開始拔刀。

一名老人輕輕走到年輕人身旁，頓時一整座曬麥場都充斥著氣勢磅礴的凜冽劍氣。

郁鸞刀沉聲道：「范奮，住手！不得放肆！」

范奮愕然，郁鸞刀的無故阻攔，更讓這名有二十年戎馬生涯的漢子感到悲憤欲絕。

就在他舉刀前衝的那一刻，看到那個年輕人在把裘子穿在屍體身上後，五指如鉤抓住自己的臉，一點一點剝下了一張「臉皮」。

只聽這人自言自語說道：「對，你們死得不值。死在這薊州，死在了異鄉。離陽都保護不了的百姓，你們幽州騎軍為什麼明知是死還是要管？明知道是違抗了北涼斥候條令，還是要管？」

那人輕輕幫死不瞑目的斥候伍長合上眼睛，慘笑道：「要是在三年前，我也不懂。那時候我以為江湖上的大俠才會路見不平、拔刀相助，但等我真的走入了江湖，等離陽、北莽兩個江湖都走過一趟，才知道根本不是那麼回事，連江湖好漢都不會像你們這麼傻。」

年輕人抬頭，望向一伍五名斥候中僅剩的活人——那個年輕幽州斥候，問道：「你們叫什麼？」

年輕斥候下意識脫口而出：「范遼、胡宗漢、趙典。我只知道伍長姓盧，伍長從不給咱們看軍牌。」

范奮說道：「盧成慶，從軍十二年，涼州遊弩手出身，本來早該當上標長的，這麼多年來，手頭只要有一點點軍功，就都推給手下兄弟了……還有這小子，叫劉韜，也從來不是孬種。」

世家子模樣的年輕人不但攙扶著伍長屍體站起，而且還用那根繩索將屍體與他綁在一起，掠去馬背，死人和活人同乘一馬。

他說道：「郁鸞刀，你們帶著三具屍體先回銀鷂城，領六千騎趕赴葫蘆口，我最多半天後就能跟上你們大軍，記得出城時多帶一副甲冑。斥候劉韜，你需要在這裡等著，我幫你們拿回弩刀和鐵甲，到時候得讓你把伍長和那些東西一起帶回去。」

說話間，那老幼和年輕女子古怪三騎也紛紛上馬。

郁鸞刀望著那個背著伍長屍體的他。

徐鳳年輕聲道：「我給盧成慶送一程。」

四騎疾馳遠去。

那四騎殺氣之盛，連幽騎副將石玉盧和斥候都尉范奮都一陣頭皮發麻。

根本不知道發生了什麼的石玉廬，在背起一具屍體上馬後忍不住開口問道：「將軍，這是？」

郁鸞刀怔怔出神。

他生於富饒的中原江南，遊學時也走過許多地方，一年到頭，有著名士清談聲、林間瑤琴聲、青樓歡笑聲、觥籌交錯聲。

但是只有北涼，死戰無言，悲慟也無聲。

郁鸞刀抽出那把名刀「大鸞」，指向南邊：「請你們瞪大眼睛，看一看我北涼！」

騎隊快速離開村莊，范奮有些鬱悶地輕聲問道：「郁將軍，那傢伙到底是誰，離陽王朝頂天大的大人物？」

郁鸞刀搖頭道：「北涼以外的，誰配？」

郁鸞刀哈哈笑道：「他啊，就叫徐鳳年！」

包括石玉廬和范奮在內所有幽騎將領，神情一頓後，突然就覺得好像有風沙進了眼睛。

范奮猛然間掉轉馬頭，喊道：「郁將軍，我趕緊給劉韜那小崽子說一聲去，他說過這輩子最佩服的人，是單槍匹馬就做掉王仙芝的那個人！劉韜還總說這輩子是見不著他了！老子這回看這小子敢不敢相信！」

一名年輕都尉突然怯生生說道：「郁將軍，我也頂佩服他了！要不然讓我留在村子裡等半天，我保證跟得上大軍，要是跟不上，我到時候自己把腦袋砍下來！」

郁鸞刀瞪眼道：「你腦子進水了？接下來王爺要跟我們一起殺向葫蘆口，你想怎麼看王爺就怎麼看，想看幾眼就看幾眼！到時候你只要有本事跟在王爺屁股後頭，我不攔著！」

年輕都尉一想也對，尷尬笑了笑。

不用半天，四人就在黃沙大漠上一路棄馬長掠而至，追趕上了六千幽州騎軍。

當六千騎看到為首那名年輕人後，同時抽出北涼刀，以示敬意。

四人翻身上馬，徐鳳年接過一名年輕都尉拋來的甲冑，披掛在身。

不知是誰第一個喊出那三個字，連同郁鸞刀在內都一次次歡呼。

「大將軍！」

當時北涼葫蘆口校武場上，是徐鳳年第一次在邊軍中露面，但那時候也只是身穿蟒袍。

所以這一次是徐鳳年第一次披甲陷陣。

他轉過頭，像是看到了一位老人在與自己並駕齊驅。

徐鳳年咬了咬嘴唇，深呼吸一口氣，再望去，只有黃沙萬里。

他抽出那柄北涼刀，策馬狂奔，怒吼道：「北涼！死戰！」

「北涼！」

「死戰！」

六千騎懷必死之心趕赴葫蘆口外。

他們不僅要斬斷北莽南朝至葫蘆口間那條浩浩蕩蕩的補給線，還要將其澈底打爛！

第六章 涼莽軍短兵相接 鎮靈歌悠悠唱響

西北天高晚來遲。

六千幽騎並沒有緊貼薊、河兩大邊州周邊行軍，而是劃出了一個半弧。

如果說薊、河的北部防線像是一根相對平整拉直的弓弦，那麼幽騎的軌跡就是弓臂。在弓弦和弓臂囊括出來的區域內，有許多股北莽斥候馬欄子離開葫蘆口在其中游弋刺探，就是為了防止大軍補給被不惜孤軍深入的幽州遊騎從側面偷襲。

郁鸞刀這次突進，依舊使用騎軍「強行」的疾馳力度，達到了駭人聽聞的三天六百餘里推進。若是在只會紙上談兵的兵事外行看來，或是聽多了西北名駒可日行千里的老百姓看來，這種速度能算什麼強行軍？但是如果兩者能夠親眼看到此時就地休整的幽州騎軍是何等風塵僕僕，看一看近百匹戰馬在騎軍停下後當場癱軟甚至倒斃的場景，就會明白這種極有可能在下一刻就要投入戰場的長途急行是何其不易。

暮色中，此時徐鳳年在一處冬雪消融的水源地給戰馬洗涮馬鼻。此次他們六千幽州騎軍共計一萬五千餘匹馬，接近一人三騎，途中跑死戰馬四百多匹，幾乎清一色是當時從銀鷂城北戰場上繳獲的北莽戰馬。

倒不是說莽馬體力遠遠輸給幽州戰馬，事實上正好相反，北莽戰馬雖然戰場衝鋒中的爆發力輸給北涼大馬，但是就體力而言，莽馬其實還要勝出一籌。只是回離律和郎寺恩兩名萬夫長當時是一路急行軍到薊北，而且為了照顧東線大局，都不足一人雙騎，哪怕在戰前臨時休整了一天，用精糧餵馬、為馬匹上膘，仍是不足以彌補戰馬體力的損傷。這次幽騎心疼相依為命多年的「媳婦」，行軍中又故意更多騎乘北莽戰馬，在草料餵養一事上更是多有厚此薄彼，北莽馬匹大量累死也就在所難免。

卸甲後捲起袖管的郁鸞刀仔細清洗著坐騎的背脊，笑道：「原本可以不用跑死這麼多戰馬的，如果一人三騎願意公平均攤腳力，頂多死個五、六十匹。」

徐鳳年環視四周，微笑道：「這樣也好，明天開始接下來肯定會有連綿不斷的戰事，就當養精蓄銳了。我部騎軍顯然更熟悉幽州戰馬的習性，多死幾百匹北莽戰馬，總好過戰場上多死人。」

郁鸞刀點了點頭，輕聲道：「范奮的三百多斥候騎都撒出去了，多是一標五十騎，最少也有半標。畢竟我們在今早就已經開始遇上北莽馬欄子，為了防止我軍行蹤洩露，范奮的斥候只要看到敵方斥候，就必須將其殺光，否則只要逃走北莽一騎，就會功虧一簣。我很感激王爺願意將那三名貼身扈從遣出，為范奮那幾標斥候助陣。有他們同行，全殲北莽馬欄子的把握就要大很多。」

徐鳳年笑道：「那年輕女子是拂水房的玄字大璫目，老人是指玄境的劍道宗師，至於那孩子，叫余地龍，是我三名弟子裡的大徒弟。」

郁鸞刀玩笑道：「他們殺北莽馬欄子，有點用床子弩打麻雀的意思啊。」

徐鳳年搖了搖頭，猶豫了一下，笑道：「我先不說，等著吧，以後北涼會給北莽一個小驚喜的。」

這段時間，徐鳳年就像一名最普通的幽州騎卒，非但沒有奪走郁鸞刀的軍權，反而在幾次短暫休憩中也都沒有像幾位將領那樣四處行走，只是充當了幾次臨時的斥候，遠離主力騎軍出去刺探軍情。

這次的幽騎出擊，一律輕騎，拋棄多餘輜重，減少一切會耽誤騎軍速度的物品，除了極少數將領配置槍矛外，所有騎卒只佩一柄涼刀、一張輕弩，膂力出眾者可再多添置一把硬弓和三只箭囊。這幾日行軍陣形一直保持縱隊形式，等到明天進入作戰區域後，戰時就要鋪出橫列。

此次強行軍，幽騎讓以前從未深入邊軍底層的徐鳳年大開眼界。比如那些幽州戰馬根本不需要騎卒如何牽引，就可以緊緊伴隨主人進行機動轉移，哪怕臨時駐紮休息，戰馬不論如何饑渴，始終在主人周圍數丈內徘徊，這意味著哪怕幽州騎軍遭遇一場周邊斥候來不及稟報的偷襲，六千幽騎照樣可以在半炷香內毫無紊亂地披甲上馬列陣迎敵，一氣呵成！

冰凍三尺非一日之寒，幽州戰馬的出類拔萃，跟「離陽以北涼最重馬政」有莫大關係。

◆

一標斥候從西南疾馳而返，跟斥候標長並駕齊驅的那一騎竟是個臉龐稚嫩的少年，馬術已經精湛到了不用握住馬韁的地步，那份雙手攏袖的姿態，已經跟他師父有五六分神似。

標長讓麾下四十多騎斥候就地下馬休整，他和這個名叫余地龍的孩子策馬來到主將郁鸞刀和「大將軍」徐鳳年身邊，下馬後一個拱手抱拳，然後就稟報軍情。

原來他們在六十多里外碰上了六十騎龍腰州某座軍鎮首屈一指的精銳馬欄子，本以為會是一場傷亡慘重的鑿戰，不承想被那孩子一騎當先，率先陷陣後高高躍起離開馬背，一口氣用雙拳捶死了二十多騎。等到幽騎斥候拔刀衝鋒後，就已經變成一邊倒的追殺。

其中有一幕是那瘦弱少年身形仍在空中時，還抓住了一支由莽騎陰險射向標長臉面的羽箭，這孩子順勢插入那馬欄子頭目的脖子，隨手推開屍體，蹲在那匹北莽戰馬的馬背上，朝那位拍馬而過時報以感激眼色的標長咧嘴笑了笑。

這場本該勢均力敵的遭遇戰打下來，幽州斥候只是傷了九人，且傷勢都不重。此時身材魁梧的標長忍不住伸手去揉那孩子的腦袋，不承想孩子身體猛然後仰，躲掉了標長的手掌。孩子雙腳釘入黃沙土地，後仰身體的傾斜幅度極大，只是欲倒偏不倒，頓時引來附近幽州騎卒的一陣喝彩聲。

徐鳳年看著那個始終裝模作樣雙手插袖的孩子，瞪眼道：「屁大孩子，顯擺什麼宗師風範，站好！」

余地龍嘿嘿笑著，身體重新站直，標長這才成功揉到了孩子的腦袋。因為手指和手心都布滿老繭，所以雖然動作盡量輕柔，但仍是把余地龍的頭髮弄得凌亂不堪。

孩子偷偷翻了個白眼，然後老氣橫秋地嘆了口氣。之後那標長蹲在水邊胡亂洗了一把臉，瞥了身邊那個撅起屁股用嘴汲水喝的孩子，會心一笑。

這小傢伙真是厲害，一拳下去，不但輕鬆捶死一騎北莽蠻子，就連那戰馬都給壓得瞬間四腿折斷，倒地不起，還有一掃臂就給孩子把鐵甲連身體一起打成兩截的。

標長感慨之餘，轉頭輕聲道：「小傢伙，以後到了數千騎相互廝殺的戰場上，還是要悠著點。北蠻子的騎射不差，一旦給他們盯上，四面八方一頓攢射，會很麻煩的。當年咱們標的老標長，也有好武藝傍身，當初就是給側面的幾支箭矢傷到了肋部，落下了病根子，要不然也不會那麼早退出邊軍。」

余地龍笑臉燦爛點頭道：「我早曉得咧。師父跟我講過，這叫雙拳難敵四手，幾十幾百騎的殺敵，跟幾千上萬的戰陣不是一回事。你放心，我眼神好得很，而且就算後背沒長眼睛，真有後方偷襲，我照樣能感受到那種叫殺機的東西。

再說了，師父也說了，在咱們北涼，上陣殺敵，只要是陷陣，往前衝就可以了。別的不好說，後背不用去管，真有危險，也自然會有袍澤幫你擋著。」

那標長問道：「大將軍真是這麼說的？」

又一口氣喝了好幾斤水根本不怕脹肚子的孩子抬頭「嗯」了一聲：「可不是？」

蹲在水邊的標長摸了摸下巴，感慨道：「這話不是邊軍老卒，說不出來。」

「對了，大個子，袍澤是啥意思？」

「就是配有涼刀涼弩，然後一起殺蠻子的人。」

「可我又沒刀弩，前幾天跟師父討要過，他不肯給。那我咋算？還是不是你們袍澤？」

「當然算！」

「那大個子你送我一套涼刀涼弩唄？我眼饞死了，你太小氣不願送的話，借我也行。」

「小傢伙，真不是我小氣啊，這刀弩和戰馬都不能隨意借人，否則就得軍法處置。只有等我哪天退伍了，按例就可以留下一套甲胄和刀弩了。哈哈，到時候全送你都行。」

「那得猴年馬月啊！跟你說話真沒勁，算了，師父說貪多嚼不爛，先把拳法練扎實了再學其他。唉，但是我真的挺想跟師父一樣在腰間佩把刀啊。」

聽著孩子的稚氣言語，標長爽朗大笑。

余地龍轉頭望向站在不遠處的徐鳳年，滿臉哀求喊道：「師父！我到底什麼時候才能有自己的涼刀啊，大個子都承認我是他的袍澤了！」

「才喝了兩、三天的西北風沙，就敢跟人袍澤互稱了？」

徐鳳年笑著一腳踹在這孩子的屁股上。余地龍前撲向水面，但是沒有撞入水中，只見他雙手緊貼在水面上，滑出兩條水痕，雙手微微一撐，身軀便手腳倒立，在水面上靜止不動。

很快有第二隊斥候返回大軍跟郁鸞刀稟報敵情，先前那魁梧標長迅速告辭離去。

徐鳳年笑著點頭致意，余地龍趕緊一掌拍擊水面，躍回岸上，跟隨大個子標長繼續去執行斥候任務。

天色漸黑，但是對於幽騎大軍而言絕對不至於不敢夜中行軍。俗稱「雀蒙眼」的夜盲症狀在離陽南方軍中也許還不少，但是各大邊軍之中，不說精於夜戰的北涼騎軍，就是兩遼和薊州，騎卒也少有雀蒙眼出現。一方面是邊鎮給養要優於王朝內地，二來邊關士卒尤其是騎兵的篩選也有相關針對。當然，深夜奔襲，只憑藉北涼邊軍條例中一標騎軍一支火把的火光映照，騎軍推進速度必然會受到極大限制，而野外夜戰除非是目標明確的特定戰役，對於騎軍將領來說也是能避則避。

六千騎如游龍行於黃沙。

夜幕中，徐鳳年突然問道：「郁鸞刀，你有沒有想過，此次行軍，我們遠離薊州銀鷂、橫水兩城，葫蘆口更被北莽九萬大軍阻絕。雖然還能以戰養戰，拿北莽的補給來養活自己，但註定是一場仗比一場仗越來越難打。到時候戰事不利，給北莽最終形成包圍圈，到了山窮水盡的地步，我和余地龍四騎能想走就走，可你和六千騎恐怕想死在葫蘆口內都很難。」

郁鸞刀坦然笑道：「難怪王爺不怎麼願意接近那些幽州騎卒，是怕自己這個北涼王，每一眼都是在看他們生前的最後一眼嗎？其實大將軍你無須如此。自從我們出兵那天起，什麼下場就很明白了。這些當兵的讀書可能不多，甚至就沒讀過書，但幾年十幾年的仗打下來，誰也不傻。不想去薊州送死的，不是沒有，出於各種原因，走了一千多人。有怕死托關係走後門，灰溜溜離開的，但也有因為在家裡是獨苗，年紀又太小，給硬生生趕走的。」

郁鸞刀的神情格外平靜，緩緩呼吸了一口氣：「但是，既然來了，那就都是生死看開了的，就算戰前還有猶豫，到了戰場上，也由不得誰畏縮不前。怕死？肯定有的，只不過兩軍對峙，騎軍衝鋒才需要多長的時間？手腳發軟，怕死的話，就真的會死。一次衝鋒過後，就得死，快得很。衝鋒過後，沒死的，看著身邊袍澤一個個戰死在自己身後了，就那麼孤零零躺在戰場上，自然而然也就不怕死了。打仗本來就這麼回事，我們北涼自大將軍出遼東起，就給徐家鐵騎灌注了一股氣，整整三十多年將近四十年的打磨砥礪，就是養了這一口氣！」

郁鸞刀轉頭看著徐鳳年，臉色肅穆而虔誠，沉聲道：「最重要的是，徐家鐵騎也好，北涼鐵騎也罷，不管戰死了多少人，中間吃了多少場敗仗，但我們每次到最後，都贏了！哪怕戰場上我們打得只剩下幾十、幾百人站著，但是我們從不怕死後沒有人幫我們收屍！要怕的只會是我們北涼刀鋒所指的敵人！」

徐鳳年沉默了許久，然後笑了笑，開口問道：「你一個郁家嫡長孫，一口一個『咱們北涼』，你沒有覺得拗口彆扭嗎？」

郁鸞刀好像愣了一下，顯然是從未思索過這個問題。

他低頭瞥了眼腰間的大鸞刀，和另一側腰間的涼刀，抬頭後眼神尤為清澈，緩緩道：「剛到北涼那會兒，一開始當然不願意以北涼人自居。之後也忘了什麼時候脫口而出的，但我既然沒有半點印象，我想這應該是一件水到渠成的事情，這也許就是所謂的潛移默化吧。我郁鸞刀打心眼裡喜歡這西北大漠的風景，蒼涼、遼闊、壯觀，置身其中，能讓人感到渺小。甚至連那軍營裡的馬糞味道，聞久了，也會喜歡。不像在江南那一座座歌舞昇平的繁華城市，酒再好，喝多了也想吐，美人身上的胭脂再名貴，聞多了也會噁心。我郁鸞刀，父母的養育之恩、家族栽培之恩，此生也只能辜負了……」

說到這裡，郁鸞刀摘下腰間的那把位列天下利器榜上的絕世名刀「大鸞」，輕輕拋給徐鳳年，笑道：「我真要戰死在葫蘆口外，收屍也難，以後我的衣冠塚內，王爺就放這把刀好了。對了、王爺，除了衣冠塚，清涼山後的碑林，我也得有一塊。」

徐鳳年將那把價值連城的大鸞刀又拋還給郁鸞刀，苦笑道：「先收好。就算是九死一生，但只要不是必死的局面，就別輕言『收屍』二字。」

◆

寅時末，天色猶未開青白。

一標幽騎斥候狂奔而來，標長和劍匣棉布早已扯掉的糜奉節兩騎分別位於頭尾兩處，標長跟都尉范奮稟告道：「西北四十里，以北莽夜行軍常例火光亮度來推測，有兩千四百餘騎護衛大隊糧草南下，戰馬配備大概是兩人三騎。」

范奮跟主將郁鸞刀、副將石玉盧一行人說道：「除了兩千四百騎戰兵，輔兵民夫應該不少於這個數目。」

大概是怕徐鳳年不熟悉北莽情況，范奮額外附加了幾句，解釋道：「北莽歷年南下遊掠都會大肆徵調草原部落，如果說有十萬騎兵出征，往往會攜帶不下二十萬的部眾和數百萬頭的牛羊，小半座南朝都會清場一空。

跟中原人想像中不同，永徽年間北莽騎軍每次由薊州突入，除非是完全穿過了整個薊州深入到中原腹地，否則從來不存在五百里以上的糧草補給線，打完了一場仗就可以迅速返回補給。而且他們的輔兵也完全等同於離陽除開邊軍外的絕大部分戰兵，甚至戰力更強，因為只要給他們一張弓、一匹馬，隨時可以成為正規騎兵。

歷史上許多場發生在薊南境內的戰役，那些試圖突襲補給線的離陽軍隊都在這上頭吃過大虧，所以此次，我們最少得按照北莽四千騎甚至是五千騎來算……」

徐鳳年沒有說話，一直認真聽著，倒是石玉盧咳嗽一聲，范奮這才趕緊閉嘴。

徐鳳年這才笑著開口說道：「范都尉，我以前去過北莽，親眼見識過他們的輜重運輸方式，對他們的戰力還算有些瞭解。我現在就是一名普通騎卒，只管到戰場上衝鋒陷陣。」

副將蘇文遙一臉丟人現眼的表情，用馬鞭指著范奮笑罵道：「滾一邊去，嘰嘰歪歪也不怕貽誤軍機。咱們王爺跟那些將軍學兵法的時候，你小子還在開著襠玩泥巴呢！」

天正好微亮。

此時三千騎距離北莽敵軍不過五里路。

北莽也不是睜眼瞎，派遣到東面的那幾股馬欄子死得差不多了，雖然逃回來的寥寥幾騎連敵軍多少兵力都沒能查探清楚，但是北莽軍中千夫長麾下都有專門的「諦聽卒」，貼耳在地，雖然得出的答案不太準，但不至於會將幾千騎說成幾百騎。

一聽到有最少兩千敵騎出現，兩名千夫長在震驚之餘，也很快布置好橫貫南北的騎軍鋒線，輔兵也作為第二撥有生力量匆促上馬，隨時可以投入戰場。

那場離陽、大楚對峙了好幾年的西壘壁之戰，從最初的七、八萬對十數萬，到最終各自傾盡幾乎國力極限的數十萬對陣數十萬，不斷地戰損減員，不斷地更多兵源增補，其間雙方用無數次或者精彩或者慘烈的戰役，教會後世兵家一個道理：在雙方力量並不懸殊士氣也無差別的戰爭中，一開始就孤注一擲，不懂得交由精銳兵馬在關鍵時刻一錘定音的，往往會輸得很慘。

陳芝豹之所以能夠脫穎而出，成為唯一不論戰功還是聲望都足以跟春秋四大名將齊名的年輕將領，正是因為在他手上，打出了一次又一次兵力處於劣勢，卻慢慢扳回局面繼而反敗為勝的經典戰役，而且他在兵力占優的任何一座戰場上，更是從未輸過。

兩軍遙遙對峙。

戰線各自也已經拉開到自認為最佳的距離。

當兩名千夫長看到那杆旗幟後，再沒有半點僥倖心理，真的是那個字——徐！

不管為何這支三千左右的騎軍會出現在葫蘆口以外，都真的是那貨真價實的北涼鐵騎！

北涼騎軍不急不緩地有序推進。

「殺！」

好像熬不住那種窒息感覺的北莽兩千四百騎開始催動戰馬的最大爆發力，率先開始展開急速衝鋒，北莽騎士的咆哮嘶吼聲，響徹雲霄。

對面，暫時還未真正衝鋒的幽騎兩名副將突然一夾馬腹，在前衝途中略微偏移了方向，靠近位於騎軍鋒線正中位置的那一騎後。

石玉盧大聲笑道：「末將很榮幸能夠與大將軍並肩作戰！」

蘇文遙也說道：「石將軍所說，便是末將所想。」

那一騎沒有說話，只是笑著點了點頭。

在這一騎附近，騎軍陣形像是出現了一片空白。

這是主將郁鸞刀專門下令的。

等到兩位副將各自回到原先位置，郁鸞刀抽出涼刀，高高舉起，輕輕向前一揮。

衝鋒！

沒有北莽那種撕心裂肺的吶喊示威。

只有拔刀聲和馬蹄聲。

雖然幽州三千騎沉默無言，但是每一名騎卒眼中都有著無以復加的堅毅和熾熱！

我們未曾與大將軍徐驍並肩作戰過，但是我們現在有了。

以後的北涼邊軍袍澤都會像我們以前無比羨慕那些都尉校尉將軍那樣，無比羨慕我們。

雖然我們也許再沒有機會親眼看到他們的那種羨慕，但是——

沒有但是了。

就讓我們戰死在葫蘆口外！

兩軍一個交錯而過。

以戰刀對戰刀。

還剩下兩千六百騎的幽州騎軍根本就沒有掉轉馬頭，直奔那兩千多北莽輔兵騎軍殺去。

就一個眨眼過後，兩名北莽千夫長死了，二十多名百夫長死了一半。

兩千四百騎死了將近九百騎。

然後就在他們猶豫是繼續作戰還是拋棄輔兵糧草逃竄的時候，一千幽州騎軍又從遠處衝殺而至，左右兩翼更是各有千騎以縱列姿態悍然撞入戰場，根本就不給他們一條活路。

只能拚命了。

所有活下來的百夫長都在驚懼之餘更多的是不敢置信。他們雖然不是邊鎮精騎，可這些北涼騎軍也僅是幽州輕騎啊，哪有第一撥衝鋒就如此慘烈的道理？

◆

一個時辰，六千幽騎就將北莽連戰騎在內五千六百人斬殺殆盡。

刑訊逼供之下，得到北方一百五十里外會有另外一千兩百騎護送糧草的消息，默默揀選好戰陣上所有未受傷戰馬的幽州五千騎，開始向北趕去。

其實活下來的是五千兩百幽騎，但是兩百騎都負重傷，他們會原路折回，向東行去，最後在河州邊境南下。

但是誰都清楚，哪怕是最安全的東行，仍然會有一股股聞到腥味趕到的馬欄子。

跟上主力大軍？這是一場奔襲戰。

一旦連騎乘行軍都感到艱難的騎卒，只會是拖累。一場仗後是如此，那麼第二場、第三場戰後？這支幽州騎軍會越來越不堪重負，只會讓更多原本可以多殺許多北莽蠻子的幽州袍澤被害死。

兩百騎帶隊的是位受傷嚴重的校尉，是他主動要求帶著傷卒東行，郁鸞刀沒有拒絕。

那個一人殺敵四百的人沒有說話。

校尉向北望去，咧嘴笑了笑。

兄弟們，靠你們了。

累贅？對，我們這兩百來號人就是累贅嘛。

這有啥不好意思承認的。老子也就是眼前實在是沒蠻子可殺了，要是有就好了，戰死總比死在顛簸途中，能拚死幾個是幾個。

突然，一騎脫離騎軍陣形，朝他們疾馳而來。

是那人身邊的年輕女子，瞧上去是個柔柔弱弱的俊俏婆娘，可前不久她殺起人來能讓這名校尉都頭皮發麻。

她背負一只藥箱，平靜道：「他讓我送你們去河州。」

兩百騎都傻眼了。

那校尉吼道：「我們不用妳管，妳給老子多殺兩、三百北莽蠻子，就回本了！」

她冷冷瞥了眼這名校尉：「嗓門還挺大，看來一時半會兒死不了，有本事對他吼去。還有，能讓我回去的，只有他的命令，再就是你打贏我。可是就憑你？」

那校尉漲紅了臉：「要不是老子挨了六刀……」

她扯了扯嘴角，問道：「又如何？」

校尉把話咽回肚子，氣勢弱了幾分：「還是打不過妳。」

樊小柴平靜道：「放心，他讓我帶句話給你，好好帶著他們活著回到幽州。至於殺蠻子，你們那份，還有我那份，他都會幫忙補上。」

這時候，騎隊中傳來墜馬的聲響。

有人死了。

樊小柴看了一眼：「屍體帶走便是，有我在，只要不是對上五百騎以上，你們走得再慢都沒關係。」

校尉翻身下馬，快步走到那具屍體前蹲下，一名左腿都被拉開大口子後隨意包紮的騎卒蹲在校尉和屍體旁邊。他先前受傷相對輕一些，就與那位墜馬袍澤騎乘一馬，他一手握住馬韁，一手繞後扶住袍澤，只是仍然沒能留住他。不管是墜馬，還是死在歸途。

這名騎卒抬起手臂抹了抹眼睛，抽泣道：「他墜馬前最後說了一句話，說他這輩子沒殺夠北莽蠻子，下輩子還要投胎在咱們北涼。」

樊小柴側過腦袋，抬起頭，不讓人看見她的眼眶。

爺爺，爹，你們輸給這樣的徐家鐵騎，不丟人。

◆

幽騎主隊，打探到消息後，范奮撓了撓頭，策馬遠去，根本不用郁鸞刀等將領下令再探軍情，他自己就親自帶部下斥候前去了。

等到戰馬已經奔出去半里地後，這名都尉才後知後覺地「咦」了一聲，終於意識到這事兒不對呀，我范奮四十出頭的人了，照理說我玩泥巴的時候，王爺可是還沒出生啊！

郁鸞刀下令準備「半軍」作戰，命令層層傳遞，快速而精準。

五千騎第一時間就進入臨戰狀態。

北涼軍比起世上其他所有軍伍，有一件事情讓很多人百思不得其解：已經擁有冠絕天下的戰力了，卻仍是年復一年在細枝末節上做文章，尤其是在陳芝豹擔任北涼都護後，更是到了爐火純青的境界。所以當年在離陽廟堂上，曾經有文臣調侃某個地方竟然連堂堂都護大人都得關心軍營茅廁建造在何處，那是不是連拉屎的時間也得守規矩啊？事實上還真巧了，北涼軍戰時紮寨後，還真要管士卒的如廁用時、吃喝拉撒睡，都有與之相關的詳細規矩。非戰時軍營哪怕有鼠，夏天蟬鳴，冬有積雪，等等「小事」，一律要從嚴從重地問責！

如果說北莽是馬背上的民族，天生的戰士，那麼北涼三十萬邊軍，那就是徹頭徹尾被一點一點熬出來的戰爭狂。

大到統領、將軍、校尉，小到都尉、標長、伍長、士卒，所有人都知道當戰爭來臨時，自己該做什麼、不該做什麼，你完全不用想去做什麼，一切事情都會變得自然而然。因為那些無數次棍棒下的規矩條例，都深刻烙印在骨子裡了。

至於那些官品更大的頭銜，很簡單，就是意味著軍功。

北涼軍中向來賞罰分明。例如貪瀆一事，離陽境內可能早就習以為常，北涼不敢說禁絕貪瀆，遠離邊關的將種門庭撈銀子不比別地手軟，但是在邊軍中，一經查實，哪怕是貪墨了區區幾兩的撫恤銀子，直接過手銀子的官員，軍法司一律前去斬首示眾！貪墨官員的上司，往上推三級，全部貶官。

北涼道經略使李功德私底下就說過一句意味深長的話：「將種後代在陵州那麼個個視財如命，就是窮瘋了嘛」。不過北涼對戰功的賞賜，歷來毫不吝嗇。斬首幾顆都是就地升職，回去後再領賞銀，都是在軍營中打開裝滿白花花一大片銀子的箱子，當場取走，邊軍中專門有大隊驛騎負責幫忙運送銀子離開邊境。

徐驍當年打下北漢皇宮，第一件事就是打開國庫，分銀子！當時在離陽王朝還做些監軍事項的某位貂寺就好心提醒，小心朝堂上的彈劾。徐驍當時就只說了一句話：「吃進肚子裡了，再拉出來可就只能是屎了，誰想要，那我回頭就帶兵去他們家門口蹲著去。」

五千幽州騎兵當然不可能一聽到四十里外有獵物，就一股腦蜂擁上去。郁鸞刀下達的命令是暫由「半軍」出擊，當五千騎在負責挑選路線的先鋒營帶領下快速推進三十里後，五千騎開始同時換馬，下馬換馬幾乎全然寂靜無聲，兩千五百騎開始單人單馬「緩緩」前行，剩下兩千五百騎沒有急於出擊，但是也分列為中軍千騎和左右兩翼各七百五十騎，將近一萬匹閒馬由這按兵不動的兩千五百騎暫時約束。

◆

更北方，郁鸞刀破天荒怒容道：「是不是下一場戰事結束，就該糜奉節走了，再打一場就是余地龍？那你怎麼辦？」

徐鳳年點了點頭。

郁鸞刀正要說話。

徐鳳年轉頭對這名幽騎主將平靜說道：「我會留下，直到你們所有人都戰死。到時候要是北莽能連我也留下，就算他們本事。」

郁鸞刀真真正正是雷霆大怒了，這輩子他就沒有如此惱火過：「我他娘的也就是打不過你！」

石玉廬沉聲道：「王爺。」

徐鳳年微笑道：「我知道輕重之分，來薊州之前，皇甫枰就已經提醒過我了。放心，我還是那句話，只要那位北院大王不親自從流州趕到這裡，我想走不難。而且北莽鍊氣士都已經死得差不多了，但是我們北涼還有觀音宗。現在是我可以知道拓跋菩薩在哪裡，他卻不知道我在哪裡，即便真有危險了，我也能事先得到消息。再者，拓跋菩薩想要趕來，還得過兩關。一關是徐偃兵，一關是吳家百騎百劍。」

郁鸞刀冷哼一聲。

徐鳳年望向遠方，突然輕聲道：「對不起。」

郁鸞刀、石玉廬、蘇文遙、糜奉節、余地龍，附近十餘騎都沉默下去。

然後不約而同地，郁鸞刀、石玉廬和蘇文遙開始輕輕哼唱起一支曲子。

皇皇北涼鎮靈歌。

為袍澤送行！

且走好！

余地龍從未聽說過這支曲子，但是帶著哭腔跟著哼唱起來。

他終於佩上了涼刀，馬背上結結實實捆了一具鐵甲，是他從那個大個子斥候標長屍體上取下來的。到現在余地龍還不知道大個子叫什麼名字。

師父說讓他帶回幽州。

余地龍抿起嘴，伸手狠狠擦了一下，握緊刀柄，哽咽道：「大個子，師父趕走我之前，我那會兒答應過你的事情，真不是吹牛皮，我余地龍一定做到，殺夠一千北莽蠻子！」

就這樣慷慨赴死。

一同輕輕哼唱著。

傳遍五千幽州騎。

天地之間有悲歌。

北涼參差百萬戶，其中多少鐵衣裹枯骨？

功名付於酒一壺，試問帝王將相幾抔土？

……

好男兒，莫要說那天下英雄入了吾彀。

小娘子，莫要將那愛慕思量深藏在腹。

……

來來來，試聽誰在敲美人鼓。

來來來，試看誰是陽間人屠。

來來來，試問誰與我共逐鹿。

……

第七章 宋貂兒腦生反骨 太平令無功而返

三千五百幽騎快速離開一座屍橫遍野的戰場，身後是糧秣被燒毀引發的一股股濃郁硝煙，這已經是幽騎在葫蘆口外第五次幫北莽點燃「狼煙」了。

北莽戰兵輔兵被殺多達一萬四千人，牛羊走散將近二十萬頭。幽騎的馬蹄足跡最北處，其實已經踩在了龍腰州境內，然後迅速南下。剛才這場戰役，已經不是幽騎的主動出擊，而是北莽的堵截。北莽等於是用兩千戰力平平的遊騎性命來確定這支精銳幽騎的位置，以此來壓縮幽騎輾轉騰挪的餘地，相信很快就有龍腰州主力騎軍聞風而動。

郁鸞刀在撤退途中，猛然抬頭，看到兩頭飛禽在天空中迅猛追逐。與此同時，徐鳳年從箭囊中抽出一根羽箭，挽弓如滿月，箭頭隨著那海東青和北莽遊隼的疾速飛掠而緩緩偏移。

當那頭遊隼被逼迫降低高度下墜逃命時，「砰」的一聲，徐鳳年一箭射出，將那遊隼射殺當場。巨大慣性將遊隼撞入雲層，而那頭神駿非凡的六年鳳則隨之拔高。

眾目睽睽之下，只見這頭海東青刺破雲霄，向徐鳳年衝來，牠雙爪鉤住那隻被箭矢貫穿的遊隼屍體，輕輕拋下，在主人頭頂盤旋幾圈後，一閃而逝。

徐鳳年丟掉遊隼的屍體，把那根羽箭放回繫掛於馬鞍左側的箭囊。

涼弩製造精良，但一場大戰下來重弩往往不堪重負，仍是很容易大量損毀，幽騎人手攜帶一副的輕弩雖然比起重弩在使用次數上更有韌性，但是五次騎戰追殺下來，不論是弩具本身還是弩箭都所剩不多，所以不得不換上那些戰後繳獲而得的北莽騎弓，徐鳳年和郁鸞刀就都用上了一張帶有濃重西蜀匠作烙印的鐵胎弓。

郁鸞刀環視四周，憂心忡忡，如果不是還能夠以戰養戰，甚至不用北莽後續兵力來圍堵，自己這支騎軍就真的已經垮了。先前薊州奔襲五百里，不是身體健壯的騎卒扛不住，即便當時就已經是一人雙馬，但戰馬仍是被禍害得很慘。

長途奔襲追求兵貴神速和出其不意，但既然是「長途」，那麼騎卒可以憑藉堅毅性格來支撐，可戰馬卻不行，尤其這個時節不是秋高馬肥之季，馬膘不足，北涼牧場馬政官員不是神仙，同樣改變不了這個現實。

後來稍作休整，又是急行六百里趕往葫蘆口外，好在當時有收繳來的北莽戰馬來大幅度地降低這種無形的戰損，可連續大規模轉移且間隙短暫的五場騎戰下來，就算戰馬依然可以不斷輪換，但是現階段已經變成是「從一個戰場火速奔赴另一個戰場」的騎卒扛不住了。

郁鸞刀下意識看了眼身邊一身披甲戎裝的徐鳳年，然後收回視線，轉頭去看周圍那一張張臉孔，這名年輕主將心中充滿自豪。

一萬幽騎能打到這個地步，即使以郁鸞刀偏冷的性情，仍是足以感到自傲。

殺敵一萬四千多，並不稀奇，北莽護送輜重糧草的騎軍都是南朝邊鎮二、三流的戰力，有兩場騎戰從接觸到收尾，根本就是一邊倒的屠殺。可龍腰州和葫蘆口之間的這條補給線給他們打得癱瘓大半，以及最後牽扯了起碼過萬北莽邊境精銳騎軍的被動轉移，給他們幾千騎牽著鼻子兜圈子，這才是郁鸞刀和幽騎最大的功績。

騎軍南下途中，早先令樊小柴和糜奉節先後護送幽騎傷患離去的徐鳳年輕聲道：「我們這張弓繃得太緊了。」

郁鸞刀點頭道：「現在難就難在找個地方停下來。既然東邊被譽為秋、冬兩『捺鉢』的兩名年輕將領也大軍開拔了，我們往東撤退已經不可能。何況王爺也說過，諜報上已經顯示楊元贊命洪敬岩率領一半柔然鐵騎撤出葫蘆口，要堵死我們的南下路線。」

郁鸞刀望向西邊。去西？那裡可是涼州北線，南院大王董卓親自坐鎮指揮的北莽主力大軍就在那裡，正在向虎頭城發起攻勢，雙方兵力總計得有七十萬，去那裡就真是自投羅網給北莽蠻子送人頭送軍功了。別說僅剩的三千五百騎，就是三萬五千騎，在沒有己方大軍策應的前提下，根本不夠北莽包餃子的。郁鸞刀就算遇上那兩名捺鉢或者是洪敬岩的柔然鐵騎，縱然麾下幽騎全軍戰死，他也不會往西走。

徐鳳年也遙望西邊，似乎在等人。

徐鳳年是在等待那馬賊頭目宋貂兒。此人在皇甫枰暗中扶植之下拉攏起來的一千馬賊青壯，也許改變不了幽州大局，但畢竟可以幫助郁鸞刀的幽州騎軍緩上一口氣。

幽騎當下就像一位精疲力竭的武道宗師，換上一口新氣，那還能再戰，若是連這口氣都換不上，那就只能是油盡燈枯。徐鳳年之所以沒有說出口，不是打著給這支騎軍意外驚喜的小算盤，只是因為他對只有一面之緣的宋貂兒不敢抱有太大期望。

如果不是宋貂兒馬賊隊伍中有北涼高手潛伏掣肘，徐鳳年甚至都不會讓宋貂兒趕來領路。設身處地站在宋貂兒的位置上考慮問題，一千馬賊投靠誰不都一樣？北莽如今形勢穩居上風，宋貂兒若是起了反心，拿三千五百幽州騎軍去當投名狀，被郁鸞刀這支騎軍折騰得焦頭爛額的楊元贊恐怕不會吝嗇一個萬夫長。

在徐鳳年看來，本就是南朝士族出身的宋貂兒如果一點心思都沒有過，從頭到尾都站在北涼這邊，那才是怪事。至於真相到底如何，徐鳳年得跟宋貂兒的信使見過面才能判斷，一旦宋貂兒不敢親身趕來，不在隊伍中，那麼徐鳳年就只能把這顆棋子視為變色了。那麼郁鸞刀和無路可退的幽騎，註定就只能硬著頭皮跟兩大捺缽或是柔然鐵騎死磕到底，而他徐鳳年也會單槍匹馬去找到宋貂兒，既然他可以讓北涼讓皇甫枰帶給宋貂兒稱霸關外的馬賊勢力，他徐鳳年也可以親手拿回來。

給予希望然後讓人失望，還不如一開始就什麼都不要說。

徐鳳年問道：「范奮的斥候還剩下多少？」

郁鸞刀苦澀道：「原先的斥候老卒如今不足六十人，後邊陸陸續續頂替上去了八百多騎，才堪堪維持住四百斥候的數目，可以說范都尉的折損最為慘重。沒法子的事情，在關外作戰，身為斥候，肯定會死在最前頭。」

郁鸞刀抿了抿那乾裂滲出血絲的嘴唇，浮現出一抹笑意，嗓音沙啞道：「不過我們這些仗打下來，也不是白打的。三千五百騎比起離開幽州境內前，戰力提升了很多，只要讓我們鬆口氣，能澈底緩過來，對上洪敬岩同等兵力的柔然鐵騎，我們也敢言勝。在這之前，只以步卒著稱於世的幽州誰會有如此想法？這三千五百人如果能夠活著回到幽州，肯定對於整個幽州戰局都大有裨益。」

副將石玉廬和蘇文遙都神情微妙，不敢搭話，他們是生怕徐鳳年誤解了主將的話語，誤以為幽騎是在抱怨自己身陷死地的尷尬處境。

郁鸞刀突然笑了，開懷道：「給咱們這一鬧，不光是龍腰、河西、橘子三州傷筋動骨，元氣大傷，恐怕北方草原上也要繼續割下肉來，拓跋菩薩之前好不容易鎮壓下來的那些大悉剔說不定又開始蠢蠢欲動了。

他們本來對先打北涼就有異議，在這些不見兔子不撒鷹的傢伙看來，啃一個渾身上下只有硬骨頭、沒有肥肉的地方，誰都不樂意，哪裡比得上去打兵力空虛的薊州。只要過了薊州，那就是沃土千里的富饒中原，數不清的金銀和人口，搶到手軟。

要不然打兩遼也行，一勞永逸，只要打趴下顧劍棠，那就是長驅南下，兵臨城下。我們這趟葫蘆口之行，殺敵多少不去說，肯定可以讓執意先下北涼再謀中原的董卓和太平令，恨得牙癢癢，說不定這會兒正在跳腳罵人吧！」

蘇文遙正在低頭一根一根檢查攢簇在箭囊中的箭矢，皆是質地縝密的硬木重杆，箭頭十分沉重，只不過跟北涼箭矢相比還是有些細微差別，但是大體上屬於一類箭矢。這如同「近親」的兩者跟離陽境內許多弓箭可謂截然相反的兩種類型，後者更重射程射速和恪守古代兵書上的「臨敵三擊」，這倒不是後者走岔路，只不過內地戰事以步卒對步卒居多，推進速度相對騎軍衝鋒自然緩慢。而前者涼莽羽箭哪怕有著北方健兒的出眾膂力支撐，所求仍然不過是「破甲致死」四字。

其實北莽騎軍一開始並沒有走上這條極端道路，只是二十年對峙中被鐵甲更優的北涼嚴重影響，否則以北莽的精湛騎射，對上其他大部分離陽邊軍，很多時候可以放風箏一般把人活活耗死。

蘇文遙隨手丟掉兩根箭杆出現一絲裂痕的箭矢，聽到主將郁鸞刀的諧趣說法後，輕輕笑出聲，抬頭說道：「那些悉剔也不是都真蠢，也曉得不打下咱們北涼，什麼由薊州叩關南下大掠中原，什麼一路打到太安城，都是虛的。我們幽騎才多少人，就已經讓他們的補給線雞飛狗跳，要是全部北涼邊軍都沒人管，他們南朝還要不要了？指不定連北莽王庭都被咱們搗爛了。只不過道理歸道理，是個人，就都希望少做事多獲利。他們北莽權貴想著去打薊州打遼東，我蘇文遙還巴不得他們這麼做呢，咱們北涼可以少死多少人啊！」

石玉廬點頭沉聲道：「董胖子和那太平令真是該死！」

斥候主官范奮一騎突至，跟幾位將領稟報軍情：「正南方向三十里外有八百騎，甲胄比起先前我們遇到的那些北莽騎軍要更勝一籌，應該是從葫蘆口內撤出的先頭部隊。看情況，咱們若是接著往南，最多再碰上兩、三撥這類做魚餌的小股騎軍，然後很快就可以遇上柔然鐵騎了。」

郁鸞刀皮笑肉不笑，英俊臉龐上滿是那些積鬱已久的戾氣，猙獰道：「柔然鐵騎不鐵騎的先不管，魚餌不吃白不吃，咱們就先拿這八百騎打打牙祭！石玉廬、蘇文遙，一切照老規矩來！」

打人數僅有八百騎的敵軍有打八百的打法，打八千敵騎也有打八千的打法，現在郁鸞刀手頭的幽騎不過三千五，一切都得怎麼「持家有道」怎麼來。因為說到底，現在幽騎的敵人除了明面上的北莽騎卒，還有幽騎「自己」。郁鸞刀必須把己方士卒的體力、精氣神和戰馬弓弩等等一切潛在戰損都考慮在內。

如今幽騎的騎射手感可謂攀至巔峰，但是再有太過持續的長久纏鬥，也一樣會導致不可挽回的後遺症，這意味著如今幽騎只能打「三板斧」的戰役，以最少的衝鋒次數迅速解決掉敵軍，迅速撤離戰場，迅速進入安全區域進行休整。

在得到范奮傳遞來的軍情後，幽騎主力開始主動放緩速度，鋒線拉出三個層次。在上一場戰事中「墊底」的蘇文遙率領一千騎當先，郁鸞刀領一千餘騎居中，石玉廬的一千騎卒護送著大量軍馬「殿後」，范奮麾下馬力最盛的四百斥候則最先開始奔襲，在左翼前突進行「兜圈」，防止走失漏網之魚。

郁鸞刀要做的就是憑藉人數優勢，分割出那等於同時展開的多次衝鋒，爭取三次擦肩而過就帶走那八百騎，不到萬不得已，絕不再讓部下來回衝殺。幽騎的戰馬扛不住，作戰已經足夠頑強的騎卒也扛不住。捨棄殺傷力更大但十分累贅的重兵器，主要是以戰刀對戰刀的輕騎對衝，哪怕各自心存必死，但在雙方會合交錯的那道死亡線上，留下的屍體原本都不會太多。只不過在郁鸞刀授意下，除薊北銀鷂城外那場廝殺，在葫蘆口外六場大小戰役，幽州輕騎都被要求在衝鋒中殺人。

這種命令的代價，就是殺人，以及被殺，輕傷再戰者少，重傷致死者多。郁鸞刀這種打法最隱蔽、最冷血的地方在於，幽騎除了很容易一開始就奠定勝局之外，戰後離開主力大軍撤向東面的幽州傷患騎兵，不多。石玉廬和蘇文遙心知肚明，那些校尉都尉也都清楚，但沒有人反對，沒有人出聲質疑。

再蕩氣迴腸的邊塞詩歌，也抒寫不出這種人人不得不輕生的沙場殘酷。

幽州騎軍一人三騎，哪一匹戰馬不掛有戰死袍澤的佩刀？

對於這類額外的負重，主將郁鸞刀哪怕再鐵石心腸，再苛求細節，也不忍心去管束。

◆

還未展開廝殺的戰場外，一伍五騎北莽馬欄子跟那八百騎背道而馳，快速向南狂奔，試圖向南方主力大軍傳遞已經遭遇幽州騎軍的重要情報。

突然，從側翼後方出現一個繞過主戰場的不起眼小黑點，這道身影奔走如疾雷，竟遠遠快過戰馬飛奔。

他繞出一個半圓，攔在五騎去路上，雙腳在黃沙大地上踩滑出一陣飛揚塵土。

五名馬欄子被眼前這種古怪場景給愣了一下，一百步外的前方站著個斜背一把北涼刀的瘦弱孩子。

這個神情冷漠的孩子跟五騎開始對衝，與為首一騎相距二十步時，路線軌跡神出鬼沒的孩子已經躲過四支箭矢，高高躍起，中途抓住最後那根射向他胸膛的羽箭，對著那名抽出戰刀的馬欄子就是一拳捶在戰馬頭顱上。頭顱炸裂、前腿折斷的整匹戰馬幾乎是被一拳打得倒掀起來，那名身為伍長的馬欄子前撲出去，胸口給那背刀孩子又是一拳砸中，直接就把後邊一騎馬欄子撞飛出去。第三騎被孩子丟擲出的箭矢貫穿喉嚨，墜馬而亡，左右兩側躲過一劫的馬欄子不敢戀戰，快馬加鞭，策馬前衝。

孩子轉身撒腿狂奔，趕上一騎馬欄子後雙手扯住一匹戰馬的馬尾，雙腳一定，那匹狂奔中的戰馬愣是被他扯得馬蹄一頓，馬尾斷去，痛苦嘶鳴，拚命加速前衝。

孩子一步掠出，跟那匹戰馬並肩後，隨手一拳橫掃而出擊中戰馬腹部，把那馬背上的北莽斥候連同戰馬一起砸得橫飛出去，那名雙腳來不及離開馬鐙的馬欄子倒地後硬生生被戰馬背脊給滑衝撞死。

這孩子身形沒有絲毫凝滯，很快追上最後一騎心驚膽戰的馬欄子，一個彎腰，雙手各自攥緊一條馬後腿，雙腳原地一擰，就把馬蹄離地的戰馬在空中旋轉了一圈，狠狠摔出去。

那個馬欄子被摔離馬背後，掙扎著試圖站起身。

孩子來到他身前，從背後抽出北涼刀，往這北莽蠻子心口重重一插。

刀拔出後被放回刀鞘，孩子臉色平靜道：「大個子，第三百七十九個了。」

隨後趕到的都尉范奮和四百斥候都遙遙看到這一幕，沒有上前言語，開始向北列陣。其中范奮幫那孩子帶去一匹戰馬後，拍了拍自己腰間的北涼刀，輕聲笑道：「小將軍，要不我死後戰刀也歸你，我也不貪心，到時候你幫我宰掉五十個北莽蠻子就行。」

余地龍跳到馬背上，背刀袖手而立，滿身血跡斑斑的孩子翻了個白眼。

如今幽州騎軍都喜歡暱稱這個叫余地龍的孩子為「小將軍」。

兩天前余地龍本該被徐鳳年安排去護送六十傷騎撤向東方，但是孩子死活不肯，哪怕徐鳳年一臉怒容，孩子也只是一手牽著那匹繫掛有大個子遺物鐵甲的戰馬，背著那柄北涼刀，既不說話，也不離開。

後來是一名輕傷的校尉主動要求離開主力，親自護送傷患撤退，離開前跟這位之前幾場大戰中大殺四方的小將軍開玩笑說，就當欠他五十個北莽蠻子的軍功了，徐鳳年才默認余地龍的留下。

孩子大概是真的很敬畏徐鳳年這個師父，就算留在了軍中，也不敢再在郁鸞刀他們身邊出現，一人一騎孤苦伶仃地吊在騎軍尾巴上，也從不跟人說話。除了跟范奮的斥候出去刺探軍情，他就始終那麼孤單地默默跟在大軍後頭。

正面戰場上，北莽八百騎軍在前後三次衝鋒下，死傷殆盡。七、八十潰散逃竄的遊騎，也被余地龍和范奮四百斥候捕殺得一乾二淨，所有還未咽氣的北莽騎卒都被打掃戰場的幽騎補上一刀。

徐鳳年用鐵槍戳死一名死前滿眼怨恨的北莽百夫長，輕輕抬起頭望向西邊，戰場外有隔岸觀火的十餘騎出現在遠處。

徐鳳年心一沉，視野中，他沒有看到那個熟悉的身影。

徐鳳年拍馬拖槍上前，一人一騎快要穿過整個戰場時，有名臉龐青澀的北莽騎卒，倒在戰場邊緣地帶。他的脖子在雙方衝鋒過程中給一把涼刀拉出一道口子，血流如注。瀕死的年輕騎卒抬起手臂，試圖舉起那把北莽戰刀。徐鳳年輕輕瞥了他一眼，沒有遞出鐵槍，繼續策馬前行。但是很快身後不遠處便有兩名幽騎同時搭弓射出一箭，一箭射透北莽騎卒持刀的手臂，另外一根羽箭從側面釘入年輕蠻子的臉頰。

跟徐鳳年迎面而來的那十餘騎，人人披掛鐵甲，但樣式混亂，不像是正規邊軍出身，大多是滿身遮掩不住的濃烈匪氣。其中為首一騎在近距離看到徐鳳年後，仍然有些震驚，翻身下馬後，也沒敢洩露徐鳳年身分，畢恭畢敬跪地道：「末將洪驃來遲，萬死難辭！」

徐鳳年點了點頭道：「起來吧。」

洪驃起身後沉聲道：「宋貂兒已經在趕來的路上，麾下有一千兩百餘騎，在來之前有過一場波折，內部清洗了三百人之多，其中僅是北莽朱魍諜子就挖出來四人。」

徐鳳年不置可否，笑意玩味道：「挖出來？」

洪驃不敢說話。這位身材並不高大的中年男子視線低垂，大氣不敢喘，但眼神炙熱。

洪驃，曾經是一手調教出徽山私人騎軍的次席客卿，後來跟首席客卿黃放佛分道揚鑣，後者依舊在大雪坪上做那不願飛入帝王卿相家堂前搭巢的野燕子，更有野心抱負的洪驃則躋身北涼行伍，希冀著在西北戰場上建功立業，可惜一直不得重用。後來在皇甫枰授意下潛入宋貂兒的賊窩，既是輔助，也是監視。

徐鳳年境界大跌，但眼力猶在，洪驃、黃放佛之流原本都卡在小宗師門檻上很多年，偏偏捅不破那層窗紙，不得勇猛精進，然後都跟麋奉節一樣幸運遇上了江湖的「大年」，最終厚積薄發，躋身一品境界。

洪驃如今就已是貨真價實的一品金剛境界武夫，距離那「輕輕叩指，可問長生」的指玄境界，也僅是一步之遙。不過說當下是江湖龍蛇橫空出世的大年份，其實並不準確，因為在這幾年中死掉的大宗師實在太多了，僅是離陽王朝，先後就有天下第十一的王明寅、劍神李淳罡、病虎楊太歲、劍池宋念卿、人貓韓生宣、京城柳蒿師、兩禪寺龍樹僧人、春帖草堂謝靈箴等等，更別提還有王仙芝和洪洗象。這些驚才絕豔的頂尖高手相繼離席，不僅僅是給人騰出座位那麼簡單，還有許多涉及氣數氣運的玄妙變故，比如王仙芝對余地龍的慷慨饋贈，西蜀某人對龍樹僧人死後的「篡位」。

洪驃身後那群馬賊悍匪中有人陰陽怪氣地嘖嘖出聲道：「洪頭領，才知道你老人家原來不叫洪標叫洪驃啊，跟兄弟們還這麼見外，可就失了英雄好漢的本色啊？怎麼，見著了北涼的郁大將軍，膝蓋就軟了？」

那名宋部馬賊的當家人之一顯然是將眼前馬背上的年輕武將，當成了幽騎主將郁鸞刀，畢竟如此年輕卻能統領萬人的邊軍將領，不管在北莽還是北涼哪怕當不得鳳毛麟角一說，可扳扳手指頭也就能數得過來了。

對宋貂兒身邊絕大部分馬賊來說，他們也是在那場措手不及的血腥變故後才知曉內幕。對於自己的娘家是北涼軍的事實，談不上反感，落草當了馬賊的，殺起人來誰不是六親不認，管你是跟北涼姓徐還是跟北莽姓慕容、姓耶律，誰給銀子給好馬，誰出手闊綽那就是大爺，可要說他們心底的好感有幾分，那當然也少得可憐。

功利心極重的洪驃，對徐鳳年這個北涼鐵騎共主那是心甘情願當個馬前卒。這段時日在宋貂兒賊窩裡以大局為重事事隱忍，早就憋了一肚子的戾氣，聽到那個連宋貂兒心腹都算不上的小頭目在耳邊聒噪，殺心頓起。

就在洪驃馬上要一掌拍碎那可憐蟲天靈蓋的時候，徐鳳年伸出鐵槍在洪驃肩頭拍了拍，對他笑著搖搖頭。

徐鳳年遠望過去，宋貂兒的千騎快到了。郁鸞刀和石玉盧、范奮、余地龍四騎此時也策馬而來，看到這些就算披甲佩刀也一身匪寇氣焰的馬賊，都沒怎麼上心，倒是斥候老卒出身的范奮有些無地自容，先前光顧著在戰陣上砍殺了，竟然把這十來騎烏合之眾給漏過去，不懷好意的都尉大人陰惻惻地盯著這些傢伙，在邊境上誰黑吃黑最厲害？

不是大股馬賊吞併小股勢力，而是北涼邊軍拿那些馬賊當練兵對象，這跟北涼斥候去流民之地殺人試練以此晉升遊弩手，是差不多的路數。尤其是那支一旦披上鐵甲就是恐怖重騎兵的胭脂軍，平時沒事情做就輕甲輕騎出關遊掠，最喜歡打散成一支支百人騎隊在塞外尋覓馬賊，不帶涼刀也不負弓弩，一水的全部手提鐵槍。

這也就罷了，另外一支渭熊軍有句連北莽南朝都膾炙人口的口頭禪，叫「養肥了再殺好過年關」，是說渭熊軍每次得到北涼遊弩手探查到的馬賊窩子，如果沒到千人以上，根本瞧不上眼，還會故意「養虎為患」。可是只要得到消息馬賊人數有一千多了，那就在年關前隨便揀選個時日，長驅直入，殺得一個不剩。

洪驃身後那幾名馬賊在徐鳳年單騎出現的時候，感受並不深刻，還敢擺擺架子，可當郁鸞刀四騎並列後，馬賊跟北涼邊軍在氣勢上的天然差距，一下子就展露無遺。

徐鳳年對郁鸞刀輕聲說道：「馬上有一千兩百騎馬賊出現，雖然名義上是盟友，但會不會有意外，暫時還難說。你先拉一千幽騎過來，我們按照最壞的打算來。」

范奮躍躍欲試，把到嘴邊的「王爺」那個敬稱偷偷咽回肚子，使勁嚷嚷道：「末將那四百人足夠了，本來就沒殺爽利，兄弟們手癢得很！」

郁鸞刀沒有自作主張，望向徐鳳年，後者笑著點頭。

范奮根本不用發號施令，當他高高抬起手臂，做了個向西輕輕握拳和鬆開五指的姿勢，四百斥候馬上就如一線潮水般湧來。

這種一副明擺著「老子就是在耀武揚威」的架勢，讓除洪驃之外的十餘騎馬賊不由自主地向後退去。

郁鸞刀瞥了眼這些小規模廝殺還湊合，但大規模騎軍陷陣肯定很懸的馬賊，來到徐鳳年身邊，投去詢問的眼神。

徐鳳年解釋道：「葫蘆口外的地盤馬賊再熟悉不過，能提供我們一個大軍休整地點。」

郁鸞刀輕輕鬆了口氣，開心笑道：「這幫馬賊果真能成事的話，別的不敢說，哪怕對上那一萬柔然鐵騎，我們三千兩百騎不但能殺他個回本，肯定還會有盈餘。」

◆

半個時辰後。

遠處一千多騎呼嘯而來，隨著宋貂兒馬賊主力的到來，洪驃身後那十來騎膽氣也壯了幾分，其中性子較為浮躁暴戾的，甚至都敢對四百騎幽州斥候怒目相視。

當然，這已經是他們輸人不輸陣的最大氣魄了，至於真的拔刀相向，那是再給他們幾個膽子也不敢的。這段時日內，整個涼莽邊境都在傳言這支幽州騎軍的瘋狂和彪悍，最注重敏銳嗅覺的馬賊當然不會錯過此事。

從幽州出發馬不停蹄趕到薊州北部，最後一路奔襲到葫蘆口以北，那個叫郁鸞刀的年輕將軍，硬是把一萬幽州輕騎打得只剩下三、四千人，已經交過手的敵人中，有北莽東線上兩位老資歷萬夫長，有龍腰州邊境三大軍鎮中的壺關、長榆和冰露，接下來馬上要面對秋、冬兩位「捺缽」的狩獵，洪敬岩親自率領的一萬柔然鐵騎北上堵截，還得再加上從西邊緊急趕赴葫蘆口的「春捺缽」——拓跋氣韻！

四位捺缽，除了至今還留在大草原上的夏捺缽——皇室成員耶律玉笏，其餘三位皆是有望成為北莽大將軍就看誰更早一步登頂的傢伙，可都是奔著郁鸞刀的那顆項上頭顱來了。還有傳言說誰能剿滅幽州騎軍，就可以拿著郁鸞刀的腦袋去南朝西京覲見皇帝，成為繼董卓之後又一位可以豢養私軍數目上不封頂的北莽大將軍！

當一千多馬賊看到四百幽州斥候列陣在前時，很快勒韁停馬，謾罵聲很快此起彼伏。

徐鳳年對洪驃說道：「你我一起過去。」

兩騎向前，徐鳳年平靜問道：「清涼山一共派去了六名高手，你知道身分底細的只有三個，三人死了幾個？」

洪驃回答道：「只有一人在與朱魍諜子撕破臉後戰死了，末將因為得到幽州皇甫將軍的命令，不許過早暴露身分，所以沒有出手。但是末將在暗中截殺了從馬賊老巢偷溜出去的十六騎，都是北莽蠻子。」

與此同時，郁鸞刀悄然反身回到戰場。

那白面書生宋貂兒雙手握著馬韁，輕輕一夾馬腹，意態懶散地驅馬向前，隨著馬背顛簸上下起伏，頗有幾分不跪天地不跪王的散仙風範。

只是當他看到那個身影後如遭雷擊，眼眸驟然瞇起，滿臉匪夷所思的慌張神色。他下意識直起腰杆，駕馭駿馬加速前衝。等到宋貂兒認清那張臉龐後，這名最近幾年在塞外過著如魚得水神仙生活的馬賊領袖如釋重負，眼前那一騎雖然神態彷彿，但所幸終究不是那人。

宋貂兒騰出一隻手習慣性摸了摸腰間那塊羊脂玉佩，笑問道：「敢問可是那殺敵三萬的郁將軍？」

拖著那杆鐵槍的徐鳳年冷笑道：「怎麼，宋貂兒，不認識我了？這算不算貴人多忘事？」

聽著這刻骨銘心的熟悉嗓音，宋貂兒撫摸著玉佩的手指一顫，以他的卓然心智，自然猜得出當初那個隨口就能讓果毅都尉皇甫枰聽命行事的俊逸公子哥，正是日後從北莽腹地拎走徐淮南和第五貉兩顆頭顱返回北涼的「世子殿下」，此時的離陽王朝第一大藩王徐鳳年！

宋貂兒無比狼狽地翻滾下馬，雙手撐地，低頭道：「不知是王爺大駕光臨，宋貂兒該死！」

徐鳳年手中那杆鐵槍槍尖在沙地上輕輕劃過，宋貂兒只聽到從自己頭頂傳來一句問話：「密信上讓你來接引幽州騎軍，可沒有說讓你大搖大擺帶著見不得光的一千多騎。」

宋貂兒臉色蒼白，顫聲道：「回稟王爺，葫蘆口外如今遍地都是北莽斥候，甚至還有許多動輒即是千人以上的北莽正規邊軍。加上宋貂兒治下不力，先前在一處巢穴內已經內訌過一場，人心渙散，宋貂兒傾巢出動，出自下策，實在是逼不得已。為了能夠順利給王爺還有郁將軍帶路，又不至於洩露機密，只能把所有兄弟都帶上，好與幽州騎軍一起前往那座最隱祕的山谷。如此一來，宋貂兒隊伍就算仍有賊心不死的北莽餘孽，消息也走漏不了。」

徐鳳年轉頭望向天空，看了一眼，回頭後笑道：「聽上去哪裡是什麼下策，分明是滴水不漏的萬全之策。宋貂兒，你有心了。」

宋貂兒依舊低著頭：「為王爺效忠效死，是小的幾輩子修來的天大福氣！如果不是王爺和皇甫將軍栽培，宋貂兒如今不過是領著三十六騎在關外打秋風度日的可憐蟲，宋貂兒如何敢不盡心盡力！」

徐鳳年望向兩百步外那一千多人人青壯的關外馬賊，淡漠視線一掃而過。眾多馬賊也紛紛投來好奇探尋的目光，似乎很好奇那年紀輕輕的「郁鸞刀」再聲名鵲起，照理說也不至於讓天不怕、地不怕的大頭領宋貂兒如此膽小如鼠。

場中氣氛格外凝重，一千多馬賊和四百幽州騎軍遙遙對峙，中間是坐在馬背上的徐鳳年和跪地不起的宋貂兒，洪驃騎馬位於徐鳳年身後。

徐鳳年抬起手臂，這個動作嚇得那群馬賊打了個激靈，以為一言不合雙方就要撕破臉皮動刀子了。他們一千多馬賊在塞外大漠能夠橫著走是不假，但眼前可是那有四百餘數目的幽州鐵騎！馬賊吃飽了撐的才跟北涼邊軍翻臉，玩什麼衝鋒廝殺？活膩歪了吧！

當時宋貂兒以血腥手段彈壓支持北莽的一方勢力，許多中間力量之所以袖手旁觀甚至牆頭草般偏向宋貂兒，除了宋貂兒本人的冷酷手腕外，也有發自肺腑畏懼北涼鐵騎的原因。雖說此時是北莽大軍在壓著北涼打，但所有馬賊骨子裡仍是更忌憚那些從不把馬賊當人看待的北涼騎軍，總覺得北涼邊軍哪怕鬥不過北莽百萬大軍，但既然那姓郁的幾千人就能把葫蘆口外攪得天翻地覆，真鐵了心要收拾他們這一千多馬賊，到時候隨便派出幾千徐家騎軍，還不是輕而易舉？

不過很快所有馬賊就如釋重負，只見一頭飛禽刺破雲霄，墜落在那披甲武將的手臂上。不少馬賊都偷偷捏了把汗，你娘的，敢情這幽騎主將「郁鸞刀」不但用兵遣將是一把好手，抖摟威風也絲毫不差啊！

徐鳳年輕輕振臂讓海東青離開，也沒有理睬始終低著頭看不清表情的宋貂兒，提起鐵槍指了指馬賊中兩人，問道：「洪驃，那兩人在宋貂兒身邊多久了？」

洪驃舉目望去，看到那對年紀都不大的男女，緩緩說道：「聽說那年輕男子最早是在一年前出現過，但很快就離開馬賊隊伍，前不久與那女子一起回來，潛伏在馬賊中的朱魍諜子也是經由此人揭發，才有那場窩裡鬥。

末將只知道此人是姑塞州丙字家族的庶子，與宋貂兒自幼熟識，宋貂兒說此人早年差點進入那權貴子弟紮堆的棋劍樂府，不知為何是棵病秧子，總是滿身藥味。至於那女子，身分不詳，只說是金蟬州人氏，有個『沙棘』的綽號，平時喜好與人拚酒。末將觀察過這名女子，約莫是臨近小宗師實力的身手，雙手滿是老繭，練家子，但她身上江湖氣不重。」

徐鳳年望著那一千騎馬賊，突然說道：「宋貂兒，是不是沒想到釣到三千兩百幽州騎不說，還讓我這個北涼王都咬鉤了吧？別忍了，想笑就笑出聲來。」

宋貂兒抬起頭，一臉茫然。

洪驃心頭巨震。

徐鳳年看著這個運勢好到無以復加的馬賊，笑道：「清涼山明暗兩撥人，洪驃這些明面上的，被你留下來幫你演戲引誘郁鸞刀的幽州騎軍，這不奇怪，但我很好奇你是怎麼把暗面上的那些北涼高手都殺掉的。按理說聽潮閣和拂水房出動了三名小宗師，以你宋貂兒手頭那點寒磣的頂尖武力，就算成功了，也瞞不住洪驃這些老江湖才對。我猜你應該是在一年前就有了左右逢源、兩邊討好的念頭，直到楊元贊率領三十萬大軍擁入葫蘆口，才開始下定決心投靠北莽。說吧，那對年輕男女是北莽何方神聖？」

宋貂兒呆滯愕然，抬起頭與坐在馬上的徐鳳年對視。

然後他一點一點繃起臉，接著是嘴角翹起一絲弧度，繼而笑意開始微微蕩漾起來。

當他拍了拍袍子上的塵土，起身後已經是一張袒露無遺的燦爛笑臉。

暴怒的洪驃剛要出手捏死這隻膽大包天的螻蟻。

徐鳳年一手托槍，另一隻手搖了搖，阻止了洪驃的殺人，問道：「除了那對男女，還躲著哪位能讓你臨危不亂的世外高人？或者說是幾位？」

宋貂兒笑意不減，伸出一根手指，晃了晃：「不多，就一個。真不湊巧，正好能夠抗衡王爺你老人家，當然這位老祖宗一開始不是奔著王爺來的。所以說啊，小的自打遇上王爺後，這運氣啊，根本就是好到擋都擋不住了。」

馬賊隊伍中突兀出現三騎。

徐鳳年自言自語道：「拓跋菩薩、洪敬岩、慕容寶鼎、鄧茂、種涼……北莽如今也沒幾個拿得出手的武道宗師了。拓跋菩薩應該不會出現在這裡，後邊四個除了王繡手下敗將的鄧茂，我都已經打過照面，也都不在這裡。

道德宗自從大真人袁青山飛升後，後繼無人；棋劍樂府，一等詞牌名有五個，劍氣近死了，銅人師祖則等於沒了，前不久大樂府也死了，那位兩字詞牌奪魁的『寒姑』貴為太子妃，更不可能。提兵山的第五貉死了，就高手而言，已經後繼無人；公主墳，聽說小念頭死在了幽州，至於殺死她的那個人，還在等著徐偃兵的第三槍。」

宋貂兒笑著說道：「王爺啊，你是如何都料想不到的。說到底，還是北莽的誠意比你們北涼更足。在你出現之前，人家開出的價碼是萬夫長；在確定你會出現之後，嘿，我宋貂兒可就是龍腰州持節令之下第一人嘍。」

宋貂兒有模有樣面朝徐鳳年鞠躬致謝，他身後不遠處便是那三騎。

洪驃看著這馬賊汗水浸透後背的滑稽景象，忍不住嗤笑一聲。

宋貂兒重新抬頭站好後，拍了拍心口，笑咪咪道：「不愧是天下第一人的徐鳳年，小的其實都要怕死了，小的謝王爺不殺之恩。」

徐鳳年看到年輕男女之間的那一騎後，啞然失笑道：「老先生，原來是你。」

白髮蒼蒼的年邁老儒生，身材消瘦，乍看之下毫無高人氣度，就只是個皓首窮經的老學究而已。

徐鳳年有些感慨，老人亦是如此。

兩人初次相逢，是在那個如今早已成為北莽大軍營寨的雁回關內，徐鳳年當初還調侃了喋喋不休的老人一句：「老先生，你彎腰看一看書袋掉了沒。」

老人正是遊歷離陽二十年的北莽太平令！

老人指了指身邊那個年輕男子：「拓跋氣韻，春捺缽，也是我棋劍樂府的卜算子慢，臭棋簍子算不上，就是太慢。前不久他說你肯定會出現在葫蘆口外，老夫就跟著他來了。」

老人又指了指左首那女子：「耶律玉笏，她沒有什麼惡念，純粹是想親眼見一見你。」

老人指了指自己：「老夫當然很想要你的腦袋，但是比想像中早了一、兩年，有些失望，但更多是佩服。實不相瞞，當下除了秋、冬兩捺缽的七千嫡系精騎馬上入場外，還有洪敬岩的一萬柔然鐵騎也會補上空缺。你執意要逃，老夫自然攔不住，但你只能撇開三千兩百騎單獨往西走。你走之前，想殺人洩憤的話，除了拓跋氣韻和耶律玉笏你不能殺，其他人，老夫攔都懶得攔，隨你。」

徐鳳年問道：「西邊是拓跋菩薩在等我？」

老人搖頭道：「拓跋菩薩不能動。我大莽錬氣士沒了，你北涼還有澹臺平靜和觀音宗，此消彼長，拓跋菩薩一動，就會打草驚蛇。屆時徐偃兵肯定要來，那呼延大觀樂得不跟人打架。」

徐鳳年「嗯」了一聲：「如果拓跋菩薩動身趕來，我此時肯定就在歸途中了。那是慕容寶鼎和種涼聯手？」

老人由衷感嘆道：「徐驍打仗撈官天下第一，娶媳婦天下第一，生個兒子，還是天下第一，最後還能老死床榻，厲害。要我看，張巨鹿比徐驍差遠了。」

老人就像是個在與晚輩和顏悅色聊天的長輩，平靜道：「邊境上雙方都嚴密封鎖起來，可涼州幽州境內都有諜報傳回，褚祿山這回沒有兵行險著孤注一擲，為了你把涼州主力調到葫蘆口。幸虧你們北涼都護大人沒有真的這麼做，否則我們南院大王的五十萬大軍得跟著跑斷腿，說不定還討不到半點好。不過長遠來看，捨棄涼州的急功近利之舉，看似大氣魄，可註定是不明智的。」

徐鳳年無奈道：「老先生，你都勝券在握了，還這麼幫著洪敬岩拖延時間啊？」

那病懨懨的拓跋氣韻會心一笑，而那個耶律玉笏則是目不轉睛，仔細凝視這個與想像中那個偉岸形象有著天壤之別的年輕人。

從頭到尾，都沒有宋貂兒插嘴的分兒，他也識趣，除了那個洪驃，隨便拎出一位吐口唾沫都能淹死他了。他巴不得誰都別理會他這個「無足輕重」的小人物。

當宋貂兒聽到太平令的那句過河拆橋、刻薄寡恩的言語後，真正是戰戰兢兢肝膽欲裂，就怕徐鳳年隨手一鐵槍就把自己捅出個大窟窿來。不過看情形，徐鳳年自顧不暇，應該不在意他宋貂兒一個馬賊的生死了。宋貂兒在慶幸之餘，更是惱羞成怒，想著等他成為全權主持龍腰州半數邊鎮軍務的大人物後，定要殺入幽州！

突然，耶律玉笏發現太平令和拓跋氣韻相視一笑，只是笑意中都帶著幾分自嘲和一絲無奈。

耶律玉笏皺緊眉頭，仍是死死盯住那個行事有違常理的年輕男子。順向思索，她得不出結論，那就逆向。眼前這傢伙不可能為了在帝師和拓跋氣韻面前假裝淡定而紋絲不動，定是有所憑仗。

葫蘆口內臥弓、鸞鶴兩城已經在失陷，幽州方面不可能抽調出足夠兵力越過重重防線，來支援他和那個叫郁鸞刀的年輕武將，而涼州主力也沒有動作……涼州主力……她終於鬆開眉頭，先前眼神中那種貓抓老鼠的玩味一點一點褪去，轉為冰冷。

徐鳳年看了這個據說揚言要他二姐徐渭熊「好看」的北莽女子一眼，笑道：「瞪我老半天了，是想讓我懷孕還是讓妳自己懷孕啊？」

不等耶律玉笏出言反擊，徐鳳年微笑道：「千萬別有落在我手裡的那天。」

徐鳳年提了提手中鐵槍，看著她，沒了笑容，只是緩緩說道：「否則我就把妳的屍體掛在上頭。」

蟬，是葫蘆口外的北莽那條補給線；螳螂，是徐鳳年和郁鸞刀的幽州騎軍；黃雀，是太平令三人和那做誘餌的一千騎馬賊、兩大捺缽的七千精騎、洪敬岩的一萬柔然鐵騎、種涼和慕容寶鼎。

這就形成了螳螂捕蟬、黃雀在後的「有趣」局面。

但是真正有趣的，則是那堪稱壓軸的「彈弓在側」。

老人輕輕嘆息一聲，但還是對徐鳳年笑道：「走了、走了，可惜洪敬岩的柔然鐵騎估計大半都走不掉了，從東線辛苦趕來的兩位捺缽也要白跑一趟。徐鳳年，老夫會捎話給董卓，讓他再重視一些褚祿山。」

徐鳳年猛然望向馬賊隊伍中不起眼的一騎：「老先生，不厚道啊，讓種涼這種堂堂大宗師裝了這麼久孫子。」

老人似乎沒了心結，哈哈大笑道：「兵不厭詐而已。」

徐鳳年笑了笑。

老人已經撥轉馬頭，又轉頭問道：「老夫很好奇你是什麼時候知道那一萬騎會來的，或者說一開始就是你和都護府設好的圈套？」

徐鳳年沒有說話。

老人搖了搖頭，緩緩離去。

太平令和「卜算子慢」拓跋氣韻、耶律玉笏，還有隱藏在馬賊中最後關頭才現身的大魔頭種涼，四騎北歸。

拓跋氣韻咳嗽了幾聲，止住咳嗽後說道：「可惜慕容寶鼎還要半天才能趕到，否則不是沒有機會留下徐鳳年。」

北莽帝師平淡道：「不是慕容寶鼎當真趕不來，是他不願意而已。」

耶律玉笏剛才在離開之前不忘對那王八蛋做了個手刀剁人的手勢，此時她冷聲道：「都是亂臣賊子！」

都是。

除了慕容寶鼎姓慕容，還有誰？

老人已經閉目養神，置若罔聞。

拓跋氣韻輕喝道：「住嘴！」

無功而返的魔頭種涼打了個大大的哈欠，什麼都不摻和。

老人沉默許久，冷不丁開口說道：「耶律也好，慕容也罷，就算一個北莽裝不下，只要打下了離陽，不管姓什麼，再大的狼子野心，也都夠分了。」

耶律玉笏小聲道：「先生，是我無禮了。」

在四騎身後，那只覺得莫名其妙的一千多馬賊很是風中蕭瑟啊。

尤其是那個呆若木雞的宋貂兒，根本就不知道發生了什麼，形勢就急轉直下了。

本以為要死戰到底的郁鸞刀來到徐鳳年身邊，後者湊近過去，拍了拍他的肩膀：「咱們一起回涼州，跟著大雪龍騎一起回去。」

郁鸞刀愣了愣，眼眶瞬間就有些濕潤，迅速撥轉馬頭，疾馳而去。

徐鳳年丟給洪驃一個眼色，後者獰笑著點點頭，然後欲言又止。

背對洪驃的徐鳳年平靜道：「你不用自責。辦完事後，你去跟那一千多馬賊說一聲，想要活命，也不需要他們如何拚命，稍後每人去戰場上砍下五顆柔然鐵騎的腦袋。」

宋貂兒再愚蠢，何況他一向是自負七竅玲瓏心的大聰明人，怎麼也該知道接下來自己的下場了，於是他撲通一聲重重跪下，使勁磕頭，撕心裂肺道：「王爺，大人不計小人過，宋貂兒雖然該死，但是宋貂兒手上還有忠心耿耿的一千兩百騎可以一用。甚至我還可以幫北涼再攏起兩千精壯馬賊，宋貂兒一定拚死幫王爺騷擾北莽的補給線……王爺，求你饒過小的一命，宋貂兒真的還有用處啊！」

不管宋貂兒怎麼磕頭怎麼求饒，徐鳳年早已遠去。

宋貂兒眼角餘光看到洪驃的那雙腳，在他死前，猛然抬起頭，怒吼道：「徐鳳年，好歹讓老子死在你手上！」

洪驃一掌拍在這忘恩負義的馬賊腦袋上，往下一按，將其頭顱連同上半身炸成一攤肉泥，看上去就像一根色彩猩紅的樹樁子。

洪驃輕輕甩了甩手，吐了口唾沫，譏笑道：「便宜你了。」

◆

幽州騎軍剛剛清掃完畢的戰場上，聽到郁鸞刀傳來的那個消息後，沒有出現劫後餘生那種震天響的歡呼聲。

所有原本以為自己又要再一次拋棄袍澤屍體的幽州騎軍，一個個紅著眼睛默默將那些戰死兄弟的屍體背上戰馬。

徐鳳年停下馬後，望向那三千兩百餘幽州騎軍，還有他們許多人背後那些永遠閉上眼睛的袍澤。

徐鳳年嘴唇顫抖，最終沒有說一個字，一人一騎轉身，開始南下。

這支騎軍很快就可以向西，然後再次南下，就可以進入涼州。

郁鸞刀跟上了。

石玉盧和蘇文遙跟上。

范奮跟上。

三千兩百騎也都跟上。

余地龍那個孩子依然是吊在大軍隊伍的尾巴上，抽了抽鼻子，自言自語道：「大個子，先欠著啊。」

石玉盧輕聲道：「大將軍，之前沒敢跟你說，死在前天戰場上的劉韜，就是在薊北村子裡等你的那個年輕斥候。這孩子臨終前說以後萬一有空的話，希望大將軍能給他們伍長在清涼山那塊墓碑前倒碗酒；如果能順手再幫他也來一碗，是最好不過了。」

都尉范奮伸出手掌抹著臉，看不清表情：「這孩子生前不喝酒的啊。」

徐鳳年點了點頭。

記起那個年輕的斥候，當初在村子裡等到自己返回後，很想說話卻又不敢說，最後還是沒有說上話，只是靦腆憨笑著。

徐鳳年猛然一夾馬腹，提起長槍，直奔那一萬柔然鐵騎，和那洪敬岩。

◆

當洪驃領著那一千兩百馬賊趕到戰場的時候，眼前那一幕讓他們畢生難忘。

號稱南朝第一精銳的柔然鐵騎，戰死屍體築起一座座京觀，而那支白甲雪亮的騎軍讓馬賊感到陌生和震驚。馬賊中也有見多識廣之輩，看得出這支騎軍的配置介於重騎輕騎之間，一人雙騎甚至三騎，但比起郁鸞刀率領的幽州騎軍，顯然要更加「氣勢雄壯」，因為每騎都懸有一支沉重槍矛，且就甲冑而言，是人馬皆「小全甲」樣式。

馬賊進入戰場後，被命令砍掉一顆顆柔然騎卒的頭顱，繼續堆屍為塚，而那些「白騎」開始卸甲懸掛在不騎乘的戰馬背上，準備撤出戰場。

馬賊在剁掉柔然騎卒腦袋時，大多會下意識凝望幾眼其中一騎，那一騎高坐馬背上，不戴頭盔，提了一杆長槍，身材魁梧。

這一騎來到徐鳳年身邊，沒有下馬，跟徐鳳年一起望向南方，遺憾道：「可惜洪敬岩帶著幾百親衛跑回了葫蘆口，否則只要他死在這裡，剩下的那支柔然鐵騎也不值一提。楊元贊等於失去了所有能夠靈活機動作戰的兵力，我們就可以直接殺入葫蘆口，跟北莽比一比誰更早形成包圍圈。現在不行了，兩個捺缽的七千精騎還在東面觀望。」

徐鳳年搖頭道：「事情總不能十全十美，如果不是你們及時趕到，北莽太平令就會和洪敬岩、種涼還有慕容寶鼎聯手，不說郁鸞刀和三千多幽騎，連我想走都難。那宋貂兒反水不算什麼，但是那個早早猜出我會出現在葫蘆口外的拓跋氣韻，此人不容小覷。他能說服堂堂北莽帝師來到此地，說明他在北莽中樞擁有分量大到可怕的發言權。袁二哥，以後我們跟他對峙，得多留幾個心眼。」

正是如今北涼騎軍統領的袁左宗細細皺起那雙臥蠶眉，點了點頭：「北涼先前更多關注董卓，對拓跋氣韻確實忽視了。」

徐鳳年環視一周：「她人呢？」

袁左宗笑道：「王都尉帶著一標遊弩手先行西行了，大概是不敢見你吧。」

徐鳳年有些無奈。青鳥，當年梧桐院的二等丫鬟和死士，帶著那杆王繡遺物的剎那槍從北莽歷練回來後，就進入了大雪龍騎軍，憑藉戰功晉升為一名遊弩手都尉。

這趟趕赴葫蘆口「救駕」，她比誰都火急火燎，帶著一標遊弩手先行，能與主力大軍拉開將近百里路程，如果按照北涼軍律，早就應該被主將罵得狗血淋頭然後逐出軍伍了。結果戰事結束後，她就立即消失了，袁左宗對這位槍仙王繡的遺孤，給予了最大信任和容忍。不是因為她是什麼「藩王近臣」，只因為她雖是女子，卻是沙場上最好的士卒，第一顆到第八顆柔然鐵騎的腦袋，就都是她用剎那「弧槍」一口氣崩碎的。

徐鳳年回頭看了一眼，遠處久別重逢的三徒弟呂雲長正在大弟子余地龍身邊，看上去都是呂雲長在唾沫四濺，余地龍則一聲不吭。徐鳳年嘆了口氣，也不知道跟隨白狐兒臉去北莽練劍的王生那丫頭，有沒有屬於她的際遇。

袁左宗輕聲道：「該走了。」

徐鳳年點頭道：「是啊。」

郁鸞刀來到徐鳳年和袁左宗身側，袁左宗微笑問道：「郁將軍，大雪龍騎還缺一名副將，有沒有興趣？雖然我沒有任命權力，但王爺就在這裡，你要是答應，我保證王爺不會拒絕，只會順水推舟。」

徐鳳年會心一笑。北涼邊軍中幾支親軍，都是徐驍留給子女的「家產」，可以算是天底下最豪奢的手筆了。除了他徐鳳年的八百白馬義從一直在人數上不成氣候外，幼子徐龍象的「私軍」，已經從一萬騎增加到三萬，成為力保流州不失的中流砥柱。徐鳳年的兩個姐姐徐脂虎、徐渭熊也各有親軍，北涼近萬實打實的重騎兵都出自這兩支騎軍。北涼都護府對這些掛在大將軍徐驍子女名下的親軍都可調遣，但是具體的軍中任事，一般並不插手。

郁鸞刀平靜道：「大雪龍騎是好，但是我幽州騎軍也絲毫不差。」

袁左宗笑而不言，對郁鸞刀的「不識好歹」也不以為意，相反對這個北涼外人的堅持，多了幾分由衷敬佩。

徐鳳年突然說道：「當時為總領河薊兩州軍務大權的蔡楠阻攔，幽州三萬騎軍最終只能出動一萬騎出境。老將田衡氣惱北涼都護府，或者準確說是我不夠強硬，氣得不願意當那副將，解甲歸田、含飴弄孫去了，據說私底下，田衡還罵我徐鳳年的膽氣都在那次抗拒聖旨中用光了。」

郁鸞刀心一緊：「田將軍的賭氣雖然不妥，但田衡老成持重，用兵極正，幽州騎軍不能少了這定海神針。如果王爺是要問罪，郁鸞刀願意拿所有軍功為田衡贖罪。」

徐鳳年搖頭道：「我沒有秋後算帳的意思，只是希望你回到幽州後，幫我帶句話給田衡，讓他別嘔氣了。他家怎麼個情況我又不是不知道，兩個兒子在及冠前就都戰死，老將軍哪來的孫子來含飴弄孫。幽州三萬騎軍，他來做主將，你郁鸞刀做副將，石玉廬、蘇文遙分別授檄騎將軍和驃騎將軍，各領一萬幽騎。到時候老將軍多半不肯當主將，你就說是我和都護府的命令，他要麼當主將，要麼繼續『含飴弄孫』去。」

郁鸞刀頓時笑顏逐開，抱拳道：「末將領命！」

徐鳳年沉聲說道：「這三千兩百騎，設『不退營』，由你郁鸞刀來兼任此營第一任校尉！營中士卒，我徐鳳年也掛一個名字，但不以現役騎卒來算便是。」

郁鸞刀咬了咬嘴唇，紅了眼睛，猛然一騎轉身，疾馳出去數百步，從一名幽州騎卒手中接過一杆徐字旗，面朝那三千兩百幽州騎，怒吼道：「大將軍有令，我幽州三千兩百騎，設『不退營』！」

郁鸞刀高高舉起那杆鮮血浸透的旗幟：「不退營！今日立旗！」

三千兩百騎，集體抽出北涼刀。

所有大雪龍騎軍，也紛紛上馬抽刀，心甘情願為這支幽州邊軍中第一個贏得「營名」的勇悍騎軍壯威。

袁左宗作為親身參加過一系列春秋戰事的北涼「老將」，在同樣拔刀後，下意識看了眼徐鳳年。

袁左宗沒有看到那種年輕武將都會出現的炙熱和渴望，輕聲道：「打仗死人，免不了的。」

徐鳳年輕聲道：「走了。」

這支騎軍向西迅速轉移，在他們身後，留給了葫蘆口外一座座柔然鐵騎堆積成山的駭人京觀。

◆

大概半個時辰後，百餘騎緩緩來到這處慘烈戰場，為首兩騎是兩個三十來歲的北莽將領，其中一人望著那一座座京觀，神情複雜：「在人數相當的情況下，遇上那一萬騎，果真沒的打嗎？」

另外一騎淡然道：「單純就戰力而言，咱們耶律、慕容兩支王帳重騎，其實並不遜色。在雙方投入十萬兵力以上的戰場，在鑿穿陣形一事上，重騎還是有點優勢的，但你要說跟這一萬騎挑個地方玩單挑，還真是沒有半點懸念。

沒辦法，整個北涼騎軍的拔尖精銳都在這大雪龍騎軍裡，騎卒的年紀都在二十到三十之間，中低層武將都是四十歲左右，高層將領則無一不是打過春秋老仗的將領，每騎的戰馬都是北涼甲等大馬。我們北莽真要打造屬於自己的大雪龍騎，不是撐不起，但關鍵在於誰來當主將？

董卓符合，但他已經有十多萬董家軍，哪怕陛下放心，別說北庭忌憚，就是南朝也沒誰願意。柳珪、楊元贊這些熟諳官場的大將軍，則是打心底裡不願意接手這燙手山芋的。」

那第一騎將領瀟灑下馬，蹲在地上撿起一柄血跡未乾的柔然彎刀，在鎧甲上一抹而過擦掉血液，嗤笑道：「洪敬岩也真是慘，整座柔然山脈的精兵都是他的，結果還是沒能搶到手那南院大王，還被封了個西京兵部侍郎。好不容易以為葫蘆口好欺負，想要領著兩萬騎在幽州境內大開殺戒，結果攻打臥弓、鸞鶴兩城都沒他的事情，楊元贊和種檀這都開始打霞光城了，總算有了立功的機會，屁顛屁顛掉頭跑出葫蘆口。好嘛，一下子就給大雪龍騎打趴下了一半兵力，關鍵是這傢伙都沒敢上陣，真不曉得他還能不能坐穩那『柔然共主』的座位。至於以後再要跟董卓爭什麼，我想他自己也該明白，沒戲了。」

另外一騎沒有下馬，搖頭道：「洪敬岩此人沒這麼簡單。」

蹲著的武將拇指輕輕觸碰著柔然戰刀的刀鋒：「我很好奇那傢伙怎麼沒跟太平令大打出手，要是能殺掉藥罐子拓跋氣韻，和那個快要被種檀奪去夏捺缽稱號的娘兒們，然後他英勇戰死在種涼手上，這該多好。」

另一人笑道：「由此可見，流州那一戰，這哥們兒真的受傷不輕啊。」

蹲著的北莽將領站起身，望向馬背上那位，笑道：「冬捺缽大人，薊州那個袁庭山可是親手逼著衛敬塘出城跟咱們打了一場，當時我可是都懵了，七、八百騎軍和四千步卒，就敢對我們近萬騎軍出城作戰，害得我以為離陽還有好幾萬伏兵，或者是遼西有大股騎軍在我們尾巴上呢。結果半個時辰，衛敬塘那些人馬全部死光了。袁庭山和他老丈人家的七千私家騎兵也沒放個屁，要不是今天給我看到這一萬具柔然鐵騎築起的京觀，我都要以為咱們北莽隨便拎出十萬騎軍，就可以繞開北涼，一鼓作氣踏平中原了。」

被稱為冬捺缽的武將沉聲道：「袁庭山攏起的薊北騎軍和雁堡李家的那支私軍，此時肯定就在某地耐心等著我們返回東線，你我不可大意。」

秋捺缽撇了撇嘴，上馬後拋出那柄柔然彎刀，插在一座京觀頂上：「瘋狗袁庭山我還真沒放在眼裡，倒是那廣陵道上的西楚餘孽，有兩個叫寇江淮和謝西陲的，很感興趣。寇江淮撂挑子後，趙毅的那個福將宋笠，很快就帶兵輕輕鬆松收復了疆土。原本他們東線大好的局面，現在淪落到給宋笠壓著打到不敢露頭。據說西楚那座小朝堂上所有嘴臉都變了，早先雪片一般上書彈劾寇江淮擁兵自重的，現在全傻眼了，所以開始給寇江淮歌功頌德了。」

冬捺缽輕聲道：「只要曹長卿還沒有出手，就意味著西楚就算沒有勝勢，也沒有落了下風。」

秋捺缽嘿嘿笑道：「反正越亂越好。」

突然，這位秋捺缽轉頭望向同為四大捺缽之一的同齡人道：「王京崇，你說會不會有一天，謝西陲和寇江淮出現在北涼？」

冬捺缽王京崇愣了一下，神色凝重，沉聲道：「大如者室韋，你也有這種直覺？」

秋捺缽大如者室韋摸了摸下巴：「那就好玩了。不過我喜歡。」

王京崇在當年洪嘉北奔中還是一位十歲出頭的春秋遺民，是跟著家族私塾教書先生一起誦讀著聖賢書進入北莽的。他早已忘記兒時生活的環境，但是在那種顛沛流離的道路上，鄰近車隊之間都不絕於耳的書聲琅琅，至今讓這位家族進入姑塞州後仍是堅持耕讀傳家的秋捺缽記憶深刻。

王京崇在馬背上陷入沉思，自言自語道：「為一姓而復國，卻要害得又一次中原陸沉，曹長卿，你內心深處是不是很痛苦？既然明知不可為而為之，你曹長卿到底又是圖什麼？」

大如者室韋瞥了眼這名秋捺缽，心情複雜。兩人年紀相當，但是這十多年積攢下來的戰功，倨傲自負的大如者室韋，也不得不承認王京崇不但比自己更多，比草原上的母狼耶律玉笏也更多，當然比那個剛剛在幽州葫蘆口戰場上一鳴驚人的種檀更多。

種檀不過是才躋身軍伍，就一躍成為先鋒大將，才打下臥弓城，就已經被某些人說成是更加名副其實的北莽夏捺鉢，而王京崇卻需要從底層士卒一步一步做起，伍長、百夫長、千夫長、萬夫長，但是最終能夠成為秋捺鉢，還要歸功於他有個跟甲字姓氏聯姻的南朝乙字家族作為靠山。大如者室韋對王京崇的複雜態度，大抵也代表了整個北莽對這些春秋遺民的左右為難。

皇帝陛下何其開明，何等胸襟，仍是在登基時親手掀起一場被南朝文人暗中說成是「瓜蔓抄」的血案。慘案起因讓人哭笑不得，竟然是一位丙字士族老家主的一罈骨灰。這種人的死活原本北庭都懶得看一眼，但是有一封奏摺就突兀出現在陛下的書桌上，然後陛下下令把所有家族中有老人不願葬在南朝的家族，斬首之外，族品全部下降一等！

哪怕是慘劇過後的十多年時間裡，時不時還會有年邁遺民死去，仍是希冀著能將骨灰埋在中原，而在北莽虛建墳塚，然後被人揭發。直到太平令成為北莽帝師，這項禁令才開始鬆動，北庭准許南朝遺民在死後只設衣冠塚，留下骨灰等待北莽大軍的馬蹄踏平中原。

大如者室韋開口笑問道：「王京崇，我們北莽也有被譽為塞外江南的地方，跟真正的中原風土，有何不同？」

王京崇平淡道：「忘了。」

第八章　四國士聯手造局　徐鳳年評點風流

徐鳳年和袁左宗在全軍中途休整的時候，並肩蹲在一處山丘頂上。

徐鳳年轉頭說道：「如果今天的北涼三十萬邊軍不姓徐，而是姓陳，那麼北涼肯定可以少死人。」

袁左宗沒有否認：「很多人心底都這麼想，我也不例外。」

徐鳳年伸出手掌放在沙地上：「但是師父說過，北涼一旦交給陳芝豹，只有一種情況，那就是北涼更好，天下更壞。」

袁左宗有些疑惑。

徐鳳年輕聲笑道：「袁二哥，讓我先賣個關子。希望有那麼一天，我可以幫師父證明他沒有錯。」

袁左宗笑著「嗯」了一聲：「我等著便是，不急。」

記起那個生前住在聽潮閣頂死後骨灰撒在邊關的枯槁書生，徐鳳年閉上眼睛，在心中說道：『師父，你放心。』

徐鳳年原本打算在涼幽北部交界處就跟郁鸞刀和幽騎不退營分開，然後前往褚祿山所在的北涼都護府，只是臨時有緊急諜報說燕文鸞已經在趕來的路上，要跟他面談軍務，於是徐鳳年就挑了個折衷的地理位置，讓這位手握北涼十多萬邊軍的步軍主帥在胭脂郡等他。

余地龍一聽說要去胭脂郡，此前一路鬱鬱寡歡的孩子終於有了點笑容。只可惜得知徐鳳年跟燕文鸞約在了郡城，而不是那個師父擔任過主簿一段時日的壁山縣，余地龍就又沉默下去，有一種過家門而不入的失落。

徐鳳年在深夜時分下榻在一座由拂水房精心安排的雅致宅子，一行人前腳才踏過門檻，身後就響起一陣驟雨急促敲打屋脊院牆的雨點聲。

徐鳳年沒有睡意，到了那間藏書頗豐的書房後，站在窗口看著院中雨幕，大概是正如古人語，夜深最憶少年事。

徐鳳年沒來由記起許多年少輕狂的舉措，例如在那過手的不下百幅名家真跡上鈐印「贗品」二字，為途經北涼轄境的外鄉遊俠兒一擲千金。猶記得某位罵了北涼整整半輩子來作為官場終南捷徑的江南名士，自己不忿其人竊居高位後多有富貴詩詞傳世的行徑，還讓人送去一封驛信。大致意思是說你老兒被人捧臭腳誇讚成「雍容氣象」的玩意兒，都當不得真富貴，真要有錢了，是不談美酒珍饈、金銀珠玉的，什麼「慵懶枕玉涼」，那都是窮講究。

徐鳳年最後在信上寫了一句「雨來閒聽芭蕉一千聲，雨去坐看湖中一萬錦」收尾。聽說那位上了年紀的士林名流看到信後氣得不輕，然後很快就上書彈劾，先說那芭蕉不耐寒，枝葉受風即裂，在西北邊塞一株都不易見，清涼山竟然有「一千聲」——即一千棵，所以此人得出結論，「定是北涼王徐驍侵吞軍餉，中飽私囊，全然不顧邊陲大事，有負皇恩，理當剝爵」。當然，那會兒這種「理直氣壯」的奏摺在離陽朝廷一年到頭都有，先帝趙惇也沒有理睬，只不過也沒有約束。

徐鳳年清楚記得自己寄出信後，在江南道文壇士林上惹起了一番熱議，一邊倒罵他，罵徐驍、罵北涼。剛剛去上陰學宮求學的二姐徐渭熊回了一封家書，說他徐鳳年寫得狗屁不通，不過最後她又親自寫了封信給那位名士，然後所有江南名士都夾起尾巴了。

不過徐驍事後不知通過什麼手段竟然把那封信給要到他手上，在梧桐院跟兒子喝酒的時候那叫一個馬屁不止，說他還是跟李義山請教了半天，才明白那「芭蕉一千聲」到底是個啥意思。喝高了以後，顛來倒去就是那幾句，說他是真的開心哪，兒子比他這個老子強，讀書多，瞧瞧，都會作詩了，以後肯定能當個比他徐驍更稱職也更能服眾的藩王。

徐鳳年哪怕記憶力遠超常人，但因為當時的散漫和應付，如今不太記得徐驍的言語和神情，但是徐驍有一個動作，哪怕過了這麼多年，記憶卻越來越深刻鮮明。那是徐驍在走路腳步都不穩地醉醺醺離開梧桐院前，從酒桌上收起那封從江南道輾轉回清涼山的信，小心翼翼收入袖中。當時徐鳳年就有些納悶，你徐驍這輩子一步步走向位極人臣的輝煌仕途中，連那麼多加官晉爵敕封又敕封的聖旨，也從來都是胡亂堆放的，一封寄給別人還是罵人的東西，值得你這麼當回事？

徐鳳年站在視窗一宿沒睡，好像才眨眼工夫就已是新的清晨，昨夜雨水斷斷續續下了三場，此刻拂曉時分也視野模糊。

徐鳳年抬頭望去，最後一場驟雨初歇，天空仍是烏雲密布的陰沉景象，只是隨著時間推移，有陽光透過烏雲間隙投射出一道道柱狀的光芒，灑落在大地之上。

隔壁院落傳來沉悶的撞擊聲，是余地龍和暫時沒有跟隨大雪龍騎趕赴涼州北線的呂雲長在切磋技擊。兩個徒弟都不用兵器，近身搏殺，雙方拳拳到肉，以誰最先扛不住後退三步為輸。沒多久，那個年紀最長卻只能當小師弟的呂雲長就嚷著去拿那柄大霜長刀，大概是年紀最小卻是大師兄的佘地龍沒搭理，院中復歸寂靜。

徐鳳年有些遺憾，不是自己在武道上像官迷那般「戀棧不去」，更不是深陷那種世間無敵手的滋味不可自拔，而是如果自己的境界還在巔峰，當時在葫蘆口外就不會一聽說那位北莽帝師有洪敬岩、種涼和慕容寶鼎作為後手，自己便束手束腳。不過話說回來，他徐鳳年如果仍是當之無愧的新武帝，太平令和拓跋氣韻等人也不會現身。

徐鳳年估計自己當下與人捉對廝殺，僅就境界高低而言，他徐鳳年仍算是瘦死的駱駝比馬大，只比拓跋菩薩、鄧太阿、曹長卿、徐偃兵、呼延大觀、陳芝豹這六人，小輸一線。但如果是此時與人生死相向，徐鳳年會把一個當今聲名直降的人放在前三甲之列——顧劍棠。

徐鳳年走出書房，站在臺階上。一名相比涼地健兒身材顯得十分矮小乾瘦的披甲老人獨自大步走入院中。

徐鳳年沒有刻意擺出掃榻相迎的姿態，等到身上鐵甲仍有雨水痕跡的老人走上臺階，徐鳳年和他一起走向書房。

桌上已經擱有一壺熱茶，但沒有茶杯，而是兩只大碗。

正是燕文鸞的獨眼老人倒了一碗，一飲而盡。

然後燕文鸞雙拳撐在膝蓋上，看著對面的徐鳳年，倒像是要興師問罪的架勢，徐鳳年靜等下文。這位老將，是北涼軍中最大的一座山頭，前任騎軍統領鍾洪武倒臺後，袁左宗繼位時日尚短，始終牢牢握住北涼步軍大權的燕文鸞可謂一枝獨秀。但是很多邊軍士卒和北涼百姓都不知道一件祕事——北涼軍，更準確說應該是徐家軍，從一開始就無形中分為兩派。

一派以「溫和」的謀士李義山為首，西壘壁之戰後主張徐驍立即北上返京；另外一派則以更為激進的趙長陵為核心，一鼓作氣拿下半壁江山後，竭力主張割據自守以謀劃江而治，與離陽趙家南北共用天下，最後再打一場類似西壘壁的大戰，以此來決定天下歸屬。

這種潛在分裂，一直蔓延到徐驍之後的封王就藩，其中徐鳳年的舅舅吳起就是在那個時候心灰意冷，選擇離開軍伍，還有之後在北莽敦煌城隱姓埋名的徐璞，兩位名將之下還有許多人同樣意氣用事，從此離開徐驍身邊。

可以說李義山一系的勝出，只是一種慘勝，在很多至今還留在北涼軍中的老人眼中，這意味著李義山一手造就了徐驍「家北涼，趙天下」的格局。不能說錯，但十分中庸，更重要的是趙長陵的因病而英年逝世，導致了這一派喪失主心骨，加上趙長陵一手提拔起來的許多人，以燕文鸞這位春秋名將為首的北涼軍頭一向不願也不敢摻和徐家「家事」，又決定了很多年後陳芝豹好似負氣一般的單騎赴西蜀。

燕文鸞突然嘆了口氣，給自己倒了碗茶，想了想，又給徐鳳年身前那只碗也倒上。

老人端起大碗，輕聲感慨道：「這麼多年來，我心裡頭一直有個疙瘩，去清涼山去了那麼多次，都故意沒去聽潮閣拜見李先生。大將軍當年勸過一次，也給我拿了個蹩腳藉口搪塞過去，之後大將軍也就不提這一茬了。」

徐鳳年沒有搗糨糊說些雲淡風輕的話語，而是開門見山說道：「我師父生前從沒有後悔他當年的決定。他一直堅信，如果爭天下的話，徐驍和徐家鐵騎沒有這個大勢，那些想要成為從龍之臣的人，是癡心妄想。非是徐鳳年不敬趙先生，也不是我站著說話不腰疼或是得了便宜賣乖。在聽潮閣內，師父和王祭酒，還有我二姐，三人就當時形勢，有過一場又一場的反覆推演，結論都是一樣的。」

燕文鸞神情複雜，喝了口茶水，晃了晃大白碗，自嘲一笑：「當時王爺在世襲罔替的關鍵時刻，我燕文鸞也猜想是拿誰來開刀立威，想來想去，有一個最可能和一個最不可能。前者是讓我這個礙眼的老傢伙，乖乖解甲歸田、安心養老；最不可能的是拿下懷化大將軍，因為鍾洪武且不論其品行好壞，在京城看來一直是大將軍用來掣肘我和陳芝豹的重要角色。」

徐鳳年平靜道：「如果依舊是太平盛世的光景，我肯定會選擇鍾洪武，甚至不惜在他退出邊軍後，讓他推選個心腹做北涼都護大人，也會變著法子讓你燕文鸞晚節不保，慢慢剪除羽翼，將趙先生的流風遺澤都驅除，讓陳芝豹徹底變成『權柄可有，不可大』的孤家寡人，陳芝豹在北涼軍中的烙印也會自然而然逐漸淡去。」

燕文鸞冷笑道：「王爺不愧是李先生的得意弟子，果然善謀，且最擅絕戶計。」

徐鳳年不以為意，抬了抬手，輕聲笑道：「冷語傷人，不過好在還有熱茶暖心，喝茶、喝茶。」

以性情剛烈著稱北涼的老將軍竟然也沒有當場掀桌子撕破臉，而是板著臉喝了口熱茶。屋內氣氛僵硬。

徐鳳年率先打破沉默，卻是一句「題外話」：「聽說納蘭右慈放出話來，要和謝飛魚聯手評點新的武評、胭脂評和將相評。」

燕文鸞沒好氣道：「那破玩意兒，都是讀書人吃飽了撐的沒事找事。」

徐鳳年喝掉茶水，放下茶碗，神情凝重，沉聲道：「那我今天就跟老將軍說一說幾位讀書人聯手做過的一件正經事。嗯，是四個人。」

燕文鸞皺了皺眉頭。

徐鳳年說了四個名字。

分別是黃龍士、聽潮閣李義山、南疆納蘭右慈、離陽帝師元本溪。

燕文鸞下意識坐直身體。

徐鳳年把茶壺、茶碗都推開，雙指併攏，在桌面上畫出一條軌跡，緩緩說道：「在春秋之前，自大秦立國以來，每次北方遊牧民族發動的遊掠侵襲，或者是中原內部的動盪不安，中原士庶都是避禍南徙。

歷史上數次大規模衣冠渡江，宗室門閥都是由北往南，只有南遷南遷再南遷，從未有過北渡廣陵江，其中以永禧末年的『劉室幸蜀』和大奉覆滅後的『甘露南渡』最為典型。可以說春秋九國中的『楚姜』能夠成為執牛耳者，甘露南渡帶給他們的中原正統身分，功不可沒。跟以往截然相反的洪嘉北奔，眾所周知，有兩條路線，其中這一條是遷徙入離陽國都太安城，以後宋、大魏和後隋三國遺民居多，夾雜有少量西楚和南唐遺民。」

徐鳳年又在桌上畫出一條稍顯彎曲波折的軌跡：「在這之後，大概相距半年時間，一場規模更大牽涉士族更多的空前逃難，開始了。風骨最硬的西楚、最喜糜爛豪奢的南唐、故土情結最重的西蜀，幾乎都出現在這股洪流之中。大大小小十數股人流，最終在如今的涼幽河三州形成會合之勢，進入北莽姑塞、龍腰兩州地帶，造就了眼下的北莽南朝盛況。」

燕文鸞點了點頭，說道：「當時褚祿山千騎開蜀之後，咱們用步卒就打得西蜀大軍丟盔棄甲，顧劍棠那傢伙運氣好，作為南唐頂梁柱的顧大祖運氣又太差，幾乎是兵不血刃就拿下了南唐。八國君主上吊的上吊，自焚的自焚，階下囚的階下囚，所以離陽老皇帝這才說了一句『終於可以用趙家太平火報天下太平了』。但是這跟那四人有何關係？傳言李先生跟納蘭右慈曾經一起遊歷春秋，就算是真的，各為其主，也絕對不至於聯手做事，更別提跟那位咱們北涼死士殺了很多次都沒宰掉的半截舌元本溪了。」

燕文鸞嗤笑出聲道：「王爺，我燕文鸞雖說是一介莽夫，但總算也知曉一些打仗以外的天下事，你要說這四人像咱們此時這樣坐在一張桌子上，謀劃了那洪嘉北奔，我可就真要笑掉大牙了。不需要草稿的牛皮，也不是這麼吹的嘛。」

徐鳳年臉色如常，搖頭道：「退一萬步說，各有陣營、各有所謀的四人當真聚頭謀劃，在中原遊歷二十餘載的北莽太平令，又豈會察覺不到端倪？」

燕文鸞忍不住氣笑道：「那王爺你說個屁啊！」

徐鳳年眼神平靜地看著老將軍，後者破天荒沒有瞪眼回去，只是尷尬一笑，擺了擺手：「接著說，我不廢話了。」

徐鳳年繼續說道：「以三寸舌攪亂春秋的黃三甲，其實在這場千年未有的變局中什麼都沒有做，之所以將他拉進來，只是因為沒有他，就不會有離陽大一統的局面，更不會有洪嘉北奔。要說春秋之事，黃龍士此人必然繞不過去，以後的史書也是如此。

黃三甲用嘴皮子合縱連橫，我爹用鐵騎和徐刀，使得神州陸沉。於是有一個新的問題擺在某些人眼前，雖然中原事了，但是北邊還有個虎視眈眈的鄰居，這個時不時就要來南邊鄰居家搶東西的北方惡鄰，比西楚士人眼中沒有教化可言的離陽更加粗鄙野蠻。既然離陽都能打下中原，那麼更為崇尚武力的北莽有沒有可能更進一步，連離陽都給吞併了？」

燕文鸞愣了一下，不由自主地陷入沉思。他只是個帶兵打仗的武人，還真沒有考慮過這個難題。有大將軍在的時候，連同燕文鸞在內所有北涼人，幾乎都擁有一種堪稱自負的強大自信，那就是北涼三十萬邊軍在，北莽蠻子就別想南下中原一步。

這需要什麼理由？不需要。大將軍去世後，很快就是北蠻子百萬大軍壓境叩關，也由不得燕文鸞去深思什麼，至於洪嘉北奔這種陳年舊事，誰會在意？

徐鳳年停頓了許久，好像在醞釀措辭，等到燕文鸞一臉探詢望過來，這才說道：「我師父從不願意提起同為謀士的納蘭右慈，但跟此人是舊識，是真的。這場謀劃，也不是師父生前跟我說的，是我自己從蛛絲馬跡中找出來的。

陳亮錫在聽潮閣頂樓遍覽筆記手箚，去年末他有過一封密信交到清涼山，證實了我的這個猜想。我可以斷定，最初肯定是師父想到要設這個『大局』，一開始念頭大概發生在西壘壁之戰尾聲，打下西楚，就等於收拾乾淨了黃三甲東一榔頭西、一錘子敲出來的爛攤子。

我猜在他陪徐驍北歸京城的途中，可能是遇上了當時追隨燕剌王趙炳一同北行的納蘭右慈，也可能兩人根本就沒有碰面，但有過極為隱蔽的書信來往。後來擺在檯面上的事情，老將軍應該或多或少知道一些，在西楚損兵折將的徐驍在廟堂上剛剛成為北涼王，就放出話去要在就藩西北之前血洗廣陵江，要讓西楚士子的屍體堵住那條大江的入海口。

沒過多久，趙炳也成為轄境疆土最為廣闊的燕剌王，而且很快就有南唐餘孽起兵殺死離陽三千留守士卒的驚天慘案，噩耗以八百里加急傳入京城，當時趙炳在世人眼中心情肯定本來就很差，因為按照軍功本該敕封在富饒甲天下的廣陵道，根本就沒有趙毅的份。結果南疆給了他這麼一個下馬威，無異於火上澆油，藩王中最嗜殺的趙炳按照常理，肯定火冒三丈，野史便傳『趙炳持刀砍掉一棵秦柏，誓言殺絕南唐青壯』。」

燕文鸞「嗯」了一聲：「這件事確實是真的，大將軍當時還跟咱們當笑話說來著。」

老人突然「咦」了一聲：「但是如果我沒有記錯，當時老皇帝犒賞功臣，在最為重要的封王就藩上，大將軍擠掉顧劍棠成為北涼王，沒有誰敢多說什麼。顧劍棠只能當個留京的兵部尚書，只好在兩朝天子眼皮子底下搗鼓出那座破爛顧廬，有個說法是怎麼說來著？」

徐鳳年笑道：「聊以自慰？」

燕文鸞笑了笑，點頭道：「對。」

然後燕文鸞轉回正題說道：「可是朝廷起先有意讓趙炳擔任淮南王，別說天高皇帝遠的南疆，就是靖安王都當不上，只能當個淮南王。幫著離陽趙室盯緊大將軍，趙炳肯定是不樂意，就自己要求去兩遼當膠東王。大將軍後來跟我們這撥人親口說過，趙炳跟老皇帝私下有過一場聊天，說他不樂意在大將軍屁股後頭吃灰，要去兩遼打北莽蠻子，說他趙炳就算要死也是戰死在馬背上，但是結果很出人意料，趙炳成了燕剌王。雖然比不上趙惇的胞弟趙毅，但比起那個憋屈了大半輩子的淮南王趙英，還是要舒服很多。」

燕文鸞重重拍了一下膝蓋，沉聲道：「這麼一來，就說得通了，要想驅趕春秋遺民，逼迫他們北渡廣陵江，不把本該最不願背井離鄉的蜀、楚、唐三國逼得徹底走投無路，尤其是那些個『百年國，千年家』的世族門閥，是不會甘心在亡國之後又當喪家犬的。

王爺，這裡頭就是後來成為離陽帝師的元本溪這第四位謀士，出了力、動了手腳吧？怎麼，李先生跟此人當年真的也有不為人知的牽連？」

徐鳳年搖頭道：「沒有，元本溪只是為趙家謀而已。」

燕文鸞無形中變成了一個向老師求教學問的蒙學稚童，好奇問道：「王爺，此話怎講？」

但是徐鳳年走神了。

燕文鸞有些無奈，也沒那個臉皮再問，再者你徐鳳年不說，我燕文鸞還不能自己想？然後老人認真思索片刻，突然大聲說道：「趕了這麼多路，光喝茶，淡出鳥來，不夠勁！王爺，來點酒？」

徐鳳年笑著起身去拿酒，等他拎著兩壺綠蟻酒回到書房後，燕文鸞迫不及待打開一壺，接連痛飲三大口才甘休，狠狠抹了抹嘴，笑道：「王爺說元本溪為趙家皇帝打算盤，是不是說元本溪根本就不放心那些在八國版圖中根深蒂固的蛀蟲豪閥，既然不待見他們，又怕他們惹是生非，耽誤趙惇登基以後發動對北莽的那場大戰，擔心這些遺老遺少會在背後捅刀子，那麼乾脆就把他們攆出去？這就跟離陽文人必須異地為官是一個道理嘛。」

好不容易才想到這一步的燕文鸞很快就自我懷疑起來，不得不再度開口問道：「但是元本溪捨得這麼多所謂的衣冠士族一口氣跑到北莽去？」

說到這裡，猛然驚醒的燕文鸞眼神驟然冰冷起來，語氣也淡了幾分，死死盯住徐鳳年：「離陽自永徽元年起便頒發了一條重律，鐵器十斤，匠人一名，一旦流入北莽，當地官員，流徙三千里。薊州、河州，還有東線兩遼，這麼多年來，邊境上許多人鋌而走險，因此而暴富，事後也少有追究。可在咱們北涼，二十年來，在李先生主張下可是光那雜號將軍和實權校尉，就殺了十多個。」

燕文鸞握緊桌沿那只裝過了熱茶又裝烈酒的大白碗，眯起眼，陰惻惻說道：「王爺既然今天跟本將說起了這洪嘉北奔，自然大有深意。本將也打死不相信李先生和那納蘭右慈是想著讓北莽實力大增，才讓北莽平白無故多出一個南朝，多出那些天天把中原正朔掛在嘴上的近百萬春秋遺民。但如果王爺今天不能給本將一個說法，那本將可要替臥弓、鸞鶴兩城的陣亡將士，以及接下來所有戰死的北涼邊軍，斗膽跟王爺討要一個說法了！」

徐鳳年沒有著急辯解什麼，而是手指蘸了蘸酒水，彎腰在桌面上南北兩端各點了一下：「要成此事，得先形成一個關門打狗的局面。揚言要殺盡南唐青壯男子的趙炳，是做抄底的髒活。事實上，他的確是一到南疆那邊就殺了數萬南唐降卒，這些人裡，大概只有幾千人是真有反心，其他絕大部分，都是冤死。抄底活有人做了，還得有人來關門，徐驍就是做這個關門的。只不過他當年帶兵赴涼，走得出奇緩慢。當時覺得自己被我師父和納蘭右慈擺了一道的元本溪，是有亡羊補牢之舉的。

元本溪跟你一樣，希望那些門閥勢力『樹挪而死』，別影響他輔助趙惇打北莽的頭等大事，但是元本溪同樣不希望那個下半年的洪嘉北奔，竟然會一口氣直接跑到死敵北莽去。他的本意是讓徐驍的大軍快馬加鞭，趕在這之前堵住西北大門，好把這群待宰牛羊趕回京畿一帶，跟前一股洪嘉北奔的洪流待在一起。所以這就有了朝廷命令顧劍棠心腹將領蔡楠倉促西行的局面，只不過當時徐驍也好，薊州韓家也罷，出於各自的原因，都沒有阻攔，導致了當時手中騎軍不多的蔡楠沒能成功。

之後，離陽不敢拿徐驍怎麼樣，但一個韓家還收拾不了？所以朝廷很快就將韓家滿門抄斬，當年逃掉一個漏網之魚，如今又成了忠烈之後，都只是一道聖旨的事。當年張巨鹿主持此事，是真心想要殺韓家，但要說他是受恩師影響，因私怨而殺人，那就太小看他了。」

徐鳳年提起酒壺後，始終沒有喝酒：「元本溪之所以沒有在這件事情上糾纏不休，這很簡單，是由於幾場大戰下來，離陽連戰連敗，趙家老底子的精銳損失慘重，然後突然發現北莽忙於消化南朝，想著幾年後畢其功於一役，這就讓趙惇主政的離陽朝廷得以喘息，一點一點勵精圖治。加上元本溪也不覺得在將來比拚國力底蘊，離陽會輸給北莽，洪嘉北奔就逐漸成為無人問津的一筆爛帳。離陽朝野不敢就此出聲，因為這是以開明大度著稱於世的趙惇，唯一不能觸碰的逆鱗。」

差點就要摔碗翻臉的燕文鸞皺眉問道：「言下之意，是說那些衣冠北渡拖累了北莽？」

燕文鸞迅速搖頭道：「不對！那些春秋遺民的確在一定程度上削弱了北莽的尚武之風，但是對那老婦人來說，接納這些人，利遠大於弊。現在他們打幽州葫蘆口、打涼州虎頭城就已經證明這一點。他們的攻城方式與中原無異，僅以葫蘆口為例，那先鋒大將種檀打臥弓城和鸞鶴城甚至都有練兵的閒情逸致。

打臥弓，只打一面，表面上看去跟孩子過家家鬧著玩差不多，但很快他打鸞鶴，就開始嘗試著圍三闕一，甚至破城之後，對敵對己都殘忍到故意打那入城的巷戰。如今打霞光，北莽步卒更是越發嫻熟，在局部戰場上的傷亡人數驟減。

打北涼就已是如此步步為營，以後萬一……萬一北莽真有機會去攻打中原那些城池，除了西蜀和兩遼還可一戰，除此之外，誰守得住？燕剌王趙炳的大軍？北蠻子假使都打到南疆了，還有意義嗎？就算不提戰場，那個太平令甚至已經準備好攻下北涼後，將以最快速度填補上大量精於政事的文官，以此穩固後防，讓北莽騎軍南下沒有後顧之憂。這要是擱在二十年前，北莽即便敢想，也萬萬做不到！」

徐鳳年笑問道：「老將軍，有沒有想過，當時為什麼徐驍和李義山都完全不反對我去北莽，反而是支持的態度？」

燕文鸞臉色依舊陰沉，但沒了先前半點掩飾都沒有的殺心，輕輕搖頭。

徐鳳年望向窗外開始明朗起來的天色，緩緩放下酒壺，輕聲道：「老將軍，耐心等著吧，我當年獨自一人去北莽，只是在跟某些人傳達一個消息。很冒險是不是？但如果不這麼冒險，如何能讓別人心甘情願冒更大的風險？至於北莽還有誰不忘當年初衷，我不知道，但人數肯定不少。我都不知道，北莽那老嫗和太平令更猜不到。」

燕文鸞呆若木雞。

徐鳳年站起身，低頭看著那張些許酒漬早就不見痕跡的桌面：「也許你會問那些個讀書人能靠得住？」

徐鳳年自顧自笑起來：「前些年，誰敢點頭，我只當是個笑話。但是天底下的讀書人，僅是我們都經歷過的春秋，就有死守襄樊城十年的王明陽，更有自尋死路的張巨鹿啊。」

燕文鸞吐出一口濁氣，苦澀道：「薊州還有個衛敬塘。事實上，春秋之中，這種慷慨赴死的讀書種子，不少。當然我燕文鸞也親手殺了不少。」

徐鳳年走到窗口：「黃三甲曾經說過，這天下，肯定是讀得起書識得字的人越來越多，大體上的趨勢，也是不可阻擋的人心不古、世風日下。但是，不是讀過書、認識字，就可以成為他黃三甲嘴上的『讀書人』。」

徐鳳年伸出手掌，慢慢握拳：「懂得越多，握有越多，則敬畏越少，人之常情。幾年前那個沒重新練刀習武的世子殿下，敢對天人不敬？

心猿意馬，心猿意馬……道教有『心猿不定，意馬四馳』的警示，佛家也有『制御其心，調伏猿馬』的說法，但是具體怎麼做，都太籠統縹緲了。讀書識字一直都是奢侈的，尋常老百姓，做不來。儒家就很簡單明瞭，一個字——禮。

禮既是框架，其實更是一只牢籠。老百姓不懂，沒關係，我們訂立很細的規矩，你們跟著做便是。我想儒家能夠在諸子百家中脫穎而出，最終一枝獨秀力壓別家，這是很重要的原因之一。當然，是個人都喜歡無拘無束，自由是天性，在這種幾乎不可調和的衝突矛盾下，儒家又跟人性本惡的墨家產生巨大分歧。

儒家聖人早早提出了人性本善，後世賢人不斷用各種手段潛移默化，比如那蒙童稚兒捧起書本後，就都要死記硬背否則會挨板子的『三、百、千』，說到底，這就是教化之功。而有趣的是，道教聖人又跑出來打岔了，說要『絕聖棄智，民利百倍；絕仁棄義，民復孝慈』，誰對誰錯？也許沒有對錯。

黃三甲覆滅春秋，所做之事，只不過是給天下人一個更早擁有『自由』的選擇機會。而張巨鹿這個做了整整二十年離陽縫補匠的讀書人，則是用自己的死，為這種他『背著』趙家去推波助瀾的後世『自由』，提前縫補了一條框架。

也許他張巨鹿根本是徒勞，毫無意義，但既然能想到也能做到，那就去做，這就是張巨鹿。我徐鳳年做不到，你燕文鸞做不到，那些永徽之春的名臣做不到，甚至連坦坦翁和齊陽龍也一樣做不到，事實上除了他這個碧眼兒，沒人做得到。

也許再沒辦法以三寸之舌『禍害』世人的黃三甲，沒有跟我們說一句話：『知我罪我，其唯春秋』。那個沒有一封遺書一句遺言的前任首輔張巨鹿，本該笑著留給所有把他當傻子的後人一句話：『子非魚，安知魚之苦樂？』」

燕文鸞拎著酒壺，站在徐鳳年身邊，這是他第一次聽著徐鳳年長篇大論，這個年輕人當時在陵州、在幽州殺人，可沒這般絮絮叨叨。

不過燕文鸞一點都不厭煩。

燕文鸞一手負後，一手倒酒入嘴，喝光以後，晃了晃酒壺，意猶未盡，問道：「那麼李先生呢？」

燕文鸞轉頭的時候，看到這個年輕人笑了，伸手指了指北方，徐鳳年臉上有著他燕文鸞這種大老粗武人註定沒有的那種風流。

「世人不是都說我師父心狠手辣、喜好絕戶計嗎？洪嘉北奔，是他絕了中原讀書種子的戶，然後到了北涼，那十多萬流民，只是牛刀小試而已。接下來，大概就是北莽了吧。」

燕文鸞嘆了口氣後，很快爽朗笑道：「王爺，我的心結沒了。說來好笑，一開始趕來胭脂郡，是想厚著臉皮跟你拍馬屁的，葫蘆口外那些戰事，你和郁鸞刀打得漂亮至極！不退營的設立，更是讓整個幽州士氣大振！

沒想到後來就變味了，剛才差那麼一丁點兒就要掀桌子打人了，當然最後下場肯定是我被你隨便揍得滿地找老牙。雖然王爺沒有澈底挑明，但我燕文鸞相信大將軍，相信李先生。認定了這件事，我也明白為什麼李先生從一開始就不看好陳芝豹。有這場洪嘉北奔，北涼交給他，打完了北莽，以後的天下，板上釘釘還會有下一場讀書人眼中的春秋不義戰。」

徐鳳年沒有說話，神情有些疲憊。

燕文鸞猶豫了一下，但還是說道：「王爺，有件事我不說憋在肚子裡，難受！陳芝豹雖然離開了北涼，但我燕文鸞敢保證，他在北涼這麼多年，不曾有反心，對你肯定不滿，但絕對沒有那種殺人的歹意。我相信他只是在等，若是大將軍走後，你徐鳳年撐不起北涼，他才會走出來，讓北涼姓陳。至於最後整個天下該姓什麼，是姓慕容，還是姓趙，或者是姓陳，那就要看他陳芝豹的本事了。」

徐鳳年笑道：「我知道。」

燕文鸞小聲問道：「當真？」

徐鳳年轉頭：「那我不知道？」

燕文鸞哈哈大笑：「看來是真知道，是燕文鸞以小人之心度君子之腹了。」

徐鳳年跟著笑起來：「罵人不是？」

燕文鸞起先錯愕，略作思索後，那隻獨眼中的笑意更盛，但故意無奈道：「讀書人的嘴皮子，就是厲害，不服不行。」

最後，風塵僕僕趕來的北涼步軍統帥猛然抱拳：「王爺，走了！還是當時咱們在幽州見面時的那句話，如果有機會，就是我燕文鸞躺在棺材裡了，也要抬去北莽王庭。」

不等徐鳳年說什麼，老人轉身大踏步離去，經過桌子的時候，停下身形，喊了句「接住」，拿起酒壺丟給徐鳳年：「就當末將請王爺喝過酒了。」

徐鳳年抬手接過酒壺，看著那個已經跨過門檻的背影，一臉驚訝，自言自語道：「還有客人拿主人的酒用來請客的？」

燕文鸞大步走在廊道中，當時本想在「相信大將軍，相信李先生」之後接著說「相信你徐鳳年」的老人，那時候還是忍住沒有說出口，此時也是自言自語道：「大將軍，像這麼打仗，就有滋味了。跟當年跟著大將軍一樣，什麼都不怕，只怕不死！」

◆

從頭到尾都沒有喝酒的徐鳳年坐回位置，神情有些凝重。

那個溫文爾雅的四皇子趙篆，當了皇帝後還真不是什麼省油的燈。如果說張巨鹿的死，是他爹趙惇的授意，那麼元本溪無聲無息的死，可就完全是他趙篆的冷血手腕了。不過徐鳳年對此不奇怪，趙家先後三任皇帝，哪個不是狡兔死、走狗烹的行家裡手？

這位才坐上龍椅的離陽天子暗中打開薊北門戶，倒不是吃飽了撐的要給北莽兩名萬夫長送戰功，而是在離陽、北涼各自換了一位繼承人後，徐鳳年抗拒聖旨在先，率先表明北涼底線，而他趙篆在登基後，也很快藉著幽州一萬騎闖入薊州一事來還以顏色，告訴他徐鳳年，離陽朝廷的底線也不低。而袁庭山在「失去」銀鷂城後的將功贖罪，也沒讓跟他老子趙惇一樣極其關注薊州軍務的趙篆失望。

徐鳳年剛得到諜報，從袁瘋狗搖身一變成為袁將軍的那個傢伙，除了薊州騎軍，還帶上了兩大岳父之一雁堡家主交給他的七千多私軍精騎，守株待兔，拚掉了大如者室韋和王京崇兩位北莽捺缽的八千騎，遞往太安城的捷報上是寫「己方折損不過三千，破敵斬首萬餘」。

徐鳳年自然清楚雁堡李家數代人積攢下來的那兩千多老本騎兵肯定不在這三千之列，不過這一戰之後，想必新登基就有邊功在手的趙篆會龍顏大悅；為了廣陵道已經焦頭爛額的京城兵部會高興；東線兩遼也會人心鼓舞，朝野上下，尤其是士林，也會對這個原本印象不佳的袁瘋狗大為改觀。其實如果不是有他徐鳳年頂著當那天底下最大的箭靶子，袁庭山哪怕立下數倍之多的軍功，也只會惹來冷嘲熱諷和猜忌。

徐鳳年冷笑道：「跟我這個公認只是命好才有今天的北涼世子殿下相比，你袁庭山的命也不錯嘛。」

真正讓徐鳳年頭疼的，不是袁庭山和薊州，而是兩件事。事實上趙篆在開春之後做了很多，比如翰林院的遷址，還有將一名小小戶部員外郎提議的重訂天下版籍，放入了他與中樞重臣的「小朝」中。比起前者跟北涼的風牛馬不相及，後者可就是對北涼遞出一把刀子了。

北涼暫時人心穩定，先前該走的和能走的都已經離開主要是集中在陵州的北涼道，沒有太大影響。若是版籍在此時變更，等於打開一個大口子，北涼哪怕軍戶是大頭，但涉及底層百姓的切身關係，能離開是非之地，那些沒有青壯在邊軍中的老百姓，誰願意留在北涼境內「等死」？

徐鳳年閉上眼睛：「在此事上最能說話的戶部尚書元虢閉口不言，不出聲，那就已經是很明確的表態了。可惜好不容易東山再起，才做了沒幾天的『地官司徒』，恐怕就又要被打入冷宮了。中書令齊陽龍支持，門下省坦坦翁反對；天官殷茂春支持，但說此事『宜緩不易急，欲速則不達』，嘖嘖，這份措辭可真是講究啊。『不易急』，易而非宜，還真是精妙至極。中書省二把手趙右齡果然跟殷茂春唱了反調，不愧是科舉同年。沒出息的，成盟友；有出息的，成政敵。」

如果說這還不是迫在眉睫的事情，那麼有一件被掩蓋在一件件大事中的「小事」，是整個北涼道真正意義上的意外之喜和燃眉之急。

意外之喜，是張巨鹿繼門生衛敬塘之後的又一個隱蔽手筆。如果不是離陽漕運出現這樁被朝廷刻意淡化的舞弊案，徐鳳年根本沒辦法順藤摸瓜猜到張巨鹿的用心。

原來這麼多年來，張巨鹿和坦坦翁先後盯著漕運尤其是入涼漕糧一事，看似百般刁難，暗中竟然讓人「私自」囤糧。

那些處於灰色地帶的糧倉，全都是在襄樊城更西北的廣陵江沿岸地帶。徐鳳年敢斷言張巨鹿是在等，等著北涼若是果真願意與北莽大軍死磕到底，那麼這些原本屬於北涼的漕糧，就會順暢送入北涼境內；若是北涼藏掖實力，徐驍和他徐鳳年有心保留實力割據一方，那這些糧草就甭想拿到了。

張巨鹿曾經決意要改革漕運、胥吏和廣陵水患，後來一一無疾而終，其中未必不是這種「私心作祟」必須做出的割捨。治國何其艱辛複雜，僅是這暗藏漕糧一事，就牽扯到漕糧官員的一系列煩瑣任命，更涉及躺在這一國命脈上吸血飽腹的那些皇親國戚和「開國」功勳。與這些蛀蟲碩鼠的利益博弈，張巨鹿既要做到讓天下血液運轉無礙，又要保證能夠在北涼的確是死戰北莽後，朝廷或者說他當朝首輔張巨鹿也能拿出一份誠意，更要對皇帝對那些權貴都維持一個平衡。

現在趙篆親手讓這個意外之喜變成了燃眉之急。張巨鹿安排的那些漕糧官員被一鍋端，官品都不高，達官顯貴們對這些無關緊要又不是自己門下走狗的官員根本不在意，說不定沒了這些傢伙，他們將來獲利更大，而皇帝陛下「治理貪腐」的鐵腕和決心，獲得朝野讚譽。經過這場動盪後，漕運高官誰還敢跟朝廷叫板？北涼以後要糧食，只會比以前更難。

徐鳳年彎曲手指，一下一下叩響桌面。

以北涼道不足兩百萬戶的不足千萬人，要養活整整三十萬邊軍，若不是還有一個有「西北小廣陵」之稱的陵州苦苦支撐，北涼這根拉滿了二十來年的弦，別說射箭，早就自行綳斷了。李功德為何能夠成為文官之首的北涼經略使，真的是他只會對徐驍歌功頌德，只是攀附有術？

當然不是，無他，李功德生財有道。他能通過種種見不得光的管道買糧，而且價格都不算高。收下一箱箱賄賂銀子的大人物，當然正是那些離陽的皇親國戚和功勳之後。朝廷虧大錢，他們一年不過是賺一百萬兩都不到的「小錢」，他們祖輩父輩都為了離陽一統春秋豁出性命立下了滔天功勞，撈點銀子，他們有什麼心虛愧疚的？

接下來短時間內這些人應該沒膽子觸霉頭了。

還在經略使任上的李功德，就已經跑到清涼山跟副使宋洞明吐過苦水，一直保養得體的李大人很快就要兩鬢灰白盡霜雪了。

在這種嚴峻形勢下，去年在陵州近乎瘋狂囤糧的刺史徐北枳，在他手上火速建立且填滿大半的一座座糧倉，當時被譏諷為只會買米的「糧倉刺史」，一舉成為整個北涼邊軍的救命稻草。

如果沒有徐北枳，徐鳳年也會重視糧倉儲備，但絕對不可能做到徐北枳這種大刀闊斧地舉一州之力來儲糧的地步。徐北枳主政陵州的買糧，可謂無所不用其極，不但根據李功德多年積累下的人脈管道去跟北涼以外高價購糧，還從陵州當地豪橫和豪紳家族強硬地低價買米，如果家有餘糧的老百姓想賣賺取差價，徐北枳一粒不剩，全收！

所以要不是有徐北枳的那些糧倉，徐鳳年會光明正大地去北涼道那些遠親近鄰家裡「搶糧」了，而不是如今還算厚道地讓人帶著兵馬出境「借糧」，好歹會給些真金白銀。不過這畢竟不是長久之計，要不了多久，整個廣陵江上游，就等於對北涼道堅壁清野了。

徐鳳年睜開眼睛，喃喃道：「最初是你陳亮錫鹽鐵漕糧失利，被貶去流民之地。徐北枳先當上了一州刺史，然後是你在流州守城有功，順利讓北涼多出十多萬青壯兵源。接下來先是徐北枳淪為糧倉刺史，很快又是徐北枳證明他才是對的，北涼其他看戲的所有人都錯了。我深信你們一定會讓天下人刮目相看，從一開始就是如此。」

徐鳳年環視四周，站起身拿來拂水房諜子特意準備的那兩只棋罐子。紅棗木並不稀罕，但是兩盒紋理分別呈現出鬼斧神工的「天女散花」和「童子鞠躬」，這就讓原本幾兩銀子的兩只紅棗木盒，變成了有價無市的西楚宮廷御用珍品之物。

此物是西楚亡國後流入民間，又在洪嘉北奔途中流落在了涼地，沒有跟隨主人一同進入北莽。徐鳳年打開兩只棋罐子，白棋是那一百八十顆清一色的名品「雪印」，棋子縝密紋路都超過二十條之多，黑棋則是那墨綠色透著清澈光澤的魚腦凍。

徐鳳年正襟危坐，先後拈起一枚黑白棋子敲在並沒有擺放棋盤的桌面上，像是要開始與人對弈，把白棋罐子放在對面，輕聲開口道：「師父，徐北枳和陳亮錫都沒有讓你失望。」

徐鳳年看著有了兩顆棋子後反而越發凸顯得空落落的桌面，怔怔出神，最後抬起頭，看著空無一人的桌對面，沉默不語。

窗外天開青白，屋內視線不再昏暗，烏雲散去，絲絲縷縷的光線投射進來，清晰映照出那些平時常人肉眼看不見的悠然塵埃。

在這間只有徐鳳年獨自一人的屋內，一人落子如飛。

隨著落子，從他「徐鳳年」三個字開始，一個個名字從他嘴中脫口而出。

有北涼的，有北莽的，有離陽的。

有死人，有活人。

有聲名顯赫的，有冉冉升起的，有籍籍無名的。

當他說到陸詡的時候，落子後的徐鳳年停頓了一下，說道：「趙篆在齊陽龍建議下開設六館，在殿閣六大學士後增設六館學士，這是在為韓家老家主破格美謚後，順勢開了往後武人得以武字打頭謚號的先河，為了安撫文官，以及同時分化六部權力。

在這期間，據說那個趙家天子有意要噁心你輔佐的那個靖安王趙珣，召你進京進入六館之一的弘文館。你想不想去？趙珣肯不肯放？就算趙珣能繼續忍辱負重做小伏低，不得不讓你活著離開青州襄樊城，那你又需要付出多大的代價？」

徐鳳年突然微笑道：「既然你難做，趙珣更為難，那我就做個好人。」

徐鳳年沒有轉頭，但是提高嗓音說道：「糜奉節、樊小柴，你們兩人去一趟襄樊城，把陸詡請到北涼，他不願意就搶。」

很快徐鳳年就嘆了口氣，自嘲道：「算了，如果陸詡真的不想來北涼，那就送他到一個可以不用擔心趙勾的地方。」

徐鳳年看了眼桌對面，低聲道：「我是真的賭運不行，而且婦人之仁。好在那麼多年，徐驍也經常被你這麼教訓，我都親眼見過不是一次、兩次了。」

低頭望去，棋罐子雪印和魚腦凍棋子不多了，桌面上也變得密密麻麻，黑白交錯，讓他想起葫蘆口外那場大雪龍騎跟柔然鐵騎的針鋒相對。

徐鳳年終於開始喝酒，習武之前酒量就不錯的他竟然醉了，癱靠著椅背，整個人像是縮在椅子上，昏睡過去。

他夢中仍有反覆呢喃：「都走了，都走了……」

◆

皇帝趙篆顯然有心要沿襲先帝的勤勉傳統，但是相比先帝隔三岔五的通宵達旦，趙篆就顯得更有節制，甚至每天清晨時分都要雷打不動練一套拳，這是那位如今與龍虎山天師府共掌天下道教的青城山大真人教給皇帝陛下的。

如果說一開始年輕天子在滿堂盡紫的那座小朝會上是聽多說少，一錘定音的斷論極少，那麼如今他已經開始慢慢具備九五之尊該有的氣度了，除了齊陽龍、桓溫寥寥無幾的老人，哪怕是執掌吏部尚書多年的趙右齡這樣的當今從一品大員，也明顯開始緊張起來。

重新勘定天下版籍，六館學士的人選審議，吏部昔日下屬官員的升降，一件接著一件，都不得不讓趙右齡打起精神去應對，這讓宋堂祿鬆了口氣。

離陽王朝此時經不起任何動盪搖晃了，若是在離陽兩線作戰的敏感時刻，在朝廷中樞出現客大欺店的一絲苗頭，宋堂祿就算明知道會被戴上宦官干政的帽子，也要對有資格躋身小朝會的某些人吹一吹陰風。

大概真的是天佑離陽，廣陵道一開始出師未捷，兩員被寄予朝廷厚望的老將，一個全軍戰死，一個給人甕中捉鱉，淪為笑柄，都輸給了差不多可以當他們孫子的年輕人。好在廣陵王趙毅那個叫宋笠的心腹大將，不但是當今天子親叔叔的福將，亦是整個離陽的福將，很快就將廣陵整個東線的失地全部收復，讓那些膽敢叫囂著一路北上殺到京城的西楚餘孽，囂張氣焰頓時為之一挫。

而西北那邊，朝廷上下都在說北涼幽州那個叫葫蘆口的地方，連戰連敗，什麼北涼鐵騎，不堪一擊的繡花枕頭而已。好在薊州將軍袁庭山力挽狂瀾，將北莽兩名秋、冬捺缽的一萬多精騎給澈底擊潰，這麼一對比，天下人誰不罵那酒囊飯袋的北涼邊軍，和那個始終不知道躲在哪裡戰戰兢兢的徐鳳年？

宋堂祿自然知道許多連六部侍郎都不該也不會知道的祕辛，例如北莽步卒連破幽州關外兩座小城付出的慘重代價，葫蘆口失陷戍堡的無一人投降，以及徐鳳年那支幽州騎軍的出現，甚至是大雪龍騎都上了戰場，只不過這些祕密，老老實實爛在肚子裡就好。

宋堂祿更知道一件更得咬緊牙關三緘其口的「趣事」。當今天子喜好收集「玉偶人」，以各色材質的美玉雕琢而成，纖毫畢現，栩栩如生，從一寸起到四寸，寸與寸之間有三種高度，總計九等。那宋笠因為京城路人皆知的顯赫戰功，就有兩寸高的玉人「宋笠」，站立在皇帝一間僻靜書房的桌案上，而袁庭山在建功之後由一寸六分一躍到三寸高度。相對面孔新鮮的玉人，還有那場國子監演武舌戰群儒的祭酒孫寅，以及新近入京的「棋聖」范長後，在兵部觀政邊陲中極為惹眼的榜眼郎高亭樹。

而在昨天，宋堂祿走入那間只有他這位司禮監掌印和兩名當值宦官進入的小書房，發現了一個嶄新的玉人，哪怕當時屋內無人，貴為宦官之首的宋堂祿仍是只敢偷瞄了一眼，發現是個極為年輕的陌生人，而且與其他玉人各自的意氣風發大不相同，此「人」閉目凝神，就像是個瞎子。宋堂祿在出屋子前，就猜到了這個人的身分，最落魄時不得不在青州陋巷賭棋謀生的目盲棋士，一個在吏部根本沒有掛檔紀錄的人物——陸詡。

今日沒有大朝會，皇帝趙篆可以在天已微亮的時候才打那套拳。皇后最近偶感風寒身體不適，皇帝陛下特地讓她去娘家休養散心，而這段時日皇帝沒有臨幸任何女子，老百姓嘴裡經常念叨著那句皇帝不急太監急，卻大多不知真意，其實就是說這種時候了。

小門小戶的家庭，尚且有不孝有三、無後為大的說法，對於一個幅員遼闊的龐大王朝而言，一國之君，沒有子嗣，不啻於一場無形的災難，時間拖得越久，史書上無數鮮血淋漓的典故說得很清楚了，這足以引發不可預料的種種「天變」。不過不管宋堂祿和司職貂寺如何小心翼翼勸說，陛下都拒絕了，還笑著跟宋堂祿說這種雨露均沾的事情，皇后在宮中，他可以偶爾為之，但現在皇后在娘家還生著病，他就絕對不會做了。

宋堂祿由衷敬服。

而且皇帝陛下每日練拳，豈會是打發光陰的無聊之舉？

宋堂祿相信，世人不敢相信，當今天子在登基伊始，就已經開始為成為離陽在位時間最長久的君主，做準備了。離陽趙室在位最長的那個皇帝，坐了三十四年的龍椅，但那位是在三十五歲時才登基，宋堂祿相信當今天子不難做到。

趙篆打完拳，開始小範圍兜圈子散步，這個時候他都會自說自話。

於是宋堂祿貓著腰，悄無聲息後退了八步，一步不多、一步不少。這個小規矩，是前任司禮監掌印太監韓生宣訂立的。規矩不大，但足以讓宋堂祿甚至是他的下一任掌印太監都恪守到死。

趙篆繞著圈子，輕聲道：「暫時沒有官身的孫寅說得不錯，各地藩王不可兼任節度使。但是這個變動，得慢慢來，先在沒有藩王的地方，增設節度副使，再過個一年半載，找兩個說話管用的兵部和吏部官員，提上這麼一嘴，然後從朕的大哥那邊開始，添置副使，就勢推廣出去，也就變成定例了。

按照孫寅的說法，不用太長時間，隨便找個屁股不乾淨的藩王，讓言官上書彈劾，摘掉節度使。孫寅說的人選不太妥當，火候急了，嗯，在朕看來，漢王就是個不錯的對象。這孫寅，年紀輕輕的，揣摩上意，倒像是殷茂春這樣的老狐狸了。如果不是北涼出身，不得不繼續觀察，否則朕今天就可以讓你恢復官職，甚至幫你預留一個崇文館學士都沒什麼。」

慢慢行走中的趙篆抬起雙手搓著太陽穴：「盧升象既然當上了實權大將軍，是得辭掉兵部左侍郎一職，剛好騰出位置來，讓給那個跟隨顧劍棠多年的左膀右臂。一來可以抑制廣陵和江南一系出身的武人勢力，偌大一個兵部，尚書盧白頡、侍郎盧升象和許拱都是那的人，這太不像話。提拔那個戰功和聲望都不欠缺的唐鐵霜，也讓顧劍棠不至於成為第二個……」

趙篆冷哼一聲，沒有繼續說出那個他從小就聽到耳朵起繭子的名字。

事實上他對那個老人沒有太多惡感，相反在內心深處還與先帝有著不同的觀感，只不過他這些年來一直隱藏得很好，否則他這輩子就別想靠近那張椅子半步了。

但是那人的兒子，趙篆可就是真的一想到就堵心。

這一刻，他開始真正理解先帝了。

上一輩兩人，一人君主、一人臣子，一個姓趙、一個姓徐。

這一輩的兩個年輕人，如出一轍啊。

趙篆手指抵在太陽穴上，停下腳步，嗓音極輕，笑道：「世人都既羨慕又嫉妒你姓徐，所以喜歡罵你，不管你做什麼，都是錯的。好像沒人敢來罵朕啊！既然你也覺著不能害你爹死不瞑目，怕被人罵你們父子二人是兩姓家奴，那朕就讓你安心去死吧。」

趙篆突然眉頭緊皺，好像在捫心自問：「如果我是站在你的位置，會不會反出離陽投靠北莽？」

趙篆搖了搖頭，不去想這種毫無意義的問題。哈哈大笑，止不住地快意：「可惜啊，你始終姓徐，寡人姓趙。寡人的龍子龍孫，生生世世，都還是國姓！至於你，就跟北涼三十萬鐵騎一起躺入史書吧。朕在你死後，一定會讓那些修史的文官，送你幾句『好聽』的蓋棺論定。」

◆

北莽最東線，剛在薊北吃了一個敗仗的捺缽王京崇在一群同僚的玩味眼神中，只帶著兩百親騎黯然西行，前往姑塞州。

他那位活到古稀之年的爺爺，作為南朝乙字大姓的家主，死了。而早已耄耋之年，再過幾年就可以被尊稱為期頤人瑞的太爺爺，則仍然在世，雖然早已不理家族俗務，甚至連南朝官場都兩耳不聞許多年。這種白髮人送白髮人，似乎顯得十分彆扭。但是在西京廟堂一直給人牆頭草綽號的王家，不論多大的風吹，王家終歸還是蒸蒸日上的。

王京崇記得少年時那場南朝人人自危的瓜蔓抄前，就有很多上了年紀的春秋遺民開始準備後事。王京崇的太爺爺不是什麼第一個想著死後葬回中原故鄉的老人，也不是第一個揚言要葬在南朝以此示好北庭的老人，太爺爺做什麼事情，總是不急不緩，很慢性子，若是說難聽一點，是隨大流，是功利。但王京崇知道，如果沒有太爺爺在很多事情上的「遲鈍」，以及在危難時刻的一言九鼎，王家別說從丁字士族一路攀爬到乙字大族，早就隨便一個風浪打過來就沒了。

王京崇有一種直覺，繼任家主之位的，不是別人，是他王京崇。

至於為何他和另外一位捺缽會在薊北損兵折將，不是王京崇和那人真的大意懈怠，也不是什麼部下戰力低下，更不是離陽王朝認為的那樣袁庭山選擇用兵的時機地點都太過精彩。內幕是太平令讓人捎了句話給他們二人，薊北之戰，只許輸，不許勝，且只許小輸不可大敗。

王京崇在策馬狂奔時，笑了笑。

袁庭山也好，顧劍棠也罷，你們離陽王朝就等著吧。

◆

大楚舊皇宮。

早已不是棋待詔很多年的一名青衫男子，獨自走入那座廢棄多年至今也未啟用的院落。當年這裡國手雲集，而他最得意。

他找了很久，都沒有找到那兩只曾經無數次從中拈子去落在棋枰的棋罐子。

他走出院子前，只能退而求其次，拿上另外兩只他唯一還算熟悉的古舊棋盒。

他輕聲道：「下一次出現在太安城外，我會告訴所有天下人，大楚當年，沒有什麼紅顏禍水。」

這一日，大官子曹長卿的儒聖境界，由王道入霸道。

◆

南疆在外人看來，那就是一個瘴氣肆虐的蠻荒之地，大秦開國以來便一向將來此做官視為畏途，皇帝貶謫那些不聽話又不能殺的官員，都喜歡讓他們滾到這裡。那麼好不容易才僥倖來到這裡當燕刺王而不是什麼淮南王的趙炳，這麼多年兢兢業業鎮守邊疆，嚴謹遵守宗藩律例從無怨言不說，先前連嫡長子的世子殿下和其他幾個兒子，都從無半點荒誕行徑流傳北方，這就很能贏得同情了。

加上趙炳素來善待禮遇轄境官員，許多抱著必死之心來此為官卻又最終活著北歸的文官無一不對趙炳大為推崇。偶有江南文人拿趙炳和納蘭右慈的斷袖之癖開文字玩笑，也不見趙炳有任何惱羞。若不是那個口碑不俗的世子殿下趙鑄在靖難一事上讓人大失所望，也許會有更多人對南疆心生親近。他們對趙鑄的期望很高，畢竟這個年少從軍的年輕人很喜歡去蠻夷部族殺人築京觀，比起淮南王趙英的英勇戰死，相形見絀太多了，更別說其中還有靖安王趙珣的千里馳援以至於幾乎全軍覆沒。

納蘭右慈一直是個讓人霧裡看花的存在，有人形容他是一個本該只會在演義小說中出現的人物。傳言他貌美猶勝婦人，用美色和韜略兩物將燕刺王趙炳迷惑得神魂顛倒，這才樂意在南疆那地方一待就是二十年。也有人言之鑿鑿，那位南疆最為遮奢的納蘭先生，身邊光是能夠被譽為傾國傾城的貼身婢女，就有五人，分別叫作酆都、東嶽、西蜀、三屍和乘履。

南疆冬也無雪，至於能讓江南名士冷到骨子裡的春寒，在這裡也從不料峭。

一座高達十三層的巍峨密簷式書樓的頂樓，一名相貌俊美的中年讀書人，衣衫單薄，他正在讓一群鶯鶯燕燕幫他搬書、曬書，他則儀態安詳地坐在一張紫檀小榻上，優哉游哉捧書看書。

他直起身，把手中那本泛黃書籍放在膝蓋上，對其中離他最近的一名體態豐腴的年輕美人笑問道：「知道天下與妳們姿色相當的女子不多，但我要多找幾個也是輕而易舉，為何最後卻只有妳們五人嗎？」

那綽號乘履的女子轉頭眼眸笑瞇起成兩彎月牙兒：「先生學究天人，奴婢哪裡猜得到先生的心思。」

讀書人打趣道：「就妳這馬屁功夫，當初入了宮撐死也就是個小嬪妃的命。」

婢女笑容越發柔和，眼神帶著癡迷，嫵媚天然：「可奴婢真的不是故意說好話給先生聽的啊。」

那男子笑意溫醇，眨了眨眼，有些促狹道：「知道啦，妳們五人都別忙了，下樓玩耍去吧，讓學究天人的先生我，獨自學究學究？」

五人沒有半點拖泥帶水，輕步下樓。

這個能夠被人稱為比燕剌王趙炳更像藩王的讀書人，自然只能是納蘭右慈。

他低頭看著那本當年舊友相贈的書籍。

只是一本毫不出奇的尋常儒家經典而已，不似那精美刻本，年歲越久越值錢，這本書，時隔二十多年，恐怕送人都沒誰願意收。可論遮奢程度足以冠絕南疆的這位納蘭先生，小心翼翼珍藏了二十多年，除了親自曬書，一年中只在兩、三天從檀木盒中拿出來翻閱。

趙炳曾經私下詢問，笑言難道他給的，還不如一本舊書？納蘭右慈只是搖頭，好在趙炳對這種細枝末節也從不介懷。

納蘭右慈看著那本死後無墳塚的故友遺物，輕聲笑道：「窮得叮噹響，那好歹還有兩、三銅錢的撞擊聲，你可是可憐到連錢囊都沒有。你我二人連袂遊學諸國，離別之際，只有兩部書的你，送了我這本。你說燕剌王怎麼跟你比？他真捨得給我一半的家底？」

納蘭右慈抬起頭，瞇著眼，望向天空：「酆都、東嶽、西蜀、三屍、乘履，十字即十人，這就是你我的全部心血了。這些年來，確認無誤的死人，有三個，失蹤的有兩人。還剩下五個，比你我預期的還要多一個，已經夠了。為了這最後五個人，趙炳在南疆殺了數萬人，你所在的北涼不說那些流民，僅是邊軍就死了近萬人。」

納蘭右慈伸手撫住額頭，他的神情極其矛盾，彷彿既淒然又滿足，柔聲笑道：「你說自有遊士以來，經過數百年演變，遊士不再遊蕩，轉為門閥。國家國家，國字在前、家字在後，也變成了家國家國，家字在前。

你當年不過是個貧寒書生，就跟我說你要嘗試一下，讓天下讀書人重新把國字擱在家字之前。為此，你設置的這個局，結果到頭來除了那五人，世間就只有我知道了。」

高樓高聳入雲，八面來風。一陣清風拂面，納蘭右慈的鬢角髮絲繚亂。

他膝蓋上那本書，傳來一陣輕微的嘩啦聲響。

納蘭右慈閉上眼睛，仔細聽著書頁翻動的聲音，嘴角翹起：「你曾認真問我：『有朝一日，忽然臨命終時，你將如何抵敵生死？』我曾取巧答過：『生死事小，知己事大。吾心安處，實實有淨土，實實有蓮池。』」

春風翻過一張張書頁。

恰如那已故之人在翻書。

第九章　徐鳳年重返碧山　新武評宗師出爐

土膏既厚，春雷一動，萬物生發。

細雨如絲。臨近黃昏，在胭脂郡府城跟碧山縣相接的官道上，三騎疾馳，終於還是趕在晚飯的點進入了那條軲轆街。

三騎緩行在稍顯泥濘的街道上，最後幾個拐繞來到一座僻靜院落。

三人下馬，背掛有那柄大霜長刀的呂雲長一臉狐疑，不知道余地龍這傢伙為何死活要來一趟這鳥不拉屎的地方。

當時師父一說直接返回涼州，這傢伙整張臉就垮了，回屋子裡拖延了半天，隔著房門說自己吃壞了肚子，讓他呂雲長先陪師父動身上去。

呂雲長當場就樂了，就你余地龍那內力底子，就是吞劍吃刀也搞不壞肚子啊。

呂雲長調侃了一句：「難不成你懷孕啦？」擱在以往，開不起玩笑的大師兄也就要用拳頭跟他切磋切磋了，這次卻沒反應。然後師父也不知怎的，只說先去趟碧山縣好了，余地龍立即就生龍活虎了，飛奔去馬廄，然後牽馬上馬，一氣呵成。

柴扉院門用了蘆柴稈做門閂，要是呂雲長隨手一推也就給開門了，但是余地龍熟門熟路拴好馬匹後，竟在門口鄭重其事理了理衣襟，拍了拍肩頭雨痕，這才一本正經敲了敲柴門。

很快呂雲長就看到裡屋房門緩緩打開，走出一個衣飾素樸的女子。

呂雲長小聲問道：「余地龍，是你娘？」

余地龍一臉惱火，下意識脫口而出：「是你娘！」

大概是覺得院內裴姨若是成了呂雲長的娘親，那呂雲長也太祖墳冒青煙了，這哪裡是在罵人，分明是誇他，余地龍很快繃著臉道：「別嬉皮笑臉的，等下跟我一起喊裴姨。其他時候我不管，今天你要是敢沒個正經，我真揍你。」

呂雲長翻了個白眼，不過很快他就有點挪不開眼珠子了。

乖乖，這位姐姐可真是好看啊。不過呂雲長很快就眼觀鼻、鼻觀心，他又不是缺心眼的傻子，在東海武帝城底層江湖摸爬滾打了那麼多年，年紀不大卻也是老江湖了，用屁股猜也該知道這位絕色女子是他們師父的那個啥了。

接下來那位姐姐的言行舉止可就更讓呂雲長刮目相看了。自己這個師父是誰？是離陽王朝最有權勢的藩王不去說，隨便混了幾年江湖，就撈到了天下第一高手的名頭。呂雲長還聽說如今在江湖上呼風喚雨的紫衣軒轅，那位數百年來唯一的女子江湖盟主，當時只不過是師父身邊的跟班扈從。可這位隔著一扇破爛柴扉木門的女子，也不急著拔掉門閂子，臉色冷冷清清的，斜瞥了眼徐鳳年，似笑非笑，還真不如不笑，就是呂雲長看著那也絕對是有玄妙有殺機的。只聽她說道：「喲，稀客啊。」

佩服得五體投地的呂雲長，差點就要忍不住伸出大拇指，心想這位絕對是女俠！而且還是那種不問世事卻武功絕頂的真女俠！否則看這要給師父吃閉門羹的架勢，全天下誰有這份實力和膽識？

余地龍忍著笑意，似乎很開心看到師父吃癟。

徐鳳年咳嗽了一聲，等了片刻，看她始終沒有開門的意思，有些尷尬道：「這不是有些忙嘛。對了，吃飯了沒？」

裴南葦沒理睬他，這時候余地龍伸長脖子，很乖巧地燦爛笑道：「裴姨。」

裴南葦會心一笑，這才給三人開了柴門。她揉了揉余地龍的腦袋：「好像長高了些。」

余地龍嘿嘿笑著。四人一起走向屋子，呂雲長鬼頭鬼腦環視四周，實在是看不出啥門道啊，就是一座很尋常的北涼小戶人家，牆角有綠意淡淡的菜圃，甚至還有簡陋的雞舍。

余地龍踹了一腳呂雲長，呂雲長低聲道：「幹啥！」

余地龍怒目相向，呂雲長愣了一下，這才趕緊擠出笑臉道：「裴姨，我叫呂雲長，是師父的大徒弟。」

從葫蘆口返回後一直斜背有那柄涼刀的余地龍，面無表情地抬起手握住刀柄，不敢真跟余地龍玩命的呂雲長趕忙笑道：「說錯了、說錯了，我是師父的關門弟子。余地龍是我大師兄，師父還有個徒弟，叫王生，是二師姐。」

裴南葦笑著點了點頭。

進了屋子，裴南葦去灶房給師徒三人做了些淡菜吃食，四個人一人一張凳子圍坐著桌子，徐鳳年緩緩下著筷子。

裴南葦問道：「什麼時候走？」

徐鳳年苦笑道：「這就趕人了？」

裴南葦沉默片刻，突然皺眉說道：「你不是還掛著碧山縣主簿嗎，怎麼領不到俸祿了？

我元宵後去過縣衙，戶房胥吏說你也不用再去衙門點卯。後來聽說縣令跟郡守大人通了氣，要換上一名赴涼的外鄉士子替補上主簿的空缺。」

徐鳳年笑道：「占著茅坑不拉屎，是不太像話，俸祿也就……」發現裴南葦死死盯著自己，徐鳳年一拍筷子，立即見風轉舵佯怒道：「豈有此理！這不是欺負人嘛，我找個機會去縣衙說理去。」

裴南葦說道：「吃過飯就去。」

徐鳳年小心翼翼問道：「家裡沒有閒餘銀子了？」

裴南葦淡然道：「過日子，哪有嫌銀子多的？」

苦孩子出身的余地龍一臉深以為然，點頭道：「就是就是。裴姨，妳說得對，等下我和師父一起去那碧山縣衙門幫妳討要俸祿，不給的話……」

裴南葦微笑道：「好好說話，別打架。」

余地龍使勁點頭，望向徐鳳年，嚴肅道：「師父，咱們北涼不是有戰功就有賞銀嗎，葫蘆口外那些都是大個子的，不算我的。要不然你先預支給我十兩銀子，以後我在戰場上補上，我先把銀子存在裴姨這邊好了。」

徐鳳年在桌子底下踢了這哪壺不開提哪壺的笨徒弟，無奈笑道：「我身上沒帶銀子。」

余地龍不依不饒追著說道：「咱們不還從郡城那邊帶走了兩罐棋子嘛，軲轆街上也有當鋪的，我瞅著還挺值錢，要不然挑個四、五十顆給我，我典當個十兩銀子先？」

徐鳳年伸手摸了摸額頭，輕輕嘆息。這胳膊肘往外拐的小敗家子，那各有一百八十顆的兩只紅棗木罐，魚腦凍黑棋也好，雪印白棋也好，僅就材質而言，一顆棋子別說十兩銀子，十兩金都不賣。而且這類古董奇珍，跟收藏珍版書籍一個德行，最是講究一個喜全忌缺。再說了，那可是西楚宮廷的頭等御用貢品啊，天曉得昔年是不是哪位棋待詔的心頭愛，甚至有可能連國師李密弼或者曹長卿都用過他們與人對弈指點江山。

裴南葦不悅問道：「他才多大的孩子，就去沙場殺人了？」

徐鳳年看著她平靜道：「他是我的徒弟。」

余地龍大概很怕師父和裴姨因為自己而吵架，笑道：「裴姨，沒事，我是北涼人，既然有武藝，上陣殺蠻子也是應該的。以後等我還完大個子的債，再有立下軍功，銀子都往妳這兒寄送，妳幫我存著好不好？到時候裴姨妳隨便用就是了。」

裴南葦笑著「嗯」了一聲：「回頭姨找人大修一下房子，建成四合院，到時候專門幫你留一間屋子。」

狼吞虎嚥的余地龍抬頭雀躍道：「好嘞！」

徐鳳年吃過了飯，放下筷子，看了一眼裴南葦：「我跟妳去縣衙，讓兩個孩子洗碗筷好了。」

兩人各自拿了把油紙傘走出屋子後，呂雲長盤腿坐在凳子上，望向忙著收拾碗筷的余地龍，小聲問道：「裴姨到底何方神聖啊？怎麼瞅著咱們師父挺緊著她的。」

心情極佳的余地龍有了開玩笑的念頭，故意神祕兮兮道：「裴姨可了不得，武功沒有天下第二，也有天下第三。」

呂雲長一臉匪夷所思：「你唬我？」

余地龍撇嘴道：「愛信不信，反正裴姨一根手指頭就捏死你。對了，這是我家，你以後登門拜訪，記得別蹭吃蹭喝，得帶禮物。」

呂雲長一陣齜牙咧嘴。

余地龍捧著碗筷歡快跑向灶房：「有家嘍！」

◆

徐鳳年和裴南葦走在巷弄裡，感慨道：「謝了。」

裴南葦淡然道：「因為余地龍那孩子？不用，我本來就挺喜歡這孩子的。倒是那個呂雲長，渾身戾氣，不太喜歡。」

徐鳳年搖頭道：「妳錯了。我如果撒手不管，呂雲長以後撐死了也就是個在江湖上翻雲覆雨的梟雄，做個什麼武林盟主就差不多了。可余地龍要是沒有個管束，或者說心裡頭沒個牽掛，會很可怕的，這孩子未必沒有機會成為另一個王仙芝。」

徐鳳年有些頭疼：「以後的天下是怎麼一個光景不好說，但是在黃三甲把八國氣運轉入江湖後，當下的武林就像是一座竹林，是個雨後春筍的大年。可接下來，馬上就會是竹子開花的光景，一死就死大片，方圓幾十里甚至幾百里都死絕的那種。何況以後再無大年豐收一說了，都是小年份。越是這樣，我三個徒弟，余地龍、王生、呂雲長，他們就越會出類拔萃。尤其是機緣最好、成就最高的余地龍，到時候他肯定一峰獨高，說不定會是在我這一輩人以後的百年江湖，唯一的陸地神仙。所以他有沒有一個家，很不一樣。」

裴南葦笑道：「所以你這才樂意來這邊看一眼、吃頓飯，真是難為你這個北涼王既要跟北莽蠻子打仗，還要憂國憂民憂天下了。而且你連自己徒弟也算計，不累嗎？」

徐鳳年自嘲道：「憂國憂民就算了，我實在沒那份閒心。說到底，我就是想要守住徐驍傳給我的家業，這個是底線。在底線之上，能夠錦上添花做點好事，那是更好。做不到，也不強求為難自己。但什麼落井下石、什麼火上澆油，也還真不樂意幹。至於妳說的算計，也許吧，沒辦法啊，一看到佘地龍這個徒弟，就很難不想到那個王仙芝。他和黃龍士、張巨鹿三人，是三個我早年很討厭，但最後自己不得不去佩服的人。」

裴南葦突然說道：「剛聽到從葫蘆口那邊傳來的軍情，說是臥弓城和鸞鶴城一下子就給北莽蠻子攻破了，我以為你會讓諜子帶話給我，讓我搬回清涼山。這兩天碧山縣城都在說你親自帶兵去了葫蘆口外，殺了很多蠻子，那我是不是可以不用去涼州了？」

徐鳳年笑道：「不喜歡就不用回去，而且跟妳說實話好了，如果北莽大軍真能南下，北涼四州，幽州只會是最後一個。」

裴南葦疑惑道：「比涼州還晚？」

徐鳳年點頭道：「地理形勢使然。打個比方，幽州是雞肋，而且極其難啃。流州是一碟開胃菜，味道辛辣，但是北莽真要咬咬牙，也能吃掉。陵州是一盤山珍海味，就是離有點遠，蠻子的筷子夾不到。因此雙方主戰場只能是在涼州，城池攻守，雙方輕騎伺機而動，甚至歷史上第一次大規模重騎兵之間的衝撞廝殺，都有可能出現。」

裴南葦輕聲道：「北涼道還是太小了，人口也不夠多。」

徐鳳年有些無奈：「要不然妳以為？離陽當初張廬、顧廬制御諸多藩鎮的手筆，很大程度參考了荀平撰寫的《括地志》和謝觀應那部《洪嘉年郡縣圖志》。幾大藩王的疆土，徐驍的北涼道能養兵多少，趙炳的南疆能養兵多少，都是被無數次推演計算過的。

永徽中期開始，對北涼道的各種掣肘和扶持，當時都建立在北莽以北涼作為南下切入口的基礎上，元本溪就是在賭出現有今天的局面。至於趙炳的南疆，則是用來針對廣陵道上的西楚復國，否則離陽哪來的底氣在楊慎杏、閻震春大敗後，依舊那麼氣定神閒？趙惇甚至還有閒情逸致在死前都只是帶著顧劍棠，跑去薊州看風景，而不是去京畿南給大軍鼓舞士氣，更沒有火急火燎讓兩遼邊軍南下。為什麼？

很簡單，西楚復國，在趙惇眼中根本就不是什麼傷及一國元氣的大事，他要做的，不過是拿捏火候，削弱北涼道以外所有藩王的割據勢力。前期吃了敗仗多，他不怕，他反而怕楊慎杏、閻震春一開始就連戰告捷，導致沒有廣陵王趙毅、淮南王趙英、靖安王趙珣什麼事，否則妳以為為何熟諳兵事的閻震春當時會倉促南下馳援楊慎杏？盧升象會看不出風險？戰後看似胡亂發號施令釀成大禍的京城兵部，為何連同盧升象在內無一人被問罪？」

裴南葦憂心忡忡道：「萬一燕刺王趙炳不出兵，怎麼辦？北莽百萬大軍壓境，朝廷當真一點不怕腹背受敵？到時候光靠顧劍棠的兩遼守得住太安城？」

徐鳳年笑了笑，柔聲道：「妳啊，太小看趙惇和那班永徽之春的名臣了。藩鎮、宦官、外戚、文官黨爭、地方武將擁兵自雄，一向是歷史上的五大害，妳不妨回憶一下離陽朝廷這二十年的景象，還有自西楚復國以來的結果。」

裴南葦娓娓道來：「宦官干政，兩任趙室皇帝活著的時候都沒有，而且以後也不會有。外戚一事，也是同理。若說黨爭，永徽年間有個張巨鹿，不成氣候，如今張盧、顧盧都倒了，雖然不知換了人坐龍椅是如何，但我也知道趙惇在死前，請了上陰學宮大祭酒齊陽龍去太安城做那顧命大臣，幫著新君穩定朝局，想來不至於出大亂子。

至於地方武將，顧廬倒塌後，又有楊慎杏和閻震春這兩個老將的前車之鑒，人人自危。加上顧劍棠處處退讓，很多武將能夠自保都要謝天謝地，委實沒那份跟朝廷叫板的心氣。而幾大老藩王裡，淮南王趙英死了，膠東王趙睢給顧劍棠壓制得喘氣都艱辛，青州那邊……那人為了表忠心，好像搭上了好幾千精騎吧？然後，北涼要跟北莽死戰，勢力最大的廣陵王趙毅被西楚牽制，免不了一場傷筋動骨，加上你說燕剌王趙炳很快就要被敕令北上……」

裴南葦伸手捋了捋額頭髮絲，笑道：「不愧是永徽之春。」

徐鳳年感慨道：「齊陽龍沒有讓人失望，新朝廷很多事情都做得面面俱到，為功勳武將破格美謚，為文官增添了六館學士，一切都有條不紊。」

徐鳳年微微低下頭，看著巷中雨水落在青石板上不斷消逝：「張巨鹿死了，除了某些潛在的事情不會變外，他和張廬在離陽朝的很多烙印，很快就會淡化，然後消失無蹤。張巨鹿寫就的永徽之春，那一頁書，說翻過去就翻過去了。這才是離陽最厲害的地方，看上去八面來風、四處漏水，其實穩如泰山。歸根結底，是因為趙惇留給當今天子的家底，不薄。」

兩人走得慢，離那碧山縣衙門還有些路程，裴南葦欲言又止起來。

徐鳳年轉頭看著她笑道：「想問就問吧。」

裴南葦看著他：「你不是知道我想問什麼嗎？」

徐鳳年收攏起自己的油紙傘，突然擠入她的傘下。裴南葦也沒什麼異樣神情，她想「夫妻」二人去衙門吵架要債，結果各自撐傘，也許會不太像話，氣勢就弱了。

徐鳳年從她手中接過傘，二人肩並肩走在拐出巷口後踏足的軲轆街上：「當時跟武當王小屏去神武城的途中，我也沒有把握能在人貓手底下活著，就跟王小屏說過些心裡話。

我爹徐驍一直不是什麼彎彎腸子的人，他說過北涼道和離陽就是一家人，關起門來吵架都沒關係，一個屋簷下的日子實在過不下去了，那就搬出去在隔壁自立門戶，老死不相往來好了。但如果說別人覺得有機可乘，跑到家門口耀武揚威，那麼徐驍不介意一個大嘴巴就甩過去，就這麼簡單的道理。

當然，徐驍也有底線，就是我這個要繼承他家業的兒子，只要我不死，哪怕繼承家業的過程中磕磕碰碰，沒那麼順當，徐驍也能忍著。如果我死在朝廷手裡，那他就不管北涼了，肯定要帶著三十萬北涼邊軍一路打到太安城。當年我跟老黃一起遊歷江湖，當時的皇后，如今的太后趙稚，就親自動用侍衛幫我擋過災，顯然她作為女子，更能憑藉直覺把握住徐驍的心思。」

徐鳳年突然自顧自樂和起來，笑道：「至於我呢，當年在京城說過大話，說要為中原百姓守國門。不是真心話，但也不算假話。反正我得幫徐驍守著北涼，不就是幫中原百姓守著西北門戶嗎？一樣的事情，兩樣的心眼而已。」

裴南葦嘴角輕輕勾起。

徐鳳年望著前方不遠的那座衙門，輕聲道：「北莽那老婦人曾經當著兩朝所有人的面，說願意與徐驍共治天下。是不是聽上去很激盪豪氣？」

裴南葦點頭道：「對啊。」

徐鳳年笑道：「這是綿裡藏針呢。當年徐驍不肯劃江而治，走掉一批心有不甘的將領。如果說這是徐驍自找的，後來朝廷讓徐家鐵騎馬踏江湖，對武林中人動刀子，走掉的底層士卒有多少人？妳肯定猜不到，是兩萬之多，無一不是身經百戰的精銳老卒。如果說徐驍願意當年在北莽老嫗提議下，接受了，妳覺得會走掉多少人？」

徐鳳年伸出一隻手，旋轉了一下：「最少十萬。」

裴南葦恍然道：「原來如此。」

徐鳳年瞇起眼：「那場風雪中，徐驍跟那老婦在關外相見，我和拓跋菩薩各自當馬夫，最後不歡而散。不過妳要是以為徐驍是覺得會使得北涼軍心渙散才不答應，那妳也太小瞧我爹和慕容女帝了。她私下答應過徐驍，提出過一個條件，妳打死都猜不到。」

裴南葦隨口道：「不就是功成之後，徐驍年紀大了，只能養老，但可以讓你徐鳳年來當中原之主嗎？」

徐鳳年目瞪口呆，忍不住爆了一句粗口後，滿臉震驚道：「妳這也猜得到！」

裴南葦白了一眼他：「本來猜不到，可你都那麼說了，反正就是怎麼不可思議怎麼來。再說了，趙稚是女子，我也是女子，就不能猜出慕容女帝的心思？」

徐鳳年由衷讚嘆道：「厲害！」

裴南葦冷不丁說道：「我不冷。」

徐鳳年一臉茫然。

裴南葦扯了扯嘴：「真怕我冷，給雨水濺在肩頭，你怎麼乾脆不把油紙傘側向我，你的誠意是不是也太足了點？手，拿開！」

徐鳳年悻悻然縮回搭在裴南葦肩頭的手。

◆

兩人走入縣衙大門，徐鳳年收起傘。

縣令馮瓘和縣丞左靖都按例住在衙門後邊，徐鳳年這個名義上縣衙三把手的主簿本該也有一席之地，只不過當時給馮瓘欺侮他「年少無知又無根基」，排擠了出去。

當初入山剿匪一役，其實什麼都沒做就只因為是一把手的馮瓘，在年末考評得了一個中上，左靖倒剩點殘羹冷炙的「分潤」，赴涼士子身分的縣尉白上闕則成功轉入幽州軍。

兩人穿過衙門的時候，一路上那些還在當值的六房胥吏都有熱絡打招呼，他們對「徐奇」這位失蹤很長時間導致座位不保的年輕主簿印象不差，只不過熱情臉色中，順帶著又有些玩味眼神，既有惋惜，也有幸災樂禍。

徐鳳年靠著這點蛛絲馬跡，就心中有數了。雖說徐主簿馬上就要捲舖蓋滾蛋了，但是馮瓘在獲知此人登門拜訪後，還是沒有太過不近人情，畢竟他才是罪魁禍首，否則徐奇也不至於這麼快就得離開碧山縣。

在幽州的舊皇曆上，別說一年半載，多少在衙門當差任職撈油水的將種子弟不是幾年都見不著人影的？誰讓徐奇這個末流將種門庭子弟既沒靠山，又不識時務在當下遊手好閒？如今幽州誰還敢不把點卯當回事？據說陵州那邊，在那個糧倉刺史的整頓下，一大批不務正業的世家子都給收拾得比孫子還孫子。

馮瓘坐在書房，正在把玩兩樣新到手的好物件：竹根雕少獅太師鎮紙擺件，和據說是舊南唐御製的竹黃靈芝玉如意。聽到下人稟報後，本想起身去書房外應付幾句就了事，是不會讓那徐奇喝上一口熱茶的，只不過當那下人善解人意地提了一嘴那徐主簿的「妻子」也同行之後，縣令大人就心領神會了，把屁股貼回椅子，說要在書房會客，備好茶水。

馮瓘沒有走到書房門口相迎，然後縣令大人就看到那個本該滿臉諂媚的年輕人就徑直跨過門檻，也沒有主動跟他客套寒暄，接下來的舉動更是荒唐，竟是讓他那個「守活寡」的媳婦坐在椅子上，他自己則斜靠著椅子，問道：「我如果沒有記錯，新任主簿和縣尉都是赴涼士子，分別叫楊公壽和朱纓。先前都是青鹿洞書院的學子，如今北涼有大儒黃裳等人主持評點北涼士子文章時論，那楊公壽是得過一次幽州半年評的魁首，不去談他，你只說說看那朱纓治政如何？」

馮瓘還是一手拎著那件精美竹雕，一手保持著請人喝茶的姿勢，有點不知所措。

他一時間竟不敢直視眼前年輕人。

馮瓘自己都覺得奇怪，這小子哪來的這份官威？馮瓘可是在胭脂郡的太守洪山東身上都沒感受到這種壓力。

倍感顏面盡失的馮瓘放下竹雕如意擺件，喝了口茶潤了潤嗓子，用公門修行多年才練就出來的官腔拖音道：「徐奇啊……」

徐鳳年微笑道：「我叫徐鳳年。」

馮瓘愣了一下，冷笑道：「本官還是張巨鹿呢！」

馮瓘突然意識到那位首輔大人已經死了，惱羞成怒，一拍桌子道：「徐奇，信不信本官憑你這句混帳話，就可以讓錦衣遊騎把你逮捕下獄！嗯？」

裴南葦伸出兩根手指，偷偷擰著徐鳳年的腰，也學了縣令大人的那份腔調：「說正事！嗯？」

徐鳳年打了個響指，然後馮瓘發現自己身邊出現一陣陰風，接著神出鬼沒站了個神情刻板的黑衣壯漢，從懷中掏出一枚造型古樸的青銅「將軍符」，握著放到他眼前。

馮瓘聽說過邊軍高層將領都有一枚將軍符，不用以調兵遣將，只有一種用途，那就是在沙場上將領戰死，交由副將指揮戰事，副將戰死交給校尉，校尉戰死，傳給都尉，都尉戰死，交給標長，標長戰死，交給伍長，直到全軍戰死為止。

可是馮瓘不敢確定這是否就是那將軍符，再說了打死他也不相信那徐奇徐主簿是什麼北涼王，所以馮瓘愣是沒來由生出一股干雲豪氣，大聲斥責道：「徐奇，你放肆！真當本官是好糊弄之人？」

那名跟隨徐驍多年的地支死士看了眼新主人，徐鳳年擺了擺手，這個面無表情的影子一閃而逝。

馮瓘毛骨悚然。

碰到這麼個人，徐鳳年哭笑不得，伸手握住裴南葦的兩根手指，後者掙扎著抽掉。

徐鳳年無可奈何道：「先不說其他，你把那幾個月的俸祿給我，家裡等著下鍋。」

馮瓘後背僅僅靠著椅背：「有話好好說，殺人滅口的事情，萬萬做不得，本官治下碧山縣可是有好幾百錦衣遊騎的。」

他與其去相信這位前任主簿是什麼徐鳳年，顯然更相信這傢伙是那北莽滲入幽州境內的諜子。

裴南葦伸出一隻手，平淡道：「給錢，二十四兩七錢。」

馮瓘額頭都是冷汗，強顏歡笑道：「兩件竹雕，都出自春秋名匠之手，最少能賣百來兩銀子，你們拿去好了。」

裴南葦冷笑道：「拿去燒火用？夠用？何況過了你的手，嫌髒。我要銀子。嗯？」

馮璀心中怒罵，兩件竹雕，老子不過是把玩摩娑了一番，髒什麼！那真金白銀就沒過手了？真是頭髮長、見識短的婆娘，真是白生了這般禍水的姿容。

徐鳳年笑道：「縣令大人，那我可就去戶房那邊領薪水去了。」

馮璀其實兩條腿都在打哆嗦，但仍是故作鎮定地擺了擺手，想著等他們「夫妻」一走，馬上就讓刑房和捕快緝拿二人！

徐鳳年走出書房後，拿起擱在門口的兩把油紙傘。

裴南葦問道：「你就這麼討要俸祿？」

徐鳳年笑道：「這不是怕講道理講不通嘛，而且就他那對全在妳身上轉悠的眼招子，我怕扯皮沒扯出什麼，就忍不住一巴掌把他搧死了。搧死了馮璀其實也不錯，這種官員換誰都能當，正好給楊公壽和朱纓騰出位置。」

裴南葦臉色有些古怪。

徐鳳年在前院衙門戶房領了俸銀，那胥吏自然不敢給有著縣令口頭「聖旨」的主簿什麼臉色看。

走出衙門，發現雨停了。

徐鳳年輕聲道：「那楊公壽不算什麼，只會寫些辭藻華美，其實沒啥精氣神支撐的漂亮文章，倒是朱纓，在青鹿山麓那間書院裡並不出名，但是許多針砭時事的文章，無一不在拂水房案頭上擺著。最後連我二姐都給驚動了，專程寫信跟我說此人當得大用，就是比起陳亮錫和徐北枳，太過銳氣了，認死理，而且得理不饒人，好幾次連黃裳請去的大儒講學，都給逼得下不來臺。」

裴南葦冷著臉道：「那楊公壽不是個好東西。」

徐鳳年笑道：「我就知道。是這人在糾纏妳？拂水房的諜子可還沒跟我講這個，是最近幾天的事情？」

裴南葦臉上沒什麼怒氣：「上次去衙門討債，此人來碧山縣赴任，大概是還得等著郡守大人的正式批文，吃飽了撐的整天沒事。每次我出門買東西，他就出現，總算還剩一點讀書人的臉皮，倒也不湊近，就在不近不遠的地方大聲吟詩頌詞。嗯，水準也許跟你當年旗鼓相當。」

徐鳳年忍俊不禁道：「怎麼可能，我當年跟北涼士子購買詩詞，那可都是重金高價，內容也都不差的。」

裴南葦和徐鳳年就在要由軲轆街拐入巷弄的時候，四、五個像是等著他們的地痞無賴嬉皮笑臉著圍過來。

裴南葦看了眼徐鳳年，後者皺眉自言自語道：「碧山縣沒領教過錦衣遊騎的厲害？怎麼這個時候還有人有膽子惹事？」

很快答案就自己水落石出。

在那群地痞說著怪話圍上來的工夫，有人英雄救美來了。徐鳳年和裴南葦身後不遠處出現一位白衣飄逸的佩劍男子，相貌很英俊倜儻，站姿很玉樹臨風，還有佩劍，挺值錢。

當他看到裴南葦身邊的徐鳳年後，眼中悄悄閃過一抹傷感和失落，但很快這股情緒就化為滿腔熱血和無窮鬥志。

然後他都不用劍出如游龍，輕喝一聲，瀟灑快步上前，隔著七、八步遠就一掌遞出，頓時就有一名地痞好似給雄渾掌風掃中，雙腳離地，撞到了巷弄牆壁上。

這名白衣劍客又是一掌，又有一人身體自己打了好多個轉，然後倒地不起，痛苦呻吟。

裴南葦嘴角有些抽搐，撇過頭，不去看這個白癡。

徐鳳年伸出手指捏住她的下巴，輕輕把她腦袋轉回來，忍著笑意道：「這位路見不平、拔刀相助的大俠，也很辛苦的好不好，妳好歹把戲看完。」

白衣劍客正忙著彰顯自己的渾厚內力和絕世武功，沒看到這一幕，否則估計就要把自己打吐血了。

只見他一掌接一掌，打得那群五大三粗的地痞流氓屁滾尿流，還有些個「掙扎」著起身朝那白衣劍客衝去，然後都是連大俠的衣角都沒摸到，就給「凌厲」掌風掃中，以各種精彩紛呈的姿勢側飛、倒飛、旋轉著飛出去。

徐鳳年側過頭，以「過來人」的老到經驗跟裴南葦低聲介紹道：「我當年做這種事情，開銷要在兩百兩以上。因為一開始讓王府裡的侍衛扈從假扮地痞，太假了。頭一次做事我也沒有經驗，那七、八個侍衛明明是嘴上調戲姑娘而已，結果一開口就跟要殺人全家差不多，嚇得那個小家碧玉差點昏厥過去，哭著說別殺她，她什麼都從了，後來我只好出面解釋。

妳猜怎麼著，那看上去挺清秀的姑娘也沒啥害羞，就直接問我娶妻了沒，結果把我給嚇到了，害得我給李翰林那幾個看熱鬧的傢伙笑話了大半年。那以後我就聘請市井無賴來演這種戲，事先還得說好怎麼個打法，這種掌風拳罡風格的還好說，價格低點。若是動刀子的，人家就要加價了。不過那時候我都是看著心情給銀子，我估摸著這哥們兒再小家子氣，花了恐怕也得有二、三十兩銀子。」

在巷弄口那裡蹲著的余地龍和呂雲長，也都看傻眼了。

等到那位光是出掌就大汗淋漓的俠士總算打完收工了，那些地痞「照規矩」喊完了類似「少俠饒命」、「少俠武功硬是了得」這些話語，然後就相互攙扶著離開。

裴南葦掩嘴而笑，因為在她耳朵邊，徐鳳年早就先於他們說了這些話，這個曾經的北涼禍害之首滿臉得意：「怎麼樣，都是這個套路吧？我才是這種事情的開山鼻祖，當年涼州、陵州不知道有多少紈褲子弟都在學我。」

背對著兩人的白衣劍客趕緊喘了幾口大氣，等呼吸平穩下來，這才笑著轉過身，向徐鳳年和裴南葦走去。他正要說話，也不知道從哪裡跑出兩個搗亂的，其中那個子高的對那裴小姐身邊的礙眼傢伙嚷了一句：「師父、師娘，我和師兄隨便找家客棧去住了，否則我們兩個擠在一張床板上睡不慣，走了啊！」

徐鳳年看見兩個小兔崽子一溜煙跑路了，臉色有些尷尬。

裴南葦冷笑道：「收了好徒弟啊。」

眼前這位白衣劍客，正是新任碧山縣主簿的楊公壽，他眼睜睜看著那「徐奇」站在自己心儀女子身邊，真是心都碎了。他早就對胭脂婆姨的水靈俊俏有所耳聞，什麼「娶妻當娶陵州女，納妾要納胭脂娘」，起先也只當是個官場老淫棍茶餘飯後的葷話，可真當他對那個在衙門出現的女子驚鴻一瞥後，真是魂魄都沒了。

後來聽說她已經嫁為人婦，他也有過一番痛苦的天人交戰，最後仍是把持不住。楊公壽也沒想著真要如何，只是辛苦找尋機會在她面前出現而已。後來見詩詞才學沒用，就覺得可能是路數錯了，既然北涼民風彪悍，說不定她是喜歡那種大俠高手路線的，然後就有了這麼一出。

徐鳳年伸手挽住裴南葦的纖細蠻腰，笑咪咪道：「這位大俠，該是江湖上的宗師吧，不知道有沒有如雷貫耳的外號？」

楊公壽微微張嘴，這一茬還真給忘了，不過他才情確實是有的，否則也不會在青鹿洞書院聲名鵲起，聞言抱拳微笑道：「在下楊公壽，江湖人稱『詩賦劍』……」

不遠處一名年輕士子輕輕拍掌走來，大笑道：「文甫兄當初與我一同登上青鹿山，可是才一半山路就氣喘如牛了，不知今日如何就神功大成了，莫不是世間真有那天人附體？」

楊公壽給人揭穿老底，恨不得挖個地洞鑽下去，好在那裴小姐已經與那人走了。

楊公壽漲紅著臉，終於還是說不出什麼狠話，重重冷哼一聲。

那士子跟楊公壽站在一起，望著兩人走入巷弄的背影，輕聲笑道：「窈窕淑女，君子好逑。文甫兄，以前你我互不對眼，不過今日後，你對我惡感大增，我倒是對你有了幾分好感。」

楊公壽一甩袖子，大踏步走向縣衙。

那人笑著搖頭道：「楊公壽啊楊公壽，你真以為那兩人看不出你的拙劣把戲？我這可是免去你繼續給人當作耍猴戲啊。」

走在巷弄裡，徐鳳年笑道：「可能那楊公壽不會領情，只當朱纓是在拆臺。」

曾經登榜胭脂評的裴南葦對於這場鬧劇，心中並無半點波瀾，說道：「那朱纓應該不適合官場吧？」

徐鳳年輕聲嘆息道：「要是在離陽，除非有那獨具慧眼且有容人之量的伯樂，否則朱纓應該一輩子都混不出頭。讀書人有一點很不好。」

裴南葦問道：「意氣用事？」

徐鳳年點了點頭：「讀書人比常人有著更多的感觸，讀書識字越多，認得歷史越多，心思就難免越重。才學越高，往往分寸感越弱，不喜歡拿捏火候，準確說來，是不屑，懶得與人與事去虛與委蛇。看人和做事，就容易非黑即白，也就是妳所謂的意氣用事了。

所以歷史上那些才高八斗的文豪，做官往往不大，這種奇怪現象，不是『眼高手低』四個字就可以全部解釋的。好在這對他們來說也沒關係，帝王將相終是一抔土，唯有飲者、詩者留其名，借酒澆愁寫名篇，豈不快哉。千百年後，自然比那些帝王將相和達官顯貴更容易讓人記住。」

兩人回到院子，裴南葦端了兩條小板凳放在屋簷下。

她看著自己身邊安靜坐著的他。

她說道：「很難想像你是當年那個在蘆葦蕩殺人的世子殿下。」

他默不作聲。

她隨口問道：「聽街上人說廣陵道那邊出現轉機了，西楚打了敗仗，你覺得曹長卿會不會出手？還是等到燕剌王北上？」

他搖頭道：「廣陵王應該很快就要去陪淮南王了，然後燕剌王的大軍才會和曹長卿對峙。」

她問道：「你這次肯來，又說了這麼多，是在交代遺言嗎？」

他再次不說話。

兩人沉默許久，夜色中，其實沒什麼好看的。

她看著天空，終於說話：「有權勢的男子，把女人當人看，很難得吧？」

他輕聲道：「也許不多，但肯定不少。只是妳運氣不太好，沒有遇到而已。」

裴南葦把下巴擱在膝蓋上，呢喃道：「可是，一年到頭不把女人當女人看，也不好吧？」

她說完這句話後，就起身走入屋子。

身姿婀娜。

◆

天亮後，余地龍和呂雲長離開軲轆街上的小客棧，來到院門口，一左一右蹲坐著，像兩位門神。

等人實在是一件百無聊賴的事情，呂雲長打了個哈欠，伸手輕輕拍嘴，隨口問道：「余蚯蚓，你知道今年開春後的頭等大事嗎？」

余地龍正想著師妹王生在那白狐兒臉身邊過得習不習慣，有沒有在北莽找到一、兩把嶄新名劍，有沒有跟人打架，根本沒聽到呂雲長這個經常自詡「江湖小喇叭」的傢伙在說什麼。反正呂雲長狗嘴裡也吐不出象牙來，這句話是王生說的，余地龍一直沒搞懂什麼意思。

呂雲長也習慣了余地龍的心不在焉，自顧自說道：「以前吧，文武評、將相評和胭脂評一共有七評，都會把武評當作壓軸好戲放在後頭，先用胭脂評來吊起人的胃口。這次由納蘭右慈和謝觀應連袂評點的『祥符大評』，不太一樣，好像格外重視文評和將相評這三評，竟然把那武評放在了前頭。」

余地龍「哦」了一聲。

呂雲長好奇問道：「你就不好奇咱們師父在武評上排第幾？」

余地龍漫不經心道：「那誰跟誰也不厚道，在師父受了重傷的時候做這個，要是師父名次不好，以後等到北涼打敗了北莽蠻子，我也學成了武藝，就去找他們麻煩去。」

呂雲長白眼道：「今年武評一共有十四人登榜，重新提出了四大宗師的說法，再加上十大高手。師父跟拓跋菩薩、鄧太阿、曹長卿三人一起被譽為天下四大宗師，接下來才是十大高手，據說也沒有先後高低之分。離陽這邊有陳芝豹、徐偃兵、顧劍棠、徽山的軒轅青鋒、吳家劍塚的家主；北莽那邊有呼延大觀、洛陽、洪敬岩、慕容寶鼎、鄧茂。」

余地龍皺了皺眉頭：「咋的那個白狐兒臉、高個子觀音宗宗主和喜歡吃劍的白眉老頭兒都沒上榜？我覺得他們都挺厲害的啊。」

呂雲長玩笑道：「以後你找到謝觀應和納蘭右慈，自己問他們去，我哪知道為什麼。」

余地龍很認真地點了點頭。

呂雲長訝異道：「你還真去啊？」

余地龍轉頭看了他一眼，問道：「你知道裴姨說的四合院是啥嗎？」

呂雲長點頭道：「中原那邊有很多這種院落，分為幾進幾進的，很多有錢人的大宅子，都是四合院。」

余地龍低聲問道：「那得好些銀子吧？」

呂雲長撇嘴道：「在這整個縣城就一條軲轆街的碧山，花得了幾個銀子？撐死了四、五十兩就能拿下來。」

余地龍怒道：「四、五十兩還少？」

橫背著那柄大霜長刀的呂雲長掏了掏耳屎：「也就你是眼窩子淺，作為咱們師父的徒弟，你跟師父在清涼山王府要座院子還不是一句話的事？那地兒才值錢，黃金萬兩都買不來！你瞧瞧北涼多少當官做將軍的，不就只有副經略使宋洞明宋大人才能在清涼山有個住處？」

余地龍嗤笑道：「你懂個屁！」

呂雲長針鋒相對：「你連屁都不懂呢。」

余地龍伸手摸住涼刀刀柄，呂雲長也猛然起身：「余地龍，你真當我怕你，老子的大霜長刀早就饑渴難耐了！」

正在這個時候，徐鳳年一手扶著腰，一手打開柴門，看到門口兩個徒弟劍拔弩張的模樣，沒好氣道：「要打就滾遠點打。」

余地龍看著師父的氣色，既愧疚又驚駭道：「師父，咋又受傷啦？昨夜難不成有北莽刺客？」

徐鳳年臉色古怪，呂雲長笑意更加古怪，這傢伙殷勤諂媚道：「師父，等會兒徒弟扶你上馬，可別再把腰給閃著嘍。」

徐鳳年一腳踹得呂雲長飄離門口臺階：「牽馬，起程去涼州都護府。」

余地龍小心翼翼問道：「師父，真沒事？」

徐鳳年板起臉，一本正經道：「有些敗仗，輸了後是找不回場子的。男人年紀越大越是如此。」

余地龍很用心想了想：「師父都已經是四大宗師了，看來敵人很強大啊。對了、師父，裴姨沒事吧？」

徐鳳年正要說話，呂雲長扯開嗓子喊道：「裴姨，咱們跟師父走了啊，師父的腰不行了！上馬都困難！」

呂雲長翻身上馬，趕緊疾馳而去。

徐鳳年和余地龍陸續上馬，徐鳳年皮笑肉不笑道：「余地龍，去，揍你師弟一頓。」

余地龍左手握著右手拳頭，狠狠揉了揉，一臉「殺機」。

然後這個孩子問道：「師父，啥理由啊？」

徐鳳年反問道：「大師兄揍小師弟還需要理由？」

余地龍策馬狂奔，追趕呂雲長去了。

徐鳳年看著孩子的背影，輕聲笑道：「就像你掛念著王生，也是不需要什麼理由的。」

徐鳳年深呼吸一口氣，回望小院一眼：「走了。」

◆

情之一字，不知所起，不知所棲；不知所結，不知所解；不知所處，不知所終。

從鐘鳴鼎食的家族到青州襄樊城，再到比中原天高的北涼，住在清涼山聽潮湖的湖畔，後來到了胭脂郡的貧瘠小縣。

像一株無根漂泊的孱弱蘆葦，從胭脂評上的離陽王妃，到不爭氣的「丈夫」丟了芝麻官後生活越發拮据的婦人，每日與柴米油鹽醬醋茶打著交道，但裴南葦從未如此安心過。

她慵懶起床後，像往常那般做起了早飯。上次年夜飯她忙碌了一個下午，做了擺滿一桌子的八、九個菜，然後她在桌上擱放了兩副碗筷。

她坐在桌前，想著牆腳根那塊菜圃和院後那塊稍大一些的菜園子，什麼時候會有收成。想著吃過了飯，就要去打開那座雞舍，看著會不會有驚喜。她想著昨夜從縣衙那邊討要回來的二十多兩銀子，加上之前攢下的三十幾兩，按著碧山縣泥瓦匠和木匠的價錢，怎麼也能修出一棟有模有樣的小四合院了。可惜如今幽州的世道不太平，若是在去年，還可以多省下好些銀錢。

裴南葦環視四周，去年末購買年貨，給屋子添置了好些物件，當時事後還心疼來著，偷偷埋怨自己不該大手大腳，結果如今都漲了價格，倒是讓她越來越覺得自己其實……也挺持家有道。

裴南葦收拾著碗筷，自言自語道：「不常來沒關係，能來就好，所以別死了。」

她突然俏臉微紅起來，輕輕碎嘴：「什麼天下第一，還不是揉著腰出去的……」

第十章 敦煌城郡主臨世 青鹿洞書聲琅琅

北莽寶瓶州腹地，冰雪消融，萬物生發，綠意盎然，一騎沿著山坡背脊疾馳到山頂，一人一騎後頭跟著一個奔跑的少女，她除了背負那只巨大劍匣外，背後還用麻繩繫捆了許多把劍，這架勢就像是江湖騙子賣劍坑人的。

高坐在馬背上的人物是個極其動人的「女子」，正是上一次胭脂評上的魁首南宮僕射，榜眼陳漁也不過是得了「不輸南宮」四字評語。

祥符二年的新評，比起武評多達十四人，胭脂評只有寥寥四人，這位當年被世子殿下取了個「白狐兒臉」綽號的傢伙，依舊是榜上有名。其餘三人，分別是即將被皇帝欽定遠嫁遼東藩王趙武的陳漁、西楚姜泥，還有一位養在深閨人未識的女子，叫呼延觀音。按照胭脂評隱晦所言，應該本是北莽草原女子，後給那北涼王徐鳳年擄搶回去金屋藏嬌了。

王生進入北莽後，就一直跟在「南宮先生」後邊跑著，很多時候停下腳步，也被要求氣機運轉不停，少女已經中途昏厥過去七、八次。就像一個聰穎孩童，遇上了極為苛刻的私塾先生，像是恨不得孩子在睡夢中都要背誦經典，根本不管是不是會揠苗助長。

要知道王生除了那劍氣盡數收斂的紫檀劍匣，其餘那些名劍可都就只有劍鞘可以略微隱藏劍氣，每當少女精疲力竭氣機紊亂之際，那些桀驁難馴的歷代名劍就會出來火上澆油。

細劍「蠹魚」、舊北漢儒聖親手鍛造的三寸鋒「茱萸」、道門符劍「黃鶴」、昔年一劍洞穿東越皇帝腹部的「銜珠」、劍尖吐氣如綻春雷的「小暈」、會跟其他名劍劍氣相沖的「少年遊」，還有那把性子如同活潑少女思春的「鵝兒黃」，劍匣加上這七柄劍，讓少女王生像一隻滑稽可笑的刺蝟。

她和「南宮先生」一路北上，不乏識貨的北莽高手要殺人越貨，「南宮先生」也從不管少女能否應付，始終袖手旁觀，除非是王生在廝殺期間被洪水決堤一般的劍氣所傷，才會救下少女，然後不遠不近尾隨那些運氣糟糕至極的北莽武人。

每次等到少女悠悠然醒來，她就會被「南宮先生」拋入戰場，依此反覆，直到王生成功殺人為止。在這之前，在東錦州境內，兩人甚至遇上了一支千餘人的北莽騎軍，「南宮先生」一樣是直接把她丟了進去。

先前多駕馭三、四劍對敵的王生到後來殺紅了眼，七劍盡出，斬殺了三百多騎。生死一線之間，等到她就要連同劍匣內諸劍也要一併祭出時，「南宮先生」闖入戰場將她擊暈，等王生醒來後，發現那些北莽蠻子已死絕，衣衫依舊潔淨如新的「南宮先生」站在遍地屍體的中間。

山頂上，白狐兒臉牽著馬眺望遠方，開口問道：「知道為什麼世上的高手總是刀不如劍嗎？」

王生搖搖頭，師父要她練劍，那就練劍。

師父曾經說過自己是世間第一等的「劍胚子」，不練劍就可惜了。

其實王生心中有些遺憾，師父雖然也經常用劍，但畢竟師父的武道路途是以練刀開始，所以王生偶爾會羨慕那個油嘴滑舌的呂雲長。尤其是聽說腰佩春雷、繡冬雙刀的「南宮先生」曾經送刀也借刀給當初兩次行走江湖的師父，就讓少女有些不好與人言的小念頭了。

白狐兒臉摸了摸王生的腦袋，輕聲道：「人怕認真，事怕較真。王生，妳要是不想一輩子只給他當個可有可無的徒弟，那就好好想一想這個問題。」

王生雖然不懂，但還是習慣性使勁點點頭。

白狐兒臉微笑道：「天下百萬劍，有共主之人。妳以後只要能贏了她，妳師父就會對妳刮目相看，這世間還從未有過女子成為天下第一人。」

王生驚訝地「啊」了一聲，怯生生道：「南宮先生是說那位姓姜的西楚亡國公主嗎？可她早早就能御劍飛行了呀，我打不過她的吧？而且……而且聽說她真的長得很好看……」

白狐兒臉嘆息道：「妳這個傻丫頭啊。」

王生微微踮起腳，繫緊那幾把有些鬆落的名劍，然後抬頭對「南宮先生」笑著說道：「先生，以後師父如果不是天下第一了，你來當就好了。」

白狐兒臉摸了摸少女的腦袋，無奈道：「妳啊，是真傻。」

王生猶豫了一下，終於壯起膽子問道：「先生，我能問個問題嗎？」

白狐兒臉柔聲道：「是想問為什麼要來北莽？」

王生輕輕點頭。

這位天下第一美人微微仰起頭，笑聲爽朗：「王生，知道我是什麼境界嗎？仍是止步指玄而已。當時離開那座聽潮閣，不是不能到達天象境界，也不是不能躋身下一次武評高手。只不過對我來說，只要不是天下第一，就沒有半點意義！」

白狐兒臉鬆開韁繩，雙手輕輕按在春雷和繡冬的刀柄上，向前踏出一步：「只差一步而已。」

這是少女王生第一次看到「南宮先生」毫不遮掩的意氣風發。

真是好看啊。

◆

東越劍池，傳世崖刻數，其中以大奉古篆「劍池」二字，和大奉王朝草聖醉後所書「水深山高劍氣長」最為神韻飛揚。

劍池畔山石疊嶂，池水綠幽，水面有起有伏，一年四季高低有異，但是劍池的出奇之處在於春夏多雨時節，劍池之水反而清減下降，「水深山高劍氣長」七個草書大字，可看到由上及下的「劍」字，反而是那秋冬少那「無根天水」的下半年，水高沒掉「深」字，只餘下一個孤零零的「水」字進入眼簾。

劍池宋家已經存世六百餘年，比起東越國祚還要長出許多。可是自從吳家劍塚出現後，劍池這座享譽四海的劍林聖地，在許多人眼中就有了「既生宋、何生吳」的唏噓感慨。與那吳家劍塚崇尚古人古劍不同，宋家在近一百年尤其是上任宗師宋念卿手上，始終堅持「人不如舊，劍卻不如新」的劍道宗旨，每一名劍術有成的宋家劍士，在離開劍池前往江湖之前，都要將舊劍丟入劍池，親手去劍爐鑄就一把劍。外人一直對此不解，覺得大概是寄託了「舊人新劍大氣象」的美好願望吧。

在宋念卿死後，曾經擔任廣陵王趙毅客卿的柴青山，在當年被驅逐後，重新返回這座劍池。這位從無弟子的劍道大宗師也總算「姍姍來遲」地收了兩名弟子，少年是驚才絕豔的宋氏子弟，少女是一塊璞玉蒙塵的外姓弟子。

師徒三人站在劍池一塊銘刻有「萬人敵」三個楷字的春神湖巨石上。大石如小山，方方正正，氣勢威嚴至極。

並無佩劍的老人低頭看著那幽深清澈、古意盎然的一池春水，嗓音沙啞，開口道：「我師兄當年敗給李淳罡，不是什麼自盡而死，是受傷而亡的。家主宋念卿去年死在劍池外的江湖上，也不是什麼壽終正寢，而是十四劍盡出後，甚至不惜以性命作為代價，祭出了陸地神仙境界的一劍，仍是被人光明正大殺死。告訴你們這兩件事，是希望你們明白一個道理，除了那個一家之學即天下劍學的吳家劍塚，天底下還有很多可以不把劍池放在眼裡的用劍之人，比你們想像中要多很多。」

柴青山大概是覺得這種真相對兩個孩子來說仍是太過殘酷，笑了笑，自嘲道：「劍池除了我這麼個糟老頭子死撐著，在江湖上挺有名頭的、你們也應該喊一聲師兄的那個李懿白，他這輩子沒希望登頂劍道，比起劍塚吳六鼎、劍侍翠花和龍虎山齊仙俠這些同齡人，差距不僅僅在劍術劍招之上，眼界胸襟都差了許多。所以你們是劍池最後的種子了。說說看，你們練劍，有沒有一定要超過誰？」

那面如冠玉的少年性子跳脫，燦爛笑道：「先是李懿白師兄，接著是師父你，然後去吳家劍塚一趟，再去找鄧太阿，找不到的話，就去北涼……」

說到這裡，少年指了指身邊的少女，「告狀」道：「師父、師父，師妹跟咱們劍池很多很多女子一般無二，私底下對那北涼王徐鳳年都愛慕得很，每次聚在一起說起那傢伙，她們喲，嘖嘖，眼睛都跟咱們腳下的池水似的，綠油油、亮閃閃！師父，這也太不像話了吧，那個姓徐的可是咱們劍池的生死大敵，反正劍池裡的男人，就沒誰不想拿劍砍死徐鳳年的。」

少女那張精緻小臉漲得通紅，惱羞成怒，怒喝道：「宋庭鷺，閉上臭嘴，沒人把你當作啞巴！」

然後少女心虛地看了眼師父，生怕惹來師父的心意不快。

柴青山一笑置之，感慨道：「兒女情長劍氣長，不是什麼壞事。徐鳳年啊，如今成了我那一輩人心目中的李淳罡了嗎？」

這個時候，有位白首滄桑的老婦人，步履蹣跚而來。

柴青山和少年少女走下那塊巨石「萬人敵」，少年跑過去攙扶年邁老人，笑咪咪喊道：「太奶奶，趁著日頭好，賞景來啦？」

老婦人眼神慈祥地摸了摸少年的腦袋：「庭鷺，記得好好跟師父學劍，要用心，至於練不練得成，則可以隨遇而安。千萬記得，以後若是出門行走江湖，要好好回家。」

柴青山點頭致禮，老婦人笑著點了點頭。

師徒三人走後，老婦人坐在池畔，儀態安詳，微笑道：「念卿，以前都是我等你，等了很多年很多次，不管多久，最後總能等著你回家。」

她將那枯瘦雙手疊放在膝蓋上，當年紅妝漸漸已成白首。一生之中，習慣凝望他的背影，夫妻之間的言語，甚至也許不如丈夫與弟子傳授劍道那麼多。

每次他離開劍池，返回劍池，她都會站在劍池門口。

他也從不看她一眼。

她不悔。

老人閉上眼睛，喃喃道：「念卿，現在是你等我了。」

◆

江南水鄉，多小橋流水人家。

綽號「竹子」的年輕人在鎮上街道遊手好閒逛蕩了一整天後，在暮色中回了家，娘親也關了那家布鋪，在家裡做好了飯菜。

年輕人埋頭吃飯著，帶著兒子在前年搬來這座鎮上的婦人，柔聲道：「慢些吃，沒人跟你搶。」

年輕人只顧著狼吞虎嚥。

婦人笑道：「你溫大哥都成親了，娘不奢望你找到劉家小姐那樣的好姑娘，能隨便拐騙個回來就成。」

年輕人滿嘴飯菜含混不清說著「知道啦、知道啦」。

她嘆息道：「你也別整天都在外邊無所事事，娘不是非要你掙錢，只不過一個男人，總這麼不做事，也不好。女子嫁人，總歸是喜歡找那些有活計傍身的男人，就算一開始窮些，心裡也有底，有了盼頭，這日子過得也就舒心了……」

年輕人突然把手中飯碗往桌面上狠狠一拍，滿臉怒火大聲吼道：「對，我就是不務正業，可就算我像我爹那般有什麼用？我爹是十里八鄉出了名的老實人了吧？做莊稼活誰都豎起大拇指吧？結果怎麼樣？還不是撇下我們一走就是這麼多年，是不是死了都不知道！他要是哪天回來，我都不認他這個爹！王八蛋！」

她紅著眼睛，原本性子最是溫婉的婦人，雖然嗓音顫抖，但是以不容置疑的態度說道：「不許你這麼說你爹！」

年輕人起身離開凳子，蹲坐在房門口，生著悶氣。

婦人撇過頭，偷偷拿袖子擦了擦淚水，收拾掉碗筷後，端著一條小板凳來到門口，柔聲道：「飯菜幫你在鍋裡溫熱著，什麼時候想吃，就跟娘說一聲。」

年輕人低著頭，哽咽道：「娘，我不是想跟妳發火，我只是埋怨我爹，他對不住妳……」

婦人微笑道：「你爹怎麼就對不住你娘了？你爹啊，自打認識我起，就沒有說過一句重話，也沒發過一次脾氣。那麼多年，莊稼地都是他一個人打理的，都不讓我下地，一次都沒有。每次去鎮上趕集，也不忘帶回一些釵子啊、胭脂啊的小物件。我當年嫌他糟蹋銀錢，你爹每次總說知道啦、知道啦，可每一個下一次，你爹也還是會買的。你娘我啊，也就是嘴上怨你爹，可心裡喜歡呢。鄉里鄉親，誰家女子不羨慕你娘嫁了個好人家？」

年輕人氣呼呼道：「我爹能娶了妳，那也是他的福氣，就該這麼心疼娘才對。」

婦人笑著摸了摸兒子的腦袋：「以後你找到了媳婦，也要對她這麼好。」

年輕人猶有怨氣：「反正肯定不像我爹，一走就好幾年沒了音信，也不知道寄封家書回來。」

婦人溫柔笑著沒有說話。

年輕人突然說道：「娘，溫華大哥說過了，我就不該去混江湖，他說等他攢夠了錢，大概今年秋再跟掌櫃的賒些，就能從掌櫃的手裡盤下酒樓，以後讓我幫他打雜，我答應了。」

婦人開心道：「這是好事啊。你認識那麼多朋友，就你溫華大哥是真心想你好，以後幫忙做事，多出力，錢不錢，不要太看重了。你爹說過，咱們人啊，掉錢眼裡可就爬不出來了，那才真是一輩子勞心命，看上去衣食無憂，其實是過不舒服的。」

年輕人有了笑意：「嘿，我爹還能講出這樣的道理？」

婦人作勢要打。

年輕人突然問道：「我爹叫王明寅？」

本來只是假裝要給兒子一個板栗的婦人這下子是真敲在兒子額頭上了，她氣笑道：「哪有做兒子的直呼爹名諱的！」

年輕人笑道：「娘，我跟妳說啊，以前江湖上也有個叫王明寅的，可了不得，他哥就是那個守了十年襄樊城的王明陽，是當年唯一讓北涼王也沒辦法的大官。他自己呢，也厲害，是天下第十一的武學高手。他們兄弟二人的王家，那就更嚇人了，我聽到過一個文縐縐的說法，叫作世代簪纓，意思大概是說家裡很多代人都是做達官顯貴的吧。娘，妳想不想聽那個跟我爹同名同姓傢伙的江湖事蹟？」

婦人搖頭笑道：「不想聽。」

年輕人看了眼天色，起身道：「溫大哥昨天說讓我有空找他喝酒去，好像是聽到了什麼高興的事情，我這就去了啊。」

婦人連忙起身：「拿幾塊布去。」

年輕人白眼道：「溫大哥不在乎這個。」

婦人瞪眼道：「人家不在乎，那是人家的好，我們王家也要將心比心。」

年輕人做了個鬼臉：「這也是我爹說的，對吧？」

婦人去內屋捧來兩塊布，遞給兒子：「喝過酒後，回家的路上走慢些。」

年輕人接過布，嘴上嚷著「知道啦」，快步如飛離開家。

婦人看著兒子沒有帶上院門，無奈搖了搖頭，走過去掩上，正要插上門閂時，停頓了一下，最後還是沒有把門給徹底關嚴實，轉身走向屋子，輕輕笑道：「明寅，兒子長大了。像你。」

◆

徽山大雪坪，軒轅家的聲勢在軒轅大磐這一代梟雄巨擘手上都無法登頂江湖，如今竟然是儼然壓過了龍虎山天師府不說，連東越劍池都可以不放在眼中，放眼全天下，恐怕就只有吳家劍塚可以與之比肩了。這一切都歸功於坐鎮缺月樓的那位紫衣女子，無數江湖豪傑都心悅誠服匍匐在這名女子的紫衣之下。

當武評有她的一席之地後，成為武林最新聖地的大雪坪更是人聲鼎沸，登山遊客密密麻麻多到足以讓人再別想下山。當胭脂評竟然沒有出現她的名字後，無數愛慕那一襲紫衣的年輕俠士為之打抱不平，嘴上叫囂著要給納蘭右慈和那個謝觀應一點顏色瞧瞧。

昔日的四皇子、如今的皇帝陛下曾經來此登山訪客卻被拒之門外，加上北涼王將聽潮閣武庫藏書請魚龍幫護送到徽山，這兩樁事情，對最喜歡捕風捉影的江湖人士而言，無疑是擁有巨大渲染力的。

許多人以此推斷出當今天子之所以對北涼徐鳳年不那麼待見，不僅僅是上一代天子藩王的舊怨，絕對也有爭風吃醋的新恨。這種原本被離陽官場嗤之以鼻的胡亂猜測，在皇帝陛下親自讓人給徽山缺月樓送去「獨步天下」的親筆匾額後，開始站穩腳跟，而整個江湖對登基以後以種種文治舉措聞名天下的新天子的觀感，也越來越好。

畢竟之前的先後兩任離陽皇帝，那可都是喜歡「江湖傳首」的鐵腕君主，當今天子不說如何善待江湖草莽，最不濟也是沒啥深惡痛絕，這就值得不過年也要放爆竹慶幸了。

軒轅青鋒站在一棵老桂樹下，徽山首席客卿黃放佛在洪驃下山後，作為徽山山主和武林盟主的紫衣女子又沉迷武道，已經躋身指玄境界的黃放佛便越發獨掌大權。

但是哪怕在徽山一人之下、萬人之上，黃放佛卻比以前更加如履薄冰，絲毫不敢越雷池一步。當年她為了攀升境界，那可是汲取了無數江湖高手的內力，殘忍手法較之那些所謂的江湖魔頭，有過之而無不及。後者好歹還會講究一個兔子不吃窩邊草，她可是一開始就從徽山豢養的清客開始殺起，直到無人入她法眼，這才對準山外的高手。如今她在與王仙芝攔江一戰後，武學造詣和武道境界突飛猛進，聽潮閣送來的某些祕笈，更是讓她如虎添翼。

軒轅青鋒平靜問道：「常駐山上的二品小宗師有幾人了？」

黃放佛畢恭畢敬回答道：「肯為徽山效命的有六人，只願意錦上添花的有十一人。」

軒轅青鋒冷笑道：「錦上花。」

黃放佛頓時遍體生寒。

軒轅青鋒始終雙手負後，仰頭看著那棵唐桂的枝葉，語氣轉柔：「錦上花，雪中炭，雪上霜，火上油，風中絮，心頭刀。」

然後她自嘲道：「世間女子，你覺得我是哪一種？」

黃放佛當然不會天真以為她是在跟自己說話，默默離去。

她等到黃放佛遠離後：「當時你以玉璽氣運幫我穩固境界，我沒有陪你前往神武城對付韓生宣，但是後來王仙芝去找你的麻煩……你我已經兩不相欠了。如今我有趙黃巢和無用和尚兩人的武學心得，根本就不需要你送來那些箱的祕笈！你是想再一次跟我做大買賣？」

軒轅青鋒沉默片刻：「還是說，你也覺得兩清了？」

◆

敦煌城。

一座「無人問津」的隱蔽宅子，豐腴女子彎腰護著那個剛剛學會走路的小孩子，腳步搖搖晃晃的孩子伸手去抓那張懸掛門口的珠簾。

作為孩子的娘親，她此時的眼眸中，有寵溺、有疼愛、有愧疚、有遺憾。

她蹲下身，抱住那個孩子，大人的臉頰貼著孩子的臉頰。

她柔聲道：「徐念涼，我的小地瓜，長大以後，一定要去找你爹哦。」

◆

三騎稍稍繞遠路去了一趟青鹿洞書院。

師徒三人在山腳停馬，將馬匹交給書院雜役餵養馬草，然後徒步拾級而上。

徐鳳年雖然趕路很急，但登山很緩。正是在這條山道上，他曾經跟高樹露有過一場驚心動魄的生死相抵，那之後他得到了天人體魄，呵呵姑娘也戴著那頂不合時宜的貂帽去攔截王仙芝，以卵擊石一般。

徐鳳年在半山腰涼亭歇腳時，眺望幽州山川，沒來由記起了大雪坪上的那個說出「請老祖宗赴死」的讀書人。徐鳳年斜靠著一根書院在年初重新刷過朱漆的鮮紅亭柱自言自語道：「軒轅敬城，我去年贈書徽山，也許你女兒會疑神疑鬼，以為我又是想著跟她做什麼買賣，其實不過是希望能多一些江湖種子。軒轅青鋒以為我不知道趙黃巢臨死出竅後所做的手腳，我只是不想追究計較而已。

她想以女子身分做武林盟主，做徽山大雪坪的王仙芝，都隨她去好了。再過一百年，以後的草莽龍蛇，恐怕天象境界都比如今的陸地神仙還要稀罕，更不會有讀書人以讀書讀出一個儒聖境界。當年你說了一句話，『蚍蜉撼大樹，可敬不自量』，那會兒沒有什麼感觸，如今回想到我北涼的處境，確實難免心有戚戚然。」

臉上瘀青還沒有澈底消失的呂雲長輕聲嘀咕道：「師父，去碧山縣也就罷了，畢竟有裴姨那麼風華絕代的女子，冷落了不好。可這座青鹿洞山，在半山這兒，我就能聽到那些讀書聲，我腦殼子都疼了。師父你說你來做啥，我可事先說好啦，若是沒有第二個裴姨，而只是來書院聽人背書，我可就真要翻臉的。到時候我手起刀落、手起刀落再手起刀落，把那些讀書人砍殺得人仰馬翻。」

余地龍怒道：「呂雲長，還沒打夠是不是？信不信我一拳捶死你！」

呂雲長也跳腳，一臉幽怨地望向徐鳳年，無比委屈道：「師父，你偏心大師兄！王老怪的祕笈交給他保管也就罷了，連師父你姥爺他老人家那部畢生心血的刀譜，也一併給了大師兄，我是路邊撿回來交給後娘養的是不是？」

徐鳳年雙指彎曲，在呂雲長腦門上輕輕一叩，微笑道：「不是我小氣或是偏心，而是那兩樣東西與你不合心意，等我將來也有些武學心得，只要有機會編撰成譜，到時候只會送給你，而不是余地龍和王生。」

呂雲長驚喜道：「當真？」

徐鳳年輕聲道：「繼續上山。」

跟在徐鳳年屁股後頭的呂雲長得意揚揚地瞥了一眼余地龍，後者翻了個白眼。

徐鳳年笑問道：「你們有沒有想過一個問題，為什麼佛教寺廟多建在山腳，大的道教宮廟卻多在山頂，而儒家的書院，往往喜歡在山麓半腰。」

呂雲長不假思索道：「禿驢們喜歡香火錢，怕香客爬山太累。道教那些臭牛鼻子都是求什麼長生不老啊、證道飛升啊，自然要挑一個離神仙最近的地方，每天誦經拍馬屁，神仙們才聽得到嘛。至於讀書人咋想的，大概是山腳、山頂都給人霸占了去，只好在山腰蓋房子了吧。師父，我這個說法是不是很有道理？」

徐鳳年不置可否，繼續問道：「地龍，你是怎麼想的？」

余地龍不過是個牧羊童出身，這輩子就根本沒見過什麼道觀、寺廟、書院，對於儒釋道三教也從無瞭解，自然一頭霧水，可既然師父發話問了，這個孩子也就只好硬著頭皮去想這個問題，他終於有點明白呂雲長所謂的腦殼子疼了。

好在師父善解人意，很快就轉頭笑道：「暫時想不明白就別想了，但長大以後，再遇到什麼事情，可想可不想的時候，多想一想，可做可不做的時候，不妨去做一下。人活一世，自保無虞之際，只求自己念頭通達，不顧他人的順心如意，那樣的陸地神仙，不做也罷。」

余地龍使勁點頭道：「記下了。」

三人來到青鹿洞書院門口，這裡有武人入院卸甲摘刀的規矩，正是徐鳳年本人訂立的，只不過余地龍不願摘下那柄大個子的戰刀，呂雲長也不樂意跟被他暱稱為「大腳媳婦」的大霜長刀分離，兩人就只好在書院外的開闊廣場上等著。

徐鳳年把腰間北涼刀摘下放入擱在門口兩側的一只大竹簍裡，裡頭已經有六、七把劍穗華美的名貴長劍。如今北涼境內不許私人攜佩戰刀，否則就要給錦衣遊騎丟入監獄，沒有半點情面可言。否則徐鳳年估計簍筐裡就是六、七把刀柄鑲嵌珠玉的北涼刀了。

離陽朝廷不禁各地書院，上陰學宮便是天底下最著名的「私學」，但是趙室也不對此扶持，書院創辦者多是地方上的名師宿儒，極少有當地守土官員擔任這類「山長」、「洞主」。北涼則是個異類，在徐鳳年親自關注下，時下北涼幽涼陵三州的十幾家書院，不但由清涼山和各地官府出錢出力，且不許官員阻礙彈壓書院的各種針砭時事，像這座青鹿洞書院的洞主就是曾經享譽離陽朝野的地方言官領袖黃裳。

雖說這些書院是徐鳳年這個西北藩王竭盡全力開闢出來的淨土，可那群赴涼士子可不講究什麼「有奶便是娘」，當幽州戰事告急的時刻，尤其是臥弓、霞光兩城接連告破，就以書院罵聲和非議聲最大，然後或多或少蔓延到民間市井，人心浮動。

不但是燕文鸞這些功勳卓著的武將對此深惡痛絕，就連幽州刺史胡魁和正統文人出身的涼州刺史田培芳，都不約而同跟副經略使宋洞明表達了憂慮。但是如經略使李功德這些官場上的「有識之士」都心知肚明，書院的走向，其實還得看北涼王如何一錘定音。

當然，絕大多數北涼當地官員都覺得這幫繡花枕頭竟然敢明著讓北涼王難堪，下場多半好不到哪裡去，尤其是當郁鸞刀萬騎在葫蘆口外建功使得幽州戰況得到緩解後，大家都覺得是時候殺雞儆猴了，好好殺一殺這股陰風陰雨了。

然後徐鳳年就在這種時候走入了書聲琅琅的青鹿洞書院。因為他當時只在院門口會見了黃裳等人，書院內又多外地士子，世外桃源般的此地也沒誰認出他來，只當作是來書院求學的北涼世家子。

徐鳳年進入一座書樓。書院講學以儒家經籍為主，旁及史書詩文，間或議論時政。今日就是一場由大儒主持的集眾講解，書樓寬敞，地上擺放了一百餘張蒲團，供士子聽眾們席地而坐，蒲團仍是不夠用，像從後門進入的徐鳳年就只能在後邊隨便坐下。

那位科舉功名不過舉人的大儒正在講解制藝之術，有點九品高手大肆評點武道宗師的嫌疑，不過徐鳳年認真聽了片刻後仍是覺得受益匪淺，尤其是大儒在猜題一事上頗有見地，涼地士子來年赴京趕考參與春闈，也許可以多幾人金榜題名。

北涼對士子肥水外流一事，自徐驍起，就睜一隻眼、閉一隻眼，從嚴杰溪到姚白峰入京任職，徐驍都沒有刻意刁難，而徐鳳年對那個孫寅也是樂見其成。原因很簡單，李義山曾經打過一個比方，幼鳥長成尚有銜食餵其母的反哺，何況人乎？

當時少年世子殿下還是疑惑不解，李義山笑著說也許十人中只有寥寥一二人對北涼心懷感恩，但是已經足夠。如果把十人都禁錮在北涼當地，截斷了他們功名仕途的青雲路，那可就是十之八九都要對北涼心懷仇恨了。

接下來那名大儒也揀選了幾個沒那麼枯燥的話題，讓一百多名年輕士子各抒己見。有皇帝陛下的設立六館，以及下令讓十二名畫壇國手為春秋功臣畫像，還有如何看待當今天子准其肖像入祀功臣廟、陪祭太廟，最主要是大儒笑咪咪讓士子們猜測那陪祭畫像之中，會不會有老涼王，若是有，又會是哪一位丹青聖手來描繪，是那有「賀家野逸，柳家富貴」美譽的賀、柳之一，還是那擅畫佛像、鬼神尤其以千手眼降魔壁像著稱於世的「小尉遲」，要不然是那位新近以詩畫相獻為當今天子親筆尾題「鄭家三絕」的鄭思訓？

書樓內議論紛紛，熱鬧非凡。

徐鳳年有些感慨。趙篆在薊北給一萬幽騎下了套後，又在兵部觀政邊陲的「示威西北」後，很快就來了一手剛柔並濟。有小道消息傳出宮外，說皇帝陛下認為在徐驍諡號一事上「朝廷有虧」，要追諡大將軍徐驍。至於這個「有虧」，當然是當時的首輔大人張巨鹿造就的，而他新君趙篆和他的新朝則是竭力補救。

如果說這是中書令齊陽龍的手筆，徐鳳年不奇怪，如果是趙篆自己的意思，那就很值得憂慮深思了。徐鳳年不擔心一個小肚雞腸的離陽皇帝，相反趙篆越是不拘小節，北涼的處境只會越是艱險。趙篆對北涼或者說對他徐鳳年是心懷嚴重敵意的，薊北和漕運兩事已經表露明顯。趙篆給徐驍越多，必定要從徐鳳年手上索要更多，給的，都是虛的；要的，則都是實打實的。但這種取捨，在離陽朝野上下眼中，卻又是很「講理」的。

徐鳳年陷入沉思，然後突然被一陣吵架聲打擾。原來是身邊陣營對立的七、八名外鄉和本地士子突然開始爭吵起來，是在爭吵那霞光城何時被北莽攻破以及虎頭城的穩固程度。

對於霞光城在幽州二十多萬兵馬攻勢下的淪陷，雙方都沒有異議，但是北涼當地讀書人覺得起碼可以再支撐個一旬半月，外地士子則在臥弓、鸞鶴的前車之鑒下，認為霞光城指日可破。至於號稱西北第一雄鎮的虎頭城，爭執更加激烈。前者覺得堅持一個月就算大功告成，後者近乎盲目相信虎頭城可以成為第二座「中原砥柱」的襄樊城，成為北莽騎軍洪流中的北涼砥柱。

在這期間，又有鮮明對立，雙方就徐鳳年親自出現在葫蘆口外打得北莽補給線癱瘓，又是吵得面紅耳赤。外鄉讀書人信奉那千金之子坐不垂堂，說徐鳳年這種以身涉險的幼稚舉動是想做那名垂青史的英雄人物，是幼稚心態作祟，非但不能稱讚，如果是那皇帝，還要遭到彈劾，得下罪己詔！

北涼士子終究是嘴拙一些，許多辯駁都詞不達意。赴涼士子飽讀詩書，總能拿出一環扣一環的聖賢道理來冷嘲熱諷。到最後，罵仗輸了的北涼讀書人不愧是土生土長的北涼人，差一點就要捲起袖管跟那幫站著說話不腰疼的王八蛋用拳頭說道理了，結果被一名上陰學宮士子斜眼罵了句火上澆油的「蠻子」，這下子就澈底亂了套了，一時間徐鳳年身邊拳頭口水齊飛，好不熱鬧。

北涼讀書人本以為罵架不占便宜，仗著人高馬大，打架總不會吃虧，不承想有兩個外地士子還是習過武、練過把式的文武雙全之才。

始終席地而坐仍是被殃及池魚的徐鳳年抬手擋住一隻鞋底板，輕輕推開。很快就得轉頭躲過某人的一口唾沫，然後扶住一個給人打得踉蹌後仰的讀書人。

那些個登山求學把佩劍放在竹簍裡的北涼將種世家子稍加打聽，當場就怒了，幾乎是跳著躍過很多士子的頭頂，投入了戰場，一下子就把劣勢局面給扳回來了。

那個曾經在上陰學宮負責講經卻喜好兵學的大儒，倒是一點都不覺得有辱斯文，非但沒有厲聲呵斥，反而笑著撚鬚，席地而坐，對雙方那些拳腳功夫進行精彩評點。

敢來北涼的外鄉士子，如果沒有一點血性是沒有這膽識氣魄的，所以這場架打得越演越烈，很快就有人見血，但即便如此，也無人退縮。先是那些聞風而來的將種子弟作為北涼一方的援兵加入戰場，他們的出手，很快就引發了所有書樓內北涼士子的共鳴，大家紛紛起身向書樓後方「沙場」狂奔過去。然後很快也有外地士子以離陽各道各州同鄉身分抱團，前去助陣。

那名大儒仍是不著急，眼睜睜看著坐著的讀書人越來越少。許多小胳膊細腿的士子也起身衝了過去，就算不打架，也會在周邊鼓吹造勢。

徐鳳年出手幫了本地人幾次，只不過極有分寸，只是幫他們擋下一些出手過重的招式，其中一位將種子弟的狠辣撩陰腿也給他悄悄扯住領口往回拉了幾步。

到最後，書樓後方戰事告一段落，鳴金收兵，雙方氣勢洶洶對峙，大眼瞪小眼，隨時準備開始下一場大戰。

徐鳳年當然是站在本地士子這一邊，身邊有個幽州將種門庭的紈褲子弟嘴角滲出血絲，一邊疼得齜牙咧嘴，一邊扭頭對幫他擋下一拳頭的徐鳳年笑著說道：「哥們兒，剛才謝了，回頭下山請你喝花酒。這幫龜孫子，老子早就看不順眼了……對了，我叫楊惠之，射流郡的，到了郡內，報我的名字，保管你萬事太平。當然，別做殺人越貨的勾當，這種事情連我都不敢做……」

洞主黃裳聞訊趕來，跑著進入書樓，怒喝道：「書院是讀書人修齊治平之處，你們成何體統？有力氣打架，去投軍北涼邊關！」

黃裳也不看那涇渭分明的兩幫人，對那名老神在在的大儒講師輕聲嘆息道：「薛稷，你也不稍加管束。」

那叫薛稷的大儒笑了笑，伸手隨意指了指身後懸掛在牆壁上的一幅字畫：「我們讀書人不怕道理講不通，就怕不講道理。心平氣和是講，大打出手也是講，總比憋在肚子裡等著秋後算帳來得好。

什麼君子報仇、十年不晚，多年後，在官場上位高權重的教訓官小的，官小的欺負不當官的，不當官的就只能去欺侮老百姓，豈不是太可怕了？還不如今天大夥兒打完了架，把氣給消了，也就能坐下來繼續說道說道了。

洞主，我這不是等著他們打不動了，靜下心來，我才開導勸解一二嘛。書樓內這些半桶水，平時一個個晃蕩得厲害，不吃過虧，是不會記事的。」

黃裳哭笑不得，無奈道：「老薛，你啊、你啊。」

黃裳眼角餘光突然瞥見一個身影，頓時心頭一震。

現在北涼官場可都是在等著看各大書院的好戲，黃裳對於文人議政一事，是絕對持支持態度的，可是對於「山上」書院內對邊關軍務指手畫腳導致「山下」民心動盪的苗頭跡象，老人不是沒有憂慮。雖說當初北涼王答應了他和官府不摻和書院事務，也放話准許書院絕對不會因言獲罪，甚至庇護讀書人不受兵戈之災、武人之辱，但是黃裳心底還是不太相信年輕氣盛的北涼王真能當個甩手掌櫃，何況此時的確是書院「鬧事」在先。

所以當青鹿洞洞主看到徐鳳年出現在「戰場」之中時，頓時透心涼，難不成徐鳳年要上綱上線？北涼的讀書種子還未紮根，就要半途而廢？

黃裳不愧是硬骨頭，越是心涼，越不肯退步，他走上前幾步，對徐鳳年直言不諱問道：

「北涼王來此，是要興師問罪？是要關閉書院？是不許北涼讀書人讀書？」

徐鳳年搖了搖頭，看了眼那幅字，平靜道：「我原本只是想來看一看，看了就走。不過現在放心很多，牆上那幅字，是『千秋大事，最費思量』。」

徐鳳年環視四周，微笑道：「希望各位讀書人，好好思量，思量之後，聲音才重。你我共勉。」

徐鳳年面朝那名講學大儒，對其輕輕作揖：「這個道理是先生教的，徐鳳年受教了。」

薛稷本該也本想趕緊起身還禮，但是不知為何，那一刻，這個在上陰學宮鬱鬱不得志的老儒生，硬生生把屁股放回蒲團，直起腰杆，不言不語，承受了這一揖。

在年輕北涼王和洞主黃裳離開書樓很久後，薛稷仍是紋絲不動，老人最後低頭伸手在蒲團外的地面上摸了摸：「誰說北涼土地裡，只出騎馬披甲的將種，出不了讀書種子？」

薛稷面對那群至今還沒有緩過神的年輕讀書人，抬起手往下按了按，神態意氣飛揚：「你們都坐下。我薛稷今天最後就講一講如何思量，才是我輩讀書人該有的思量！」

◆

青鹿洞書院的山長黃裳獨自為徐鳳年送行下山。兩人下山途中言語寥寥，黃裳是因為氣勢一鼓作氣，再而衰、三而竭，既然年輕藩王不是來青鹿洞山麓跟他的學生們秋後算帳的，那麼黃裳也就無的放矢了。總不能還得寸進尺，跟徐鳳年再多要一些地方衙門官吏的交椅。清涼山對於赴涼士子擔任各州郡縣的要職，已算極為大開方便之門，黃裳的臉皮再厚，也開不了這個口。

徐鳳年越是沉默，黃裳就越是忐忑，臨近山腳，老人嘆了口氣，苦笑道：「王爺，你這刀子總擱在老夫脖子上，又不乾脆俐落砍下，也不痛痛快快抽走，老夫渾身不得勁啊。要不然給個痛快話？實在不行，我就說句心底話，換個人來當這青鹿洞山長。書院就像一塊莊稼地，好不容易有了點好苗子，王爺要是覺得我打理不好，那就換上一個聽話的，千萬別遷怒於那些才冒尖的稻秧苗子。」

徐鳳年沒有停步，緩緩說道：「先生，你多慮了。書院士子議論北涼軍政，是沒什麼不妥，天底下的事，只有不辯不明的，沒有越辯越渾的。」

黃裳如釋重負，點了點頭。

徐鳳年繼續說道：「但是你們作為山長和授業恩師的前輩，要因勢利導，不能冷眼旁觀。我不是要你們幫著北涼邊軍說好話，因為那沒有意義。我希望在我北涼紮根的讀書人都明白一件事，他們之所以能夠指點江山，是因為邊關前線上每天都在死人，是那些死人和也許即將戰死的北涼邊軍，讓北涼境內不起一縷狼煙。無論他們在沙場上是勝是負，他們總歸都沒有半點錯。當然，罵我和清涼山或者是北涼都護府調度不當和謀劃有失，沒有問題，不過若是抱著隔岸觀火且幸災樂禍的初衷，這樣的讀書人，北涼從來都是敬謝不敏，大可以從哪裡來回、哪裡去，這點盤纏清涼山還是掏得出來的。」

黃裳臉色重新凝重起來。徐鳳年看了老人一眼，淡然笑道：「總覺得別人這裡不好、那裡不好，總以為經世濟民、捨我其誰？讀書讀書，是養浩然正氣，不是養那戾氣、傲氣的。我自己就是過來人，整天怨天尤人，舉目四顧皆不平，心胸積鬱更難平。也許先生這輩子沒經歷過這個歷程，所以我這才專程來一趟青鹿洞書院，多嘴幾句。」

黃裳半信半疑：「當真只是說這幾句話？」

徐鳳年笑道：「對於書院士子談論邊關軍務，堵不如疏，我會讓官府給各地書院贈送幾套陳芝豹編寫的《武備輯要》，你們不妨讓熟諳兵事的大儒名師牽頭講解，先搞清楚我們北涼的涼刀、槍弩和馬政歷史，弄明白我們北涼到底是如何治軍的，再來言談邊軍大事。」

黃裳感慨道：「好一個『堵不如疏』。」

黃裳猶豫了一下，補充道：「王爺這件事做得……漂亮。」

黃裳是出了名的吝嗇溢美之詞，這種溜鬚拍馬的活計，實在是難以啟齒，可見這次徐鳳年登山拜訪書院，確實讓老人很是滿意。

徐鳳年笑著自嘲道：「技術活兒，當賞？」

心中沒了芥蒂的黃裳也言語放開許多：「黃裳只會治學，敢說不出五年，便會讓離陽對北涼的文章經學刮目相看。」

徐鳳年上馬臨行前，對黃裳說道：「清明前夕，還請先生帶著書院士子書生前往清涼山碑林，到時候會有一場祭酒。」

黃裳愣了一下，沉聲道：「理當如此！」

◆

離開青鹿洞山，三騎疾馳途中，呂雲長問道：「師父，咱們現在是去北涼都護府，還是去正在打仗的虎頭城？」

徐鳳年沒好氣道：「你回大雪龍騎軍，其他別管。」

余地龍喊道：「師父，我想去虎頭城殺蠻子！」

徐鳳年沉默片刻，突然說道：「地龍，你和雲長一起去流州，去青蒼城暗中護著楊光斗和陳亮錫，如果真有大戰發生，你們可以自己看著辦，我准許你們自作主張。」

在一處官道岔口上，呂雲長驚喜交加，搓手道：「師父，那咱們現在可就要分開啦。」

徐鳳年「嗯」了一聲，不忘提醒道：「雲長，到了戰場上，盯著點你師兄，別讓他殺紅了眼什麼都不管不顧。總之，你們誰都不要死在流州。你們真正的沙場，是以後的江湖。」

余地龍咧嘴笑道：「師父，等我還完大個子的債，再有人頭軍功，賞銀可別忘了啊。我還要寄送給裴姨的，她要造四合院等著好多銀子要用呢，總不能讓裴姨跟外人借錢賒帳不是？」

徐鳳年笑罵道：「小小年紀就開始胳膊肘往外拐了？行了、行了，真有那一天，北涼邊軍少不了你一顆銅錢的。」

呂雲長哈哈大笑道：「嫁出去的閨女，潑出去的水嘛！」

余地龍揚起拳頭，急眼道：「你罵誰是娘兒們？皮癢了是不？幫你捶捶？」

徐鳳年在驛路岔口停馬不前，笑望著追逐打鬧的那兩騎背影，猛然鞭馬前行。

昔年錦衣少年郎，怒馬揚鞭涼州城。

第十一章 懷陽關諸將議事 廣陵道西楚告捷

驚蟄已過，臨近春分時節。徐鳳年單騎沿著戒備森嚴的涼州北邊驛路來到懷陽關。此時不僅僅是北涼戰事漸重，天下亂象已現，廣陵道東線在寇江淮撂挑子辭去主帥歸隱田園後，由西線年輕主帥謝西陲兼任東線主將，與在朝野聲名鵲起的離陽青壯將領之一的宋笠，在一旬內連續大戰了三場。

先前用兵如神大敗閻震春鐵騎和楊慎杏薊州精銳步卒的謝西陲，在又一次被西楚朝廷寄予厚望後，竟是連戰連敗，連敗連退。曹長卿領銜的西楚水師也終於不再按兵不動，不得不開始向下游推進，為了給陸路上的謝西陲減少壓力，開始與廣陵王趙毅的水軍對峙。而南疆燕剌王趙炳起十萬精兵，浩浩蕩蕩向北進。

與此同時，南征主帥驃毅大將軍盧升象和數萬南京畿大營兵力緩緩南下，跟南疆大軍南北呼應，朝廷形勢一片大好。而顧劍棠坐鎮的兩遼邊線，在袁庭山在薊北打出一個開門紅之後，與蔡楠都是顧劍棠心腹大將的唐鐵霜，也在東線上主動出擊，斬首六千北莽首級。

為此離陽皇帝下旨，由唐鐵霜赴京替補上盧升象的兵部侍郎一職，這名有「虎賁悍將」美譽的南下入京，恰好趕在兵部另外一位侍郎許拱前腳踏入兩遼之後，故而在榜眼吳從先與離陽新棋聖「十段」國手范長後並稱「先後入京」後，又有了龍驤將軍許拱和虎賁悍將的

「龍虎屯兵」的說法。

離陽朝廷的蒸蒸日上，民心大定，越發襯托出西北的動盪不安。據傳北涼道在失去幽州葫蘆口臥弓、鸞鶴兩城後，關外最後一道屏障霞光城也搖搖欲墜，而涼州關外最北的虎頭城也是岌岌可危。

更加讓離陽百姓感到失望和憤怒的一個小道消息是，幽州葫蘆口號稱戍堡林立，能擋下北莽鐵騎十多萬，可是都說北莽由楊元贊領軍的三十萬兵馬，打到現在，如今不減反增，兵力竟然增加到了三十五萬。離陽百姓尤其是京城百姓，自然而然會有揣度，那北涼蠻子是不是投靠了北莽蠻子，否則天底下哪有這仗越打人越多的道理？

懷陽關以北、龍眼兒平地以南的虎頭城，一直有「獨占鰲頭」的說法，在徐驍手上這座雄鎮大城裡安置了多達三萬的兵力，騎軍近萬，步卒兩萬多，無一不是善戰老卒。加上又有懷陽關和柳芽、茯苓兩座軍鎮作為依託，在這一線之後，還有以錦源、清河、重塚三大關和玄參、神武兩城作為兩翼的防線，這之後才是大雪龍騎軍、顧大祖的步軍和何仲忽的騎軍。

不同於幽州葫蘆口的被動挨打，涼州以北除了虎頭城的死守，柳芽、茯苓和都護府所在的懷陽關，都具有主動出擊的騎軍實力，也正是擁有這種靈活機動的強大戰力在後方游弋支援，才讓當下虎頭城的守城充滿了人人坦然赴死的慷慨壯烈。

當徐鳳年在一隊白馬義從護送下走入都護府議事大堂時，褚祿山正在和徐渭熊還有騎軍副帥何仲忽等人討論戰況，看到徐鳳年到來，也沒有什麼客套寒暄，徐鳳年便順勢毫無凝滯地加入其中。

褚祿山當然不可能全然不顧徐鳳年這位北涼王，稍稍幫忙做了一番概括：「虎頭城劉瘸子口氣大，說他就算孤軍守個一年半載也沒問題，要我們柳芽、茯苓和懷陽關三支騎軍接下來的一切出擊，都建立在虎頭城能夠力保不失的前提下，甚至在關鍵時刻，虎頭城的一萬精騎可以隨時出城作戰。

現在我們就在算計董胖子的那十多萬董家私軍步卒會怎麼用，又會在何時起用。迄今為止，北莽攻城的兵力還都是姑塞州的邊鎮兵馬，給他們搗鼓出來近千架投石車，三百一批，輪番晝夜攻城，也就是看上去很熱鬧。

劉瘸子說一開始還有些不習慣，如今虎頭城守軍就根本不理會那些故意噁心人的夜間投石了，該吃吃、該睡睡，軍心和士氣都沒問題，讓我們放寬心。」

褚祿山說到這裡，忍不住輕聲笑道：「所有軍隊，都是會哭的孩子有奶吃，恨不得死了幾十人就把戰況說得危如累卵，就數咱們北涼邊軍是異類，生怕『爹娘』擔心，就算給打得滿身是血，也要咬緊牙關扛下。」

褚祿山繼續說道：「柳芽、茯苓兩支騎軍已經各自主動出擊過兩次，戰果不大，但是迫使北莽沒敢放開手腳圍城而攻，否則給那千架投石車全線拉開，別說打虎頭城，就是打太安城也很有氣勢。在此期間，北莽出動一支人數三萬的輕騎，試圖截擊柳芽騎軍，給咱們懷陽關找到機會，他們沒能打出圍城的效果，反倒是被我們輕鬆宰掉了六千騎。如果不是董卓讓人接應，咱們還能多吃一萬人。我們騎軍向北推進到虎頭城一帶，人手一顆蠻子首級齊齊丟擲出去。王爺你是沒看見前線上那幫蠻子的臉色，跟憋了好幾個月沒能拉出屎來。」

徐鳳年會心一笑，問道：「楊元贊在幽州那邊具體戰損是多少？」

老將何仲忽爽朗笑道：「在葫蘆口內，已經過五萬了，加上王爺和郁鸞刀帶著幽騎的成功攔截，別看他們增補了東錦、河西兩州的十餘萬軍鎮兵力，其實就是在打腫臉充胖子。那兩州兵源本該是給兩遼東線的，結果這麼早就用上，在北莽內部存在很大爭議，都在罵那位南院大王拆東牆、補西牆，已經有人建議兵權交由拓跋菩薩。如果不是太平令給他擋下，董卓就有可能捲鋪蓋滾蛋了。」

徐鳳年看著沙盤，點頭輕聲道：「咱們先不急著打那種一錘定音的大勝仗，一點點耗掉北莽的耐心就可以了。沙場一直是廟堂的延伸，我們爭取這場仗在祥符二年的年末，成功打到董卓丟掉南院大王，就算我們北涼贏了。接下來的整個祥符三年，可以輕鬆很多。」

徐渭熊悄悄點頭，讚同徐鳳年這個分明有「無過是功」極有保守嫌疑的說法。

褚祿山看了眼沙盤上的虎頭城：「那麼這就得先保證虎頭城不失，不讓董卓喘氣。」

徐鳳年平靜道：「所以不管劉寄奴和虎頭城守不守得住，都得守！傳話給他，以前虎頭城是用來做那種幽州葫蘆口的大戍堡，如今不一樣了，他可以死，但是虎頭城絕對不能丟。因此每當虎頭城有失守態勢時，不論用什麼方式，都必須立即讓都護府知道，然後我們就算用上錦源、清河、重塚和玄參、神武五支兵馬，也要為他們減緩壓力，甚至連那一萬大雪龍騎和八千重騎兵，在關鍵時刻都可以一併用上。」

何仲忽和幾名功名顯赫的老將面面相覷，欲言又止。

在北涼既定方略中，在損耗一定北莽兵力後，幽州葫蘆口三城所有戍堡都可以丟，而涼州以北關鎮城池也可以丟，不存在不計代價死守到底的情況。

為了一個董卓，值得嗎？

顧大祖閉上眼睛，開始在心中默默推敲戰局和權衡利弊。

何仲忽下意識望向北涼都護褚祿山。北莽南院大王曾是他的手下敗將，照理說褚祿山最該反駁這個提議，但是何仲忽眼中的褚祿山，沒有言語，而是雙手十指交錯在腹部，視線在沙盤上快速游弋。

在這種連褚祿山都不開口說話的時刻，大概也就只有徐渭熊敢出聲了，她皺眉道：「虎頭城的定義做出更改，整個涼州防線就要隨之變動，這對後方陵州的影響極為巨大。」

徐鳳年回道：「就算徐北枳掏空整座陵州和陵州周邊，也會讓涼州糧草運轉無礙。」

顧大祖自言自語道：「戰於國門之外嗎？雖然這是我顧大祖這輩子最大的夢想，但對於之前都在不遺餘力擴大縱深的北涼來說，真的合適嗎？」

這肯定是徐鳳年第一次在邊關事務上表現出一種毋庸置疑的強硬姿態。

都護府內氣氛格外凝重。

徐鳳年突然問道：「袁統領當時要走了我穿過的那具鎧甲，說是都護府的意思？」

徐渭熊臉色古怪。

褚祿山嘿嘿笑道：「本來是想擺在這座大廳裡的，看著氣派，後來又一想，就讓人送入虎頭城了，劉瘸子又送給了別人。」

徐鳳年一頭霧水。

褚祿山收起笑意，道：「給我們第一個戰死的北涼將軍穿上了。」

徐鳳年低頭看著沙盤：「我知道，是虎頭城的馬蒺藜。當時在城內院子裡，他坐在最後頭，因為罵過我，不敢見人。」

廳內除了徐鳳年和徐渭熊，以北涼都護褚祿山，騎軍大統領袁左宗、副帥周康，和步軍副帥顧大祖這四人官位最高權柄最大。對於徐鳳年提出要竭力死守虎頭城，褚祿山和袁左宗暫時都沒有表態，竟是周康和顧大祖最先有了爭執。

後者在春秋戰事中以提出天下形勢論，以及提出南唐務必要戰於國門外作為「保國」方針而著稱於世，但恰恰是看上去進攻意識極強的顧大祖有了異議，不同意北涼邊軍傾邊關之力幫助劉寄奴的虎頭城死守到底，反而是鵰鴣老營出身的周康讚同徐鳳年的觀點。

顧大祖根本不顧及徐鳳年就在當場，毫不留情地說道：「這種倉促做出的戰略變更，比起臨陣換將更加禍害北涼邊軍！軍國大事，豈是兒戲？」

周康也針鋒相對說道：「水無常勢，兵無固陣，伺機而動，有何不妥？」

在反問之外，周康又說了一些意味深長的言語：「想我北涼當年制定幽涼兩州的用兵方略，大將軍和李義山都還在，那時候的初衷僅是設想北莽會經由北涼和薊州兩條路線南下中原，北莽蠻子只將北涼當作一座固若金湯的大城，就算不可能直接繞城而過，也只是在此安置五、六十萬兵力掣肘我北涼邊軍，而非今日舉國攻打幽涼流三州的糟糕局面。策略和規矩是死的，我北涼將士則是活的！涼州十多萬邊境騎軍更不是吃素的！」

周康一口一個「我北涼」，以及提及北涼早年軍政和邊境騎軍，言下之意很明顯——你顧大祖一個晚來的外人，不過是當上了步軍二把手，北涼以騎軍為尊，涼州更是如此，那麼你顧大祖就在此時此地「識趣」一點。

其實軍伍和朝廷差不多，不但按資排輩，而且講究出身，在北涼像那些從步軍體系進入騎軍陣營的校尉將領，就少不了白眼和長時間的磨合。北涼邊軍中對徐鳳年一手提拔上來的顧大祖，自然不可能沒有半點非議。

徐鳳年皺了皺眉頭，但是沒有說話。

顧大祖也沒有當場翻臉，不過臉色也算不上多麼好看，冷聲道：「本將只是就事論事，沒誰否認我北涼邊關騎軍戰力不行，只不過擁有強大的戰力，不代表我們領軍帶兵之人就可以肆意揮霍。沙場戰事，恰如棋盤廝殺，只會下力棋的國手，哪怕一時一地治孤甚至是屠龍成功，就全域而言，仍是得不償失。

本將不希望北涼軍是一位空有十段國手力量卻只有六段棋手眼光的棋手。北涼如今手握四州，四州又有數以百計的城池、軍鎮、要隘和雄關，拿虎頭城單單一子來決定過百棋子的存亡，是不是需要多加權衡？」

周康嘖嘖道：「這口氣，我怎麼聽著像是陳芝豹在說話啊？」

顧大祖終於怒色道：「你這周鷓鴣！今天我顧大祖就當著周大將軍和北涼王的面，把話撂在這裡！北涼軍根本就不該全盤否定陳芝豹，連北涼王都明確提出邊軍之中不該禁止《武備輯要》，為何獨獨在你周康的涼州騎軍中不得出現一本一卷？周康你要學鍾洪武做那油鹽不進的邊軍山頭不成？你看我不順眼這麼久，我看你不順眼的時間也不短了！」

若是平時，騎軍主帥袁左宗會當個和事佬，甚至會略微幫襯顧大祖這個「外人」，大致意思就是為了一家團圓。他這個如同當婆婆的在兒子跟兒媳吵架的時候，幫兒媳才是真的幫兒子。只是今天既然徐鳳年在，袁左宗也就安安心心練習閉口禪，輕鬆養神；褚祿山這傢伙更是一肚子壞水，笑咪咪看著兩位副帥在那裡面紅耳赤，饒有興致地看著熱鬧。

徐鳳年平靜道：「有資格在這裡議事的，頭上官帽子也都有三品、二品了，是該把話都說開。不過虎頭城一事，可以查漏補缺，但死守一年的決定，不會更改。」

這句話是對顧大祖說的，然後徐鳳年對周康說道：「陳芝豹的那部《武備輯要》不要禁，周將軍你回去以後，帶頭抄錄一卷，包括都尉在內，校尉和將領都不能免去，抄完了以後寄到北涼都護府，我親自審閱，誰找人代筆，或者是誰不肯抄寫，我直接去你軍中跟他好好談，如果還談不攏，再讓他去幽州當步卒。」

周康一臉苦相，小心翼翼地討價還價道：「王爺，那部書有十多萬字啊，一卷也有將近萬字，這會兒戰事正酣，要不然等得空了再說？」

徐鳳年皮笑肉不笑道：「那咱倆先好好談談心？要不要順便喝點小酒，再讓我二姐做點下酒菜？吃飽喝足了，周將軍也好上路去幽州。」

周康趕緊擺手笑道：「不用、不用，回頭我就挑燈熬夜抄書去，手底下的那些校尉、都尉，一旬之內保管都一字不漏抄完。」

等到步騎兩位副統領離開都護府前往各自帥帳所在的城池，袁左宗微笑道：「原來是各打五十軍棍啊。」

徐鳳年憂心忡忡道：「周康是挨了五十棍，但顧大祖可能會覺得自己挨了五百棍。」

袁左宗問道：「那需要不需要喊住他，私下談一談。顧將軍不是那種冥頑不靈的人物，只要道理說得通，老將軍聽得進去。」

徐鳳年有些無奈：「但問題在於我沒信心說得通，到時候反而火上澆油，只會讓顧大祖更加堅持己見，還不如像現在這樣我故弄玄虛。顧大祖不清楚我葫蘆裡賣的是仙丹妙藥還是狗皮膏藥，捏著鼻子也就能照做了。」

徐鳳年看著大廳內只有二姐、袁二哥和褚祿山三人，苦笑道：「現在都是自家人了，終於可以不用辛辛苦苦假裝高人風範了。」

褚祿山除了看周顧兩位老將軍的笑話，視線更多放在沙盤上。其實這位北涼都護大人，文治武功兩事一直為赫赫凶名掩蓋，始終被整個中原朝廷所輕視和低估，尤其是在中原老一輩人物相繼逝世後，褚祿山只有偶爾因為那次千騎開蜀而被人說起，比起燕文鸞、陳芝豹都要遜色許多，甚至還不如在妃子墳一役中大放光彩的袁左宗，所以整個離陽當時對於官不過四品的褚祿山出任北涼都護都感到十分震驚。

不過北涼軍自身和死敵北莽都並不驚訝，由此可見，離陽朝廷普遍對北涼是何等漠不關心，是何其眼不見、心不煩。這個死胖子從第一眼看到沙盤後，就如癡如醉。早年不管有無戰事，他都喜歡盯著各國各地的沙盤怔怔出神，沒人知道這玩意兒有啥看頭。還是有一次王妃吳素問他，褚祿山才給出真相，說了句「跟看書一個道理，讀書百遍，其義自見」。

後來中原定鼎，徐趙「分家」，褚祿山在北涼的家中，就有不下百件大小沙盤，傳言最大的一件獨占整座樓，一樓沒有立足之地，想要看沙盤，得直奔樓梯登上二樓去俯瞰。

褚祿山看了看沙盤上涼州最北的虎頭城，又瞥了眼幽州葫蘆口最南的霞光城，輕聲開口道：「虎頭城不是不可以守一年，我想到一個理由，也許可以說服顧大祖。」

褚祿山自顧自說道：「從北莽選董卓作為南院大王，並且一開始就調動百萬大軍，分三線南下叩關北涼道，就意味著北莽澈底絕了從薊州和兩遼南下的念頭，這也意味著我們當年制定的策略，必定會有漏洞。

我們要做的就不止於縫補一事，而是要在某些地方全盤推倒了。我們北涼起先也有過這種最糟糕境地的預測，只是那會兒就像與人對敵，嗯……打個比方，就像是跟老劍神李淳罡為敵，我們猜出老前輩可能會一上來就是一招兩袖青蛇或者是劍開天門。」

徐渭熊輕聲道：「當年只以為是兩大最強手之一，結果沒想到一上來就是兩招齊出。」

褚祿山繼續道：「這樣也好，虎頭城戰事越慘烈，涼州防線越是瞧著危殆，那麼我們出奇制勝的機會也會越大。當年……」

袁左宗突然笑著接過話頭，說道：「當年褚祿山是對李義山訂立的策略頗有異議的，覺得太『正』了，只想著不輸，而非想著如何去勝。」

褚祿山笑了笑：「現在回想起來，那時候是得那麼做，沒有二十餘年遮掩的『填白』，哪有今天的『餘地』。」

褚祿山緩緩抬起頭，看著徐鳳年，然後綻放出一個燦爛得一塌糊塗的諂媚笑臉，嘿嘿道：「這也是王爺給了我靈感，否則以小的這點腦子，打破腦殼也想不出的。」

大概也只有這種時候，才會讓人想起當年那個跟李功德爭奪北涼溜鬚拍馬境界第一人稱號的祿球兒。

徐鳳年笑罵道：「說正經的。」

褚祿山繼續沒個正經樣：「王爺不是早就想到了，只不過風險太大，知道顧大祖不會答應而已。」

徐鳳年點了點頭。

徐渭熊看著沙盤上的幽州葫蘆口一帶：「難攻。」

徐鳳年沉聲道：「至於攻下以後也是難守。」

袁左宗瞇眼道：「因此以臥弓城和鸞鶴城為核心的所有堡寨，他們看上去束手待斃的那種死守，讓北莽自己放棄了這個機會。」

所幸跟袁左宗、褚祿山一樣同為徐驍義子之一的齊當國沒在場，否則又要頭痛自己為啥那麼笨了。

徐鳳年自言自語道：「北莽一開始就是衝著踏平北涼然後直奔中原去的，太平令的那些文臣都是要用於薊州、河州和接下去的淮南道，沒打算浪費在北涼。在這種情形下，幽州葫蘆口的不降死戰和北莽自身也不願納降，使得臥弓、鸞鶴兩城周邊的戍堡寨子都在楊元贊大軍花巨大代價攻破後，幾近損壞殆盡。

當然，目前看來，利弊參半，好處是讓葫蘆口內更加易於北莽騎軍來往馳騁，但是如果我們將北莽最有力的反攻放在幽州，那麼楊元贊剛剛得到兵力補給的整整三十五萬大軍，就有苦頭吃了。」

褚祿山補充道：「要想扭轉幽州葫蘆口戰局，迫使楊元贊不得不撤退，那麼我們最少要投入五萬最精銳的騎軍，要一戰功成！直接在關鍵時刻打光楊元贊的精銳騎軍！所以虎頭城絕對不能丟，丟了虎頭城，也就意味著柳芽、茯苓兩城也要丟，懷陽關也要丟，一旦把戰線收縮到清源、重塚一帶，讓董卓的大軍舒舒服服向南推進鋪開陣線，到時候別說我們手上握有五萬騎軍的閒餘兵力，就是五千都難。所以說，為了虎頭城，可能要在祥符二年這一年中就多死四、五萬人，但是在葫蘆口，他們要死很多很多！」

褚祿山陰惻惻笑起來，盯著沙盤上的葫蘆口：「三十五萬人，全死在這裡，咱們築起了好大一座京觀！」

袁左宗冷笑道：「不比西壘壁差了。」

徐鳳年深呼吸一口氣：「袁二哥，但這樣的話……」

不等徐鳳年說完，總給人不苟言笑印象的袁白熊，竟是破天荒柔聲說道：「一家人不說兩家話。」

褚祿山突然一臉諂媚地想要跟袁左宗勾肩搭背，結果給袁左宗不客氣地伸手拍掉那隻爪子：「跟你不熟。」

褚祿山罵道：「我不就是長得胖了點嗎，王爺不就是長得英俊了點嗎，你就這麼以貌取人的？」

徐鳳年笑道：「打住、打住，你不是胖了一點點，我也不是英俊了一點點。」

徐渭熊看著委委屈屈、絮絮叨叨的都護大人，看著那位笑臉溫柔的北涼王和渾身英氣的袁白熊，也笑了。

◆

出人意料，顧大祖和周康沒有馬上離開懷陽關，而是在關內一座生意寡淡的酒樓喝酒。

周康板著臉等著酒菜上桌：「咋的，覺得在都護府裡沒吵夠，要接著吵？姓顧的，王爺閒時跟我喝酒談心，我周康一百個樂意，但跟你顧大祖可尿不到一個壺裡，更喝不到一個壺裡去。」

顧大祖笑道：「也就是今時不同往日，你周鵪鶉要是當年的南唐將領，敢這麼嘰嘰歪歪，早給我一拳撂倒了。等打趴下你說不出來，到時候再沒道理的話，也就老子一個人講了。」

周康聽到這糙話，倒是不怒反笑：「吵歸吵，我看你顧大祖不順眼也歸不順眼，但你在南唐做事很爺們兒，我周康也從不否認。要不然你當這個步軍副統領，就算我攔不住，也要帶頭去王爺那邊鬧事，終究要讓你當得鬧心。但說實話，你也就是運氣好，是顧劍棠那傢伙攻打南唐，換成我北涼，就算真給你戰於國門來守國，一樣沒用！」

顧大祖給自己倒了一杯酒，輕聲笑道：「不管你信不信，在北涼當這個副統領，無論你們這撥老將領舊山頭怎麼不待見，比起當年在南唐禦敵，還是要舒心很多。因為我清楚，在沙場以外，你們騎軍可能誰都看不順眼我。但是真打起仗來，需要為了我顧大祖這個步軍副帥去死一萬人，你們肯定不會只死九千人。這對當將領的人來說，天底下就沒什麼比這種事更舒心的事情了。所以你罵我越難聽，我就越想請你喝頓酒，省得以後某天誰給誰清明上墳。」

周康忍不住笑道：「說來說去，你顧大祖就是圖個自己開心啊？」

顧大祖哈哈笑道：「如果不是自個兒開心，要不然你罵我，我還真願意熱臉貼冷屁股啊？你周鵪鶉是副統領，官就比我顧大祖大了？」

周康愣了愣，嘆氣道：「今天咱們就只喝酒，不談軍務，反正肯定談不攏。尿不到一個壺裡，但是照你這一說後，我覺得喝酒喝一壺，還是沒啥問題。」

兩位老人喝到最後，都是酩酊大醉，其間周康和顧大祖又對罵了好久，這讓知曉兩人顯赫身分的酒樓掌櫃，那叫一個膽戰心驚，生怕兩位大人物一言不合就大打出手，到時候引來樓外各自親兵上陣，還不把他的小酒樓給輕鬆拆了？不過冷汗直流的同時，至今還是軍戶的酒樓掌櫃也有些蓬蓽生輝的感覺，這可是北涼軍的兩位副統帥啊，誰不知道咱們北涼任意一位副帥，去離陽朝廷當個大將軍那都是綽綽有餘的？

◆

在都護府內徐渭熊臨時居住的一座小院內，徐鳳年從行囊包裹中掏出那兩只棋盒，但是徐渭熊沒有要，說她用不上，徐鳳年只好悻悻然收起。

沉默片刻後，徐鳳年蹲在徐渭熊輪椅旁邊，輕輕感慨道：「走過三趟江湖，才明白妳當年不願我在江湖裡撲騰的苦心。」

徐渭熊問道：「怎麼說？」

徐鳳年笑道：「江湖人，是要自己活得有意思。作為徐驍的兒子，大概是得要自己活得有意義。」

徐渭熊搖頭道：「別往我臉上貼金，也別給你自己說好話大話。從頭到尾，我只希望你好好活著，就這麼簡單。咱們娘、爹，還有你師父，甚至還有袁左宗和褚祿山，都沒誰讓你死得有意義，寧願你活得沒意思。」

徐鳳年感慨道：「這樣啊。」

◆

徐渭熊在徐鳳年來到懷陽關後，第二天就南下返回清涼山，留下來的徐鳳年也開始深居簡出，並沒有對都護府大小事務指手畫腳。

駐地就在清源一線的齊當國偶爾會驅馬前來，幫著徐鳳年解悶。兩人經常一起出關打著遊獵的旗號，帶上幾百精騎稍稍靠近虎頭城，遙望那邊的戰火硝煙，其間若是遇上小股的北莽馬欄子，就當給齊當國麾下的那些在北涼邊軍中騎射最是嫻熟的白羽衛打牙祭了。都護府對此自不敢有何異議，只是暗中向關外撒出好多標白馬遊弩手，以防不測。

這一日，正值春分，天雷發聲，小麥拔節，古語云，陽氣上升共四萬二千里。

徐鳳年在清晨時分單騎出行，為了不給都護府和遊弩手增添負擔，沒有北上去虎頭城，而是往東悠悠然前往茯苓城。其中有一標司職護駕的五十多騎遊弩手沒敢驚擾北涼王散心，但是大概是為了能夠親眼目睹徐鳳年這位天下四大宗師之一的風采，那名標長也花了點小心思，讓部下五十來騎都有機會游弋至最近距離徐鳳年兩百步外的地方，不過隨後務必要疾馳而退，否則軍法處置。這讓無形中成了花魁似的徐鳳年哭笑不得，不過他也只當什麼都沒有看見。

徐鳳年抬頭看著明朗天空，突然笑起來。小時候一直不明白為什麼萬里無雲才算是好天氣，總覺得天空飄蕩著雲彩才好看，尤其是那種風景絢爛的火燒雲。年幼時在那座如同監牢的丹銅關，每看到一次就能開心好幾天，跟那個很久以後才知道是趙鑄的小乞兒，兩個孩子能一看就是個把時辰也不覺乏味。自從那次離別後，徐鳳年總擔心小乞兒討不到飯，說不定哪天就餓死凍死在街邊，不承想很多年後在春神湖重逢，這麼多年他始終過得很好，只不過小乞兒搖身一變成了堂堂南疆藩王的世子殿下了。

徐鳳年突然停下馬，轉頭看向南方。遠處有四騎向北而行，然後在發現自己身影後策馬徑直奔來。

在他們到達之前，那名白馬遊弩手標長率先來到徐鳳年身邊，下馬抱拳恭敬道：「啟稟王爺，那四騎應該是經由魚龍幫篩選前往邊境投軍的江湖人士，是否需要末將截下他們？」

徐鳳年搖頭道：「不用，你們先行撤回懷陽關內便是。」

那名標長毫不猶豫地當即領命，雖說是都護府派遣下來的軍務，但是在北涼誰最大，三十萬邊軍應該聽命於誰，哪怕用屁股想都知道了。何況咱們王爺是誰？當真需要他們遊弩手護駕？

只不過那名健壯標長上馬後，有些破天荒地靦腆道：「王爺，末將斗膽說一句，幽州葫蘆口外的事，我們都聽說了，以後要是有機會，咱們涼州遊弩手也都人人想著能跟王爺並肩作戰一次！」

徐鳳年微笑著點頭，那名標長神情激動地拍馬而走。咱可是跟北涼王說過話的人了，這要回去跟都尉大人以及那幫兔崽子一說，還不得眼紅死他們？標長疾馳出去數百步，回頭遠望一眼，看著那一人一騎的身影，心想咱們王爺可真是世間頂風流的人物啊，又是這般平易近人的性情，這要擱在中原那邊，那得有多少妙齡小娘要死要活？標長頓時有些打抱不平，雖然聽說清涼山已經有了兩位尚未明媒正娶的准王妃，名聲也都好，但還是太少了嘛。

等到遊弩手標長遠離後，那四騎過江龍也很快趕到。為首一騎是位白髮蒼蒼但精神矍鑠的高大老者，看到徐鳳年後，負劍老人打量了幾眼，笑問道：「不知小兄弟可知曉那懷陽關在何處？」

徐鳳年笑著言簡意賅地幫忙指明道路。老者抱拳謝過後自報名號，自有一股江湖草莽的豪氣：「在下江南青松郡人氏，江湖朋友送了個『鳴天鼓』的外號。敢問小兄弟是否跟我們一樣，是前來北涼邊關投軍之人？」

徐鳳年搖頭道：「我本就是邊軍中人，父輩就已在北涼定居。」

老人點頭道：「原來如此，是老朽唐突了。」

老人笑意有些無奈，有些自嘲道：「不是老朽碎嘴，委實是我們一行四騎人生地不熟。當時聽說北莽蠻子百萬大軍南下叩關，老朽年少時便追隨先父和先師前往薊北在塞外殺過蠻子，如今憋不下這口氣。又聽江湖上傳言天下十大幫派之一的魚龍幫，可以幫咱們這些北涼外人引薦給北涼邊軍，這就帶著三個徒弟趕來北涼。魚龍幫只幫我們開了四封臨時路引，這一路北上吃了不少苦頭……」

其中一名腰間懸佩長劍的年輕男子憤然道：「師父，咱們遇上那一撥撥的北涼邊軍自恃戰力，看咱們的眼神跟看蠻子有何不同！」

徐鳳年三趟江湖不是白走的，一下子就聽出其中玄機，肯定是這夥人依仗著武藝把式，跟北涼邊軍有過一場衝突了，否則斷然不會有「自恃戰力」這麼個說法，而是直接就挑明後邊那句話了。

不過徐鳳年好奇的地方在於，魚龍幫大開門戶吸納江湖龍蛇，這本就是梧桐院和拂水房授意的，但多是投機取巧的末流高手，在離陽江湖廝混不下去，才流竄到北涼找尋個棲身之所。真正肯到北涼邊境投軍上陣的，又確有幾分功底的，在都護府都有明確紀錄檔案，至今才寥寥十六人，而這個徐鳳年從來沒聽說過的「鳴天鼓」年邁劍客，則是實打實的小宗師境界，這種貨真價實的高手，別說在離陽江湖上輕輕鬆鬆開宗立派、在一郡武林內執牛耳，就是去京城刑部弄個鯉魚袋掛在腰間也不難。

徐鳳年輕描淡寫地觀察他們四騎，那四人除了身為二品高手的師父眼神祥和外，其餘三人的眼神可就各有千秋了。腰間佩劍有錦繡長穗的年輕男子意態倨傲，早就聽說北涼的將種子弟多如牛毛，眼前這個無緣無故出現在塞外邊關且又不披甲佩刀的陌生同齡人，多半是其中之一。中年劍客應該是那位江南武道小宗師的大徒弟，性格相對老成持重，在不露痕跡地打量徐鳳年握韁的手，試圖找出曾經習武的蛛絲馬跡。他的江湖閱歷十分豐富，不相信在數十萬北莽大軍攻打虎頭城的時刻，會有尋常人在這附近單騎散心。至於最後那個頭戴帷帽遮掩面孔的緊身黑衣女子，也在好奇審視眼前這位不像北涼男子更像是江南士族的公子哥。

徐鳳年笑著開口道：「別人怎麼看不重要，做好自己就是。真要拿眼光說事的話，離陽朝野二十年，看待我北涼不就一直等於是在看蠻子嗎？」

那年輕劍客大概是勉強受得了北涼邊軍的氣，獨獨受不了這種北涼同齡將種子弟的鳥氣，當場就勃然變色：「我們師徒四人跑來鳥不拉屎的北涼投軍，是陷陣殺敵來的，不是聽你這種人冷嘲熱諷的！要不是我師父與徽山次席客卿洪驃是莫逆之交……」

老人臉色嚴厲，制止徒弟繼續言談無忌：「沖和！」

叫沖和的年輕人撇過頭，默默生著悶氣。他在江南江湖上一直是溫文爾雅的劍中君子，本不該如此失禮失儀，只不過到了這貧瘠北涼關外，往往策馬狂奔一日都不見人煙，實在是水土不服，憋屈得難受。想那中原家鄉，此時也該是煙雨朦朧的旖旎時節了，會有小巷賣杏花，有那湖上泛舟，有那青樓歌舞夜不休，就算什麼都不做，在庭院深深的家中，跟師兄、師妹切磋武藝也是享受，都好過在這種西北邊關喝風吃沙還要受氣。

徐鳳年笑問道：「要不然我為前輩帶路好了？」

年輕人立即嘀咕道：「無事獻殷勤，肯定沒安好心，還不是對師妹意圖不軌。」

那老人瞪了眼這個口無遮攔的徒弟，望向徐鳳年，也不矯情，哈哈笑道：「如此正好，到了關內，交過了路引，定要請小兄弟好好喝上幾斤那綠蟻酒。實不相瞞，這酒老朽是早有耳聞啊，可當年嘗過一口，那滋味……不敢恭維，不承想如今到了你們北涼道，喝著喝著，竟是越喝越放不下了。這不在涼州龍口關買了兩斤裝在酒囊，沒過兩天就囊中空空，如今肚裡這酒蟲子可是造反得厲害嘍。」

五騎結伴同行，老人跟徐鳳年閒聊著北涼的風土人情，相互都很默契地不去刨根問底關於身分的事情，交淺言深是行走江湖的大忌。

不過那個年輕劍客很快就按捺不住，嗓音不輕不重，恰好能讓徐鳳年聽到，說了一句：「師妹，大奉王朝開國皇帝曾經給草原遊牧之主寫過一封信，說『薊州以北以西，引弓之地受令於你』，而『薊州以南以東，冠帶之室由朕制之，萬民耕織，臣主相安，俱無暴虐』。」

那年輕女子嗓音輕柔：「師兄，你不是剛入北涼境內就說過了嗎？」

在前方的徐鳳年笑道：「這是說給我這個薊州以西的北涼蠻子聽的。」

與徐鳳年並駕齊驅的老人聞之會心一笑：「小兄弟好肚量。」

徐鳳年玩笑道：「也是給一點一點熬出來的，否則早給憋出內傷了。」

那個叫沖和的年輕人明顯就憋出重傷了。

徐鳳年突然說道：「與前輩相熟的那個洪驃，可是如今新近當上了胭脂重騎軍副將的洪驃？」

老人猶豫了一下，點頭道：「正是此人。」

徐鳳年笑道：「那前輩在都護府那邊交接了路引，得重新南下一段路程，去重塚那邊才能找到洪將軍，到時候我請人幫前輩帶路，否則還真不一定見得著洪將軍。倒不是我們北涼小心眼，實在是洪將軍如今的位置很特殊，莫說是前輩你們，就是很多北涼邊軍實權將領，也不是隨便就能看到那支重騎兵的。」

然後老人和徐鳳年相視一笑，盡在不言中。

接下來兩人就聊起了中原江湖的趣聞。老人見多識廣，也健談，說起了徽山當下如日中天的光景，說起那胭脂評、文武評和將相評，更是壓抑不住地眉飛色舞：「以小兄弟的眼光肯定知道這次把將相評放在末尾的用意，其中將評囊括了離陽、北莽和你們北涼，相評則只評離陽，這恐怕是自大奉王朝滅亡後最有分量的一次評點了。

將評十人不分高低先後，離陽有四人，陳芝豹、曹長卿、顧劍棠、盧升象；北莽有三人，董卓、柳珪、楊元贊，你們北涼則有燕文鸞、褚祿山和顧大祖。將評末尾又額外評點了謝西陲、寇江淮、拓跋氣韻、種檀、宋笠等人。」

徐鳳年打趣道：「袁左宗竟然沒上榜，我有點不服氣啊。」

那個年輕劍客興許是跟徐鳳年天生相沖，又情不自禁跑出來抬槓：「你們北涼還不知足啊？將評有三人，如果加上單騎入蜀的陳芝豹，那就是四個，都快占據半壁江山了。加上武評又有那個年輕藩王躋身四大宗師之一，還有那個突然冒出來的徐偃兵。至於相評，又有出身北涼的少保陳望和孫寅同時登評上榜，與殷茂春這種名臣公卿並列，你們北涼還想怎樣？」

徐鳳年老神在在笑道：「所以說啊，我們北涼水土不錯，不僅僅是出蠻子，也能出那種力挽狂瀾、經世濟民的文人。」

那個哥們兒頓時又內傷了。

戴著帷帽的女子悄悄掩嘴一笑。

老人感慨道：「這麼多年，老夫一直對一件事匪夷所思：以北涼的人力、物力，如何支撐得起戰力冠絕兩國的三十萬邊關鐵騎。」

徐鳳年輕聲道：「為了與北莽抗衡，離陽軍馬號稱八十萬，尤勝大奉王朝鼎盛時期，半在兩遼半北涼。」

不知為何，師徒四人聽到這句話後，滿眼是那單調荒涼的西北風光，沒來由生出一股難以言喻的複雜心思。

臨近懷陽關時，徐鳳年問道：「前輩，如果不是你們認識在北涼擔任將軍的洪驃，還會來北涼嗎？」

老人愣了愣，坦然道：「當然不會。」

徐鳳年輕輕點了點頭，臉色並無變化。

但是老人很快笑道：「不過自徐驍死後，『不義春秋』那筆糊塗帳也就算告一段落了，相信不只是老夫大這麼個半截身子在黃土裡的糟老頭子這麼想，很多老一輩人也是如此。自從那個姓徐的年輕人在太安城說過那句話後，只要不是當年有著直接關聯血海深仇的人，更多的外人，很多心結也就解開了。

進入北涼後，老夫也聽說了許多事情，才知道很多事情跟想像中大不一樣，以後抽空會寫信給家鄉那邊的舊友，告訴他們一個不一樣的北涼，原來在這裡，也有書聲琅琅，也有雞犬相聞，也有……」

老人說到這裡，突然忍不住笑出聲：「也有那個讓我遺憾沒能早來三、四十年的販酒小娘。」

徐鳳年一本正經道：「涼地女子，恰如那入口如燃火的綠蟻酒，一旦喝上癮了，這輩子就再難換酒喝了。」

年輕人又冷哼道：「那你們北涼王為何娶了兩個外地女子？」

徐鳳年一時間啞口無言，沉默片刻後，轉頭無奈道：「這回……算你劍術絕倫、見血封喉，我認輸。」

那個年輕人先是一臉揚揚得意，繼而板起臉扮冷酷，但是很快就嘴角翹起，再去看這個可惡的北涼將種子弟，也不是那麼礙眼了。

◆

出現在五騎視野中的懷陽關不同於虎頭城，也不同於柳芽、茯苓，既然以「關」命名，那就意味著一夫當關、萬夫莫開，也意味著一旦起狼煙，這種地方就是兵家必爭的死人之地。

兵書上的那些關隘，多是如此，不論大小，只要想快速過境，就必須拿下這些建立在道路要衝、地理險要的關口，方可沒有後顧之憂地長驅直入。相反，許多雄城巨鎮，看上去很是威風八面，但是戰事啟動後，大可以繞城而過。

離陽在兩遼防線就有許多這種城池，但這不是說它們的出現就毫無意義，恰恰相反，它們的存在，雖然阻滯敵軍大軍的作用不大，但存在本身就是一種震懾力。對北莽來說是一種雞肋——攻打，損失嚴重；繞過，糧草有危。只不過一切城池都是紮根不動，將領和兵法則是靈活的，到時候還得看攻守雙方誰道高一尺、誰魔高一丈。

縱深不足的北涼，其最大悲壯就在於，每一寸疆土幾乎都是那種會流血的死地。

北莽既然以舉國之力攻打北涼，就是在明白北涼會逼著他們一寸一寸去爭搶地盤的前提下，仍要憑藉著強大國力碾壓而過。

這個時候，懷陽關外的徐鳳年有些不合時宜的憂慮。不是擔心那氣勢洶洶的北莽大軍，而是想著那句「春分麥起身，一刻值千金」的農諺，想著今年許多北涼百姓會餘糧不多，想起了當年走過倒馬關時遇到那些還在上私塾的孩子，多半會更眼饞那皮薄餡多的肉包子吧。

這個時候，那個頭頂帷帽的曼妙女子，忍住羞意，悄悄凝視著不知姓名的北涼男子。她心頭只有一個讓自己難為情的念頭，若他就是自己朝思暮想的年輕大宗師，是那家鄉很多閨中密友都愛慕的北涼王，就好了。

當聽說她要來北涼的時候，好些個只會女紅的大家閨秀，平日裡那般溫順婉約的性子，可都差點跟她一起私奔赴涼了。

師父笑言，這種讓世間男子捶胸頓足的光景，大概只有很多年前李淳罡青衫仗劍走江湖時才有過。

如今啊，江南美嬌娘，幾人不思徐？

◆

祥符二年的春分時分，如果說越演越烈的西北戰事依舊無人問津，那麼原本形勢一片大好的廣陵道突然急轉直下，就很讓離陽京城憂心了，這一切緣於謝西陲那年輕人的「化腐朽為神奇」。

在廣陵東線的將士習慣了寇江淮神出鬼沒的調兵遣將之後，主將宋笠步步為營，緩緩推進，不斷壓縮那支西楚大軍的發揮餘地，不但奪回了全部失地，且成功策反了數名當時起兵造反的西楚校尉，把謝西陲主力兩萬步卒壓縮在宕飲河、鴉鳴谷一線。

當時宋笠大軍中不但有三萬廣陵道步卒，更有八千善戰精騎作為機動戰力，加上宋笠用兵穩重，怎麼看都是穩操勝券的局面，唯一的問題就是看能否在立夏之前攻入西楚舊都了。

但就是在這種戰果唾手可得的時刻，兵力處於劣勢的謝西陲突然開始發力，主動列陣出擊。事後傳言宋笠騎軍盡出，欲以數千騎軍「薄其陣」，以草原遊牧騎兵最拿手之勢，八千騎軍分成三股，每股又分出五個橫隊，遊騎在前、精騎在後，臨敵後精騎快速穿過間隙向前衝鋒，展開拋射，然後在保持戰線齊整的情況下，精騎後撤，輕騎依次後撤，以此反覆，試圖發揮出騎射的最大優勢，等到敵軍陣形大亂後，便可攻如鑿穿而戰。

但是謝西陲只以五千力健重甲步卒，持丈餘陌刀以橫向密集隊形列陣於前，不顧箭矢，如牆而進。當縱深不斷縮小的廣陵騎軍不得不展開真正的衝鋒，對上這些恍如西楚大戟士重現天日的重甲步卒後，竟是之後讓太安城兵部官員面面相覷的六個字局面：「人馬當之即碎」！然後潰不成軍的殘餘騎軍只能由己方中軍步卒兩翼繞出戰場。

接下來是更為慘烈的步軍之戰。士氣落於谷底的廣陵步卒雖未退卻，但是依然難擋西楚的推進。主將宋笠不惜親身陷陣，率領八百死士一舉破開西楚陌刀陣，可即便如此，在接下來的戰事中，戰前被離陽朝廷笑稱為「巧婦難為無米之炊」的謝西陲，屢次調動按兵不動的有生力量投入戰場，人數都不足千餘人，但無一不精準補救了幾處危局。

宋笠也絕非庸將，浴血奮戰，曾經兩次帶兵衝殺到謝西陲陣前不足百步，都被亂箭射退。這之後謝西陲用埋伏於後方的數千騎軍衝陣，宋笠對此亦是早有應對，即便戰事膠著，仍是嚴令損失慘重的騎軍不得「輕入戰陣」全力支援己方，只准騎軍校尉率領五百騎輪番殺敵，這才在三千西楚騎軍的衝鋒下保持廣陵騎軍和步軍不至於一戰即潰。

西楚、廣陵兩軍由晌午戰至黃昏，屍橫遍野。謝西陲麾下兩萬步卒死傷一萬五千之多，而宋笠的四萬步卒和八千騎軍最終撤離戰場時，仍有戰力之數，也不足五千人。但真正讓雙方將士都感到脊背發涼的真相是，在宋笠主動撤退出戰場十餘里地外後，謝西陲出動了好似從天而降的精氣神十足的三千輕騎，而阻擋這支騎軍擴大戰果追擊步伐的，則是宋笠同樣本想用來出奇制勝的五千伏兵。

離陽朝廷在八百里加急奏章到達京城後的那次大朝會上，百官紛紛對宋笠大加彈劾，言其用兵昏聵，空有大好優勢卻坐失局面。皇帝龍顏大怒，下旨令宋笠赴京請罪。但是在之後唯有中樞重臣碰頭的小朝會上，天子趙篆率先對宋笠此人讚不絕口，說過不在廣陵軍，更不在宋笠。

中書省二把手趙右齡更是坦言宋笠此人雖然讓廣陵戰局更加糜爛，因為在盧升象入境之前，廣陵道陸上暫時已無一戰之力，只能寄希望於廣陵王趙毅的水師大軍，但終究是僅以小輸的代價就試探出了西楚軍力的深淺。當時春秋老將楊慎杏恰好也被破格躋身小朝會，馬上就跪下伏地請罪，泣不成聲，但沒有為自己開脫，而是說閻震春之死，罪在他楊慎杏和薊州老卒。

皇帝趙篆並未追究，反而對這名丟盡朝廷臉面的老將軍好言安慰，甚至讓他在廣陵戰事中喪失一臂的嫡長子楊虎臣出任薊州副將，領著那支脫困沒多久的薊南百戰步卒趕赴薊北，代父將功補過。

◆

春分過後，南疆十萬勁軍已達祥州，燕剌王趙炳中途身患重疾，不得不交由世子趙鑄來領軍。與此同時，驃毅大將軍盧升象和那與楊慎杏、閻震春同一個輩分的沙場老將兩線齊下，共計四萬精銳，與南疆大軍遙相呼應，夾擊西楚叛軍。

在這之前，離陽朝廷彷彿是以近九萬傷亡的巨大損失，以一位藩王戰死的代價，造就了謝西陲和寇江淮這兩個西楚年輕人的威名。

在這種時刻，西蜀發出一個聲音，可謂令天下震動。繼徐驍之後王朝又一位異姓王陳芝豹上書京城，稱其養兵萬餘，隨時可以出西蜀援廣陵。雖為兵部駁回，但朝野上下仍是為之震動，讚譽為「喜聞春雷聲」，足可見那位白衣兵聖在離陽人心目中的超然地位。

似乎在離陽看來，那些「叛離」北涼的英才文豪，且不說向來呼聲極高的陳芝豹，理學宗師姚白峰也好，皇親國戚嚴杰溪也好，如今高居禮部侍郎的晉蘭亭也罷，都會格外讓泱泱太安城瞧著舒服順眼。

在北涼都護府內，以徐鳳年和褚祿山為首的一群涼州邊關將領，正對著一座臨時建成的沙盤討論著謝西陲和宋笠雙方的勝負得失，這興許是北涼將領在戰時唯一的消遣了。

懷陽關校尉黃來福言語中頗為不屑：「這謝家小兒的用兵之法還不是跟咱們學的？在雙方戰線不足以完全鋪開的地帶，暗中積蓄力量，在緊要時刻分批次投入戰場，咱們北涼邊軍稍微有點眼力見兒的校尉都曉得。唯一拿得出手的東西，也就是他不知道從哪裡調教出來的陌刀陣。不過對付廣陵騎軍還行，對上咱們鐵騎，嘿嘿，也是當年西楚大戟士的下場了。」

徐鳳年說道：「這畢竟是自春秋以後首次以步勝騎的戰例，不管宋笠的騎軍戰力如何，我們都該摸摸底。有沒有陌刀陣的詳細布置？」

褚祿山一如既往癡迷地望著沙盤上各個地理細節，聞言後抬頭笑著答道：「還在等拂水房的消息呢，不過估摸著雙方粗略戰損，謝西陲的陌刀陣比起當年大戟戰陣，應該要完善許多。相信顧劍棠的兩遼那邊很快就要推廣開來，少不得跟戶部獅子大開口要一筆軍餉。」

清源軍鎮的那名壯碩校尉皺眉道：「就諜報來看，謝西陲和宋笠可不是一根筋，都鬼精鬼精的，對各自騎、步的運用都很謹慎且大膽。以前只聽說西楚那寇江淮擅長不惜腳力的長途奔襲，哪怕總體兵力少於敵人，也能在局部戰場上形成以多打少的局面，而且從來不守城也不攻城，打得好像步卒都能當騎軍用了，很有嚼頭。」

褚祿山桀桀笑道：「寇江淮是在用一連串眼花繚亂的勝利告訴天下人，以後在中原地帶的仗到底該怎麼打，已經不是你攻城、我守城那麼簡單了，一切戰役都以消滅敵人有生力量作為宗旨。你龜縮城內，我就變著法子逼你出城打；你如果有大量兵力出城，我可以先不打，找准了機會有必勝把握，再一次打光你。反正就是快刀子割肉，一次兩三斤，次數多了也就見著骨頭了。

如果說當初顧大祖首次提出戰於國門外，足以讓後世兵家大開眼界，那麼寇江淮這種別開生面的新穎打法，就是一種完美延伸，大概可以稱之為戰於城外，最大限度地削弱城池的意義，用好了，能夠處處掌握主動。當然了，當時我在北莽腹地打，早就是這麼玩的了，只不過矛頭不是對準離陽，朝廷那些官老爺也就不知道肉疼了。」

柳芽騎將揉著下巴說道：「廣陵道好不容易有宋笠這個懂兵事的將軍撐場子，離陽皇帝腦子給驢踢了，就這麼直接拿去太安城問罪了？明擺著趙毅水師也會給曹長卿吃掉的嘛。」

徐鳳年搖頭輕聲道：「僅就純粹廣陵戰事而言，是不該動宋笠。但就全域來看，朝廷這種看似自毀根基的做法，其實是一脈相承的。當時滅掉春秋八國，分封武將，如今趙家要收攏天下兵權，才好應付將來全力與北莽大戰的局勢。

楊慎杏和閻震春跟他們麾下私軍的平叛，是事情的一面，而棠溪劍仙盧白頡、南征主帥盧升象、龍驤將軍許拱、遼西大將唐鐵霜，還有當下的宋笠，這些人的相繼入京為官，則是相對隱蔽的另一面。

朝廷有意縱容西楚復國，除了沒想到西楚一開始就會給他們那麼大的下馬威外，其他事情都在意料之中按部就班地發生著，甚至連現在燕剌王出動十萬兵馬北上支援，也是早就安排好的。別看謝西陲把廣陵道陸上戰場給一口氣清空了，其實不過是幫著朝廷讓燕剌王趙炳死更多人而已。歸根結底，朝廷就是以此來削藩和抑制地方武將勢力，算是陽謀吧。」

那名柳芽騎將在痛罵趙家先後兩個皇帝都不是好鳥後，馬上對徐鳳年笑著說道：「王爺看待問題，跟咱們這些大老粗果然不同，是高屋……咦，高屋什麼來著？」

黃來福趕緊接口道：「高屋建……他娘的，老子也給忘了。」

褚祿山揉了揉額頭，有些丟人。

徐鳳年笑道：「高屋建瓴。」

兩位校尉異口同聲道：「對，高屋建瓴！」

然後各自稱讚了一句：「王爺才高八斗！」「王爺這學問硬是要得！」咱們北涼都護大人的眼神似乎有些憂鬱啊。

徐鳳年打趣道：「行了，拍馬屁這種技術活，不適合你們。你們還是老老實實帶兵打仗好了，以後打了大勝仗，我拍你們馬屁都沒問題。」

滿堂哄然大笑。

◆

徐鳳年在褚祿山重回北涼沙盤跟諸位將領商量完布置後，兩人走向褚祿山的住處。

徐鳳年走入那棟逼仄院子後，感慨道：「真是難為你了。」

褚祿山習慣性彎著腰笑道：「別看祿球兒這些年過著遮奢無比的神仙日子，當年窮瘋了的時候，能有個熱騰騰的饅頭吃那就歡天喜地了。後來是進了徐家軍，這身肥膘才一點一點養出來的。說出來王爺可能不信，祿球兒曾經不說骨瘦如柴，全身上下加一起，也就是一百二十幾斤的肉，不過那會兒肉結實，吃得住苦。」

徐鳳年還真不知道這一茬，看了眼臃腫如山的祿球兒：「不敢想像你瘦的時候是怎麼個相貌。」

褚祿山嘆了口氣：「誰說不是呢，連自己也都差不多忘了。」

徐鳳年今天特意捎帶上了那兩罐棋子，褚祿山再讓人找來一副還算造工考究的榧木棋盤，兩人久違地相對而坐，徐鳳年執白，褚祿山執黑，開始對局。

徐鳳年輸了。褚祿山終於贏了。

因為褚祿山等了這麼多年，終於可以不用刻意讓棋。盤腿坐於一只寬大繡墩上的褚祿山怔怔看著棋局，有些唏噓道：「今天才知道世子殿下棋力的真正深淺。原來當年祿球兒在放水，而世子殿下也從來沒有用心過。」

聽到「世子殿下」這個有些陌生的稱呼，徐鳳年出現剎那的失神，接著嘆息一聲，說道：「我讓人去青州找那個陸詡，但是結果讓人失望。陸詡帶了句話給我，說他寧肯去京城，也不會來北涼。」

褚祿山咧嘴笑道：「人各有志，強求不得。」

徐鳳年「嗯」了一聲，無奈道：「聽說以前徐驍也抓到過許多春秋文人，但是中意的人物絕大多數都不願意在麾下效力，只能放了。」

褚祿山笑臉有些尷尬，輕聲道：「義父是放了，不過很多人事後都給祿球兒又偷偷宰了，其中就有袁白熊那傢伙一個至交好友的長輩。」

徐鳳年哭笑不得：「難怪袁二哥說要點你的天燈！」

褚祿山嘿嘿笑著：「與那趙先生不一樣，我跟李先生是一樣的貧寒出身，天生就跟世族人物不對付，我又沒有李先生的雅量。當年見著那些眼高於頂的傢伙，就恨不得一刀剁掉一顆頭顱。如今回想起來，當年本該手軟些，少殺幾個的。」

徐鳳年無言以對。

褚祿山雙指微微撚動一顆微涼棋子，說道：「拋開永徽之春那幫臣子不說，棠溪劍仙盧白頡、中書令齊陽龍、國子監左祭酒姚白峰、洞淵閣大學士嚴杰溪、南征主帥盧升象、龍驤將軍許拱等等，這些人，是趙惇幫他兒子請去京城填補張廬倒塌後的空缺的，至於宋恪禮等人則是趙惇在世時故意壓制的棋子，好讓下一任皇帝以示君恩浩蕩。那麼兵部侍郎唐鐵霜、新棋聖范長後、廣陵道的宋笠、少保陳望、薊州將軍袁庭山、孫寅、陸詡這些人，則是新君趙篆自己栽培的『新人』。」

褚祿山冷笑道：「除了對咱們北涼每一手都很『無理』外，其餘的先手，可都很符合正統棋理。」

徐鳳年感慨道：「趙惇選趙篆這個四皇子，而不是大皇子趙武繼位，必然是經過深思熟慮的，這一點我們不能否認。迄今為止，趙篆做得滴水不漏。」

褚祿山突然眼神玩味地望向徐鳳年。

徐鳳年白眼道：「別想歪了，我跟那位皇后沒什麼。你當趙家皇室都是睜眼瞎不成？再說了，你又不是不知道嚴東吳跟李負真一個德行，兩人當初都對我愛答不理的，其實準確說來，是視若仇寇。」

褚祿山嬉皮笑臉道：「祿球兒可是想著有什麼才好。」

徐鳳年笑罵道：「你真以為世間女子都該喜歡我不成？」

褚祿山放下那顆棋子，伸出雙手，一臉天經地義道：「王爺你有所不知，現在中原一帶稍微消息靈通的大家閨秀，愛慕王爺你的小娘子，沒有一萬，也有八千！」

褚祿山優哉游哉說道：「這也是沒法子的事情啊，天下江湖一百年，武功絕頂的，也許不少，但還得長得玉樹臨風，更行事風流的，可就少之又少了。數來數去，就只有老劍神李淳罡了。王仙芝？糟老頭嘛。拓跋菩薩？北蠻子一個。鄧太阿，劍術通玄是真，可惜相貌那一關過不去。本來齊玄幀和曹長卿也能各算一個，但一個是從不入世的道教神仙，一個是只想著復國的書呆子，所以就只有王爺你不負眾望了。

走過兩趟離陽江湖，逸事趣事韻事無數，也去過太安城，更是堂堂北涼王，還幹掉了王仙芝，更有無數被你鑒定為『贋品』的珍稀字畫在京城和江南流傳，同時有大雪坪和軒轅青鋒的強勢崛起，等於變相為曾經親臨過徽山的王爺造勢，那些小娘子怎能不為之癲狂？那可真是久旱逢甘霖啊！」

徐鳳年是真不知道會出現這種結果，自嘲道：「這樣啊，那以後肯定有更多人記恨咱們北涼了吧。」

褚祿山開懷大笑：「這是當然！遠的不說，就拿胭脂郡那些不愁嫁的婆姨來說好了，只要有媒人說哪家男子長得有幾分相似王爺你，那行情可都是驟然緊俏起來的！」

徐鳳年只能一笑置之。

沉默片刻後，屋內氣氛似乎變了變。

褚祿山突然正色問道：「王爺，有句話不知當講不當講？」

徐鳳年說道：「可以問，未必答。」

能讓祿球兒如此鄭重其事地開口詢問，不是徐鳳年想要故弄玄虛，而是他真的沒把握給出答案。

果不其然，褚祿山問了一個很刁鑽的問題：「在王爺去北莽後，尤其是拎著徐淮南的頭顱返回北涼後，祿球兒就知道跟北莽這場大戰會跟所有人設想的不一樣。那麼，褚祿山必須在今天問王爺，如果有一天，跟義父當年一模一樣的抉擇擺在了王爺面前，會怎麼選？」

徐鳳年欲言又止。

褚祿山死死盯著他，很快說道：「王爺知道一點，到時候趙家坐龍椅的人，不一定是趙篆，可能會是曾經與王爺一起在丹銅關的那個趙鑄！」

徐鳳年沒有說話，反而是問話的褚祿山繼續說道：「如果真有那個時候，同樣的抉擇，但已經不是相同的天下格局了。比起當年徐家毫無勝算的必敗無疑，以後，徐家、趙家，我們最不濟也會是勝負各半！大勢，在我們手裡！」

兩人之間的那盤棋局已定已死。

徐鳳年深呼吸一口氣，苦澀道：「祿球兒，讓你失望了。」

褚祿山緩緩低下頭。

徐鳳年也是低頭不語，看著棋盤發呆。

不知何時，徐鳳年依舊枯坐原地，褚祿山已經站起身來到徐鳳年身邊，有些艱難地彎腰並伸出手，輕輕揉了揉徐鳳年的腦袋，輕聲道：「雖然很失望沒有聽到想要的答案，但是世子殿下，你可能忘了，在你小的時候，在那麼多義子中，始終是你跟那個憨傻憨傻的祿球兒最親。祿球兒我也從來都以此為榮，比打了勝仗還要開心。

如果有一天，從小就孤苦伶仃的祿球兒，把這三百斤肥膘交待在沙場上了，別傷心。我褚祿山這輩子，能有個家，值了。」

第十二章　寇江淮祕密赴涼　北涼王新得將才

虎頭城是北莽大軍南下必要拔掉的一顆釘子。

虎頭城之巨大巍峨，素來有「邊陲再無二置，西北更無並雄」之稱，東西長四里半，南北寬約五里。北涼道耗時六年建成後，據傳耗盡王朝西北半數巨石大木，其正南門名為定鼎門，更是飽受離陽文臣詬病。

虎頭城僅正北城頭就置有絞車強弩十二架，矢道有七衢，箭矢大如屋椽，以鐵葉為羽，疾發如雷吼，最遠可及七百步外！春秋尾聲時，顧劍棠攻打舊南唐，便曾以此弩射穿南唐水師大型樓船，用以彰顯離陽戰力。若不是這些巨型床弩的震懾和牽制，而是任由北莽步卒肆意推進攻城器械，虎頭城的防禦絕不至於像現在這樣猶有餘力。

拿千餘架大小投石車來攻打一座城池，這種只有瘋子才做得出來的事情，歷史上只有大奉王朝由盛轉衰的中期出現過一次，那一次遭殃的城池正是規模不輸太安城的大奉國都。當然，時至今日，北莽中線雖然積聚了同等數量的投石車，只是拋石重量多二、三十斤而已，故而總體而言，集群威力仍是遠遜大奉中期那場被後世譽為「天花亂墜」的攻勢。

虎頭城除了本身易守難攻，還在於後方有柳芽、茯苓兩座軍鎮幫忙牽制北莽，使得虎頭城不至於步襄樊「十年孤城」的後塵。加上虎頭城內有隨時可以主動出擊的六千騎軍，又能跟柳芽、茯苓的精銳騎軍遙相呼應，而懷陽關這條防線同時與更後方的重塚四鎮一線相距不過百里，無一不是下馬守城、上馬騎射的北涼邊軍精銳。如果不是北莽中線兵力足夠充裕，在人數上占據絕對優勢，那麼北涼隨時會率先發動一場大規模騎戰。於是祥符二年的春季，虎頭城就成了唯一的主角，吸引了涼莽雙方的大部分注意力。

在北涼都護府或者說徐鳳年個人決意要虎頭城死守一年後，在副經略使宋洞明和涼州刺史田培芳主持下，涼州境內向柳芽、茯苓兩鎮火速添補了萬餘步卒。其中流州青壯有四千人，攜帶了大量器械輜重，一路北上，在齊當國親自率領白羽衛的嚴密護送下，進入兩座軍鎮。

為此，北莽象徵性出動兩萬騎軍繞過虎頭城試圖南下攔截，但是最終沒有跟白羽衛死磕，僅僅爆發了兩場小規模的接觸戰。在此之後，北莽應該猜測到北涼方面的戰略意圖，於是加大力度猛攻虎頭城，其攻城手法主要脫胎於幽州葫蘆口，只是相比臥弓、鸞鶴兩城的簡單粗暴，攻打虎頭城，多了許多新意。

除了投石車，南朝匠人還為北莽大軍製造出大量用作填平壕溝的蛤蟆車，和為弓箭手登高平射以及搗毀城頭剁口的飛樓，還有試圖臨城堆土砌山，甚至派遣穴師勘探地勢，日夜不息挖掘地道以崩壞城牆或是以通城內。

為此，虎頭城做出了各種應對。北莽步卒視死如歸，前衝以茅草樹枝裹土扔入壕溝，擲者如雲，虎頭城便將燒紅的鐵珠射向壕溝，鑽入柴草縫隙，最終灰燼泥土不過增高數寸而已，距離北莽預期相去甚遠。

虎頭城在城牆內挖溝堵截地穴，以火攻之，北莽近千士卒悶死其中，死相淒慘；虎頭城對於北莽近千投石車的連綿攻勢，亦是早有準備。劉寄奴籌謀周詳，早已命人製備了四十餘萬塊土坯，臨戰用以增補城牆，隨壞隨補，雖然不如最初夯土版築的城牆強度，但這讓北莽原本用以制勝的投石車只是成為錦上添花的花哨物件。

當北莽用最笨的法子在虎頭城外起土為山，萬夫長以下人人負土矢，劉寄奴便以其人之道反制北莽，挖掘地道空其地基，一舉沉陷北莽敵軍數千人。山崩地裂之際，塵土飛揚，連遠在懷陽關的北涼都護府都能看到。

哪怕是極少褒獎他人的褚祿山，也不由得驚嘆一句：「好一個攻守兼備的劉寄奴！」至於吃足苦頭的北莽將領，對這個早就聲名遠播的北涼名將，則是越發人人恨不得食其肉。

柳芽、茯苓在各自獲得五千步卒幫忙守城後，兩鎮輕騎就能夠澈底放開手腳。與此同時，徐鳳年親自下令包括纖離牧場在內涼州幾大馬場，為原本還需要兼顧長途奔襲的柳芽、茯苓兩鎮更換或者補充戰馬，轉為以追尋爆發力作為唯一宗旨。

徐鳳年和都護府給柳芽、茯苓制訂了一項規矩，接下來的戰事應當以兩百里為界線，只要找準機會，不用跟都護府稟報軍情，可以自行出城尋找北莽騎軍作戰，要求就只有戰後能夠保存主力，不論勝負！

這對北涼邊軍來說實在是匪夷所思的軍令，竟然還有吃了敗仗都不責罰的好事情？

柳芽、茯苓兩鎮主將還專門跑去懷陽關詢問此事，生怕是消息傳遞有誤，可得到的答案竟然是肯定的。事後兩名騎軍主將碰頭議事，都有些憋屈和憤懣，覺得王爺和褚都護這是瞧不起他們兩鎮騎軍的戰力啊。

憋了口惡氣的茯苓軍鎮騎軍，很快就帶著剛從幾大牧場迎娶來的數千「新媳婦」，找到一個宣洩口，得到遊弩手彙報後，在牙齒坡一帶跟北莽一支偏騎狠狠幹了一架。四千北莽騎軍死戰不敵，向西潰逃。

一名叫乞伏隴關的騎軍都尉建言軍鎮主將衛良不可追擊，衛良不聽勸阻，銜尾追殺三十餘里，為八千莽騎埋伏。跟在茯苓騎軍最後的乞伏隴關在關鍵時刻，率五百騎破陣直衝北莽大纛，而且在這之後誓死殿後，這才給茯苓騎軍主力後撤贏得了寶貴時間。乞伏隴關身上鐵甲嵌入箭矢多達六根，五百兵力僅存不足一標人馬。

此戰雖然北莽戰損大於北涼，但是涼州邊關第二道防線上的茯苓騎軍差一點就全軍覆沒，就算仍有五千步卒守城，但是沒了騎軍，原本兩翼齊飛的防線也就會折斷一翼。

衛良為此前往懷陽關負荊請罪，不過徐鳳年並未責罰這位茯苓主將，只是提拔那個被自己隨手丟入茯苓軍鎮擔任小都尉的乞伏隴關，將其升為都尉之上校尉之下的校檢官，統領補足名額後的一千騎軍，設立斬纛營，允許此營每次建功便酌情增添兵力，最終會以三千騎為人數上限。這是在葫蘆口步軍虎撲營被撤營和幽州騎軍新設不退營後，又一件引人注目的大事。乞伏隴關這個北莽馬欄子出身的無名小卒，開始在北涼邊軍中一鳴驚人。

北涼都護府內，褚祿山正在和將領討論是否應該向虎頭城運輸兵力，雙方爭執激烈，爭吵的焦點在於開闢這條道路付出的巨大代價到底有沒有意義。現在誰都清楚虎頭城再容納一萬五千人不是問題，真正的問題是進不進得去。柳芽、茯苓的騎軍牽扯暫時只能做到讓北莽無法在虎頭城南面展開穩定攻勢，這跟北涼邊軍由南門大搖大擺支援虎頭城有著天壤之別。

堅持一方認為送一萬五千人進入虎頭城的代價大概會是萬餘騎軍的損失；反對一方則堅持這種損失太過低估北莽的戰力和決心了，這種鋌而走險的行徑正中下懷，北莽正愁打不開局面，這是北蠻子打瞌睡了，咱們北涼就送枕頭，到時候別說損失一萬騎軍，就是三萬人都不夠填滿虎頭城南那個大窟窿。

然後有人提議柳芽、茯苓兩鎮同時出擊，大膽推進，向駐紮在龍眼兒平原的北莽大軍展開騷擾，為走懷陽關這個方向的兵源輸送打掩護。但是很快就有人反對，認為以董卓等人的腦子，這種看似好心實則下乘的用兵無異於主動跟北蠻子打招呼，生怕他們不知道咱們北涼有動作了。

耳邊都是吵鬧聲的褚祿山平靜道：「隨著柳芽、茯苓的增兵，北莽肯定推測出我們要以虎頭城作為支撐點的用意，否則他們也不會在幾天前給茯苓騎軍下套子。所以北莽如今是在猜測我們何時會支援虎頭城，而不是猜測我們是否會支援虎頭城，這一點毋庸置疑。」

當褚祿山開口說話後，立即全場寂靜，一個個桀驁難馴的邊軍驍將都自然而然豎起耳朵凝神旁聽。

褚祿山繼續不溫不火地說道：「那麼我們就爭取挑個他們想不到的時機做成這件事情，沒有這種機會，那就只能不去做。諸位，虎頭城要守，但別忘了為何要守虎頭城的初衷。不是為了守城而守城，而是要最大限度地保全我們涼州防線。

互換兵力的事情，哪怕是我們邊軍以一人性命換取兩個北莽蠻子，也毫無意義。當然，其間我們可以順勢吸引幾支北莽騎軍離開主力大軍，甚至直接就把一萬五千人放在懷陽關後方卻不去動，但是可以讓重塚一線的軍鎮騎軍傾巢出動，來一場北莽如何都想不到的大規模戰役，打贏了就撤。」

褚祿山說到這裡，伸出手指敲了敲自己的腦袋，皮笑肉不笑道：「虎頭城有劉寄奴，他會做好守城的事情，在座各位，咱們除了兩條腿，還有戰馬四條腿幫著跑路，千萬別一條道走到黑。說到底，現在我們跟北莽大軍就在虎頭城和懷陽關這一帶大眼瞪小眼，誰都是在螺螄殼裡做道場，雙方勾心鬥角，就看誰的道法做得更出其不意了。」

雖說虎頭城支援一事沒有得出什麼明確的結論，但褚祿山發話後，在場將領也就不再有異議。

◆

褚祿山陪著徐鳳年在都護府散步散心，褚祿山輕聲嘆息道：「可惜了，弄巧成拙。」

徐鳳年輕聲笑道：「也許這就是人算不如天算吧，當我搬石頭砸自己的腳好了。」

褚祿山搖了搖頭，仍是有些惋惜神色。當時徐鳳年給柳芽、茯苓兩鎮下達那個軍令後，衛良的貿然追殺和北莽的伏擊其實都在都護府意料之中，事實上一旦衛良所率騎軍陷入死戰境地，最多支撐小半個時辰，就會有一支長途奔襲的清源騎軍加入戰場，一口氣吃掉北莽誘餌騎軍和後續的伏軍。

只是突然橫空出世了一個既有危機感又敢死戰的小都尉乞伏隴關，破壞了所有布局，徐鳳年和都護府也就只好啞巴吃黃連，有苦不能說了。這樣的機會，屬於過了這個村、就沒了這店，沒了就是沒了，北莽肯定以為北涼不會「重蹈覆轍」一頭闖入伏擊圈，北涼也隨之就失去了給北莽下個連環套的大好時機。

褚祿山突然笑了：「京城兵部那邊，終於記起來要跟咱們討要有關北莽攻勢軍情了。」

徐鳳年冷笑道：「別搭理就是，如果當時兵部觀政邊陲那夥人，有膽子去幽州葫蘆口或者是來咱們懷陽關，我也不攔著他們旁觀戰局，現在既然自己滾蛋了，那麼天底下就沒有躺著享福的好事了。」

褚祿山點了點頭，有些幸災樂禍：「那條袁瘋狗現在是騎虎難下了。王京崇和大如者室韋這兩個捺缽雙手奉送了一場大捷給他，如今朝野上下都對北莽戰力嗤之以鼻，袁庭山也如願以償當上了薊州將軍，估計顧劍棠都恨不得把這個只顧著自己升官發財的女婿砍死了。北莽最東面的戰線越是『不堪一擊』，咱們顧大將軍可就越是難從戶部、兵部那邊要錢、要糧、要兵器嘛。這不兩遼說要打造六千人陌刀步陣，戶部尚書還沒說什麼，侍郎就直接給了『要命一條，要錢沒有』的爽利答覆！」

徐鳳年感慨道：「現在回頭來看，當時元虢從清水衙門的禮部升入掌管一朝錢袋子的戶部，表面上看似是深得聖眷，其實不然啊。趙篆真正的心腹程度，六部座位只會以禮部為首，然後才是吏部和兵部，戶部也就只比刑部工部稍高而已。屋漏偏逢連夜雨，元虢隨後又在小朝會上站隊出了紕漏，唯一的懸念就在於他和兵部盧白頡誰更早離開六部了。」

褚祿山嗤笑道：「說到底還是新君打心眼裡不信任顧廬門生，更改離陽版籍一事，何嘗不是在試探元虢等人。當下不是有傳言要在藩王轄境設置節度副使嘛，我估摸著盧白頡和元虢都得滾出太安城，一個去南疆噁心燕刺王，一個去新近就藩的地方。」

徐鳳年點頭道：「南疆道肯定會有，多半是讓趙篆大失所望，且從頭到尾都不視為自己人的棠溪劍仙。元虢則會相對好些，應該是去跟趙篆向來不和的漢王那邊。如果表現上佳，元虢還有一絲重返朝堂中樞的機會，盧白頡是肯定一輩子在地方上輾轉的命了。而且少了一個兵部尚書，註定會有一系列的升遷變動，朝廷也好安撫一些地方武將，一舉兩得，畢竟謚號是死後才有的事情，兵部的官職卻是實打實的。」

褚祿山譏笑道：「離陽趙家除了當初偏居一隅時的廟堂亂象，已經很多年沒有出現這麼眼花繚亂的高層動盪了。」

徐鳳年搖頭道：「其實不太一樣。現在的亂，是尋常老百姓看熱鬧才會覺得一團亂麻，其實是亂中有序，京官心裡都有底。」

褚祿山點頭道：「所以說齊陽龍還是有幾把刷子的，不愧是趙惇用來頂替碧眼兒的老傢伙。」

徐鳳年輕聲笑道：「趙篆願意實心實意重用坦坦翁，證明他這個忙著用屁股焐熱龍椅的年輕皇帝，總算還沒有失心瘋。」

褚祿山和徐鳳年不知不覺走到當初郁鸞刀任職的衙屋廊外。兩人站在屋簷下，一人十指交錯，一人雙手攏袖，這兩個北涼最大的人物，這麼並肩而立，看上去有些滑稽。

褚祿山輕輕呼出一口氣，看著那團霧氣在眼前緩緩消散，說道：「幽州騎軍出了這個郁鸞刀，霞光城也冒出一個屢次建功的劉浩見，如今涼州好歹也有了個乞伏隴關，這是好事，我就等著流州那十幾萬難民中有誰最先脫穎而出了。而且那個洪驃似乎也不錯，性情有點像皇甫枰，這類人，天生就為亂世而生的。」

徐鳳年無奈道：「北莽也有種檀之流，以後也會在大勢中漸漸浮出水面。」

褚祿山正要說話，一名白馬義從都尉突然快步走入院子，臉色有些難以掩飾的古怪，抱拳沉聲道：「王爺，都護大人，有一人求見，自稱是廣陵道寇江淮。」

饒是徐鳳年和褚祿山也忍不住面面相覷。

這是唱的哪一出？

褚祿山笑問道：「咱們是掃榻相迎呢，還是晾著這位名動天下的西楚名將？」

徐鳳年對那名白馬義從說道：「帶他過來。」

很快就有一位身材魁梧的年輕人出現在他們視野，這好像也等於此人悍然闖入整個北涼邊軍的視野。

孤身進入北涼道的寇江淮沒有攜佩刀劍，也沒有太多士子風流，甚至不如許多赴涼士子的儒雅，倒更像是一個北涼本地的讀書人，看著就是那種讀過聖賢書也能騎馬殺敵的人物。

寇江淮瞥了一眼確實很難不被看到的都護大人，然後盯著徐鳳年，開門見山道：「徐鳳年，我寇江淮可以為北涼效力，但有個條件。如果有一天必須讓我帶一萬北涼鐵騎趕赴廣陵道，至於做什麼，你不用管，寇江淮自信抵得上一萬騎軍。」

褚祿山哈哈笑道：「那些青樓花魁自抬身價，也沒你寇江淮這麼厚臉皮的。要說你寇江淮是在廣陵道那邊，別說能夠當一萬騎軍用，就是兩萬、三萬，我都能忍，可到了這兒，你哪來的自信有整整一萬北涼鐵騎的身價？怎麼，打趙毅、打宋笠給你打出來的信心？就他們那些騎軍的『卓絕』戰力？配給我北涼騎軍提鞋嗎？」

寇江淮臉色鐵青，依舊凝望著那個比他還要年輕些的西北藩王。

徐鳳年搖頭道：「你想用北涼騎軍去破局，我不會答應的。」

寇江淮面帶譏諷笑意：「沒想到堂堂離陽王朝兵力最盛的藩王也就只有這點氣魄了。你徐鳳年就不知廣陵道越讓離陽朝廷焦頭爛額，趙室才會真正倚重你西北徐家嗎？到時候只要你徐鳳年肯借兵給我，看朝廷還敢不敢再拿版籍和漕運兩事來刁難北涼？

退一步說，我借兵，也不會光明正大打著北涼騎軍的旗號。退兩步說，國姓由趙換成姜，對北涼豈不是更有利？公主也好，曹長卿也罷，還有我寇江淮，註定都不是離陽趙室，非但不會拖北涼的後腿……」

徐鳳年平靜道：「實不相瞞，這種事情，我無聊的時候私下也想過，咬咬牙給你們兩、三萬騎軍，廣陵道也就拿下了。但如果說幫你們西楚去爭奪天下，別說兩、三萬，就是五萬、十萬，都是杯水車薪。你真當西蜀陳芝豹和兩遼顧劍棠是兩根木樁子？真當南疆十多萬精銳邊軍是看戲的？到時候別說等著你們姜姓當皇帝然後傾力支持西北，恐怕北莽早就長驅南下了。寇江淮，你說我眼界不大，我不否認，但你眼界更小而已。」

徐鳳年忍著笑意，繼續說道：「再者，你這種蹩腳說客，尤其是這一手語不驚人死不休的手法，真的不高明。我徐鳳年當年走江湖的時候，假扮相士裝神弄鬼，每次多少還能騙些銅錢，至於你，別說一萬騎，就是一騎都帶不出北涼。」

褚祿山笑得好不暢快。

寇江淮沒有露出情理之中的惱羞成怒，反而有些遺憾又有點釋然。這個年輕人就那麼沉默著站在院子裡，略顯孤單蕭瑟。

徐鳳年走下臺階，問道：「知道為什麼曹長卿不讓你領兵嗎？」

寇江淮語氣淡漠道：「他覺得我只是一員將才，而非帥才，應該看到更遠的太安城，而不是廣陵道的那點得失。」

這下子輪到徐鳳年訝異了，好奇道：「那你到底是怎麼想的？」

寇江淮平靜道：「我只知道一點，只有西楚本身之力，打到太安城下又如何？」

褚祿山嘖嘖稱奇道：「你小子也不笨啊。只不過比起兢兢業業的謝西陲，你寇江淮的胃口更大。」

寇江淮看著這座「小山」，反問道：「身為武將，在屢戰屢敗、屢敗屢戰的徐驍，和一生之中百戰百勝最終僅有一敗的葉白夔之間，你選擇做誰？」

褚祿山點頭道：「有道理。」

寇江淮滿是自嘲地笑了笑，然後直接轉身就走。

徐鳳年直到他走出院子，也沒有出聲。

褚祿山低聲問道：「真的就這麼讓這條過江蛟溜走了？」

徐鳳年輕聲道：「相比寇江淮，我還是更欣賞任勞任怨的謝西陲。」

褚祿山「嗯」了一聲：「謝西陲用起來安心，寇江淮就不好說了。」

徐鳳年突然喊道：「寇江淮，進來吧。出院子後的腳步那麼慢，給誰看呢？」

寇江淮果真重新反身出現在院門口。

徐鳳年笑著說道：「能帶走多少北涼騎軍，得看你自己的本事。從今天起，不但懷陽關，還有柳芽、茯苓兩鎮的騎軍都歸你調動。刨去北涼損失，你能殺多少北莽人，到時候我就給你多少大雪龍騎和兩支重騎兵之外的任意騎軍。不過事先說好，那些騎軍不是讓你拿去打太安城的，只不過是幫你留下一些西楚元氣，然後你得帶著所有人返回這裡。事實上你我心知肚明，廣陵道不適合你寇江淮，北涼恰恰適合。這筆買賣，你做不做？」

寇江淮臉色陰晴不定。

徐鳳年伸手指了指：「行了、行了，漫天要價坐地還錢的伎倆，我徐鳳年一樣是你的前輩。你寇江淮從一開始就是打著這主意來的，我也沒怎麼討價還價，你就知足吧。」

寇江淮笑了：「我是不擅長演戲，可你徐鳳年也別得了便宜賣乖，一旦西楚敗亡，大勢已去，你真的放得下我們公主？不一樣要帶兵去搶人？我只不過是幫你找了個臺階下罷了。」

徐鳳年一本正經地點頭道：「嗯，看來咱們都不是什麼好鳥。」

褚祿山看著眼前這峰迴路轉的一幕場景，有些無語，現在的年輕人啊。

滿身塵土的寇江淮很不見外地說道：「有沒有睡覺的地兒，我先好好睡上一天一夜，領兵殺北莽蠻子的事情，等我睡飽了再說。」

褚祿山笑罵道：「你才是大爺啊。」

等到寇江淮被領著離開，徐鳳年抬頭看著灰濛濛的天空，陷入沉思。

走下臺階後，褚祿山也不出聲打攪，安靜站在旁邊閉目養神。

許久過後，徐鳳年緩緩道：「就算寇江淮用化名，以後利弊還是不好說。」

褚祿山有些疑惑：「朝廷那邊咱們不用管，現在差不多就已經是最壞的局面了。一個寇江淮當一萬騎用，其實還真不是那小子吹牛，青河、重塚那一線有周康、顧大祖坐鎮，不用擔心什麼，但懷陽關這邊真要有大戰，黃來福等人不行，就只能由我親身上陣了，有個寇江淮咱們也能輕鬆許多。為何還有此說？」

徐鳳年苦澀道：「可能是我想得太遠了。」

褚祿山很快便心領神會，感慨道：「是有些遠。但遠水解不了近渴。」

徐鳳年點頭笑道：「也對，咱們還是先用寇江淮解決掉燃眉之急。」

褚祿山猶豫了一下。

徐鳳年拍了拍他的肩頭，走出院子。

褚祿山站在原地，喃喃自語道：「是怕我褚祿山有一天真把三百斤肉丟在沙場上，才答應寇江淮留下來嗎？」

◆

臨近清明節，今年此時北涼無雨。

北涼道的人心也趨於穩定，涼州虎頭城始終穩如泰山，葫蘆口那邊搖搖欲墜的霞光城也守下了。流州青壯陸續進入各州邊軍，而柳芽、茯苓兩鎮主將頭頂突然多出一個姓寇的實權將軍，名義上的頭銜是涼州副將。有幽州郁鸞刀在葫蘆口外的顯赫戰功珠玉在前，涼州邊關對此也見怪不怪，這也側面證明年輕藩王對北涼軍政的掌控力越來越大，這絕對不是僅僅因為他姓徐就可以做到的。

清明這個節氣，位於仲春與暮春之交，正值氣清景明，萬物皆顯，故有此名。在往年，北涼與中原大致同俗，除了掃墓祭祖這個傳統，還有夜燈祈福、插柳辟邪等事，但是今年北涼道各個州郡官府都專門下令不許插柳戴柳一事，也沒有解釋什麼。

清明本就是鬼節之一，又在柳條抽芽泛綠的時分，於是「楊枝著戶上，百鬼不入家」一語便膾炙人口。只不過如今的北涼許多刺兒頭角色要麼早已離境，要麼就是被收拾得服服帖帖，對於這種無傷大雅的小事也就沒有什麼風波異議了。

祥符二年，涼州清明無雨，天氣柔且嘉。

但是涼州清涼山所在的州城，有一種無言的肅穆，不斷有大人物帶著親騎擁入城中。除了北涼都護府褚祿山留在懷陽關，騎軍主帥袁左宗沒有南下，還有步軍主帥燕文鸞坐鎮幽州邊境，其餘邊關大將幾乎無一例外都趕赴這座州城。周康、顧大祖、何仲忽、陳雲垂、幽州刺史胡魁、幽州將軍皇甫枰，甚至連經略使李功德和陵州刺史徐北枳也都陸陸續續趕到。

這是徐鳳年世襲罔替北涼王後，清涼山王府第一次如此將星薈萃，盛況空前。

第二天便是清明節，來自涼北邊關的兩騎在夜幕中悄然入城，由南城門進入後，沿著主街一直向北，直奔那座對離陽朝野來說充滿了傳奇色彩的北涼王府。

化名寇北上的涼州副將寇江淮在騎馬緩行時，轉頭對身邊的徐鳳年笑道：「現在還有人去王府刺殺你嗎？應該沒有了吧。天下四大宗師之一的徐鳳年，不管是不是北涼王，都沒誰敢自尋晦氣啊。」

徐鳳年一笑置之。

真跟這個寇江淮熟識以後，徐鳳年才發現別看這傢伙長著一副生人勿近的冷酷模樣，其實是個話癆，話匣子不開則已，一打開那就關不上。這一路同行，徐鳳年第一次遊歷江湖時候的故事、糗事，差不多都給寇江淮打破砂鍋問到底了。反倒是對於北涼軍政，寇江淮從不主動詢問，偶爾說起足以牽動天下人心的廣陵軍務，也總是吊兒郎當的架勢。這讓徐鳳年大開眼界，原來在陷陣無雙的猛將和羽扇綸巾的儒將之間，還有這麼一種將領。

練劍的寇江淮對於徐鳳年不但與李淳罡結伴遊歷江湖，還跟鄧太阿有過交集，那叫一個兩眼放光，恨不得徐鳳年把先後兩任劍神的喜好、穿什麼衣服吃什麼飯菜都問清楚。所以當徐鳳年說那個羊皮裘老頭喜歡摳腳、挖耳屎的真相後，當場崩潰的寇江淮沉默了約莫整整半天時光。

好不容易重新振作，絮絮叨叨說著「原來那才是高手風範啊」、「不與世俗同流合汙，難怪能練出世間頭等劍，看來我也得穿件破敗皮裘才行」。結果當徐鳳年又說了那位桃花劍神的相貌一點都不風神如玉，其實比他寇江淮還「平易近人」後，寇江淮又開始沉默了。

等到寇江淮好不容易療傷完畢，徐鳳年又來了一句自己練武不過三、四年，是碰運氣練出了個大宗師。這讓劍術其實頗為不俗的寇江淮悲痛欲絕，澈底閉嘴。

直到當下進入涼州城，寇江淮總算有些還魂。

在可以依稀看到清涼山燈火後，寇江淮突然如釋重負道：「雖然你故意說得輕巧，但其實我知道你有今天的風光來之不易。」

徐鳳年淡然笑道：「要是這麼說能讓你心理平衡一點，那你就這麼理解好了。嗯，容我粗略算一下，大概我自上武當練刀開始，從二品小宗師起，至陸地神仙之上的天人境界，真算起來，六個境界，好像不止一年破境一次嘛。對了，你貌似如今還是小宗師，沒到金剛境吧，『運氣好』的話，四、五年後，你有可能就是天下第一的高手了。」

於是寇江淮不說話了。

這位涼州副將在進入氣象萬千的王府時，依舊是病懨懨的。

兩頭年幼虎夔興沖沖跑來迎接徐鳳年，暱稱「金剛」的那頭虎夔更是直接撲向徐鳳年的懷中，姐姐「菩薩」也親暱地輕輕咬著徐鳳年的袍子。

然後徐鳳年把寇江淮留在聽潮湖，帶著兩頭歡天喜地的年幼虎夔去了梧桐院。二姐徐渭熊和陸丞燕自然都在，跟那些有「女翰林」美譽的年輕女子一起忙著批紅，二姐只是抬頭看了眼徐鳳年就低下頭去。

徐鳳年走到陸丞燕桌旁，讓他意外的是王初冬這丫頭也在梧桐院有了一席之地，書桌就在陸丞燕隔壁，好像在撰寫一部註定不被離陽文壇關注的《北涼英靈集》。

徐鳳年搬了椅子坐在她們之間的時候，小丫頭還提著筆怔怔出神，那很認真去發呆的俏皮模樣，讓徐鳳年和陸丞燕相視一笑。

不遠處，徐渭熊忙完一份諜報批示後，放下筆，揉著手腕，輕聲說道：「陸詡就在這幾天會進入京城，你當時就應該讓糜奉節和樊小柴把他綁來清涼山的，宋副經略使就會輕鬆很多。」

徐鳳年舉起雙手，求饒道：「我這不是拐了一個寇江淮回來嘛，也算將功補過了。」

徐渭熊瞪眼道：「寇江淮不來北涼，只是『不得』，但是幫趙珣呈上疏策的陸詡到了太安城，為趙篆所用，卻會有害北涼，是『有失』。兩者豈能混淆？」

徐鳳年一臉苦相，不敢反駁。

陸丞燕也不幫著言語解圍，只是朝他微微一笑。

那位後知後覺的「一書奪魁」王東廂王大文豪，終於發現了徐鳳年就坐在近在咫尺的地方，驚嚇得身體後仰，連人帶椅子一同向後倒去。徐鳳年輕輕伸手一拉，把椅子拉回原位。

鬧笑話的王初冬滿臉無地自容，似乎想要找個地方躲起來，像一隻驚慌失措的小狐。

徐鳳年朝她做了個鬼臉，她馬上便燦爛地笑起來，眼眸眯起月牙兒，臉頰也有了酒窩。

徐鳳年笑道：「妳們別太累了，記得勞逸結合。那套武當山拳法，空暇時也能練一練。」

徐渭熊沒好氣道：「少站著說話不腰疼。」

徐鳳年小心翼翼朝陸丞燕和王初冬翻了個白眼，梧桐院丫鬟都忍俊不禁偷偷笑著。

徐渭熊正要繼續訓話，徐鳳年趕忙起身道：「我到宋先生那邊瞧瞧去。」

看著帶著兩條虎夔一溜煙跑路的北涼王，梧桐院的氛圍無形中輕鬆了許多。

徐鳳年在宋洞明那邊的待遇跟梧桐院遭受的冷落，當然是一個天、一個地。如今在副經略使大人手下擔任下屬的官員，多是事功學問都在北涼出類拔萃的年輕士子，各有所長，只不過相比江湖年輕一輩更多崇拜和羨慕徐鳳年的大宗師身分，這些讀書人更多是在深入瞭解北涼現況後，對徐鳳年這位三十萬鐵騎之主由衷敬畏。所以當徐鳳年和忙裡偷閒的宋洞明相對飲茶時，那些年輕人都關注著年輕藩王的一舉一動。

宋洞明雙手捧著徐鳳年親手烹製而且親自倒茶的茶杯，並不急著喝茶，只是用以驅除春寒，輕聲道：「所有赴涼士子都到了，那些戰死將士的家屬也到了。其中有些言語聲音，肯定少不了，還望王爺不要放在心上。」

徐鳳年點了點頭。

有些風言風語，就像很多人當初聽說他去葫蘆口外就覺得是以匹夫之勇逞威風，是同一個腔調，對此徐鳳年是真的不願意去理會。

有些是苦極而泣的聲音，這些，徐鳳年是不敢去聽。

聊了些北涼政務，宋洞明起身跟徐鳳年走出屋外。

這位曾經被元本溪當作儲相栽培的中年人猶豫了一下，說道：「以前是我想當經略使，以便更好施展手腳，與李功德相處後，覺得還是希望他能夠繼續擔任經略使。我在涼州，李大人在陵州，並不會誤事。」

徐鳳年點頭道：「既然宋先生說了，那就沒有問題。」

宋洞明停下腳步，笑道：「我還有一大堆事務要處理，就不遠送了。」

徐鳳年笑道：「理當如此。」

宋洞明對著徐鳳年的背影說道：「以前只知道北涼是個武人用兵之地，現在宋洞明和很多讀書人，都發現北涼同樣是個文人『下得筆』的地方，我要替這些人與王爺道一聲謝。」

徐鳳年轉過頭，開心地笑了。

宋洞明突然眨了眨眼睛，強忍著笑意，說道：「王爺，我宋家有幾位晚輩女子，性情也都賢淑，都寫信給我了，說就算偷，也要讓我給她們寄回幾樣王爺的印章字帖之類的小物件。膽子最大的一個，自幼就嚮往行走江湖和做那女俠，她說就算給她寄去一件王爺的衣衫那才最好，若是沒有東西寄回，她就要跟我這個伯伯絕交。」

徐鳳年有些尷尬地摸了摸額頭。

宋洞明笑聲爽朗，撂下一句：「衣衫我看就算了，王爺隨手寫四、五個字的字帖送我幾幅就成。」

◆

這個清明的前一夜，徐鳳年獨坐山頂，看著山腳那滿城燈火漸起又漸熄，喝盡了一壺綠蟻酒。

天微亮，徐北枳緩緩走到山頂，看著披了件厚重裘子的徐鳳年，走到石桌坐下，晃了晃那只已經喝光的酒壺，輕聲道：「匹夫懷璧死，百鬼瞰高明。」

渾身酒氣早已被冷冽山風吹散的徐鳳年嘆氣道：「我昨夜在想，如果以後換了人做皇帝，哪怕那個人跟我曾經是要好的朋友，他能不能容忍一個別姓之人手握數十萬精兵。」

徐北枳搖頭道：「你最好別抱希望，省得失望。因為就算那個人能忍，他身邊所有人也不會答應。怎麼坐上龍椅和如何坐穩龍椅，是截然不同的兩件事情。北涼總覺得離陽趙室三任皇帝是一個德行，都喜歡狡兔死、走狗烹，這種看法倒也沒冤枉他們，只是且不說剛剛登基的趙篆，趙殷、趙惇既然註定會是後世史書上的明君，自然有他們的過人之處。

尋常平頭百姓，想要打理好一個門戶，想要日子過得年年有餘，尚且需要殫精竭慮，更何況是偌大一個王朝。趙殷也許信得過徐驍不會反趙家，但趙殷信不過徐驍的兒子還會心甘情願鎮守西北。趙惇也許知道你的底線並不低，但一樣信不過徐家下一位異姓王就一定不會驕縱難制。他肯定在想，有沒有可能北涼王哪天一個興起，就跑去挖斷趙家的牆根。」

直言不諱的徐北枳瞥了眼欲言又止的徐鳳年，冷笑道：「可能你會說徐驍不會反，我徐鳳年一樣不會反，以後我的後代也一樣。」

徐鳳年苦笑無言語。

徐北枳依舊是言辭刻薄：「人心隔肚皮，沒誰是你徐鳳年肚裡的蛔蟲，天底下也沒有誰必須要相信誰的道理可講，尤其是那些生在帝王家的龍子龍孫，不生性多疑，怎麼坐龍椅？怎麼去跟藩鎮、外戚、宦官還有滿朝文武鬥心眼？再說了，一份家業，寧肯被子孫敗光，也不願被外人搶走。這種陰暗心態，也不是皇帝獨有的。你徐鳳年敢說自己就一點都沒有？」

徐鳳年笑道：「也對。」

徐北枳突然問道：「你不是四大宗師之一的高手嗎，怎麼，也會怕冷？」

徐鳳年自嘲道：「流州那一戰後，實力大跌，終日骨子裡生寒。裘子其實不禦寒，之所以披著，不過是聊勝於無。就像很多江湖退隱的遲暮劍客，喜歡經常去看一看擱在架子上吃灰塵的佩劍，解甲歸田的將軍也會經常摸一摸鐵甲和戰刀。」

徐北枳問道：「那個涼州副將寇北上是怎麼回事？」

徐鳳年打趣道：「新歡嘛，咋的，橘子你這個舊愛是來興師問罪了？」

徐北枳面無表情地盯著徐鳳年。

徐鳳年只好收起玩笑臉色，無奈道：「就是廣陵道那個西楚寇江淮，跟我做了筆買賣，算是各取所需。」

徐北枳臉色稍緩，沉聲道：「流州只有三座修繕還未齊整的軍鎮作為依託，卻要面對柳珪的十萬大軍和拓跋菩薩的數萬嫡系精銳。三萬龍象軍的兩個副將，王靈寶僅是衝鋒陷陣的猛將，李陌藩雖是獨當一面的將才，但在流州涼莽雙方兵力懸殊，李陌藩也不是撒豆成兵的神仙，龍象軍依舊是獨木難支的險峻局面，需要寇江淮這種具備春秋頂尖名將潛質的將領去雪中送炭。」

徐鳳年點頭道：「等寇江淮在茯苓、柳芽、懷陽關防線打出一點名氣聲望，我也有讓他去那邊當流州將軍的打算。在涼州北關，我們跟北莽其實可以靈活用兵的空間都極受局限，說到底就是死磕硬拚，那麼多邊鎮關隘和駐軍，雙方都束手束腳。但如同白紙一張的流州不一樣，有著讓寇江淮把軍事才華發揮到淋漓盡致的充裕『留白』。」

徐鳳年冷不丁笑問道：「橘子，其實你是怕在青蒼城的陳亮錫出意外吧？」

徐北枳反問道：「難不成非要我成天算計同僚，你這個北涼王才安心？」

徐鳳年一拍桌子，怒目相向道：「橘子，你不能因為在陵州受了氣，給人罵成『買米刺史』，就逮住我撒氣好不好？咱倆好好說話行不行！」

在清涼山隨心所欲散步的寇江淮湊巧看到這一幕、聽到這番話，沒來由感到一陣毛骨悚然，難道那姓徐的跟北涼王「有一腿」？要不然一個沒啥根基的刺史能讓堂堂藩王委屈到這地步？寇江淮腳底抹油，就要轉身撤退，結果被徐鳳年喊住，然後三人圍著石桌，呈現出三足鼎立的架勢。寇江淮一臉你們打情罵俏就是，老子是聾子瞎子啞巴當我不存在的表情。

徐鳳年望向假裝目不斜視的寇江淮，指了指徐北枳，笑咪咪道：「陵州刺史徐北枳，被宋洞明宋先生讚譽為那種可以宰制士庶、安定邦國的人物，可惜酒量不行，酒品更不行，有次在陵州魚龍幫喝酒，還是我親自背他回去的。」

寇江淮正色道：「見過徐刺史。」

徐北枳也恢復平時清雅出塵的氣度，微笑道：「寇將軍來到北涼邊軍，無異於如虎添翼。」

徐鳳年促狹道：「不是為虎作倀嗎？」

徐北枳冷笑道：「喲，厲害啊，一罵罵三個，連自己也不放過。」

寇江淮也一本正經道：「傷敵一千、自損八百，可見王爺用兵很……不入流。」

徐鳳年揚揚得意道：「只動嘴皮子，就能跟你寇江淮和徐北枳玉石俱焚，還不入流？動手的話？嗯，要不然試試看？」

這時候，剛剛登頂清涼山的一大幫人紛紛起鬨。

「試試看！一定要試試看。」

「寇將軍，我看好你！贏了這一仗，可就是天底下一隻手就數得過來的大宗師了。」

「別說涼州副將，涼州將軍也可做得！要是還嫌官小，我陳雲垂的步軍副統領，讓給你。」

「寇將軍，咱們不服氣王爺很久了，咱們是年紀大了，就算贏了王爺也勝之不武嘛，今天就你跟王爺是同齡人，一定要幫我們出口氣啊。大不了，回頭我何仲忽親自抬你下山便是。」

轉頭看著這一大撥北涼最為位高權重的封疆大吏，剛剛到北涼的寇江淮嘴角有些抽搐，一時間有些不適應。

在廣陵道，不論是早年在上陰學宮求學，還是之後置身大楚廟堂，都絕對不會出現這種老頭子合起夥來坑一個年輕晚輩的場景。在感到有些荒謬和好笑的同時，寇江淮心底同時也有一種難以抑制的情緒，大概可以稱之為壯懷激烈吧。

眼前這些老人中，有舊南唐第一名將顧大祖，有錦鷓鴣周康，有以八千騎大破後隋四萬步卒的何仲忽，有每逢大戰必披甲陷陣的陳雲垂！四位北涼邊軍副帥之後，便是身披文官公服的經略使李功德和副使宋洞明，有離陽地方言官「良心」美譽的黃裳。

除此之外，寇江淮依靠官袍和裝飾依次辨認出了涼州刺史田培芳、幽州刺史胡魁、幽州將軍皇甫枰、陵州副將韓嶗山等人。可惜寇江淮始終沒能見到那北涼騎軍主帥白熊袁左宗還有那個步軍大統領燕文鸞，當然也沒能看到那郁家最得意郁鸞刀，寇江淮難免有些遺憾。

要知道寇江淮在上陰學宮求學時，不知多少次挑燈夜讀，都是在翻閱顧大祖的形勢論，在推演周康、何仲忽、陳雲垂等人造就的那一場場經典戰役。這些都蕩氣迴腸，足以下酒！

寇江淮看到在更後邊，還站著二、三十名武將，大多是相對年輕的三、四十歲，應該是北涼改制後更顯金貴的實權校尉。

不知為何，寇江淮情不自禁地站起身，對這些人猛然抱拳行禮。

是何仲忽率先抱拳回禮，這之後所有人也都笑著抱拳。

寇江淮無意中發現哪怕是田培芳這樣的文人，與武將一同抱拳時也毫無凝滯。

然後眾人一起登樓，俯瞰這座州城。

◆

隨著時間推移，眾人陸續散去，到了正午時分，最終又只有徐鳳年、徐北枳和寇江淮三人，還有那兩條圍繞著徐鳳年活蹦亂跳的年幼虎夔。最後徐北枳也出樓前往宋洞明所在的半腰官邸議事，無所事事的寇江淮也跟著下山，去聽潮閣那邊賞景。

徐鳳年在樓內等到了一夥人。五個人，徐偃兵加上一家三口和一個北莽青年。徐鳳年看著那個已經完全像是一個離陽百姓的北莽武道宗師，眼神複雜，說了一句：「果然是你。」

正是呼延大觀的中年男子咧嘴一笑，沒有說話。倒是他的女兒瞪大眼睛，使勁盯著徐鳳年這個她「欽定」為自己師父的年輕公子哥，抬起小腦袋目不轉睛地看了半天，似乎有些失望，老氣橫秋地嘆了口氣，嘀咕道：「原來跟我爹一樣啊，瞅著都不怎麼厲害。」

徐偃兵平靜道：「打了兩架，沒分出勝負，最後那一場，我跟他都不急。」

徐鳳年如釋重負，笑道：「是不用急。」

徐鳳年望向那個拂水房諜報上經常提及的鐵木迭兒，看著他腰間那柄稀鬆平常的佩劍，用北莽腔調說道：「好劍。」

鐵木迭兒只當是客套話，僅僅冷著臉點了點頭。但這個年輕人的神情仍是有些難以掩飾的侷促，畢竟眼前這個離陽王朝兵力最盛的藩王，不但是整個北莽的死敵，更是戰勝了武帝城王仙芝的武道宗師。

在高樓外廊，呼延大觀扶著他的女兒，讓她站到欄杆上。

徐鳳年看到一個身影後，告辭一聲就走下樓。

徐渭熊坐在輪椅上，瞥眼樓上的那些人，輕聲道：「一旬前，西蜀那邊遞話給梧桐院，要你去陵州邊境一趟，我沒有理會。」

徐鳳年皺眉道：「他要見我？」

徐渭熊淡然道：「如今他和謝觀應，還有那個春帖草堂的女子，三人已經進入陵州，他說會在陵州和涼州接壤處等你。」

徐鳳年笑道：「那就見一見好了。」

徐渭熊點了點頭：「帶上徐叔叔，還有澹臺平靜。如果呼延大觀願意同行，是最好。」

徐鳳年「嗯」了一聲。

◆

祥符二年的清明節，黃昏時，清涼山後山，數萬人縞素。

北涼王徐鳳年帶領近百名文武官員，一起為戰死於流州的龍象軍、死於薊北和葫蘆口外的幽州騎軍、死在葫蘆口內臥弓城、鸞鶴城內外、死在虎頭城內的邊軍，祭酒。

那座碑林，三十萬塊無名石碑，已經寫上了三萬六千八百七十二個名字。

夜幕中，一盞盞祈福的許願燈在涼州城內緩緩升起。

五騎出城後，徐鳳年停馬回望了一眼，摘下酒壺，痛飲一口。

一年後，北涼邊軍還會有多少人喝不上這一口酒？

數年後，北涼千萬人，又會有多少人在死前惦念著這綠蟻酒？

此時此刻，徐鳳年眼中那幅畫面，如同滿城升起火靈。

第十三章　陵州城兩王密會　廣陵江松濤戰死

徐鳳年、徐偃兵、呼延大觀、澹臺平靜、鐵木迭兒，五騎南下陵州。

其中三人躋身武評十四人。澹臺平靜如今是世間最具氣象的鍊氣士宗師，還有一位則是北莽最有希望問鼎劍道的天才青年，登評只是時間問題。

這個堪稱前無古人、後無來者的陣容，比起大破北莽萬騎的吳家九劍，仍是勝出許多。

鐵木迭兒不知道為何要有這一趟南行，內心深處也頗為抵觸那個年輕藩王，只不過呼延大觀說要他隨行，鐵木迭兒就只能老老實實跟著。北莽傳言那姓徐的不但繼承了李淳罡的兩袖青龍，鄧太阿也傳授了飛劍術，雖然徐鳳年一直習慣佩刀示人，但鐵木迭兒毫不懷疑徐鳳年真要用劍的話，自己根本不是對手。

鐵木迭兒一路沉默寡言，數次想要詢問從不願承認是自己師父的呼延大觀，想問這個男人自己這輩子有沒有可能在劍道造詣上超越徐鳳年，鐵木迭兒自己都沒有意識到自練劍起少有勝負心的他，不一樣了。

五騎馳騁在那座被譽為塞外江南的陵州驛路上。鐵木迭兒一直在細心觀察徐鳳年的言行舉止，不是沒有發現蛛絲馬跡，比如徐鳳年雖然把涼刀懸佩在左腰，但這位北涼王其實是個隱蔽的左撇子，他與人為敵時是右手刀還是左手刀，必定有著天壤之別。再就是徐鳳年雖然看上去氣機流淌緩慢而乾涸，如逢枯水期，水面極淺，幾乎見底，但是鐵木迭兒卻清楚，如果說自己的氣機運轉如正值汛期的一條河水，乍一看氣勢洶洶，那麼徐鳳年便是離陽的那條廣陵江，越是無水，越見崢嶸，水道之深之廣，讓人悚然。

五騎在陵州最北部一處停馬，折出驛道，沿小路轉入一座山脈。

山路上不斷有健壯涼地健兒在北涼士卒的護衛下，將那石條、石塊、石板從大山中運出。為五騎領路的是一位早就守候在入山口的拂水房諜子，是個貌不驚人的中年漢子，反而沒有太多諜子該有的精明，散發著近山之人獨有的粗獷氣息。

漢子姓劉，是拂水社二等房的一名諜子小頭目，他只知道自己要接人，但到底是接誰事先並未告知，等到遇到那夾雜有各地口音的五騎後，這名諜子也吃不准是什麼來頭，可既然統領陵州諜報的拂水社甲字房大璫都破天荒說了幾句重話，他也就只好小心翼翼陪著那五騎入山。

漢子一路上字斟句酌給他們介紹著這座採石場的歷史，說這兒在當地叫見魚山，陵州士子喜歡稱為大嶼洞天，大奉王朝在北涼更西的地方設立西域都護府後，如今青蒼、臨謠那幾座軍鎮的打造，石料大多是從此開鑿而出，後來清涼山王府的建造是如此，涼州邊關那邊耗時六年的虎頭城更是如此。

徐鳳年五人到最後不得不牽馬而行，來到一座山頂俯瞰峰巒。

開春後，滿眼景象鬱鬱蔥蔥，只是視野所及，就如他們腳下這座一枝峰，其實早已是個空殼子。自大奉起，經過將近五百年的石料開採，這個位列道教三十六福祉之一的大嶼洞天就真成了名副其實的洞天。其由十六大洞群和近千個洞體組成，在側峰一枝峰望去，羊腸小徑般的棧道爬滿山脈，主峰那邊偶有屋簷飛翹的道觀掩映在一籠綠意中。日復一日，年復一年，北涼數以萬計的採石匠人在此為了生計勞碌奔波，而問長生之人則在此出世修道。

徐鳳年站在山巔，怔怔出神。

大嶼洞天從年初開始便燈火通明瘋狂開採，迎來了採石量的最高峰，為此連那素來不問世事的幾座道觀真人都坐不住了，生怕那個年輕藩王真要鐵了心把整條山脈給澈底挖空，到時候他們上哪兒找洞天福地去？

在清明前夕，就有三位年邁真人連袂拜訪陵州刺史府邸，言辭委婉地跟徐北枳提出異議，甚至不惜用上了此舉有傷北涼根基氣數的理由。徐北枳以禮相待，但是官府該用什麼進度採石還是照舊如常。

作為罪魁禍首的徐鳳年當然深知其中祕辛，他放出話去，要在第三條重塚防線後再起一座虎頭城，而且只用三年時間，由經略使李功德和一位墨家鉅子擔任督監，他徐鳳年則會親自擔任副監。

尚未命名的新城會枕蘅水而面崧山，比虎頭城規模更加宏大，屆時便會成為新的西北第一巨城。城池會不會建造？當然會，徐鳳年就是要以此告訴北莽北庭和西京，尤其是南院大王董卓，北涼要在他們哪怕成功摧毀虎頭城、柳芽、茯苓和重塚三線後，依舊要再破一城才能進入北涼道境內。

本就並不寬裕的北涼財政賦稅會不會因此而崩斷？答案也是當然，但是徐鳳年本就是在孤注一擲，整個涼州除了三線邊軍和鎮守關隘的軍伍外，其餘所有人都要奔赴蘅水、崧山一帶，為建造新城而添磚加瓦。這一切，其實都是為了一年後那場葫蘆口決戰打掩護做鋪墊。

徐鳳年必須逼迫北莽不得不把視線都放在涼州一線。為此，徐鳳年甚至跟褚祿山討論出了一個涼州勝、流州輸的慘烈方案。因為流州只有輸，才有縱深意義，僵持態勢下，流州沒有任何戰略價值。當然，流州即便輸，也只能讓北莽和柳珪贏得只有慘勝，那麼寇江淮就成為至關重要的一枚棋子。正是寇江淮的到來，才促使褚祿山生出這個對敵人狠對自己更狠的念頭，然後徐鳳年答應了。

這意味著三萬龍象駐軍，流州青蒼三鎮，尚未遷入北涼舊有三州的十萬流民，必定會陷入險境。

而他徐鳳年的弟弟徐龍象，首當其衝。

所以當徐鳳年答應的時候，褚祿山神情複雜。之後在清涼山梧桐院，徐渭熊之所以對徐鳳年沒什麼好臉色，未必不是她內心深處對徐鳳年這個決定有所抵觸。

徐鳳年指了指遠處的一個洞窟，轉頭對澹臺平靜笑問道：「自我聽說大嶼洞天採石後，就一直弄不明白為什麼洞窟那麼宏偉，洞口卻那麼狹小。當年只聽師父說過，在洞裡採石其實沒外人想像的那麼艱辛，用子承父業、徒循師業的採石人的話來說，那就跟刀切柔軟豆腐差不多，只不過石材給吊到洞外後，就會很快堅硬如鐵。澹臺宗主，妳知道這裡頭有什麼玄機嗎？」

澹臺平靜輕聲道：「許多保存千百年依舊完好無損的墳塚古物，重見天日之時，都會煙消雲散。山腹石料出山變硬，大概是相同的道理不同的呈現，是物氣相溶的結果。」

徐鳳年欲言又止，強忍著笑意，憋了半天終於還是忍不住說道：「年少時性子無良，又口無遮攔，琢磨了半天，終於想出了一個解釋：覺得那些石料由軟綿轉為堅硬，其實就跟雛兒在青樓裡見著世面後，脫了褲子一般。結果跑去聽潮閣這麼一說，被師父罰抄了好幾萬字的聖賢經典，當時想死的心都有了。」

一襲白衣如仙人的澹臺平靜深呼吸一口氣。

呼延大觀壞笑著把大致意思跟貨真價實的「雛兒」鐵木迭兒一說，後者翻了個白眼。

徐鳳年轉頭問道：「澹臺宗主，再問一個問題行嗎？」

鍊氣士大宗師冷笑道：「不回答行嗎？」

徐鳳年只好厚著臉皮問道：「一個人，有沒有可能在湖底不吃不喝十幾、二十年？最上乘的道家辟穀食氣，或者是佛門面壁禪定，能否做到？你們鍊氣士有沒有類似神通法門？」

澹臺平靜默不作聲。

倒是呼延大觀開口說道：「只要不是在湖底，就都有可能。」

徐鳳年陷入沉思：那鎖骨穿鏈牽刀的楚狂人到底是如何做到的？這是自他去武當山練刀起就很好奇的事情，當時只以為是自己境界不夠，不懂一品修為武道宗師的厲害，可當他達到金剛境界後，發現就算躋身金剛境也萬萬做不到，之後接連晉升指玄境界和天象境界，徐鳳年仍是沒能得到合理的答案。

後來在高樹露封山解開後的雙方一戰，他成就天人之身，才知道要做到楚狂人的那個地步，唯有擅長養氣的陸地神仙才能勉強做到。但事實上楚狂人的武道境界在如今的徐鳳年眼中，其實並不算太高明，一品是有了，可絕對不到天象境界，這就足以讓徐鳳年百思不得其解了。

當初鎮壓與河西州持節令赫連武威一樣出身北莽公主墳的雙刀老人，是老黃出的力，但真正謀劃的是聽潮閣頂樓幕後的師父。可師父至死，也沒有給出任何線索。

徐鳳年突然感慨道：「智者盡其謀，勇者竭其力，仁者播其惠，信者效其忠。文武爭馳，君臣相安無事，自可垂拱而治。

垂拱而治，呵，說起來輕鬆，其實歷朝歷代，除了那些個幸運時值天下承平的享樂皇帝，身處盛世，要想著開拓疆土，身處亂世，要想著守住祖業。退一步說，真做到了文武並用，那麼智者出謀，到底為誰而謀，是為帝王謀，還是為百姓謀？

張巨鹿的死，不正是民為貴君為輕的代價嗎？勇者出力，會不會得隴望蜀？人心不足蛇吞象，也過一過坐龍椅的癮？仁者養望，泥沙俱下，其中有沒有沽名釣譽？比如像宋家老夫子那樣偷藏曆年的奏章副本，以求自己名垂青史？信者效忠，會不會有臣子愚忠，其實是在遺禍社稷？」

徐鳳年自嘲道：「當皇帝啊，誰不想？我年少時就經常想，除了那個如今已經沒了的大俠夢，接下來就是皇帝夢了。一朝權在手，殺盡天下礙眼狗，天下女子都是自己的，多爽快。只不過隨著時間推移，就發現當皇帝，真的不輕鬆。

趙篆爺爺要殺徐驍，趙篆老子殺薊州韓家，臨死還要殺了張巨鹿才能安心閉眼。趙惇和離陽沒有接受兩禪寺李當心的新曆，沒有選擇讓天下多有六十年太平，而是讓他趙家子孫多了幾年國祚而已。我想也正是那一刻，趙惇和張巨鹿這對原本可以千古流芳的明君名臣，開始真正分道揚鑣了，張巨鹿才可以下定決心求死，趙惇就硬著頭皮讓碧眼兒去死。

捫心自問，我要是有天終於做了皇帝，面對那麼多取捨，會不會越來越問心有愧？會不會殺徐北枳、陳錫亮，殺褚祿山、袁左宗，會不會拆散北涼邊軍，讓那些一心想著死在塞外馬背上的老人，一個個死在煙雨綿綿的中原床榻上？以後我徐鳳年的子孫，男子會不會為了爭搶一張椅子，同室操戈？兒時信誓旦旦、言笑晏晏，大時笑裡藏刀、反目成仇？女子會不會嫁給她們根本不愛的人？」

徐鳳年望向徐偃兵，笑問道：「徐叔叔，這算不算婦人之仁？」

徐偃兵點了點頭，不過說道：「是有慈不掌兵的說法，但也沒有說掌兵之人就要事事鐵石心腸。跟大將軍齊名的春秋四大名將，不管是葉白夔還是顧劍棠，平時治軍領兵都十分平易近人。養兵千日，用兵一時，真正心狠手辣的時候，也就是用兵的那些時候，這一點褚祿山就做得很好。」

徐鳳年輕輕望向南方。在那邊，有個人甚至做得比褚祿山更好。

五人牽馬下山，一直站在五人遠方的劉姓諜子依舊帶路。在山腳處，眾人湊巧碰上一大隊從深山處走出的採石人。

碎石鋪就的山路僅供三、四人並肩而行，小料石材被採石人層層疊疊捆縛在獨輪車上運往山外，大塊石料則擱置在驢車、牛車上，還有許多採石人背石負重結隊而行。比起南詔紫檀楠木那些一寸一金的皇木還能以河流運輸，石材運輸要更加顯得笨拙。

徐鳳年在要上馬出山的時候，看到一名白髮蒼蒼但身材高大的年老採石匠體力不支，背後那塊長條石料猛然傾斜，老人整個人就隨著石料摔倒在碎石路外。好在老人身體猶算健壯，並沒有傷筋動骨，就勢坐在地上，有些尷尬，苦笑連連。

一名披甲佩刀的陵州採石督官睜隻眼、閉隻眼，沒有像離陽境內那些官府狗腿那般趾高氣昂砸下鞭子，任由一名肌膚黝黑的年輕採石人偷偷停下腳步，遞給老人一壺烈酒。附近北涼士卒對此想要上前阻攔，那名副尉模樣的督官輕輕搖頭，用眼神制止了麾下士卒的上前。

只不過當徐鳳年走近時，七、八名士卒都同時按刀，虎視眈眈。這座採石場，如今不對外開放，能夠進來的外人，都是跟官府親近且在拂水房那邊有著家世清白紀錄的人物，畢竟大嶼洞天那幾座大小道觀還需要香火支撐。

涼莽大戰已啟，祈福之人越來越多，最為富饒的陵州自然香火鼎盛，不論富人、窮人，都要求一張平安符。徐北枳就給陵州境內大大小小的道觀寺廟訂立了條不成文的規矩，以往不必上繳官府的香火錢，要十裡抽二三四不等，如大嶼洞天這種身處禁地的香火錢，因為是官府網開一面，就要抽四。因此徐北枳在「買米刺史」之後又有了類似「吃香刺史」、「扒皮刺史」的「美譽」，還是劉姓諜子出面，那些負責採石運送的陵州軍卒才退回去，但眼神依舊戒備警惕。

那名喝了口烈酒的採石老人抬起頭，看著眼前這個披著裘衣的英俊公子哥，也不如何怯場，大概本來就是健談的人，主動笑著說道：「這位公子是去崇山觀燒香的吧？不是老兒給崇山觀說好話，那裡的姻緣簽真的很靈光，這些年老兒見了許多公子小姐許願後都還願來了。老兒那不像話的孫子，也是在觀裡求得中上籤後，果真給老兒找了個挺好的孫媳婦。如今陵州都說，除了武當山的籤什麼都最靈外，就姻緣籤來說，就要輪到崇山觀嘍。」

說到興起，極為好客的老人下意識抬起手，像要請那位公子哥喝一口，但是很快就縮回手，顯然是意識到這種二十文買上一斤的綠蟻，雖然他們這些採石人喝得矜貴，可換成眼前這種世家子，哪裡喝得下嘴？

徐鳳年本來都已經要接過酒壺，可當老人縮手後，也就只能作罷，笑著蹲下身。

很快徐偃兵就從馬背上摘下一只酒壺丟過來，徐鳳年伸手接住後交給老人：「老伯，喝我的。不介意的話，都拿去好了。」

老人也不客氣，接過那酒壺後，擰開了後使勁嗅了嗅，哈哈笑道：「都是綠蟻酒，一樣的名字，可公子的酒光是聞著就知道更值錢。老兒這輩子就喜歡喝酒，有人送酒喝，不會不收。不過往我孫子這只酒壺裡倒幾口也就行了，再多也沒那臉皮要。」

老人果真往自己酒壺裡倒了幾兩酒，倒完了酒，晃了晃那只粗劣酒壺，再把精緻酒壺還給徐鳳年，老人不忘說道：「老兒多嘴說一句啊，公子可別惱。雖然公子你看著就是大家大戶裡出來的有錢人，只是過日子啊，可不能這麼大手大腳的，家業再大，也得精打細算才行。公子要是不愛聽，就當老兒放了個屁，千萬別把酒要回去。」

那黝黑青年有些緊張，相比他這個一輩子都在深山跟石頭打交道的爺爺言談無忌，他去過更多的陵州郡城、縣城，更知道利害輕重，也見過許多鮮衣怒馬的紈褲子弟，聽過許多將種子弟的跋扈傳聞。

雖然如今陵州上上下下都知道多了錦衣遊騎，一口氣關押了很多有錢人家的子弟，但這個年輕採石匠真正近距離對上這種家世高高在上的同齡人，還是相當緊張。

徐鳳年微笑道：「當家的人，是得有這麼個當家的法子。對了，老伯，我聽說你們大魚山採石場每人每日採石量是八十斤，兩趟入山出山，雖說有二十五里山路，卻也不至於太過吃力，怎麼老伯要一次就背一百來斤重石？」

那年輕採石匠不想爺爺對外人說太多，於是出聲提醒道：「阿爺，咱們要動身了。」

在孫子的幫忙下，老人蹲著重新繫好捆綁石料的牛皮繩，緩緩站起身後，轉頭對徐鳳年大大咧咧笑道：「刺史大人是有過這麼個規矩。不過公子有所不知，採石場還說了，在做成八十斤的任務後，多背十斤石料就有一文的賞錢。老兒和孫子還有前頭的兩個兒子，四個人加在一起，一家人每天兩趟，怎麼也能多背個三、四百斤，那就是三、四十文錢，對咱家來說可了不得。老兒還有些氣力，兒子、孫子也都孝順，只讓老兒背一趟，這不就想著一趟多背個二、三十斤石料，走得慢些，但能多賺兩、三文錢那也是好的。官府那邊結帳也一直爽快，咱們幹活也就有幹勁。」

徐鳳年笑著點頭。

老人興許是喝了幾口好酒，意猶未盡，笑臉淳樸，最後對徐鳳年說道：「不過老兒我一大把年紀了，賺不賺那兩、三文錢，也不算什麼事。只是聽說王爺要在涼州北邊建造一座大城好打北莽蠻子，老兒就想雖然這輩子是沒機會去北邊了，但趁著好歹剩點氣力，每天多背二、三十斤，既能賺兩、三顆銅板，又覺著以後那座城造起來了，說不定老兒多背的那點石料趕巧就能多扛下北蠻子幾箭，一想到這個，老兒心裡頭就舒坦。

村子裡很多年輕娃兒都不跟他們爹一起採石了，見過陵州很多城裡風光，心也就大了，嫌棄開山挖石沒出息，都去當了邊軍。咱們這幫老頭子多背幾萬斤石頭，早點把城給建起來，他們說不定就能多回來過幾個年。」

老人突然停頓了一下，望著遠方的天空，呢喃道：「聽採石場當官還有當兵的人說，王爺家後頭那三十萬塊石碑，得有一半都是用咱們大魚山的石料。家裡有娃兒投軍的那些老傢伙，都說如果有天家裡有誰回不來了，要在那些碑上刻上名字，那麼用咱們家鄉這兒的石料，也是好的。」

老人已經開始前行，身後突然傳來那個富貴年輕公子哥的喊聲：「老伯，你等一下。」隨後年輕採石匠詫異地看到那人脫掉裘衣，交給那名高大如男子但容貌似神仙的白衣女子。那人走到自己爺爺身邊，不由分說解開繩索，背上了石料，看著不像是個會做粗活的公子哥，背著一百多斤的石料竟是氣定神閒。那人身後各個氣韻非凡的四個人則悠悠然牽馬而行，更襯托得那傢伙……腦子有點不正常？這到底算怎麼回事？

膚黑年輕石匠一時間有些走神，難不成現在的北涼紈褲公子都這麼好說話了？倒是老石匠比孫子更加「心安理得」些。活到了七十多歲，老人雖說這輩子都在跟不會說話的石頭打交道，但也許是越跟死物相處更久，反而更看得清人心黑白，老人不知道那個送酒喝的公子哥是不是大好人，但相信起碼不是什麼壞人。

對於身邊這位公子哥為何會幫忙背石出山，老人想不通也懶得想，就像大魚山的採石匠代代相傳，山中有洞，洞中藏潭，潭內又有似魚似蛇的靈物，等待化龍之日。只是誰都沒親眼見著，如今眼界越來越廣的年輕人是不太信了，但老一輩仍是都願意相信。

一行人背石出山後，跟那個奇怪俊哥兒嘮了一路嗑的老人，都已經拍著胸脯說要把村子裡最俏的姑娘介紹給他了，有他這在村子裡說話還管用的老兒牽線做媒，這事兒准成！可惜那俊哥兒說他有了媳婦，這讓老人很是遺憾啊。最後那年輕人在卸下石料後，跟老人說了句莫名其妙的言語，說他會盡力的。老人也沒聽懂在說啥，只好笑著點頭。

鐵木迭兒本以為這無非是徐鳳年這個北涼王吃飽了撐的，與那些採石匠收買人心，少不了讓那陵州諜子「無意間」洩露身分，不承想徐鳳年披回裘子後，就那麼直接出山了，連那諜子從頭到尾都蒙在鼓裡，根本不知他們的真實身分。到最後，鐵木迭兒只能是覺得這年輕藩王真的很無聊，否則道理講不通。

◆

五騎來到這大嶼洞天，結果是四騎率先離山，那個當時聯手徐偃兵給鐵木迭兒一行人造成致命麻煩的高大女子，不知為何說要回山一趟。

澹臺平靜單騎入山，最終牽馬走入大嶼洞天另外一座側峰的半山腰，但是沒有入洞，就站在洞口等著。

暮色轉夜色再到晨色，她終於等到了兩個外鄉道士。

是一位年輕道士和一位年幼道士，道袍明顯不同於採石匠經常見著的大魚山道人裝束。年輕道士對澹臺平靜溫和致禮道：「貧道武當李玉斧，見過澹臺前輩。」

那個小道童也跟著師父，有模有樣行禮道：「小道武當余福，見過澹臺前輩。」

澹臺平靜看著這對從武當山走出然後走入大嶼洞天的師徒，淡然道：「李掌教也望見了大契機？」

李玉斧微笑道：「貧道還要感謝前輩的守候。」

澹臺平靜看似站在洞口，實則是攔在洞口才對，語氣不算有多和善：「此緣初起於我們師徒，是我們看著白蛇走江蛻變成蛟，然後看著祂沿江上游。如今又是我們……是他，親手牽動異象。」

那年幼道童一本正經說道：「腳下大道，人人可行。」

澹臺平靜看著這個故作高人言語的孩子，笑了笑。

給人盯著瞧的小道童微微漲紅了臉，很快氣勢大弱，小聲說道：「是師父說的。」

武當山現任掌教眼神溫暖，抬起手摸了摸徒弟的腦袋：「是你說的。」

看著這對師徒，澹臺平靜眼中閃過一抹複雜神色，掩飾後說道：「地肺山，廣陵江畔，你也結下一線之上的兩緣，但是……」

李玉斧輕輕擺手，微笑道：「澹臺宗主大可以放心，我們來大嶼洞天不是要爭什麼，不過是貧道想帶著余福多走走看看。」

澹臺平靜搖頭道：「你道家不爭，就是大爭。」

澹臺平靜看著不急不躁的武當年輕掌教，緩緩道：「大秦以前，一向是推崇天人同類，你們道教聖人率先提出天地不仁之說，我師父曾評，『此中真意，天地於人無有恩意，也無惡意』，『足可謂天地起驚雷』，後世學淺之輩只憑喜好，曲解為躋身聖人即可看待世間萬物為芻狗。

大秦末，儒家聖人提倡人性本善以及天人感應，其根底卻有重返天人同類的趨勢，黃三甲稱之為『撥雲見月』，而非『開雲見日』。至於佛教，是外來之教，不去說它。」

澹臺平靜眼神驀然尖銳起來，緊緊盯著武當掌教：「你李玉斧要以一己之意，擅自為天下蒼生做決斷，當真敢言自己無錯？」

李玉斧平靜道：「自己行事，行對事，行錯事，都比『別人』要你做好事、壞事，要更有理。」

李玉斧不再看向觀音宗宗主，而是抬頭看著天空，似乎在與天言語：「天地生人，不悲不喜；天地死人，無憂無慮。在這生死之間，豈可操之於那些早已超脫生死的『人上人』？

生於天地死於天地，不該問如何長生，當要問一問，為何生我，以及如何活得更……儒家的有禮，道教的清靜，或者是佛門的慈悲。

在這人生一世的百年自問自答之中，會有人得，也會有人失。後世終歸有人自知、自重、自強、自立，還有那自由。人生雖苦短，浩氣自長存。」

澹臺平靜怔怔看著這個膽敢「問天」的年輕道士，無奈一笑，讓過洞口道路，踏步前行離去。

就像有樣東西，不管如何珍惜，但如果不能獨有，那她就乾脆不去看了。

小道童彬彬有禮對著她的背影躬身說道：「謝謝前輩。」

澹臺平靜回望一眼，笑問道：「呂洞玄？齊玄幀？洪洗象？」

小道士愣了愣：「前輩，我叫余福。」

◆

李玉斧帶著小道童進入山洞，點燃早就備好的火把，曲曲折折走了半個時辰，才走到一座碧綠深潭畔，把那支火把放在山壁間，然後從行囊裡拿出好些油壺和一盞古樸油燈，盤膝而坐，彎腰點燈。

余福也跟著坐下。

等了半天，小道童也沒看到平如鏡面的潭水有絲毫動靜，只好看著那燈芯，納悶問道：「師父，咱們這是要做什麼啊？」

李玉斧柔聲笑道：「無聊了，就背誦經典。」

小道童「哦」了一聲，開始背誦《珠囊目錄》，小半個時辰後，實在是口乾舌燥，轉頭苦著臉。

李玉斧輕聲道：「累了就休息。」

小道童開心一笑。

李玉斧之後為那盞油燈添了一次油，其間吃過一些乾棗果腹的余福已經昏昏欲睡，李玉斧讓孩子枕著自己的腿休息打盹，緩緩入睡。

李玉斧也開始閉目養神。

深潭水面輕起漣漪。

然後跳出一尾半身赤紅、半身雪白的小魚，依稀可見鯉魚的形狀，雙鬚極長。

牠游到潭邊，雙鬚輕柔靈動搖曳起來，遍身魚鱗熠熠生輝，猶如龍甲，大放光明。

李玉斧睜開眼睛，微笑道：「廣陵江畔一別，你我又相見了。」

牠搖動雙鬚和白尾，意態歡快。

李玉斧輕聲道：「我願護你走江之後入海，幫你化龍。若是後世大旱難熬，你可願為人間興雲布雨？若是有君王不仁，你可願代天示警？若是你自覺孤單，可會仍然不去興風作浪？若是你再無相克厭勝，可會與世人相安無事？」

牠靜止不動。

李玉斧笑道：「作為你龍興之地的北涼，有他在，你大可不用擔心。民心所向，天地同力。」

牠微微擺尾，破開水面，懸浮在水潭上方。

李玉斧輕輕掐指：「三日後，你我一起下山入江，在廣陵江入海口，然後再道別。」

牠好像點了點頭，緩緩潛回深潭。

李玉斧微微嘆息，低頭看著嘴角流著口水的小道童，聽著孩子含糊不清的囈語，喃喃說道：「小師叔，等你開竅時，李玉斧斬斷天地之前，會請她回來。那以後，便沒有來世了。」

李玉斧閉上眼睛，嘴角有著笑意：「其實如果有來世，讓我再喊你一聲小師叔，那該有多好。可惜，沒有了。」

祥符二年春，兩個武當山道士離開北涼，開始沿著廣陵江一路徒步往東。

所到之地，都有一場場貴如油的春雨落下。

◆

當西蜀春帖草堂的女主人謝謝聽說那年輕藩王的陵州之行，竟然膽小到需要帶著數位武道大宗師才敢離開涼州後，不由得對其十分嗤之以鼻，尚未見面，就對那個姓徐的年輕人十分看輕，自然而然對於身邊男子當年的單騎入蜀感到越發憤懣不平。

只不過當她陪著兩個當世最富傳奇色彩的男人，親眼看到那五騎出現在視野時，沒有理由的，這位女子第一眼就認出了那個人。

那個時候，她才知道那個年輕人，好像真的有資格讓如今的蜀王重返陵州，有資格讓謝先生為了對付他，專程輾轉蜀地捕蛟養龍。

當然，她也越來越討厭那個叫徐鳳年的傢伙了。

但是很快登評過兩次胭脂評的大美人謝謝，對那廝就不是憎惡這麼簡單了，而是連殺人的心思都有了。

因為那個傢伙在下馬後的第一句話就是：「謝姨是吧？怎麼沒帶孩子一起來陵州啊，紅包都準備好了的。」

◆

相比狼煙硝煙迫在眉睫的幽涼兩州，作為北涼後院的陵州，值此柳條抽芽的青青時節，仍是有許多俊男美女連袂踏青遊玩。城中許多稚童歡快放著風箏，有錢人家的孩子，還會在風箏線上串滿彩色燈籠，像他們這棟院落附近，天空中就游弋著不下十只風箏。

孩子們的歡聲笑語，無形中沖淡了兩撥人見面後的緊張氣氛，不過徐鳳年那個出人意料的開場白，似乎有些煞風景。作為西蜀二十年來最出彩的女子，春帖草堂的謝謝，她十四歲便登榜胭脂評，以「肌膚如羊脂玉，捧手似蓮苞」著稱於世，十年後蟬聯胭脂評，如今真實年齡雖有二十六歲，但看她面貌說她是二八美嬌娘，也不為過。

謝謝的身段如大多蜀地女子一般，清瘦嬌柔，腰肢極細。謝謝尤其膚白，難怪又有「月宮仙人」的綽號，不知多少蜀地男兒為之魂牽夢縈，徐鳳年遠在北涼，都聽說西蜀道經略使對其垂涎已久，若非陳芝豹封藩西蜀，成為春帖草堂的座上客，恐怕當年謝靈箴在春神湖畔死在徐鳳年手上後，她就會淪為經略使府邸的籠中雀。

徐鳳年調侃了謝謝後，牽馬前行，沒有馬上望向門口站在三人中間的白衣男子，而是看著那個中年儒生模樣的謝觀應。

謝觀應，字叔陽，自號飛魚，曾經跟李義山並稱「北謝南李」，共評春秋風流。當然最讓徐鳳年感興趣的，不是此人捕蛟養真龍的大手筆，而是他的一個身分——白狐兒臉的爹。

白狐兒臉當年不知為何說他已經死了，而且也不跟謝觀應姓謝，而是姓了南宮，其中自然又是一本難念經糊塗帳了。

在徐鳳年看來，如今離陽王朝稱得上身負氣運的角色，就只有寥寥三人。皇帝趙篆當然算一個，然後便是身前不遠處有謝觀應傾力輔弼的陳芝豹。這位白衣兵聖偏居西南蜀地一隅，對中原虎視眈眈，如今又策反了本該屬於北涼陣營的西蜀太子蘇酥和老夫子趙定秀，有了南詔作為依託，可謂羽翼已豐，只等風雲變幻而已。

這次陳芝豹為何要見面，徐鳳年猜得出來一點端倪，因為第三個有望坐龍椅的天之驕子，是燕剌王世子殿下趙鑄，那個當年的小乞兒。那麼接下來的格局跟先帝趙惇當年八龍奪嫡有異曲同工之妙，北涼不用摻和其中，就可以發揮舉足輕重的作用，陳芝豹要名正言順走出西蜀，必然要利用西楚復國的大勢，成為那個先於南疆大軍攻破西楚國都的定鼎人物。北涼在此事中將要扮演「成事不足、敗事有餘」的關鍵角色。

如果徐鳳年鐵了心要牽制西蜀兵力，那麼趙鑄成功的可能性就會遠遠大於陳芝豹。當然，西蜀這次也絕對不是低眉順眼來求人辦事的，而是要做一個隱蔽的交換。只要北涼不拖西蜀進入中原的後腿，那麼想來西蜀也就不會在涼莽大戰中令北涼後院起火，這就要考校蜀涼雙方的默契了。

都答應，那麼皆大歡喜，但只要徐鳳年和陳芝豹其中一人不願後退一步，那就會是今日之後，雙方徹底撕破臉皮，不死不休，北涼腹背受敵，西蜀也會貽誤時機，喪失中原逐鹿的大好先手，也許就是一步慢、步步慢的尷尬處境。

這筆交易，極有可能會決定著整個中原的歸屬，甚至會是整個天下的姓氏。否則以陳芝豹的秉性，豈會重返北涼主動跟徐鳳年見面？而且多半更是謝觀應從中攛掇，好不容易才說服這位白衣兵聖出蜀入涼。

大概謝謝果真是陳芝豹的心腹，深知此次會面的輕重，所以哪怕給徐鳳年調侃得七竅生煙，給她七寸上狠狠砸了一錘子，她也沒如何甩臉子。

一行人進入這棟江南風格的遮奢宅子，徐鳳年和陳芝豹在最前並肩而行，接下來是澹臺平靜和謝謝，最後才是謝觀應和徐偃兵，呼延大觀和鐵木迭兒沒跟著。

呼延大觀說瞧著不像是馬上要開幹的架勢，他得去這座陵北大城的街上買些奇巧物件捎給媳婦和女兒，然後這個北莽武道大宗師就直接走了。事實上這趟陵州之行，呼延大觀之前在清涼山就已經跟徐鳳年挑明，他不會幫著北涼殺誰，但徐鳳年一旦有性命危險，他則會出手相救，徐鳳年對此當然不會苛求什麼。

到了呼延大觀這種無比接近王仙芝境界的武夫，除非是類似徐偃兵、曹長卿這樣有太多放不下的牽掛，否則誰都不會在意世道如何。比如鄧太阿，雖然跟徐鳳年好歹還有一個親戚身分，一樣不願也不屑理會涼莽大戰的走勢。隋斜谷亦是如此，之所以逗留北涼，恐怕說到底還是想著在澹臺平靜身邊偶爾露個臉討句罵而已。

拋開弱不禁風的謝謝不說，北涼這邊是境界受損的徐鳳年，「只差半步」的徐偃兵和鍊氣士第一人的澹臺平靜，西蜀那邊，不確定是否已經超凡入聖的陳芝豹，和那幅陸地神仙圖上位列榜首的謝觀應。

應該屬於勢均力敵。

六人在幽靜院中落座，謝謝作為兩次登榜胭脂評的女子，實在是有太多值得稱道的「獨門絕學」，其中她煮茶便有「羽化茶」一說。謝謝雙手已有「蓮苞」美譽，且精於茶道，蜀地無數道教真人都稱讚其茶「中澹閒潔，韻高致靜，飲之兩腋清風起，猶如羽化飛升」。謝謝此時煮茶所用茶葉，正是騎火第一珍品的明前春神茶。

她從春帖草堂攜帶而來的茶器茶具，零零散散，竟然多達十八件，想必就是那一整套價值連城的「十八學士」了。饒是徐鳳年也不得不承認眼前這位西蜀女子的烹茶，確實是賞心悅目，舉手投足皆是風情萬種，最重要的是蘊含一種坐忘的意味，難怪西蜀道士都對她推崇不已。

謝觀應最先喝了口茶，放杯後，率先打破沉默，沒有任何不痛不癢的寒暄客套，而是直奔主題：「曹長卿心知肚明，西楚要一鼓作氣打到太安城下，一仗都不能輸，否則整個廣陵道局勢就會急轉直下。目前脫胎於大戟士的陌刀陣已經浮出水面，幾支作為主力的野戰騎軍也都現世，除去水師六萬人，西楚陸上兵力有十七萬，在明面上跟北邊盧升象領銜的朝廷大軍以及南疆十萬兵力，可算旗鼓相當。但是戰爭從來不是紙上數字的多寡之爭，趙炳的南疆大軍，戰力總體要遠遠勝於西楚。」

徐鳳年喝了口茶，委實沁人心脾，雙指旋了旋杯沿，微笑道：「局勢還是持平，曹長卿的水師必定會吞併廣陵王趙毅的水師，合流之後，有廣陵水師的廣陵江，會很大限度阻擋南疆大軍的腳步。謝西陲有西楚十七萬雄兵，跟兵力顯得劣勢的盧升象較量，勝算很大。然後就要看青州水師能否幫助南疆兵馬越過那道天塹，否則曹長卿就會一路打到太安城，顧劍棠的兩遼邊軍也會順勢南下……這也是太平令為何讓北莽最東線兩位捺缽，為何要對薊北袁庭山示敵以弱的根源所在。在這種急劇發展的態勢下，除了顧劍棠，其餘勢力，在朝廷看來都是遠水解不了近渴。」

謝觀應好似胸有成竹，淡然搖頭道：「青州水師，未必不堪一戰，盧升象，也絕非等閒之輩。」

徐鳳年看著這個雙鬢霜白的中年男子，一時間有些神遊萬里。不愧是白狐兒臉的老爹，一大把年紀了，還是很能讓女子心動啊。就氣韻出眾來說，好像就只有大官子曹長卿可以與之一較高低了。腹有詩書氣自華，真不是什麼騙人的說法。反觀那些地地道道的江湖人，羊皮裘老頭、鄧太阿、呼延大觀，可都差了十萬八千里。當然，年輕時候的李老頭兒，無論是劍還是人，自是世間無敵手的。

謝觀應對著這麼個堂而皇之走神的年輕藩王，有些啞然失笑，瞥了眼身邊那個始終神情平靜的白衣男子，心想難怪當年趙長陵選擇了姓陳的他，而不是姓徐的世子殿下。

徐鳳年歉意一笑，然後好奇問道：「謝先生在青州水師中早有謀劃，這不奇怪，如果我沒有記錯，盧升象當時離開廣陵春雪樓，是元本溪的授意，到時候會答應讓出入城之功？那可是意味著盧升象能否從離陽大將軍變成兵部尚書，畢竟以後的王朝，什麼大將軍不過是好聽一點，手握實權的尚書才是香餑餑。」

謝觀應笑著反問道：「就算他盧升象想要做當初一舉定鼎中原的北涼王，可他想做就能做成嗎？何況今時不同往日，他哪怕成功圍城，也需要忙著去與南疆那個年輕世子做一場鷸蚌相爭。」

謝謝敏銳察覺到她心儀傾慕的男子，悄悄皺了皺眉頭。

煮茶之時，她能忘我，終究難忘他啊。

世間女子，大多如此，無論如何神仙出塵，終歸有個男子讓她們回到人間，心甘情願為他素手調羹、紅袖添香。

徐鳳年輕聲笑道：「這麼說來，先帝趙惇是死早了，否則謝先生都不用如此傷神。」

謝觀應點頭道：「如果先帝在世，我現在就不是身在陵州，而是在青州水師中了。」

世人皆知趙惇對陳芝豹青眼有加，自然而然，趙惇沒死的話，一定不會像當今天子趙篆那樣婉言拒絕陳芝豹麾下「僅僅」一萬人的出蜀平叛。

趙室先後兩任皇帝，有些事情是薪火相傳，比如趙篆跟先帝一樣對待北涼，始終都是在不影響中原穩定的前提下，務求最大限度消耗北涼軍力，否則只要北涼徐家還在，削藩就成了天大笑話。但是有些事就悄然改弦易轍了，比如對蜀王陳芝豹的態度，趙惇是那種近乎偏執的信任和欣賞，作為自認開明的帝王，無比陶醉於那種「國有無雙良將，為朕驅策」的心結情緒，而趙篆則是轉為忌憚和猜疑。

先前一直如舊友重逢言談溫和的謝觀應，搖頭拒絕了謝謝繼續倒茶，氣勢驟然一變，語氣漸冷：「早先我與蜀王推演過北涼戰況，如果把王爺當成尋常官吏做出考評，不過是中下而已。若非王爺沒有在涼州北重塚南興建大城，那就連中下都沒有了。」

徐鳳年笑著不說話。

謝觀應繼續說道：「北涼的上策，只有憑藉十多萬天下最精銳的野戰騎軍，一戰功成！」

徐鳳年臉色如常問道：「謝先生是說讓北莽百萬大軍全部屯紮在涼州虎頭城以北，重演一場西壘壁之戰？」

謝觀應笑而不語。

充當錦上花的謝謝心中有些小小的訝異，這個面目可憎的年輕藩王倒也不笨嘛。謝先生可不是故意危言聳聽，而是跟身邊的他有過一次通宵達旦的沙盤推演，只不過當時推演的基礎是有他坐鎮北涼，而不是這個姓徐的年輕人主持大局。

在這種前提下，北莽根本就不敢分兵三路全線壓境，只會也只敢畢其功於一役，跟北涼豪賭一場——準確說來是跟他，跟謝謝身邊一言不發的陳芝豹孤注一擲。

謝先生扮演董卓，陳芝豹作為北涼守方，雙方調兵遣將，極其相似當初的西壘壁大戰，雙方不斷減員，不斷增兵，比拚誰更早被拖垮，最終謝先生竭盡全力，仍是輸給了手頭只剩下三萬騎軍和步軍全軍覆沒的北涼。

在那場驚世駭俗的紙上談兵中，流州、幽州和陵州，都淪為看戲者。所有慘烈、詭譎和精彩的戰役，都只發生在涼州以北。但這才是那場推演的先手，連中盤都沒有到，接下來會是北涼迫使元氣大傷的北莽矛頭轉向兩遼，北涼從離陽馬前卒變成擁有數年時間休養生息的「閒人」，在整合了流州難民後，合縱連橫，一口氣打通西域，收攏西蜀、南詔，在同樣的三足鼎立中，離陽、北莽不斷消耗，北涼在重整旗鼓後將會迅速恢復到手握十五萬純粹騎軍的兵力，然後南詔、西蜀起兵十五萬餘步卒，再度以總計三十萬兵力參與天下之爭。

當時謝謝旁觀推演，在中盤臨近尾聲時，她本以為他會乘虛而入，率軍直奔太安城，一舉成為中原正統後，再與北莽最終在收官時決戰一場，但是他讓她猜錯了。當時他選擇了由涼州和薊州兩地北上，選擇了先踏平北莽南朝再去覬覦中原，最終在成為北涼、南朝、西域、西蜀、南詔五大版圖共主後，居高臨下，直接繞過本已遭受重創的顧劍棠兩遼防線，在淮南道境內跟離陽大軍決戰，繼而南下廣陵道，根本不用理睬太安城，再與南疆大軍一戰。那時候顧劍棠的兩遼邊軍，戰與不戰，都已無關大局。

謝謝開心地笑了。你徐鳳年大概只能想到那場推演的先手而已，如何能猜到那之後中盤與收官時的蕩氣迴腸？

然後她就目瞪口呆了，只聽那個傢伙微笑問道：「按照謝先生的推演規則，顧劍棠豈不是又得當新王朝二十年的兵部尚書？」

澹臺平靜瞥了眼謝謝，這位鍊氣士大宗師也笑了。

一直如同完全置身事外的蜀王終於正視了一眼徐鳳年，這個可以算是他陳芝豹很多年冷眼旁觀，看著一點一點成長起來的北涼王。

謝觀應抬了抬手，謝謝馬上倒茶，他笑著喝了口茶。

這茶，似乎味道出來了。

只有這樣，才算是雙方勉勉強強平起平坐。

在這之前，他謝觀應根本就沒有把徐鳳年看成真正的對手。

謝觀應輕聲道：「王爺要守北涼，不惜畫地為牢，不管外人理解與否，都是沒有選擇的選擇。謝某人對此並不欣賞，但因為王爺既然是大將軍徐驍的兒子，也就明白了。那麼在這個選擇後，北涼和西蜀即便成為不了盟友，可同樣能夠不用成為生死相向的敵人。無謂的意氣之爭，沒有意義，更沒有意思。」

謝觀應盯著徐鳳年，笑咪咪道：「就像你我六人，今天是喝著茶，餘味無窮，而不是喝酒，一罈烈酒開了封，喝光了，撐死就是醉死一場，喝的時候很盡興，但是第二天少不了頭疼。」

徐鳳年只問了一個問題：「謝先生有沒有想過，中原會多死幾百萬百姓？」

謝觀應陷入沉默不語，良久過後，反問道：「那你有沒有想過，如何才算真正繼承徐驍打爛豪閥根基的深層意志？」

徐鳳年冷笑道：「謝先生是想說，從大秦帝國到大奉王朝，再到春秋九國，就沒有哪個堪稱中原正統的皇帝，是寒庶出身？只有出了這麼一個皇帝，徐驍馬踏中原，才算功德圓滿？」

徐鳳年放下茶杯後，緩緩說道：「或者按照謝先生的說法，有意思？」

謝觀應針鋒相對道：「大秦稱霸時，洛陽是那中國之地；大奉時，青州是中原；到了離陽，江南才是中原。如果有一天，多死幾百萬人甚至是千萬人，卻能兼併整個北莽，讓北涼這西北塞外成為中原，又有何不妥？功成之後，贏得數百年天下大定，今日多死之人，就是後世少死之人。」

徐鳳年搖頭沉聲道：「有些帳，不是這麼算的。」

謝觀應並沒有因為徐鳳年的反駁而惱羞成怒，笑意輕鬆：「都說王爺向來不做虧本的買賣，跟西域爛陀山的六珠菩薩是這樣，跟徽山大雪坪的軒轅青鋒也是這樣，跟化名寇北上的涼州副將寇江淮還是這樣，跟魚龍幫那個叫劉妮蓉的小姑娘更是這樣。在來陵州之前，我跟蜀王打了一個賭，賭你會不會讓呼延大觀正大光明出現，結果是我輸了。可見王爺這趟南下看上去氣勢洶洶，其實還算有誠意。」

徐鳳年笑道：「謝先生是一位謀國之士，但卻不是什麼精明的生意人，並不瞭解我到底是如何跟人做買賣的。再者，謝先生不如黃三甲，這麼多年不過是拾人牙慧。黃三甲把春秋當作一塊莊稼地打理，親力親為，風生水起。

可謝先生你歸根結底，只是個翻書人，前半輩子遠遠稱不上寫書人。春秋謀士，黃三甲、我師父李義山、元本溪、納蘭右慈，甚至不算嚴格意義上謀士的張巨鹿，都要比先生更加……沒那麼畫地為牢，畢竟盡信書不如無書。當然，先生臨了，耐不住寂寞，試圖為自己補救一二，於是在天下找來找去，從頭翻了一頁頁春秋書，這才到了自古不成氣候的西蜀，想要別開生面。」

謝觀應神情一滯。

謝謝如墜雲霧，不理解這個姓徐的到底在兜什麼圈子。為何養氣功夫極好的謝先生會為之當真動怒？

徐鳳年突然轉頭看向她，壞笑問道：「謝姨，聽不懂了吧？」

謝謝頓時為之胸悶氣短。

澹臺平靜會心一笑。

她作為世間最擅長望氣之人，有一點點蛛絲馬跡就足以讓她探尋到天機。比如黃三甲的「寫書」身分，謝觀應的「背書」職責。黃三甲的大局不動小處篡改，最後的結果竟然不是早早暴斃，而是硬生生熬到了古稀之年，大概也稱得上是善終了。這足以讓一絲不苟兢兢業業背書的謝觀應感到憤怒。

就像兩個同年考生，有人鑽了科舉空子輕輕鬆鬆進士及第，另外一個本本分分應考，自認才學相當，才撈了個同進士出身，如何能夠不憤憤不平？現在又有一次機會擺在眼前，於是後者想要搏一把，不但要把黃三甲，還要把荀平、元本溪、李義山、納蘭右慈、趙長陵這些「科舉同年」都全部壓下一頭，他要讓自己贏得問心無愧。聖人言三十而立、四十不惑、五十知天命、六十而耳順，七十從心所欲，不逾矩。

澹臺平靜之所以會離開涼州來陵州蹚這渾水，正是她跟半個同行的謝觀應走到了徹底的對立面，認為謝觀應的行徑屬於知其不可為而為之的「大逾矩」！至於之前謝觀應捕捉西蜀蛟龍，那僅是兩人分道揚鑣的微妙兆頭，不過她沒有想到這一天來得如此之快。

被人當面破道天機的謝觀應一笑置之，以輕描淡寫的語氣說道：「王爺說趙惇死早了，我倒是想說趙長陵死早了。」

他又補充了一句：「李義山則是死晚了。」

徐鳳年面無表情道：「同樣作為謀士，元本溪是死晚了。」

謝觀應看著這個年輕人，哈哈大笑，問道：「那敢問我謝某人，是不是也死晚了？」

徐鳳年沒有說話，但是徐偃兵和澹臺平靜已經同時站起身。

謝謝完全不畏懼這種劍拔弩張一觸即發的氛圍，相反有一種唯恐天下不亂的快感。至於自己的生死，她早已置之度外，而且她不覺得站在他身邊，自己會有什麼危險。

錯過了這個男人的春秋，她不想再錯過他爭奪天下的任何棋局。

就當謝謝以為那徐偃兵和南海觀音宗宗主會大打出手時，她今天再一次猜錯，同為女子的澹臺平靜用看白癡的眼神看著她，問道：「在這裡等死？」

謝謝正要說話，就給身材高大的白衣女子拎小雞一般拎出院子。更讓謝謝吃驚的一個事實是，跟她們一起離開的，還有那個照理說應該留在院子裡給那傢伙當幫手的徐偃兵。

那姓徐的難不成是想要以一敵二？

瘋了吧？

澹臺平靜隨手把謝謝輕輕丟開，望向院落，問道：「真的沒問題？」

徐偃兵平淡道：「最壞的境地，也就是讓呼延大觀趕回來。」

澹臺平靜感慨道：「個人而言是這樣，但是對北涼來說，已經是最壞的處境了。」

徐偃兵點了點頭，沒有否認，不過他轉頭笑道：「不過澹臺宗主不覺得這樣的北涼王，會比較解氣嗎？」

澹臺平靜無奈道：「別的不說，這場賭氣對整個天下的影響，肯定是前無古人、後無來者了。」

徐偃兵笑了笑：「越是如此，才值得徐偃兵這種不懂廟堂不懂大勢的無知匹夫，選擇站在北涼。」

謝謝冷笑道：「一個境界大跌名不副實的武道大宗師，逞什麼匹夫之勇。真當自己天下無敵了啊！」

從來不跟一介女流一般見識的徐偃兵，破天荒罵道：「妳個娘兒們懂個卵！」

謝謝瞠目結舌，她總不能辯解自己其實懂個卵吧？

此次陵州之行，確實讓這位蜀地男兒盡折腰的大美人內心有點陰影了。如果不是因為那個男人也出自北涼，她都要忍不住腹誹一聲「北涼蠻子」了。

◆

鬧市中，原本忙著給媳婦女兒挑選幾樣精巧物件的呼延大觀，翻了個白眼，不再跟掌櫃的討價還價，悻悻然離開店鋪。顧不得會不會惹來街上百姓的震驚，拉起鐵木迭兒手臂一躍而起，轉瞬過後，兩人便無聲無息落在了那棟宅子外頭，然後對徐偃兵和澹臺平靜抱怨道：「這是鬧咋樣啊，這也能打起來？」

謝謝終於找回了場子，嗤笑道：「喲，得力幫手來了啊，是不是很快就有成千上萬陵州兵馬也會火急火燎趕來？」

呼延大觀懶得理會這個女子，自顧自看了眼院落那邊，十分驚訝地「咦」了一聲，嘀咕道：「這也行？」

鐵木迭兒欲言又止，大概是想問又不好意思問。

呼延大觀始終抬頭目不轉睛望向院子高空，下意識習慣用中原語言說道：「當年送了你兩個字，你蠢得很，這麼多年一直沒能理解透澈，所以才讓你一路跟隨徐鳳年，是希望你先真正走近這位差不多同齡的大宗師，然後再走出去。」

沒聽懂呼延大觀說啥的鐵木迭兒一臉茫然。

呼延大觀很快意識到自己的紕漏，改用北莽腔調沒好氣道：「教你兩個字：『離譜』！想要有朝一日境界高出徐鳳年，你就要先擺脫他。當年王仙芝每逢李淳罡與人比試，必定會厚著臉皮在一旁觀戰。很多人也這麼做，但是非但沒有離譜，反而對李淳罡越來越高山仰止，然後就一輩子站在山腳看山頂風光了，只有王仙芝咬著牙亦步亦趨，走到了高處，最終勝過了李淳罡。哦、不對，當年是打平。

那時候李淳罡心灰意冷，自己把位置騰出來讓給王仙芝了。之後王仙芝尤為難得，沒有止步，境界攀升一日千里。行至最高處，仍要山登絕處我為峰巘，其實這個道理我也懂，就是實在沒那份心氣去做而已。

離陽有個叫江斧丁的年輕人，如今在東海武帝城繼承了王仙芝的半數衣缽，只不過他在輸給徐鳳年後，暫時還沒能離譜，不過你小子也好不到哪裡去。沒法子的事情，你那悟性跟我比起來，真是讓人感到絕望……」

聽著呼延大觀久違的絮絮叨叨，鐵木迭兒咧嘴微笑。天底下比他腰間那柄廉價佩劍更讓自己感到親切的，應該就只有這個老男人的貶人和自誇了。

但是他第一次看到這個男人真正出手後，在一旬之內接下徐偃兵兩槍後，鐵木迭兒不得不承認呼延大觀，真是天底下最暴殄天物的傢伙。

呼延大觀突然輕聲感嘆道：「傻小子，我開始不奢望你這輩子超越徐鳳年了，但你一定要緊緊跟在他身後啊。」

鐵木迭兒憋了半天，終於還是壯起膽子把內心深處的一句話說出口。

「我鐵木迭兒，我的劍，我的劍術，從一開始就是世上唯一的，我不需要學誰。」

呼延大觀聽到後愣了愣，轉頭看著這個跟自己一樣從北莽走出來的年輕人，拍了拍他的肩膀：「小瞧你了，很好。」

呼延大觀揉了揉下巴，一本正經說道：「難怪我呼延大觀會選中你，原來是性情相似的緣故啊，害得老子這些年在離陽時不時捫心自問，是不是當年豬油蒙心外加瞎了狗眼才去點撥你。就憑這一點，你小子以後當上天下第一，沒跑了！」

不遠處的謝謝整個人都呆滯了，這位不要臉得很用心的傢伙，就是那個被尊稱為一人一宗門的北莽大宗師？那個號稱原本有望頂替拓跋菩薩去跟王仙芝爭奪天下第一的武道天才？

然後謝謝感到有些頹然無力，覺得還是早些回蜀地吧，外邊世道的這些個男子，從姓徐的到徐偃兵，再到這個呼延大觀，真是個個王八蛋至極啊。

◆

院中。

陳芝豹依舊紋絲不動。

謝觀應則正襟危坐，只是這位讀書讀出大境界的讀書人，尚未有絲毫如臨大敵的跡象。

徐鳳年望向杯中茶，念頭起，水起漣漪。

曾有北莽劍氣近黃青，遞出大半劍，十六觀生佛。

徐鳳年滿是嘲諷地說了一句「原來有這樣的讀書人啊」，隨後輕輕舉杯，仰頭一口喝光了一杯茶。

然後可謂閱盡人間滄桑的謝觀應看到一幕，讓他都忍不住嘆為觀止。

院中有無數「來客」，橫空出世。

有羊皮裘老頭好似站在山巔高處，高呼一聲「劍來」。

有中年劍客倒騎驢拎桃枝，飛劍縈繞飛旋。

有髮白如雪的魁梧老人負手而立。

有雙縷長眉的老者盤腿而坐，做吃劍狀。

有矮小缺門牙的老人，彎腰背匣而行。

有年齡懸殊但神態酷似的三個道士，並肩而立。

有身穿相同道袍的三位武當道人，有人低頭皺眉解籤，有人平視伸指欲斷江，有人昂首負劍前行。

有雙手空空的年邁老者，人至即劍到。

有人屹立於紫氣升騰的雷池中央。

有符將紅甲氣象森嚴。

有綠袍女子像是在憑欄托腮遠望。

有偉岸男子持槍面北。

有蟒袍老人雙袖纏紅絲。

有高大老人腰佩一柄冰雪涼刀……

持續不斷有「人」出現。

還算寬敞的院落，地面站滿人，空中也懸滿了人。

甚至最後連謝觀應身邊的石凳上，也坐了一位病容枯槁的文士，似乎在嘲笑著謝觀應。

這數十人，連袂道盡了春秋百年的寫意風流。

謝觀應既沒有驚懼，也沒有閒著，仍是閒情逸致，娓娓道來，將那些風流人物一一點評過去，最後側望向那位坐在一旁的枯槁文士，舉起茶杯，笑道：「你我江南別時，雙鬢都未染霜，你說要去領著數百老卒出遼東的徐蠻子軍中看一看，那時你李義山是何等意氣風發，這些年過去了，結果最後是這般人不人、鬼不鬼的下場，到死也不安心，你圖什麼？難道你真信北涼守住了國門，就能換來黃龍士所謂的開萬世太平？要知道國祚能有四、五百年，那都是極其長壽的王朝了。」

謝觀應似乎連喝茶都能喝出酒的豪氣和醉意，提高嗓音，豪邁笑道：「李義山啊李義山，我早就跟你說了，真投了徐家軍，那你晚年輔弼之人，不過是個早夭的西北藩王，他只會戰死後在正史上留下罵名，連累你在後世好事者的謀士排名中也是墊底，甚至都不如與你結伴遊歷大江南北的納蘭右慈。

可惜你向來不信讖緯鬼神，甚至在我早早斷定荀平之死後，你仍是不信。你說那只是因為荀平治國之術用錯了手腕，他的死，是人定，而非天定。你啊，從來就是個鑽牛角尖的性子，難怪這一輩子，年紀越長，越活得不痛快。」

謝觀應收回視線，望向對面的徐鳳年，譏笑道：「怎麼，人多了不起啊？難道你如此健忘，忘了觀音宗鎮運重器之一的那幅陸地神仙圖上，到底是誰排在你前頭？你以呂祖三教融合為宗旨，憑藉佛家根本做大觀想，請來這麼多前世之人，是挺壯觀的。但是你就不怕這等手筆，到頭來只能是羊入虎口嗎？」

徐鳳年正襟危坐，平靜道：「這些前輩之中，有人讀書，有人不讀書。有人已死，有人猶活，其中死人其實可以繼續活，但死了。他們今日以何種姿態出現，意味著在我徐鳳年心目中，那才是他們的真正風流。

在你謝觀應看來，也許我徐鳳年死守北涼是沒有進取心的畫地為牢，我師父李義山身處聽潮閣二十年是作繭自縛，徐驍空有三十萬邊軍卻不去爭搶那把椅子是傻瓜，你這麼覺得我不奇怪。人，各有志，各有求，各有想。

我只是想告訴你一個道理：人人有人人的活法，不是你謝觀應覺得有意思就要去做。人生在世難免不稱心如意，難稱自己心，更難如別人意。你要跟我徐鳳年跟我北涼做買賣，好歹先搞清楚我是怎麼一個人。既然大家屁股下的位置高低懸殊不大，那麼天底下哪有強買強賣的生意？」

徐鳳年突然笑了：「謝先生這輩子過得太超然逍遙了，大概不會懂雙腳踩在泥濘中前行是怎麼個感覺。」

謝觀應環顧四周，神情冷冽。

不久前他便調侃過謝謝一句是否聽不懂，此時來這麼一句，就顯得格外殺機重重了。

徐鳳年眯起那雙本就狹長的眼眸：「要是謝先生覺得這些『院中人』都是我擺出的花架子，不妨試試看。看他們到底會不會成為蜀王一舉躋身天人的進補之物。」

一直慢飲春神茶的陳芝豹突然放下茶杯，茶杯在桌子上磕出一聲輕微聲響。

謝觀應冷哼一聲：「按照王爺的習慣，謝某人此時是不是可以說一句『買賣不成仁義在』了？」

徐鳳年笑著反問道：「真不打？那可就真是乘興而來，空手而歸了。」

謝觀應轉頭望向白衣男人，後者搖了搖頭。

謝觀應略顯無奈，但是嘴上沒有如何示弱：「無源之水，再多也經不起揮霍。奉勸一句，王爺這場架勢，還是拿去對付拓跋菩薩好了。」

徐鳳年四周春秋已故之人逐漸消散，他笑著起身，問道：「那就到此為止？」

謝觀應坐著不動，臉色冷漠道：「恕不送客。」

從頭到尾，陳芝豹都沒有說一句話、一個字。

在門外，徐鳳年跟滿臉探詢意味的謝謝即將擦肩而過的時候，停下腳步，微笑道：「謝姨是不是再也不想來北涼了？也對，這兒水少風大沙多，傷肌膚。本來就沒上胭脂評了，若是再給哪個年輕女子搶了蜀地第一美人的名頭，我可就真是愧疚難安了。」

謝謝冷笑道：「堂堂北涼王，跟我一個女子斤斤計較，好大的胸襟！」

徐鳳年笑臉溫醇道：「是我的不是。最後說一句真心話，謝姨的烹茶，真是天下獨一份的手藝，天大的技術活兒，沒法賞。」

謝謝當下已經弄不清楚這是這個王八蛋的肺腑之言還是笑裡藏刀了，不過她內心深處，到底還是有一絲自己不願承認的自得之意。

◆

五人上馬遠去。

澹臺平靜看著臉色蒼白的徐鳳年，瞥了眼呼延大觀，皺眉道：「為何要逞匹夫之勇？不論是戰力還是境界，那謝觀應都要比我強上一大籌。真要廝殺起來，你這種手法，更多比拚的是境界，而這更是謝觀應再熟稔不過的最強手。」

徐鳳年擺擺手，打斷澹臺平靜的言語，笑咪咪道：「就當熱熱手好了，省得下次對陣拓跋菩薩有可能手忙腳亂。而且跟謝觀應這麼一仗雖然沒打起來，但我也不是沒有收穫，原本四面漏風的觀想，補齊了許多。」

徐鳳年說完之後，轉頭看向徐偃兵，苦笑道：「徐叔叔，恐怕要勞煩你繞遠路去跟韓副將說一聲了，嗯，就說讓他無須自責。」

徐偃兵疑惑不解，但是沒有多問什麼。同門師兄弟韓嶗山如今是陵州副將，名義上是鎮守北涼最南方門戶，其實誰都清楚韓嶗山最重要的職責是盯著西蜀的風吹草動，以防蜀地兵馬在涼莽大戰正酣的時候落井下石。

五騎在出城前就已經分道揚鑣，三個不同的方向：徐鳳年和澹臺平靜北上進入涼州，徐偃兵南下去捎話給韓嶗山，呼延大觀和鐵木迭兒可以在陵州隨便逛蕩，他們兩人本來就跟北涼沒太多牽扯，徐鳳年也沒那個臉皮真去使喚他們。

徐鳳年和澹臺平靜兩騎出城後，他感慨道：「不說戰力強弱，只說到境界的高低，拓跋菩薩作為天下第二人，其實一直被王仙芝拉出一段明顯距離。」

澹臺平靜點頭道：「說到這點，雖然呼延大觀如今已經輸給拓跋菩薩，但其實前者境界仍是要高出後者，這跟天賦和際遇有關。王仙芝一死，武評十四人的差距沒有以往那麼大，境界和真實戰力都是如此，當然目前是拓跋菩薩殺人第一。倒是鬼鬼祟祟的謝觀應，多年做著為他人作嫁衣裳的勾當，境界最高，你和呼延大觀暫時緊隨其後。」

說到這裡，澹臺平靜停頓了一下，好像在猶豫不決該不該洩露天機。

徐鳳年笑道：「妳是想說曹長卿會曇花一現，陳芝豹也會後來者居上吧？」

澹臺平靜不知為何，凝望著這個滿頭霜雪早已重新轉黑的年輕人，越來越覺得神似那個自己此生最為欽佩的師父。

徐鳳年嘴角翹了翹，不握馬韁繩，雙手習慣性攏在袖子中，眺望遠方：「千萬別用這種憐憫眼神看我，那個謝觀應都看了老半天了。」

澹臺平靜脫口而出道：「你要是真嫌煩，倒是一鼓作氣揍了謝觀應再說啊。」

徐鳳年哭笑不得，女子就是女子，神仙一般的，也一樣會蠻橫不講理的。

澹臺平靜自己笑起來，應該也意識到自己的無理了。

徐鳳年在城外疾馳三十餘里後，翻身下馬，給戰馬餵養精糧。

在這個北返涼州的停頓間隙，澹臺平靜問道：「為何要讓徐偃兵告訴韓嶗山不要自責？是陵州軍方出了紕漏？」

徐鳳年神情複雜道：「我也是見到他和謝觀應後才有的猜測而已。如果沒有猜錯，蜀地檯面上那一萬兵馬是沒有出蜀，但是暗中，恐怕已經有不止一萬人早就離開西蜀了。這一步，也許是陳芝豹在單騎入蜀前就已經想好了。

一、兩萬人的調動，想要把戰力發揮到極致，尋常沙場名將仍是有些頭疼，但對於陳芝豹來說，從來都是跟玩的一樣。何況目前只是把這些兵馬換個地兒。」

話匣子一開，徐鳳年就有些自言自語了：「等著吧，這些整整四百年未曾出境作戰的蜀兵，很快就會在廣陵道的戰事中，讓整個離陽王朝大吃一驚。當年以騎軍著稱的徐驍用步卒攻破西蜀，一直給朝廷和中原一個誤解，就是蜀兵戰力不濟，但是聽潮閣保存完善的那些祕密檔案，都明確無誤記載了蜀地將卒是如何敢戰血戰和死戰。有天然守國優勢的西蜀，舉國上下兵力不過十二萬，但是知道當年死了多少蜀軍嗎？多達九萬，整整九萬！戰事之慘烈，穩居春秋之冠！」

說到這裡，徐鳳年竟是咬牙切齒破口大罵起來：「狗日的，要是北涼能有西蜀作為戰略縱深和兵源地，老子還需要看朝廷的臉色？還需要親自跑到葫蘆口外，帶著一萬幽州騎軍送死？老子就可以端條小板凳坐在懷陽關曬太陽嗑瓜子了，等著他們北莽蠻子來打北涼！他們敢嗎？哼，如果不是趙惇讓他這個兵部尚書跑去封藩西蜀，那麼今天就要換成顧劍棠的兩遼防線去面對那百萬大軍了吧。」

看著失態的年輕藩王，澹臺平靜會心一笑，輕聲道：「你真的不想當皇帝？我覺得你會是個好皇帝。」

嘀嘀咕咕的徐鳳年恢復平靜，抬起頭問道：「為什麼？」

澹臺平靜說道：「趙家不能容北涼，但你可以容中原。」

徐鳳年懶洋洋道：「當皇帝坐龍椅，有些人肯定可以做得比我好。可是北涼王，整個天下就只有我徐鳳年能做。這跟我武力高低才學深淺有關係，但不是最重要的，至於跟我能否做好北涼王也沒有關係。」

澹臺平靜問道：「陳芝豹也不行？」

徐鳳年柔聲道：「大概也不行。不過陳芝豹的不行，不是這位白衣兵聖的本事不行，而是出於我的一個私心。龍椅誰坐我不管，但北涼王這個位置，必須我來坐。」

澹臺平靜善解人意道：「人生為己，天經地義。人不為己，天誅地滅。」

徐鳳年忍俊不禁道：「我的澹臺大宗主，別人說這渾話我也就忍了，可妳怎麼也開始曲解佛教典籍了？」

作為世間屈指可數的鍊氣士宗師，為天道抓漏網之魚的角色，澹臺平靜豈會不知這句為世人斷章取義的佛教言語，不知其中真意為何？她反問道：「我果真曲解了嗎？」

徐鳳年輕聲嘆息道：「妳高看我了。」

兩人上馬後，徐鳳年突然笑臉燦爛起來：「妳問我想不想當皇帝？要不然妳猜猜看？」

澹臺平靜氣不打一處來。

於是兩騎沉默著一路北行。

但是當他們相距涼州城不足百里的時候，徐鳳年在驛站停馬，毫無徵兆地跟她說要往西邊走。澹臺平靜問向西是怎麼個西邊，數百里還是千里？

徐鳳年笑著說要跟人借兵，別人去都談不攏。

他還說需要自個兒走這趟就行，否則好似是砸場子去的，不像話。

澹臺平靜說當今世上最有把握單獨殺你的人物，恰好就在西行爛陀山之路的中間位置上。

徐鳳年只說了句是啊，然後就再沒有下文。

澹臺平靜猛然間勃然大怒：「徐龍象就算是你弟弟，也自有命數，你難不成要庇護他一輩子？你已經在流州吃足苦頭，還要再去撞得頭破血流？」

徐鳳年笑道：「我跟謝觀應都沒打起來，跟拓跋菩薩暫時更打不起來，我當然會繞路，吃飽了撐的才去找拓跋菩薩。」

澹臺平靜死死抑下滿腔怒火：「我送你到青蒼城一帶。奉勸一句，你最好別在爛陀山跟人大打出手！否則就算我預知拓跋菩薩要截殺你，也只能眼睜睜看著他出手。」

徐鳳年眨了眨眼睛：「其實就等妳這句話。」

澹臺平靜臉色難看至極，可見這位鍊氣士宗師氣惱到了何種地步。

徐鳳年重新上馬，輕輕笑問道：「那個問題，猜出來了嗎？」

澹臺平靜的脾氣終於爆發，怒容道：「猜你個大頭鬼！」

徐鳳年嘴唇微動，嘀咕著什麼。

澹臺平靜瞬間恢復鍊氣宗師的大家風範。

◆

祥符二年，穀雨至，春已暮。

家家戶戶，朱砂書符禁蠍蟲。

徐鳳年與澹臺平靜在青蒼城以南分開後，一路獨行來到西域腹地。

終於看到了那座並不起眼的山。

而在這個時候，有個綽號「無用」的和尚一葉下廣陵，找到了身處西楚樓船的曹長卿。

和尚在漂浮江面的葦葉上雙手合十，抬頭望向那襲青衣，說要請曹長卿放下一物，拿起一物。

曹長卿沒有說話，只是搖頭。

大楚，他曹長卿放不下。中原，他曹長卿拿不起。

本名劉松濤的爛陀山和尚，問道：「貧僧都可放下，你為何放不下？」

曹長卿笑了：「我放不下的，你又從未拿起，何談放不放下？」

無用和尚低頭默念一聲佛號。

曹長卿抬頭望向那座視線遙不可及的大楚國都。

說是放不下大楚，放不下京城，放不下皇宮，放不下涼亭，放不下棋局。

其實不過是，放不下他與君王身側笑吟吟觀棋的她。

這一天，無用和尚戰死於廣陵江上。

這一日，海水倒灌廣陵江。

儒聖曹長卿之霸道，朝野皆知。

徐鳳年登山之時，驟然間，滿山鐘響。

一陣陣悠揚鐘聲中，徐鳳年心生感應，在爛陀山半山腰駐足，遠望東方，怔怔出神。

徐鳳年緩緩閉上眼睛，輕輕低頭合十。

願北涼不悲涼。

◆

當時在徐鳳年一行人離去後，陳芝豹輕輕拿起茶杯，依舊默不作聲。

謝觀應站起身，忍不住輕聲笑罵道：「這傢伙不愧是李義山的徒弟，都一根筋，還反過頭將我教訓了一通。不過也不知道他聽沒聽進去，他徐鳳年的境界已經是無源之水，除去西域一面，今日起可算三面樹敵的北涼，更是如此。」

陳芝豹笑了笑：「反正你我這趟陵州之行，本就不求什麼。我只是想最後看一眼還算太平的北涼，你是……老丈人捏著鼻子，忍著火氣看女婿，越看越礙眼的緣故？」

謝觀應自嘲道：「我啊，就只有個兒子，哪來的女婿一說。」

陳芝豹笑意更濃，竟開起了玩笑：「難不成是刁難婆婆看待未過門兒媳婦的心態？」

謝觀應嘆了口氣，換了個話題，臉色鬱鬱道：「要是時勢能夠再給我半年時間，只要半年時間，到時候你……」

陳芝豹搖頭道：「戰場上別說什麼半年，半個時辰甚至是半刻就可以決定勝負走向。」

謝觀應重新坐回凳子，有些好奇，問道：「你當真就沒有想要跟徐鳳年說的？」

陳芝豹淡然道：「想說的？有，就是不想說。」

謝觀應倒是能理解這名白衣男子聽上去似乎自相矛盾的話語。

謝觀應手肘擱在桌子上，身體傾斜，多了幾分閒適意態：「那傢伙有句話算是說到點子上：『世事最難稱心如意』。比如他徐鳳年要一如既往是個繡花枕頭，如今北涼隨你姓陳，他老老實實當個享福的傀儡藩王，那就沒這麼多麻煩了。如果徐鳳年不但是做過天下第一的武夫，還能具備你陳芝豹的兵法韜略，是世間第一等的帥才，那我當時就會直奔清涼山而不是去蜀地了。」

陳芝豹跟北涼徐家，就像是打了一個死結。

隨著徐鳳年成就越高，越難解。

謝觀應臉上浮現出一種幸災樂禍的神情：「你對當世子殿下和新涼王的徐鳳年有什麼看法？」

謝觀應問完這句話後，就認為註定不會得到答案，但是陳芝豹竟然毫不猶豫說道：「以前他還是個孩子的時候，我也許有嫉妒。等他當上北涼王，就沒有什麼太多感覺了。」

謝觀應訝異道：「嫉妒？你一個贏了葉白夔的兵法大家，及冠之年本可以成為異姓王的人，會去嫉妒一個不得不藏拙自汙致使聲名狼藉的藩王世子？」

陳芝豹微笑道：「徐鳳年有句話說對了，有些小事，謝先生你的確不懂。」

謝觀應陷入沉思：「黃三甲自詡算無遺策，後來就跑去算人心打發時間，結果在京城算錯了那個用木劍的年輕遊俠。」

陳芝豹緩緩站起身：「我年少時，一個男人和一個女人有過一場爭吵。」

謝觀應這次是真正好奇了，那男女的身分不難猜，能夠讓白衣兵聖如此多年念念不忘，自然只有北涼王徐驍和王妃吳素。但爭吵的內容，是他如何都猜不到的。

陳芝豹嘴角有些笑意，也不加掩飾：「那個男人說咱們男兒就該披甲騎馬殺敵，就算下了馬背也還是穿著漆黑鐵甲顯得英俊且威猛。女子則說穿素雅白袍子才好看，有書卷氣。

後來到了北涼，除了起初趙惇導致的那場大戰還有點嚼頭，後來我當北涼都護的時候沒怎麼打大仗，都是斷斷續續的零碎小仗，更多時候都是在那個開門即見黃沙的住處看書。

我爹死得早，但好歹有些印象，我娘死得更早，記憶很模糊。所以這輩子把那個男人當作義父，但是始終把那個女人當作自己的親娘。」

然後陳芝豹斂去笑意：「義父在世一天，我就一天不會動徐鳳年。但如果他自己死在離陽江湖或是北莽草原上，我也無所謂。這個初衷，義父相信，但是很多人不信，甚至連姚簡和葉熙都不信，所以瞞著我找到北莽殺手薛宋官，花錢買他死。

黃三甲有過『龍蟒白衣一併斬』的讖語，既是給北涼徐家下套，也未嘗不是給我陳芝豹套上的枷鎖。所以那場鐵門關截殺，她覺得我是去殺人的，我很多事能忍，但是對她，我不忍。當年我在西壘壁親手殺了她爹娘，唯獨放過了她……」

陳芝豹沉默片刻後，沉聲道：「我爹坦然赴死，我只恨世道，但從不恨誰。義父我也認，而且是真心真意，所以我寧肯跟隨義父前往西北邊陲，而不去當什麼南疆藩王。但是你要說，讓我陳芝豹給一個印象中一直是個懵懂孩子的傢伙鞍前馬後，憑什麼？就因為他跟我義父一樣姓徐？有朝一日會世襲罔替？」

謝謝正巧跨過小院門檻，聽到他這番言辭後，眼神熠熠生輝，為之沉醉癡迷。

這才是讓她愛慕的男子。

世人眼中位極人臣的藩王爵位，仍是太小了，整個天下才夠。

謝謝重新開始烹茶，這一次比起方才的暗流湧動，自然就要輕鬆愜意許多了。

謝觀應抖了抖袖子，坐回凳子：「他徐鳳年這些年做了什麼，我最清楚不過。當年他在太安城，我就專程盯著他呢。不過等到他出京時，我就只有失望了。」

謝謝忍不住問道：「先生為何會失望？雖然我也討厭那徐鳳年，可真要說起來，他畢竟還是有些……門道的。」

謝謝強忍著反感，好不容易說了句「平心之論」，由此可見，徐鳳年這個新涼王如今在世人心中，確實今非昔比，不是以往那般不堪入目了。

陳芝豹微笑道：「謝先生是嫌棄他胸無大志，連坐龍椅的念頭都生不出，或者說壓抑得很好。」

謝謝瞪大眼眸：「世間當得梟雄一說的那些奇男子，還有人不想當皇帝的？」

她抬起袖子，遮住嘴巴，露出那雙瞇起的漂亮眼眸，嗤笑出聲道：「他徐鳳年還是男人嗎？」

石桌上，水霧嫋嫋。

茶香撲鼻。

其間謝謝心思玲瓏剔透，看得出來謝觀應頗有談興，就問了些早就憋在肚子裡的事情。

「為何如今天下高手輩出，風采遠勝以往江湖？」

謝先生笑著告訴她，那永徽之春，不僅僅是離陽官場一個豐收的大年份，更是黃龍士拿以後百年、千年江湖氣象損耗殆盡作為代價，造就出來的「大年」假象。就像是個敗家子，不但是寅吃卯糧，而且把以後所有年份的糧食都給吃得一乾二淨了。以後再無大年，只有小年，而且越來越小。一代代江湖，從再無陸地神仙，到再無與天地共鳴之人，到再無誰叩指問長生，一品四境宗師一個都沒有。到頭來，就只有如今只算小宗師的二品高手，成為那後世眼中當之無愧的大宗師，今朝一切江湖之風流，都將成為後人將信將疑的志異傳說。

「一朝天子一朝臣，一輩恩怨一輩了，為何新君趙篆仍是像與新涼王有殺父之仇？」

謝先生神情玩味：「殺父之仇當然沒有，但奪妻之恨，倒是有那麼一點點。」

聽到這裡，謝謝張大嘴巴，那姓徐的還有這般逆天手腕？難道他真與那出身北涼的本朝離陽皇后，有什麼見不得光的關係？

深知趙室內幕的謝觀應一語道破天機：「先帝趙惇好歹知道皇后趙稚不過是與北涼王妃吳素爭一口氣，並非趙稚與徐驍真有什麼，可當今天子心頭的的確確是有那麼一根刺的。關鍵是這根隱藏極深的刺，連新皇后嚴東吳都無法拔掉，其他外人就更不用說了，說不定觸之即死。」

謝觀應說到這裡，伸手指了指陳芝豹，半開玩笑道：「在新君心頭上，咱們蜀王又是一根刺，就像先帝趙惇對待徐驍的複雜心態，如出一轍。」

陳芝豹臉色平靜，耐心等著那杯新茶。

陳芝豹從謝謝手中接過茶杯的時候，看著謝觀應，問道：「徐鳳年今天說那麼多，你知道他真正想要做什麼嗎？」

謝觀應點點頭，語氣有幾分唏噓：「這一點，徐鳳年跟李義山實在是天差地別啊。」

陳芝豹直言不諱道：「所以清涼山只會是宋洞明之流有那一席之地，你謝觀應是不會去的。」

謝觀應一笑置之，眼角餘光瞥見謝謝的滿臉思量後，打趣道：「也罷，既然已經給妳說了那麼多趣聞祕事，也不差這一樁。他徐鳳年自幼信佛信來生，隨著親人一個一個離世，他越來越怕是自己獨占了全家氣數，才害得親人不得享福澤。所以他這個還留在陽間的人，拚卻一死，也要給徐家積攢陰德，為春秋中一路殺人盈野的徐驍還債。」

謝觀應大笑道：「好一個父債子還！所以說啊，他徐鳳年不管想不想當皇帝，他都不敢啊！真是可憐！」

謝謝震驚過後，低頭輕聲道：「真是可憐呢。」

陳芝豹則喃喃道：「可憐嗎？」

第十四章　徐鳳年遠赴西域　雞湯僧善賜佛緣

廣袤西域有大山橫亙，如長劍攔腰，將西域一分為二。

大奉王朝始設西域都護府便位於一處斷裂的隘口，版圖猶勝當今離陽的王朝覆滅後，都護府就逐漸淪為一座無主之城，經過兩百餘年的血腥紛爭，古老城池建立了自己的規矩，在這裡擁有堪稱天底下最複雜的脈絡。

也許哪個烏煙瘴氣麵館內的遲暮老人，曾是春秋某國的天潢貴胄，可能每日袒胸露腹的蠻橫屠夫，就是昔日手握數萬精兵的中原將領，與許那些個能與攤販討價還價半個時辰的白髮老嫗，當她終於得償所願後轉身輕捋髮絲時流露出的那份氣韻，才會讓人猜測年邁婦人年輕時，只會是山水蔥郁之地養育而出的大家閨秀。

除了這些隨同春秋一起被人淡忘的遺民，城中更多是那些流竄至此的亡命之徒，人人做著各種見不得光的勾當。有常年呼嘯邊陲閒暇時來此買醉的馬賊，有貌不驚人卻殺人如麻的殺手，有人名義上是商賈其實是某個勢力的死士諜子……如此魚龍混雜的西域咽喉，幾乎每天都有人死掉，但是他們的死，都很講規矩，若是有人不講規矩地死了，自然會有人插手，把事情給規規矩矩地收尾。

在一輛臨時僱用駛向城池的馬車上，車夫是個面黃肌瘦卻眉目伶俐的中年漢子，正在唾沫四濺說著那座城的「規矩」，身邊坐著個在西域不太常見的年輕人。若說那儒雅青衫的裝束在城內倒也不稀罕，只是年輕人的風貌，少見。在土生土長的漢子看來，這位客人就像是自己早年聽說的那種說書上的人物：一個上京趕考的書生，借宿古廟，然後會遇上化為人形的狐精。

黃昏中，漢子抬頭看了眼已見依稀輪廓的巨大城池，隨後眼角餘光忍不住打量了那個出手不算闊綽的外鄉雇主，有些惋惜。在他們要去的那座城，雖然大多人的生生死死都循著規矩來，可規矩也總得有人來訂立，要是不幸遇上了這小撮人，他們講不講規矩，就只是看心情了。有人會因此一夜富貴，給城內大人物相中後，在聚居著十多萬人的西域第一大城內一步登天，也有人因此就再沒了消息。

車夫前些年就載了一夥人入城，四個人，三男一女，佩刀攜劍，瞧著都挺有把式，結果還沒歇腳，就給從內城衝出的騎隊堵住。那真是好一場廝殺，四人身手的確了得，直接就躍出馬車，拔地而起躍上了屋頂，潑水一般的箭雨也沒傷著他們分毫。他沒敢多看，棄了馬車幾乎是爬著離開，事後得知那四人都給吊死在了正東城門口上。據說是中原那邊來尋仇的豪俠，不料當初仇家成了內城的權貴，不過折了四、五十號人，就讓他們把命交待在城裡了。

這類慘劇，其實每年都會有好幾樁，歸根結底，那座城誰都可以來，但不是誰都可以走的。不過車夫沒敢說這一茬，生怕嚇著身邊的年輕雇主，當然更怕自己的那份傭金變成飛走的煮熟鴨子。

在那輛寒磣馬車入城前，車夫好心給年輕人多嘴說了些城內的現況。比如城分內外，外城有四個地頭蛇的幫派宗門，喜歡沒事就出城玩騎戰，兵力最盛時雙方足足小千人的騎軍衝鋒。聽說四股勢力加起來得有戰馬三千多匹，甚至連強弩都有好幾百張，惹上他們就等著被五馬分屍吧，反正那些傢伙不是沒做過這種事情。

內城有三個姓氏的傢伙更是惹不得，都極有來頭和家底，反正在這座城內他們就是土皇帝，其中那個柴家就收藏了二、三十件龍袍蟒服。柴氏家主少數幾次大張旗鼓的出行，還真就是如傳聞那般身披龍袍，身邊數位美人則是人人鳳冠霞帔，真跟皇后、貴妃娘娘似的，讓人大開眼界。

臨近城門口，口乾舌燥的車夫摘下羊皮酒囊灌了一口酒，轉頭望向那個認真聽自己說話的年輕人，咧嘴笑道：「說這些也就是讓公子多長幾個心眼。不過萬一，小的是說萬一真遇上了麻煩，如果附近有那些手持轉經筒的紅衣和尚，公子一定要趕緊去他們身邊求救，畢竟在咱們西域他們就是活菩薩，再不講理的人，總也會收斂些。」

◆

入城後，那個公子哥在他推薦的一家城東鬧市客棧下車，多給了車夫幾兩成色很足的銀子，雖有黑鏽，卻無暮色，看著就討喜。這讓車夫覺得話沒白說，好人有好報啊。只不過當他看到那個年輕人毫無心機地緩步走入客棧，車夫的眼神就有點複雜。

其實啊，自己那些話終歸仍是白說了，外地人進了這家客棧，能不能活著出來就看天意了，就算能僥倖走出，那也要掉好幾層皮。不過想到事後客棧會按照宰割肥羊的身價給自己一點分潤，車夫忍不住偷偷笑了起來。不過就在此時，那個年輕人也回頭笑望過來，車夫的笑臉頓時略微僵硬在那裡，但很快他的笑意就恢復正常，還朝那個已經羊入虎口卻不自知的可憐蟲擺了擺手。

在車夫歡快揚鞭離去的時候，大概不知道這座城池如果是一條盤踞在西域版圖上的地頭蛇，讓人畏懼，那麼他則親自送來了一條其勢足以輕鬆吞蛇的走江大蛟。

僱用馬車進入城池的他，正是從爛陀山沒能得到明確答覆的徐鳳年。

在冊、不在冊的西域僧人有三十餘萬，附庸爛陀山的僧兵在檯面上便有四、五萬之多，但是徐鳳年就算親自駕臨爛陀山，也沒能成功帶走一兵一卒。

事情並非沒有半點轉機，徐鳳年來這座大奉王朝的西域都護府，就是為那個希望渺茫的轉機盡人事，然後聽天命。內城中央有座高不過二十丈的小山，被稱為小爛陀，山頂有世間最大的一座轉經筒，銅身鍍金，重達十二萬斤。筒壁外雕刻文殊、普賢、觀音、地藏四大菩薩和栩栩如生的八千眾天女，筒壁內篆刻有八十一萬條六字真言和全部大藏經。轉經筒虛設有讓人抓握的轉經大環，之所以說是虛設，是因為此轉經筒自打造而成後，就沒有誰成功推動起來過，那麼每轉一周相當念佛八十一萬聲的大福緣，也就至今沒有誰能夠消受了。

這件奇聞異事隨著佛法東渡，在中原亦是流傳已久。據說這「此法難轉」的難，首先難在登山小爛陀，再難在那等相當於十數萬斤的龍象之力，三難在是否有佛緣。曾有爛陀山僧人言即便呂祖、王仙芝兩人，仍是難轉。

對於徐鳳年而言，且不論是爛陀山讓他去轉動轉經筒，就算他要強行嘗試，也不是沒有可能，但徐鳳年也不敢說一定可以。爛陀山得道高僧輩出，劉松濤這般的人間佛陀尚有兩位，加上那個六珠菩薩，還有那數十位上師，他們一旦聯手要防禦什麼或者說不讓誰做什麼，的確可以讓人難如登天。徐鳳年相信以武評十四人之力，僅就力量來說，推動轉經筒並不難，真正的難處應該在於那個似有似無的佛緣。

爛陀山給了親自登山拜訪的年輕藩王一個四字提醒——「天水浴佛」。

徐鳳年在客棧二樓入住，推開窗戶，面有憂色。

穀雨，三月初二，但是「九龍吐水，沐浴金身」的佛誕日，卻是要到四月初八。照理說徐鳳年不可能在這座距離北涼千里之遙的塞外孤城揮霍整整一個月時間，但是在山腳徐鳳年遇上了一位手持小轉經筒虔誠禮佛的傴僂老嫗，閒聊後老人將那只普普通通的轉經筒贈送給徐鳳年。

徐鳳年事後回想起來，老婦有一句無心之言如同大鐘轟鳴在他心中迴盪。她當時說轉動經筒不能太快，並不是轉動次數越多積攢功德就越多，而要心平氣和，穩穩當當。徐鳳年清楚那個老人只是西域最尋常的禮佛百姓，但正是如此，他才真切感受到那種「冥冥之中自有天意」的感覺。

徐鳳年嘴角泛起一絲無奈的苦澀，難道真要熬著性子等到四月初八？涼州虎頭城大戰正酣，流州也是風雨欲來，幽州葫蘆口更是每天都在死人，他這個北涼王就算不能在北涼都護府親自調兵遣將，也覺得需要自己站在那裡，能夠親眼看到硝煙，能夠親耳聽到戰鼓，才能安心。

若是能推動轉經筒也就罷了，流州就可以在寇江淮進入後，又有四、五萬悍不畏死且驍勇善戰的僧兵，便能由求敗變成求勝，那麼，在涼莽西線首當其衝的黃蠻兒總能多出幾分安穩來。這就是徐鳳年此次在拓跋菩薩眼皮子底下行事的私心了，澹臺平靜當時大為惱火，也正是來源於此。

徐鳳年當時斬殺北莽真龍，境界大跌，如果可以，何嘗願意親自涉險跑去葫蘆口外？可是北涼鐵騎不同於其他邊陲兵馬，整個天下都知道這些鐵騎姓徐，北涼邊軍也是這般認知，可是徐鳳年世襲罔替了王爵，真要讓三十萬鐵甲心服口服，何其艱辛？

軍伍與江湖是兩個世界，不是他徐鳳年成了世間屈指可數的武道宗師，就擁有了對千軍萬馬頤指氣使的本錢。徐驍當年不過是勉強小宗師的武道境界，為何獨獨只有他能夠服眾？為何顧劍棠是天下第一的刀法宗師，可他的心腹蔡楠領著麾下數萬大軍見著了披甲持矛的徐驍，不惜冒著身敗名裂的風險，冒著在離陽文臣心中不堪大用的風險，仍是心悅誠服地向徐驍跪下行禮，掉過頭來請徐驍校閱大軍？

理由很簡單，徐驍單槍匹馬殺不得多少人，但是自徐驍虎出遼東後，屠掉了多少座大城，坑殺了多少萬降卒？武人不是文人士子，沒有什麼「不義春秋」、「中原陸沉」的多愁善感，任你是那些亡國後再度為趙家披甲的將士，仇恨之餘，內心深處對徐驍也有不可言說的敬服。

徐鳳年又何嘗不知道那小爛陀的轉經筒未必能夠轉動，可他依然得老老實實站在這裡內心糾結。

太安城那張雕龍大椅，誰都能坐，他徐鳳年不能坐；清涼山那張虎皮大椅，誰都不能坐，只有他徐鳳年能坐，這甚至不是徐鳳年武道境界超凡入聖、高至天人就可以改變的。人活一世，必有牽掛，極難做成那自了漢。

很少說得出漂亮大道理的徐驍，曾經說過人來世上走這一遭，就是吃苦頭還債來的。還完了債，臨了之時，若是家有節餘，那就已是一個男人天大的能耐了。以前徐鳳年總是對此感觸不深，只是後來當他在陵州看到那些將種門庭的跋扈行事後，心痛之餘其實也有心安。瞧瞧，這就是當初跟著徐驍一起打天下的傢伙們的子孫後代！徐驍這輩子始終沒有愧對你們父輩的捨生忘死，所以才有你們今天的享福！哪怕在北涼這等貧瘠邊陲，徐驍還是讓你們卸甲後在陵州這塞外江南過上了不輸中原的太平遮奢日子。

徐鳳年對鍾洪武的恨，真正的殺意，不在那位懷化大將軍瞧不起他這個二世祖，而在於把離開邊關作威作福視為天經地義的鍾洪武，禍害得連帶整個陵州將種都忘記了徐驍的良苦用心。

站在窗口，看著樓外繁華街道，徐鳳年自嘲道：「運去英雄不自由嗎？」

一陣敲門聲響起，是酒樓夥計來問他要不要點些吃食，若是嫌麻煩不願去樓下，酒樓可以送來屋內。夥計還直白詢問需不需要額外吃些極富方言特色的「餐外餐」，說不但有草原烈馬，連那會彈小曲兒的江南瘦馬也不缺，就是價錢貴些，一次得二十兩銀子，至於之後能否過夜以及價錢高低就看客官的本事了。

徐鳳年都笑著婉拒了，只要了一份晚飯吃食。那夥計一看不像是肥腴的貨色，當場就翻了個白眼，悻悻然走了，埋怨著那個暫時還未出城等好消息的車夫眼力見兒也太差了，找來這麼一頭滿身瘦肉沒幾兩的兩腳羊，這能有幾個銅錢的分潤？

之後徐鳳年吃著下了蒙汗藥的菜肴，來端回食盒碗筷的酒樓夥計磨蹭了半天，也沒等到徐鳳年一頭撞在桌子上，就知道遇上了扎手的點子，這在他們這類開了很多年頭的黑店也不算多稀罕的事兒。

既然軟的不行，那就來硬的。酒樓自有一兩位雙手染血的鎮店之寶，如果真遇上了軟硬不吃的能人，那就認栽。能夠紮根西域的漢子，在這種事情上格外豪爽，拉得下臉，萬一給人踩在了地上，自己同樣也撿得起來。

很快就有一位身材魁梧、臉上有疤的中年漢子推門而入，四、五個喜好湊熱鬧的酒樓夥計就聚在走廊拐角處，在那裡坐莊的坐莊、下注的下注，賭那個俊哥兒到底能熬多久。有個賭性重的輸了好多次，這次博個大的，一口氣用所有碎銀子押那年輕公子哥能安然無恙。

坐莊的正是先前去房內送吃食的夥計，笑納了那三、四兩銀子，嘴巴咧得都合不攏了。不料銀子還沒焐熱，就要倒貼回去七、八兩。竟是在外城都小有名氣的酒樓盧爺才進去就走出了，坐莊的酒樓夥計頓時扯住這位大爺的袖子，苦兮兮問道：「盧爺你莫不是相中了那俊哥兒的皮囊，才給人家放水了？小的這可是要小半年白忙活了。」

那滿身積年匪氣之中又殘留有幾分軍伍銳士氣焰的漢子聞言後勃然大怒，一腳把這個火上澆油的兔崽子踹得整個人撞在廊壁上。所幸用上了點巧勁，不過也要那店夥計一陣好受，半跪在地上跟上岸魚一般大口喘氣，說不出一個字來。

漢子壓低聲音怒道：「放你娘的水，你老娘要是在屋子裡，老子能讓她十天半個月下不了床！」

那酒樓夥計哪裡敢反駁什麼，忍著痛小聲呻吟著。比起那一腳，這類髒言葷話反倒是輕得不能再輕了，在西域這點算得了什麼？連下酒菜都稱不上而已。哪怕是他們這些二、三十歲在這座城裡土生土長的市井底層角色，也或多或少知道些內幕。

早個二十年，多少流難至此的男女，實在是沒法子憑本事活下去了，不知有多少金枝玉葉就在光線昏暗的私窯裡「待客」了，而給她們把門望風招徠生意的男子，說不定就是她們的爹，甚至是當家的男人。

所以如今好些上了歲數的老漢，如今曬著日頭等死的時候，總喜歡拿捏著架勢對他們這些年輕人來上大同小異的這麼一段：「你們這些年輕後生呀，可真是生晚了時候！咱們正值龍精虎猛的歲數，就遇上了好年歲，那些從東邊來的娘子，不論是十幾、二十歲的，便是三十好幾、四十歲的，也比你們如今在街上瞧見的女子都要水靈太多太多了。她們的皮膚啊，摸著就真跟上等綢緞似的。雖說她們總扭扭捏捏，喜歡讓人熄了油燈再做那事兒，否則就要加錢，但這也不算個啥事，因為等你真壓上了她們的身子，就曉得那份快活嘍！這等豔福，你們這幫兔崽子啊是甭去念想了。」

那漢子沒有搭理這幫眼窩子淺到裝不下半碗水的年輕無賴，徑直離開，就算離遠了那間屋子，仍是心有餘悸。他有句話沒那臉皮說出口，當他跨過門檻的時候，僅僅是給那人瞥了一眼，差點就邁不開步子，若非那人笑了笑，沒有繼續「刁難」，他就已經打起退堂鼓，高高豎起降旗了。可當他好似使足吃奶的力氣向前走出七、八步，已是汗流浹背。

好歹也是刀口舔血小二十年的亡命好漢，卻根本就不敢坐下，只是輕輕抱拳，說了句「叨擾公子」，等到那公子點頭一笑，他這才有那精氣神去挪步轉身，否則恐怕就要跟一根木頭那樣在那兒杵著等死了。

這漢子站在二樓樓梯口停住身形，越想越納悶。他盧大義年紀輕輕就已是春秋某個亡國的一條軍中好漢，這麼多年身手把式都沒有丟掉，甚至到了這座古代西域都護府，還靠著際遇跟在此隱姓埋名的江湖前輩學了好些獨門絕學，多少次蹚在血水裡的驚險廝殺，如今更是摸著了小宗師的門檻。

在好事者排出的外城二十人高手榜上雖說敬陪末座，名次是不咋樣，可好歹是上了榜的人物，難不成真如那個垂垂老矣的師父所說，西域這地兒閉門造車出來的所謂高手，成色太差，比起中原正統江湖差了十萬八千里？

盧大義十九歲就跟隨恩主逃亡到了西域，以往又是軍中銳士，對故國故鄉早也淡了心思，至於那離陽王朝的江湖，更是從未涉入，總覺得這座城市就算是西域的國都了，能夠在這裡出人頭地，打拚出一番事業，比起中原高手就算遜色，也差得不多。堅信內城高高在上的十大高手，就算不是所有人都比肩那什麼天下武評宗師，也總該有兩、三人可以有資格上榜，只是今日跟那個年輕人不過打了個照面，盧大義就猛然驚醒自己井底之蛙了。

那個世家公子哥模樣的年輕人，身上真的有一種「勢」。常年不苟言笑的師父以前唯有偶爾喝著小酒喝出了興致，才會眯著眼跟他說起這種雲遮霧繞的玄妙境界。還說高手過招，跟醫家聖手的望聞問切是差不多的門道。

望之氣勢興衰不過是第一步，聽之言語中氣高低的第二步，接下來才是互報名號來頭，來確定是否生死相向，最後才是不到萬不得已不去切磋的切，那時候多半就是生死立判的慘澹結局了。

盧大義對此原本不當回事，在西域待久了，習慣了一言不合拔刀相向，習慣了逃不出一個「錢」字的暗殺截殺和搏殺廝殺，哪會管你是什麼宗門幫派的？只要斷人錢路，任你是天王老子也要挨上一刀。

在西域這塊天不管、地不管的土壤田地上刨口飯吃的男女，生死由不得你當回事。既然連生死都顧不得，還管你是不是過江龍、是不是千金之子？若非盧大義珍惜來之不易的武道境界，終於有了成為一方宗師的希望，今日吃癟後早就拉攏上幾十條好漢去堵住房門了。若是還吃虧，那就再喊上外城那幾位對脾氣的榜上高手。萬一外城不行，終歸還有內城那些終年養氣的頂尖菩薩。

西域早就明白一個道理，西域是西域人的西域，內訌不去說，可要說外人想來此地拉屎撒尿，不管你在中原或是在北莽如何呼風喚雨，都得乖乖交錢！這二十年來，盧大義見過的過江龍給這座大城折騰得剝皮抽筋還少嗎？光是死在他和兄弟手上的，就有七、八號極其扎手的人物。有死在女子肚皮上的，有先傷在稚童袖中刀然後死在幾百號人群毆中的。盧大義想了想，終於還是忍下了心頭浮起的殺機，招手喊來一個信得過的店夥計，讓那孩子去跟酒樓掌櫃打聲招呼，說乙等房戊字房那個年輕人不能動。

那個十六、七歲就已經殺過人的少年難得看到盧爺如此臉色陰沉，不敢造次，忙不迭跑去傳遞「軍情」，不忘回頭瞥了眼盧爺走下樓梯的偉岸背影。

在少年心中，這般好像坐在屍骨堆裡豪飲醇酒消受美婦的男人，就算是西域最頂天立地的英雄好漢了。別的不說，盧爺去上等窯子喝花酒，平日裡看他們這幫愣頭青都不正眼瞧的狐媚娘兒們，在收盧爺銀子時總是會打個大大的折扣，甚至給盧爺白睡了身子也沒怨氣，據說少不了慵懶靠在床榻上丟下一句「盧爺再來」。

這可不是他瞎猜的，而是有一次運氣好被盧爺帶著去開眼界。雖然是在那位姐姐屋外枯坐了一夜，連一同在廊外等候服侍的婢女小手兒也沒敢摸一下，天亮盧爺推開屋門後，他是親耳聽到那個姐姐用一種能讓人酥了骨頭的語氣，懶洋洋油膩膩來了這麼一句。打那以後，少年成天就想著這輩子怎麼也要有盧爺一半的本事才甘心閉眼去死！

密密麻麻擁簇著十幾萬人，哪怕在中原也都是大城了，何況是比起北涼更加荒無人煙的遼闊西域？你總不能拿它跟太安城比吧？

◆

徐鳳年吃過飯後，夜幕降臨，就趴在窗臺上眺望滿城燈火的夜景。

此城從無宵禁一說，西域排得上號的富貴人家又都聚集在此，自有一種天大地大我自逍遙的本色，北涼自然不會對這麼一個邊陲重地當真不聞不問。自師父李義山起，就不滿足於在北涼本土三州束手束腳。

按照當時的謀劃，不光是青城山的數千伏兵，連同流州流民在內的西域，甚至還有那西蜀和南詔，都應該成為狼煙四起後的戰略縱深。如此一來，北涼鐵騎冠絕天下的野戰實力，才能發揮到淋漓盡致的地步。西蜀出步卒，南詔出兵餉，西域則連同北涼三州作為徐家鐵騎策馬馳騁的縱深，那才是最佳的戰略構想，這也是徐鳳年師父李義山真正的滿腹錦繡。

只可惜，哪怕徐鳳年在鐵門關一役成功截殺了皇子趙楷和那頭病虎，朝廷仍是棋高一著，他徐鳳年最終仍是沒能幫助師父完成這個夙願。但是徐鳳年總不能就此洩氣，更不能破罐子破摔，所以才有了曹嵬那支暗渡西域的奇軍偏師，為此也付出了一萬幽州騎軍差點全部戰死葫蘆口外的代價。

相比之下，徐鳳年讓初見於春神湖上之後接納於京城下馬嵬驛館的落魄老書生劉文豹潛伏在此城，甚至給了他一個拂水社乙等房房主的隱蔽身分，負責在北涼和曹嵬騎軍之間居中調度，也就不算什麼了。

徐鳳年暫時不想去跟混入內城但尚未站穩腳跟的劉文豹碰頭。今時不同往日了，據拂水社說，如今天下可是有許多書桌上都開始放有他徐鳳年的畫像了？徐鳳年笑了笑，摸著臉上的那張生根面皮。

襄樊城那邊的消息不算好，從清涼山走出去的女子舒羞，應該是假戲真做了，在陸詡一事上跟北涼有唱反調的跡象，但總歸還沒敢明著跟北涼撕破臉，按照定例每半月一旬地跟拂水社打交道，也還算恭謹小心。

天高皇帝遠，人心似水起了漣漪反復，徐鳳年對此也沒有太多的惱羞成怒。沒辦法，小時候總聽娘親說這世道不太平，女子更難得太平，徐鳳年也懶得去跟一個身世可憐的南疆女子較勁。

老天爺和離陽趙室還有北莽大軍，跟他徐鳳年較勁是一回事，徐鳳年自認還沒慘到需要跟女子撒氣的境地。不過舒羞是一回事，若是自己一手扶持起來的薊州姓韓的，膽敢臨陣倒戈，那就蹚過了北涼的底線，跟那暗中聯絡北莽太平令和春捺缽的馬賊頭目宋貂兒就是一個惡劣性質了。當下徐鳳年很多事情是很難做到所心所欲，但要說殺一個底子不乾淨的離陽忠烈之後，徐鳳年半點心軟都欠奉。

月初時分，夜色中，天掛月牙兒。

徐鳳年睡不著，就乾脆拎了兩壺烈酒坐在這棟酒樓屋頂上，遠望內城中央。山頂有轉經筒的小爛陀那邊的夜景格外絢爛，圍繞著這座小山，處處張燈結綵，好一幅夜夜笙歌的富貴氣象。

徐鳳年沒來由記起當日跟謝觀應那番言語交鋒，這個位列陸地朝仙圖首位的讀書人的確不是只會說些大而不當言辭的人。謝觀應說到一件事的確戳中了徐鳳年的心口——徐驍出遼東後縱橫馳騁半輩子，那場馬踏春秋真正的功績就是一舉搗爛了「國雖破，家還在」的豪閥根基，打破了「太平時，士族與君王共治天下；亂世時，換君王不換家主」的老規矩。

春秋多慘劇，也多內幕祕辛，為離陽馬前卒的徐驍能夠擊敗泱泱大楚，這裡頭豈會沒有一些不可與人言的東西？當時徐驍完成西壘壁圍剿大勢後，有多少世族門閥厚著臉皮做起了兩邊押注的牆頭草？否則西楚哪來那麼多事後搖身一變成為滿朝紫衣公卿之一的權重臣子？至於南唐貴族門第私通離陽南征主帥顧劍棠，為了一家富貴綿延而自己打開一國之門，那就更是不可計數了。這些見不得光的內幕，只能跟隨大勢顛沛流離、起起伏伏的老百姓是絕對不會知道的，也許只有百年、千年後，這段蒙塵往事才會被後世史家在浩瀚文牘中欲語還休地掀起一角。

前朝史書總是那新朝史家收入房中的婢女丫鬟，大可以任意塗抹胭脂和潑灑汙水。

他徐鳳年不出意外的話，肯定屬於後一種命運。

對於千百年後史書上的墨朱兩色寫是非，是遺臭萬年還是名垂千古，徐鳳年不去想也管不著，就像他前不久在大嶼洞天對那個不知姓名的年邁採石匠有感而發，只說他會盡力。徐鳳年如今不是什麼真武大帝化身，更不是什麼大秦皇帝轉世了，他就只是徐驍的兒子。

中原史家可以罵他徐鳳年眼高手低痛失西北中原門戶，但不能讓短短幾十年後的史書就開始罵發軔於遼東的北涼徐家是什麼兩姓家奴。既然徐驍走了，那麼徐鳳年就不能讓活著在世時睡不安穩的爹，連死後都要睡得不安穩。說到底，徐鳳年要跟北莽死磕到底，就是這麼一份私心——給徐驍在史書上留下一個過得去的名聲，為爹娘和大姐、二姐還有黃蠻兒積攢陰德福氣。

徐鳳年喝了口酒，抬起袖子擦了擦嘴角，卻沒有放下，輕聲微笑道：「徐驍，你這個當爹的從來不知道跟兒女索取什麼，也沒想著我們就非得有多大的出息。可我這麼個沒怎麼盡過孝的兒子，以前光顧著跟你對著幹了，小氣吝嗇到喊你一聲爹都沒幾次，生怕喊了爹就委屈了我娘。這以後啊，你就別管了，當然，你也管不著了。後世總歸有人念起你徐驍時，讀史讀到我們徐家之時，會有人不隨大溜地由衷說一句：『遼東徐家，虎嘯百年，死不倒架！』」

◆

有一對依稀可見身材曼妙的黑衣蒙面人，趴在另一側屋簷瓦上，探出腦袋看著那個背影，竊竊私語。其中一人揭開頭巾，伸手搧了搧已經捂出汗的臉頰，吐了吐舌頭，皺著眉頭抱怨道：「姐，那傢伙是不是腦子有病啊，這都坐那兒發呆快兩個時辰了，到時候壞了咱們大事怎麼辦？要不然我去一腳把他踹下屋頂？」

另外一個面目遮掩得嚴嚴實實的人搖了搖頭，沒有說話。

「姐，那酒挺香呢，瞅著還剩下大半壺，我可真饞了。」

說話之人被報以一個瞪眼後，便有些幽怨委屈，壓低嗓音嘀嘀咕咕：「內城那姓董的老色胚果真是北莽安插在這裡的大諜子，宋爺爺和黃老師傅他們拚著性命把他一路勾引過來，前頭已經有好些頂尖高手坐鎮負責刺殺，我們其實也就是做個樣子嘛，難道真要咱們上陣廝殺？董老兒可是內城前三的高手高高手，就算這老壞蛋打斷了一手一腳逃到這裡，也只要一根手指頭就能捏死咱們了吧？我的好姐姐，何苦來哉？就算要我送死，也要讓我醉醺醺走在黃泉路上，才能不怕那牛頭馬面嘛。」

那女子委實給這等晦氣言語說惱了，一把解下蒙面絲巾，怒色道：「咒自己做什麼！死丫頭，妳吃飽了撐的？」

闖禍的女子笑嘻嘻伸出一根纖細青蔥手指，點了點那個背影。發火的女子趕忙噤聲，舉目望去，有些惋惜。

不走運摻和在這場災難裡頭，多半是難以見到明天的日頭了。你既然有這種閒情逸致，可偌大一座城，哪裡賞月不是賞月，非要來這棟黑店酒樓的屋頂傷春悲秋，不是遭了無妄之災是什麼？

她輕輕嘆息，在這座城裡，若是死幾個籍籍無名的小卒子就要惋惜，再鐵石心腸的人，肝腸也早就斷得不能再斷了。這些年見了太多太多的死人，心腸柔軟如她也有些麻木。她背轉過身，安靜躺在冰冷瓦片上，開始閉目養神。

內城那姓董的老匹夫難怪能夠在短短十來年就攏起那麼大一份家底，精騎五、六百人，綽號「青鴉」，在城內專職刺襲的殺手死士大半都是他們董家豢養的鷹犬，原來真實身分是北莽姑塞州很有分量的諜子頭目。一向好好先生的宋爺爺如何能夠不氣極起殺心？

宋爺爺雖然將北涼那個徐家視若仇寇，可對待北莽蠻子也向來深惡痛絕，否則當年就不是留在西域而是跟著大股人流繼續擁入北莽南朝了。柳伯伯他們經常開玩笑說以宋爺爺的身手和聲望，要是真去了西京，少不了一個乙字大族的顯貴身分。

七年前，她們還是懵懂無知的小女孩，只知道宋爺爺跟董家殺手做了筆買賣，花了所有積蓄聘請他們去北涼一個叫清涼山的地方，殺一個姓徐的離陽世家子。宋爺爺當時也同行了，只是不知為何，回來後就沉寂了好幾年。外城酒鬼老宋的說法也就是那時候傳開來的，而妹妹總說她的嗜酒和酒量都是給宋爺爺的滿身酒氣熏出來的，可不是她饞嘴貪杯。這次如果不是宋爺爺執意要跟內城巨擘董家掰手腕，其實柳伯伯他們都不樂意打破這份忍辱負重、辛苦經營十多年才贏來的平靜生活。

董家殺手是世上真正的刺客，這一點沒有誰懷疑，曾經有董家二流實力刺客用長達半年的時間，硬生生耗死了外城榜上有名卻與他有私人恩怨的一流高手。聽說那高手戰死之前，就已經快被逼瘋了。而董家培養殺手的種種行徑，外人光是聽上幾句就會毛骨悚然，董家刺客殺人的手法更是層出不窮。今夜的收官，起因是董家老賊身邊多了個野心勃勃的年輕人。

她去年遠遠看過一眼，是不是柳伯伯所謂天生異象的橫向「雙瞳」，她看不真切，但是那個年輕人粗略瞧著確實極有風雅，自己身邊的同胞妹妹就變著法兒時常提起他，雖然每次都咬牙切齒恨不得食其皮肉的小母老虎架勢，可她與妹妹心有靈犀，如何不曉得那個絕不該升起的可怕苗頭？世間女子，哪有提及一個男子時眼神會格外有神？

她猛然睜開眼睛，握住腰間那柄尤為狹長的佩刀，弓起後背，蓄勢待發。她妹妹僅是比她慢了半拍，也握住了劍柄。年幼時如同一個模子裡刻出來的姐妹，長大後也是難以辨認，有時連柳伯伯他們都能矇騙過去，只是性情卻是天壤之別。

她練刀，妹妹則練劍，她喜靜，妹妹則好動，所以習武一途，雖然是妹妹天賦更高，但是各自師父點評起來，卻是她更能殺敵。高居外城高手榜第六的宋爺爺和第十二的黃老師傅都說她們如今有臨近三品武夫的本事了，以後有望成為什麼二品小宗師。這座城裡沒有什麼三品、二品，也沒有小宗師、大宗師的說法，她們姐妹自打記事起就對著這座城市，只當是長輩勉勵後輩的新鮮言語。

她突然瞪大眼眸，差一點就流下眼淚。

一個袖大如鳥翼的高大身影疾如奔雷，以勢如破竹的囂張氣焰掠過一座座屋頂，在不遠處略作停頓，一招就將她們極為熟悉的長輩從屋頂打落，然後長掠而來，笑聲響雷炸響在她們耳畔：「宋酒鬼、黃跛子也敢暗殺老夫？老夫可是這西域地面上三千殺手的老祖宗！今夜老夫破例不做那老本行，就光明正大一路殺來，好讓你們這幫不知天高地厚的小崽子知曉何謂以卵擊石！對了，那號稱『西域雙璧』的小娘皮藏在何處？快快現身，好教你們知曉老當益壯。什麼仇人不仇人，領教過老夫調教女子的水磨功夫，要讓妳們一個月內就主動喊老夫一聲相公！」

隨著那沙啞嗓音的響徹夜空，她們清晰感受到更遠處有鐵騎馬蹄聲穿過街道的震動，而在視野中，有不下百個如同蝙蝠的身影跟隨那個魁梧老人撲殺而來。

她握緊刀柄，臉色蒼白。宋爺爺不是說今夜行刺斷然不會驚動董家殺手和董家騎卒嗎？況且內城外城向來井水不犯河水，董家如此傾巢出動，分明越了雷池壞了規矩，就不怕明日內城外城盤根錯節的勢力同仇敵愾群起而攻之嗎？對外城而言是龐然大物的董家在內城別說一家獨大，其實世人皆知其勢力還不如「閻王司馬」和「財神李」兩家，甚至新近在內城崛起的一股勢力，都有將近年殺手生意越來越清淡的董家取而代之的跡象。

那個撲殺而來的魁梧老人自然看到了那棟酒樓上躺著「裝死」的一個礙眼身影，不禁大笑不止，世上還有這等束手待斃的傻子？

他前撲勢頭不停，踏出一腳，眼看就要落在那自作聰明的傢伙腦袋上，保管要踩出個稀巴爛。

自知難逃一死的握刀黑衣女子也不知怎麼的，在這個自身都難保的危殆關頭，大概是經常惹來長輩不滿的菩薩心腸作祟，躍過了屋脊，順著向下傾斜的屋頂一路奔去。

在那個董家老賊就要一腳踏上那陌生人的腦袋前，一個急停，扯住不知何時醺醉過去年輕酒鬼的衣領，拉著他猛然後滑出去，引來那人後背下的瓦片一陣嘩啦作響，在這夜空之中顯得格外刺耳。尤其是當她一氣力竭不得不停在高聳屋脊附近時，眼角餘光看到那傢伙手中還不忘握著只酒壺，她恨不得把這個要酒不要命的王八蛋丟給董家老匹夫算了。

一腳踏空的董家老人毫不動怒，若是他有心要殺那年輕男子，憑藉那小娘的稀鬆身手如何能夠虎口拔牙？老人只不過終於逮著了這對西域雙璧，心情大好，樂得貓耍耗子多逗樂一會兒。如同許多外人所說，這座城的規矩很重，哪怕他有北莽西京的大力支持，也不過是做了內城三姓氏之一，西楚遺民的司馬家和還有個南唐遺老主事的李家，始終壓他董家一頭。

只不過今夜以後，閻王司馬真去見了閻王，那麼就不再是什麼三足鼎立，而是兩雄對峙瓜分內外城了。至於什麼宋酒鬼、黃跛子，那都是這場格局動盪的小小藥引子，蒙蔽司馬家的障眼法而已。這個結局，他兢兢業業了十來年也沒做成，不得不承認都要歸功於那個在北莽身世顯赫的年輕人。

無論是年輕人的背景還是他的身手，他董鐵翎不管在這座城睥睨群雄多少年，都只能忍著脾氣低眉順眼給那人打下手當幫閒。沒法子的事情，誰讓人家有個好爹？他董鐵翎難不成去把自己老爹從棺材裡刨出來跟人叫板？當然，要是那樣做能有那年輕人的氣象，他董鐵翎還真不介意把他老子的屍骨挖出來。

在西域這座城住久了，他早已習慣了這裡的六親不認。就比如他現在盯著那雙風華正茂的妙人兒，老人雖然認不出誰是姐姐、誰是妹妹，但他卻知道，正是其中一個和她那個溫文爾雅名士風流的柳伯伯，一起出賣了所有人。也怪不得她什麼，誰讓她瞎了眼看上了那位老子在北莽王庭畫灰議事都有一席之地的年輕富貴子，更蒙了心以為能跟情郎比翼雙飛？至於那姓柳的，就更不值得一驚一乍了，早在六年前就識趣投靠了他們北莽朱魍，否則他董鐵翎會看得起他？又怎會跟他同享內城那麼多尤物花魁做那床榻上的「連襟」？

老人眼神淫邪地在她們身上掃過，陰森森笑道：「敢問哪位叫晏燕啊？哦，對了，是燕子的燕，不是大雁的雁。妳的那位情郎讓老夫捎句話給妳，他對不住妳的一往情深，無顏見妳，就讓我伺候妳們姐妹了。」

老人桀桀笑道：「當然，後半句是老夫加上的，不過妳那位情郎也就是這麼個意思。」

已經拔出狹長戰刀的女子緩緩轉過頭，怔怔看著那個臉色如遭雷擊，棄了手中長劍的妹妹。她這個姐姐晏雁，悲痛欲絕，已經根本罵不出什麼狠話，只是哭腔哽咽道：「妳怎麼這麼傻，這麼傻啊……」

老人很享受這種至親反目的好戲，真正是從頭到腳酣暢淋漓，好似享用過了這對宛若壁畫上連袂天女的西域雙璧，所以大局已定的老人不著急擄走她們，返回內城那座富麗堂皇程度足可比擬中原王侯的府邸。

到了董鐵翎這個歲數，其男女之事的道行豈是那些毛手毛腳的愣頭青能夠媲美的？要知道董鐵翎可是自詡為床榻之上的陸地神仙，多少貞潔烈婦初始尋死覓活，然後欲仙欲死，最終捨了所有羞恥之心做他這個古稀老人的玩物？

眼神呆滯的晏燕癡癡望向姐姐晏雁，竟然笑了，輕輕搖頭道：「姐姐，不會的，王郎不會負我的。王郎答應會娶我，也會為姐姐妳尋一個世上最出彩的男子嫁了。他還說會帶我們離開這個每天都在殺人和死人的地方，會帶我們一起去看那江南的小橋流水、太安城的月光、西北涼州的風沙、廣陵江的潮水、東海武帝城的旭日……姐姐，我這就帶妳去找他，好不好？他一定會點頭的。」

姐姐晏雁淒慘一笑，語氣冰冷：「晏燕，妳真的瘋了，從看到那個人後，妳就已經瘋了。」

晏燕臉色猙獰，大聲喊道：「我沒有！」

董鐵翎看著這一幕，真是賞心悅目啊，伸出大拇指抹了抹嘴角，瞇眼笑道：「晏燕也好，晏雁也罷，都別急，我董鐵翎有的是法子讓妳們快活起來，姐妹二人全然不用這般尋死覓活的。到時候妳們就知道，世上原來還有那等天上神仙也要豔羨垂涎的美事。妳們才不到二十歲，老夫喜新不假，卻也不厭舊，尋常男子不知四十歲女子的滋味，老夫卻是甘之如飴，妳們最不濟也還有二十多年的福氣。」

在這種一方快意至極、一方悲苦至極的時候，響起了一個不合時宜至極、略帶幾分笑意卻透著清冷的悅耳嗓音：「你就是董鐵翎？那你知不知道中原有個叫軒轅青鋒的女子，終有一天要來西域虐殺你？」

董鐵翎愣了一下，雖然西域殺手祖宗出身的老人一直暗中留心這個年輕酒鬼，但是仔細打量以及刺探氣機脈絡之後，斷定此人不過是個手無縛雞之力的無名小卒，否則難不成此人年紀輕輕就是一品境界高手了？

腳下這座西域雄城，丟掉西域都護府的名頭後，兩百多年的漫長歷史，走過路過的不去說，爛陀山的和尚不去說，常年居住在此的武道大宗師，也不足雙手之數，如今更是鳳毛麟角。只有內城富可敵國的李財神身邊鬼鬼祟祟藏著一位，根據他的揣測，應該是離陽趙勾某位在西域圖謀大事不惜隱姓埋名的大頭目。若不是此人推波助瀾，李家也不會違背規矩選擇袖手旁觀，任由那位北莽年輕人幫著他董家對付司馬家。

董鐵翎不是城中那些出於各自原因關起門來裝聾作啞一盤散沙的中原遺民，更不是那些一輩子沒走出過西域的無知百姓，離陽江湖上風頭正盛的紫衣女子，董鐵翎自然有所耳聞。至於眼前年輕人為何搬出那位貨真價實的高手來，董鐵翎就當作他是拉大旗作虎皮的幼稚伎倆了，試圖來嚇唬他這個殺人如麻的西域魔頭。

老人對那西域雙璧很有耐心，不好男風的老人對那死到臨頭的英俊酒鬼可就沒什麼耐心了，殺意濃郁，嘿嘿冷笑道：「咋的，那中原的武林盟主跟你很熟？小子，老夫把話撂在這裡，若你是她軒轅青鋒的姘頭，老夫就讓你做我內城董家的第一等座上賓……」

說到這裡，老人笑容不減，驟然間舌綻春雷般吼道：「可惜你不是啊！」

董鐵翎是實打實內城第三的高手，是西域人心目中所向無敵的存在，怒喝之下，老人大袖翻滾，氣機瘋狂外泄，尋常人在「棒喝」之下，當場肝膽欲裂都不誇張。像那晏雁、晏燕這對姐妹花就給震懾得一陣踉蹌，氣血翻湧，尤其是本就失了魂魄的妹妹，直接就七竅滲出血絲，慘澹至極。晏雁稍微好些，如臨大敵，早早守住心神，仍有拚死一戰的決心，但也不好過，差點就握不住刀柄。

唯獨那個不知道從哪個角落冒出來的年輕人，仍是坐在當時給晏雁拉扯過去的那個位置上，像什麼事情都沒有發生。

董鐵翎不愧是無數次從死人堆裡站著的那個贏家，毫不猶豫就一個風馳電掣的凶猛前衝。

晏雁鬼使神差又一次扯住那酒鬼的衣領，想著好歹將他拋出屋頂再說，至於他會不會摔斷腿腳、會不會被董家殺手圍剿，她想著總好過眼睜睜看著他給董老賊一掌拍爛頭顱吧。只不過接下來的事態超出她的想像力，她既沒能把那傢伙丟下酒樓去，而滿城人都敬畏如無敵神明的董鐵翎在假裝前衝之後，就跑了，瞬間就無影無蹤了。

◆

就這麼無緣無故地跑了？晏雁瞪大眼眸，環顧四周，確定董鐵翎當真消失後，她還是不敢相信，就像她妹妹晏燕始終不敢相信情郎會辜負背叛她一樣。

晏雁雖然只見識過宋爺爺和黃老師傅點到即止的切磋，但真正高手過招即便不是什麼你來我往大戰個八百回合，可也絕不至於像董老賊這般虛張聲勢吼一聲就腳底抹油的吧？

一直袖手旁觀的徐鳳年提著酒壺站起身，望向那個失魂落魄的妹妹，問道：「妳那個讓妳生死相許的情郎，除了他姓王，還知道他到底叫什麼嗎？」

晏燕失心瘋一般又笑了：「你算什麼東西，也配知道王郎的名諱？」

也不見徐鳳年有什麼動作，這個漂亮到一定境界的年輕女子就在空中打了個轉，然後結結實實摔落在樓外街道上，大概是徹底昏死過去了，再沒有發出半點動靜。

徐鳳年轉頭看著那個握緊刀柄、刀尖朝向自己的晏雁，眼神複雜，感慨良多，一時間有些無言，既想起了慕容梧竹、慕容桐皇那對境遇淒涼的姐弟，也想起了早年徽山大雪坪的藏汙納垢，更想起了顛沛流離的西蜀太子蘇酥和老夫子趙定秀。

徐鳳年嘆了口氣，望向大概離著自己得有半里外的一座屋頂。

也算西域一方梟雄的董鐵翎雖然知道了幾分利害輕重，卻不肯就此甘休，對危險極有嗅覺的老狐狸開始對心腹發號施令，應該是想拿屋頂近百董家殺手和街上陸續趕到的一股股董家精騎來試試水的深淺。

對於這座大奉皇帝用以彰顯邊功的重鎮，若不是曹嵬的那支騎軍，徐鳳年一直印象很淡，只知道早年好些行刺清涼山的殺手和刺客都拿此地當作歇腳喘氣的地方。至於軒轅青鋒說要虐殺色中餓鬼的董鐵翎，還真不是徐鳳年沒話找話。

那個娘兒們當初還沒有跟他、跟北涼貌合神離，的確無意間提起過這一茬，不過那時候她還有求於他徐鳳年，更沒有成為什麼武林盟主，恐怕當時連她自己都不敢相信將來有一天會躋身大天象境界。

對於腳下這座西域大城的印象，真正深刻鮮活起來，是曹嵬騎軍悄然奔赴西域後，尤其是在上陰學宮落魄到年老仍不敢還鄉的酸儒劉文豹進入此城，以前只停留在外城小打小鬧的拂水房也隨之開始加大滲透力度，徐鳳年才在案頭諜報上知曉了一些事情。

比如在這裡隱藏有幾名後隋皇室的晏氏遺孤，只不過比起西蜀獨苗的太子蘇酥，兄妹三人的血統遜色許多，就算那幫後隋餘孽想要揭竿而起，估計自己都沒那個臉皮拿那三個孩子說事。

西域雖大，曹嵬騎軍置身其中並不惹眼，但徐鳳年和拂水房仍是不敢掉以輕心。為了吸引西域的視線，徐鳳年遙控西域做足了一連串好戲。先是讓那位曾經白衣出襄樊的女菩薩大張旗鼓返回爛陀山，然後讓劉文豹在此城興風作浪，還在西域放出話去，說是王仙芝的那個徒弟要在此稱王稱霸，在大漠黃沙中另起一座武帝城。

一名打頭陣的董家殺手掠過鄰近屋簷，沒有半點拖泥帶水地一刀斬下。徐鳳年也沒有怎麼在此地一鳴驚人的想法，更不願意就這麼暴露實力，畢竟要在城中長住。於是有模有樣跟那殺手過起招來，雙方打得那叫一個有聲有色，「好不容易」才一拳轟殺那名殺手，其餘董家殺手畢竟不是董鐵翎這種二品小宗師，眼看有殺人立功的希望，雖然直覺告訴他們沒那麼簡單，但還是前仆後繼奔殺過來。

徐鳳年來者不拒，然後跌宕起伏沒有懸念地一個一個宰掉，其間更有街上的董家騎卒不分敵我地射殺屋頂兩人，也都給那廝「驚險萬分」看似差之毫釐地堪堪躲過。這場景看得那董鐵翎幾乎氣得吐出幾口老血來。

見多了假扮頂尖高手的貨色，哪來這麼一個生怕別人不知道自己是「一般高手」的陰險王八蛋？等到了折了四十幾條人命後，老人終於肉疼起來，也不願畫蛇添足壞了那王姓年輕人親手布局的西域大業，咬著牙一聲令下，在今夜外城戰事中所向披靡的董家兒郎頓時快速撤退。

當他轉身背對那座屋頂向內城掠去的瞬間，突然一陣背脊發涼。老人似乎能夠清晰感受到那個年輕酒鬼的眼神，董鐵翎萬分確定，此人就算不是離陽年輕一輩中的一品高手，境界修為肯定也差不遠了。

就當董鐵翎以為脫離險境的時候，身邊就有人與他並肩而行，用再地道純正不過的姑塞州腔調對他說道：「帶句話給你的那個幕後主子，還想接著玩的話，我鐵木迭兒在北涼境內倒是新練出幾劍。」

董鐵翎絲毫不敢放緩腳步，所幸下一刻就不復見那人身影。

◆

晏雁只覺得眼前一花，眨了眨眼後，那個本以為是借酒澆愁的失意酒鬼的外城年輕人，仍是紋絲不動站在她眼前。

然後她看到那人拿手往臉上一抹，剎那間就換了一副略顯生硬古板的臉孔，如鬼披人皮夜行陽間，只是隨著他手指在臉上輕輕推抹過去，很快就像個「活人」了。

晏雁嚇得後退幾步。

徐鳳年當初在舒羞製造臉皮的過程中也學到些皮毛，比起舒羞的生根和入神兩種境界，差了許多火候，不過在夜幕中糊弄常人倒也不算什麼難事。

徐鳳年也不介意在這個女子面前洩露這點不痛不癢的根腳，不過要是她那個妹妹在場，徐鳳年也會多個心眼，笑著看向見到鬼似的她，柔聲道：「就任由妳妹妹在街道上挺屍了？想來妳們兩人暫時也沒了安全的去處，在董家讓人來辨認我的身分前，妳不妨把她抱回屋頂，念在妳兩次豁出性命『救我』的分上，我總歸會在天亮前周全妳們姐妹二人的性命。至於天亮以後怎麼辦，是留在城內等死，還是出城逃命，那就是妳們的事情了。」

那女子小心翼翼看了眼徐鳳年的影子，看來真的不是遊蕩人間的孤魂野鬼，這才如釋重負，輕輕躍下屋頂，抱回妹妹。

她盤膝而坐，動作輕柔地抱著妹妹，慢慢地，終於忍不住咬著嘴唇抽泣起來。低斂的眼眸本就水靈，此時越發水霧蒸騰，她既有被至親之人背叛的憤恨和痛苦，也有為至親之人而憐惜和淒苦。

而她驀然察覺到那個古怪人物就坐在她不遠處，一口一口輕輕喝著酒。

然後這棟酒樓正對著的街道上，清輝灑落的月色下，遙遙出現她一眼就看出精悍到了極點的七、八騎扈從，眾星拱月一般護衛著一個錦衣貂裘的年輕人。

晏雁頓時怒極，恨不得跳下去就提刀殺了那個讓妹妹墜入深淵的魔頭。比起那個更換臉皮的「酒鬼」，街上那個人，更像是披著人皮的歹毒厲鬼！

徐鳳年輕聲道：「借劍一用。」

不等晏雁答話，妹妹晏燕那柄佩劍就離鞘飛到了那人手中，他橫劍在膝。

只聽街道上那人在兩百步外就停馬，抬頭朗聲問道：「鐵木迭兒，敢問那位大樂府先生如何了？」

徐鳳年沒有說話，輕輕握住劍柄。

大風過邊城，嗚咽角聲哀。

那人重重冷哼一聲，撥轉馬頭，揚長而去。

徐鳳年看著那隊人馬漸漸遠去的身影，有些意外，不承想還能在這裡遇上熟人。

正是當年北莽境內，那個隨意出手就是一塊六蛇遊壁玉佩的闊綽青年——棋劍樂府的年輕俊彥王維學，但是另外一個身分就更加值得咀嚼了——北莽糧草重地寶瓶州持節令王勇的獨子。

這傢伙竟然來西域攪動渾水了？徐鳳年臉色陰沉起來。如果說是王維學擔心棋劍樂府前輩的安危，或者說是想要在涼莽戰事中撈取偏門功績，才在這座城中翻雲覆雨，徐鳳年並不擔心什麼；可如果說是曹嵬騎軍被北莽諜子無意間發現了蛛絲馬跡，那徐鳳年就只能違背跟澹臺平靜的約定了。

徐鳳年伸出手指隨意一抹劍身，長劍飛回晏燕身邊的劍鞘。他輕聲問道：「他就是妳妹妹看上的人？什麼時候到的城內？」

晏雁穩了穩心神，盡量讓自己語氣平靜：「第一次見到此人是去年開春，至於他什麼時候進入城中，我就不知道了。」

徐鳳年鬆了口氣，事情總算沒到最壞的地步。那時候曹嵬騎軍尚未動身趕赴西域，至於王維學這個北莽大腿極其粗壯的二世祖有沒有察覺到那支騎軍的動向，應該同樣是奔著西域僧兵來的。

徐鳳年對爛陀山不陌生，那裡山頭林立很正常，但是那些當時在自己眼前說得上話的枯槁老僧，有幾個顯得沒那麼有佛氣，倒是有幾分火氣，現在就知道為何了。他徐鳳年可以親自去山上為西域畫一張大餅，那麼北莽自然也能先見之明地祕密拆臺，甚至畫一張更大的餅給爛陀山。起鬨抬價誰不會？只要能讓北涼吃癟，想來北莽是很樂意讓爛陀山去待價而沽的，大不了就讓這檔子事拖著耗著，對於北莽來說不會有什麼損失。

要不然順道又順手地宰了那個王維學，打著借兵爛陀山的幌子將董家連根拔起？大不了跟那個聞到腥味的拓跋菩薩，在西域來一場轉戰千里好了。

徐鳳年閉上眼睛，權衡利弊。

晏雁沉默了許久，終於開口問道：「公子是中原人氏吧？」

徐鳳年笑道：「祖籍遼東錦州，不算中原人。」

晏雁不是那種與人相處八面玲瓏的女子，一時間竟不知如何接下話頭，就這麼冷了場。可是她想到天亮以後自己跟妹妹二人的慘澹前景，就覺呼吸都艱辛困難起來，只想著分心，想要跟那個莫名其妙出現在此地又行事詭譎莫測的人，隨便說些言語，才能不讓自己崩潰。

徐鳳年眺望遠方，沒來由地有些感慨，略帶自嘲地柔聲道：「我以前認識一個離開家門行走江湖的女子，如妳一般，也很俠義心腸。我曾經跟她一起走去北莽，一路冷眼旁觀，看著她吃了很多苦頭，還告訴她一些類似福禍無門、唯人自招的無聊道理。她也倔強，最後我幫了點忙，如今也不敢確定對她是好事是壞事。」

徐鳳年轉頭微笑道：「妳放心好了，我改變主意了，只要我在城內一日，妳們就得以安生一日。要說理由，還真有一個，那就是這個江湖，沒了妳們這些真正的女俠，哪怕高手如雲，那也該是多無趣啊。」

然後徐鳳年苦澀道：「這個江湖，已經沒有很多老人了。」

晏雁凝視著他，眼神清澈。

徐鳳年冷不丁笑問道：「怎麼，覺得我跟那董老色胚是一路貨色，其實是垂涎妳們姐妹的美色？差別只是那老不修喜歡用強，我喜歡玩彎彎腸子那一套？好吧，我承認，被姑娘妳看穿了。妳啊，是才逃狼群又入虎口，還不趕緊哭？」

晏雁嫣然一笑，梨花帶著雨，別有風情，輕聲搖頭道：「我知道公子不是這樣的人。」

徐鳳年後仰躺下：「說說城裡的事情吧，妳揀選有趣的說好了，比如那座小爛陀山。」

她「嗯」了一聲，嗓音輕靈起來，臉上悲苦神色淡了幾分，不是柳暗花明的那種歡喜，而是澈底認命的那種。她身邊這個都不知道姓什麼的人，她知道他沒有腌臢心思，但更知道他只是這座城或者說她們生長地方的一個過客。

但她仍然順著他的話說下去了：「公子可能已經聽說山上有座從來沒有誰能夠轉動的轉經筒，但也許還不清楚其實山腳有個外號雞湯禪師的老和尚，很有意思，不是咱們西域人，是個念中原禪法的外來和尚。如果有人去茅舍問禪，老和尚必定先請吃一罐香噴噴的雞湯，他自己不喝，看著別人喝，然後給人說些質樸道理，所以才有這麼一個綽號。」

徐鳳年輕聲道：「中原有一脈禪宗的確有這托缽行乞天下的做法，自稱乞兒，只求一個真字。一缽千家飯，獨身萬里遊，最後這個老和尚到了這西域，煮起了雞湯給人喝？不過我很好奇，那煮湯的雞，是誰殺的？」

她愣了一下，無奈道：「這我怎會知道？也從來沒有想過這個問題啊。」

徐鳳年打趣道：「姑娘妳好像沒什麼佛性啊，就算真見著了雞湯和尚，也少不了被棒喝一聲『癡兒』，說不定連雞湯也喝不上一口。」

她無言以對。

徐鳳年笑著補救道：「那有沒有名人逸事傳到你們所在的外城？」

她點頭道：「當然。聽人說很多年前有個殺人不眨眼的大馬賊大搖大擺進了內城，喝了老和尚的雞湯，就問他這種人能不能也成佛。老和尚說當然，只要放下屠刀便可。那個靠殺人起家的馬賊就笑了，說他殺人從不用刀，嫌麻煩，都是雙手錘殺人的，有個屁的屠刀？

你猜老和尚怎麼說？他說啊，那就先拿起屠刀，再放下。你又猜怎麼樣？很多年後那個馬賊果真帶著一把刀回到山腳，當著老和尚的面丟掉那把刀，哭著說他想放下了。後來那個年過半百的馬賊就自己重新拿起刀剃光了頭髮，又放下刀，從此以後他就在老和尚身邊當了和尚，一心向佛。」

徐鳳年輕聲道：「此放彼放，此方彼方，此岸彼岸，此生彼生，確實是真的放下了。」

似懂非懂的她訝異道：「公子你還真信這事啊，其實連我心底也不大信的。」

那個越來越讓人不明白的傢伙沒有說話，於是她就接著說道：「還聽說那個雞湯老和尚喜歡唱一支〈蓮花落〉的曲子，曲子本來沒有名字，只不過百餘唱詞，有半數都是『蓮花落』三字，內城外城才給安上一個〈蓮花落〉的曲名。

然後就有人去喝了雞湯，問老和尚他既然修禪幾十年了，那蓮花落沒落呢？老和尚很遺憾地告訴那位似乎存心刁難的訪客，說他自己心中蓮花未落啊，不過等到哪天終於落下了，他也就能修成正果了，然後也就不再煮雞湯嘍。

新近傳到外城的趣事是，有個外鄉人硬闖入內城到了山腳，也不喝那雞湯，只問老和尚是不是與他師父一般，是那什麼世間天人，很是奇怪……」

她自顧自說著，沒有察覺到那位公子聽到後來，臉色變得陰晴不定。

她更沒有意識到不知何時，屋頂又多了一個雙手空空的男子。

徐鳳年坐起身，也不去看身後那個當時棄劍背屍遠去西域某座大山的人。

那人冷笑道：「現在才知道你真是聰明，我師父勝過了他，你又勝過了我師父。本該接下來就得輪到你被新人鎮壓，所以你寧肯不當天下第一人，乾脆就捨棄了自身氣數，只當那位置更加安穩的四大宗師之一。」

徐鳳年淡然笑道：「你有一點，說錯了。當年你師父沒有贏他，我也一樣沒有勝過你師父。他們兩人，只是對自己身處的江湖，或者說我們這些外人眼中的江湖，無所牽掛而已。事實就如你所想，不說境界高低，僅論戰力強弱，你師父便是對上五百年前的呂祖，也可一戰。哪怕武評九人，加在一起聯手廝殺，你師父一樣是想殺誰就殺誰，這才是真正的武夫極致。至於你師父當時到底是怎麼想的，你自己去想。等你哪天想明白了，大可以重新拿回那柄菩薩蠻，找我報仇。」

王仙芝徒弟之一的木訥男子，武帝城樓荒沉聲道：「我要帶走那個叫余地龍的孩子。」

徐鳳年搖頭道：「就算我肯，他也不會跟著你走的。再者，與其靠人，不如靠己。」

樓荒沉默片刻後，平靜道：「我贏不了你。」

徐鳳年笑道：「那就只能等著我死了。至於是在這西域還是去北涼，都隨你。你只要不投靠北莽，我都不管。」

本就在這座城內住下的樓荒，身形一閃而逝。

徐鳳年沉默不語。

百年江湖，只有同處一個年代但卻先後登頂的兩個人，能算是獨立山巔，四顧無人。

李淳罡是自覺輸了，王仙芝是自認贏了。

所以李淳罡是瀟脫下山，王仙芝卻是昂然登天。

都是以後江湖百年甚至千年都不會再有的大風流。

但是，江湖大風流可遇不可求，江湖人卻不可無俠骨，千年以前千年以後都是如此。

此時此刻，至今猶然不知，以後更不會知曉自己是那天潢貴胄卻只能流離市井的晏雁，下意識撫摸著妹妹的髮絲，好奇問道：「公子，你也是來這裡尋仇的嗎？」

徐鳳年瞥了她一眼，搖頭笑道：「我的仇家不在這裡，不過妳們這裡確實有很多把我看成仇家的人。說不定妳的某個長輩，就是如此。」

晏雁沒有當真，只是淒苦道：「本該安享晚年的宋爺爺他們，都死了。最該死的那個長輩，反而以後會過得很好。」

徐鳳年笑了笑：「這就像有些人明明醒了，其實卻跟睡死了差不多。」

晏雁沒有低頭，沒有去看那個醒了卻裝睡的妹妹，她胸口衣襟被晏燕的淚水浸透。

徐鳳年也不去看那個剛才被自己一巴掌摔下高樓的癡情女子：「晏雁，妳帶著她，還是離開這裡吧，走出去看一看。繞過兵荒馬亂的北涼，可以先去西蜀看看竹海，再沿著廣陵江去中原江南，然後北下南疆，最後等到什麼時候這天下不打仗了，再去見識一下天底下最大的城池，等到某人什麼時候覺得真正對不住那些老人了，再回來這裡，上個墳、敬個酒、磕個頭。」

晏雁坐在那裡，重重點頭：「謝過公子！可惜小女子無以回報！」

徐鳳年看著她，笑容溫柔道：「可以回報的，以後妳若是不小心成了無數江湖俊彥仰慕的女俠仙子了，妳就提上這麼一句，說當初勸妳走這趟江湖的，是個姓徐的北涼蠻子。要是能再多說一句，說那個傢伙比你們這些人都要英俊多了，就真的圓滿了。」

晏雁頓時啞口無言，臉微微紅。

她懷裡那個惹下滔天大禍的妹妹，眼神冰冷地望著這個言語時而肅穆時而輕佻的陌生男子。對她而言，如今世間男子皆是負心漢，皆可殺！

但是當她看到徐鳳年一抬手，立馬就縮頭躲在姐姐懷中。情郎的負心，是心疼。而這個王八蛋的那一巴掌，是肉疼。都很疼啊。

徐鳳年譏笑道：「就知道跟妳這種娘兒們說道理是說不通的，只記打不記好。不過沒良心也有沒良心的好處，以後到了離陽江湖上，幫妳姐姐多長幾個心眼。初出茅廬的時候，把人往最壞處想，算不得什麼好事，但終歸不是壞事。」

她們姐妹倆也不知道這個應該是姓徐的北涼男子做了什麼，那個看上去不苟言笑但極有威嚴的中年漢子去而復還。

樓荒眉頭緊皺。

徐鳳年也不跟他客氣：「你和于新郎、林鴉幾個人，其實跟她們兩個人一樣，出城時才算真正走進江湖。你們要是一輩子都留在東海那座城裡，也就一輩子難有大成就。」

若是換作其他任何一位江湖人說這句話，已經躋身宗師境界的樓荒都會嗤之以鼻，哪怕是武評上的其他高手也不例外，但是從眼前這個年輕人的口中說出來，即便萬般不情願，樓荒也不得不去深思幾分。

樓荒沒有搖頭點頭，看了眼那雙可憐人，率先輕輕躍下屋頂，落在街道上也沒有動靜。

晏雁鬆開妹妹，對萍水相逢但高深莫測的那位年輕公子哥，深深施了一個萬福，紅著眼睛咬著嘴唇，說不出話來。晏燕眼神複雜地看了看姐姐，又瞥了瞥那個昨夜只看到一個背影的酒鬼，先於姐姐一躍而下，走到樓荒身邊停下身形。

不知不覺，晦明交替，天快亮了。

晏雁終於還是沒能說出什麼道別的言辭，只在街道上轉頭遠望那個依舊站在屋頂的修長身影。

晏燕憤憤然低聲道：「長得那麼平庸，有什麼好看的！」

晏雁沒有理會妹妹，回過頭後，長呼出一口氣，不知為何，她覺得從今日今時起，無論她走出去千里萬里，都走不出那個屋頂了。

她忍不住再一次回頭，看到那個好像有些孤單的背影，朝他們三人遙遙擺了擺手。

◆

樓荒板著臉緩緩前行。

腦中浮現出前不久山腳那個老和尚說漏嘴的一句讖語。

遼東猛虎，嘯殺中原。西北天狼，獨臥大崗。

但是老和尚當時對著他樓荒身前那罐涼透了也沒人喝的雞湯，似笑非笑似悲似喜，又說了一句：「涼了。」

樓荒實在是惱怒這老和尚黏黏糊糊的打機鋒，忍不住就反問了一句：「裝神弄鬼！涼了便涼了，不知道拿去熱一熱？」

老和尚拍腿大笑：「天時地利皆是不如人和……這就對了！」

樓荒在出城後，幾乎是跟晏雁、晏燕同時回望了一眼城頭。

三人都不知道，城內有個老和尚正在托缽而奔，滿缽香氣。

他直奔那棟酒樓，一躍而上，衝到徐鳳年身前，大聲笑問道：「曹長卿不願拿起，你徐鳳年可願拿起？」

徐鳳年破天荒有些忐忑不安，笑問道：「拿得起？」

這個托鉢乞遊萬里的雞湯和尚笑得半點都不似得道高僧，反而有些賊眉鼠眼：「拿了再說唄！」

只是當徐鳳年鄭重其事接過那只佛鉢後，老和尚便猛然盤腿坐下，面朝東方，背朝西面。老僧雙手合十，如得解脫，如得自在，如見如來，低頭輕輕念道：「龍樹師弟，法不在外物，法不依文字，我蓮花落矣。」

小爛陀山上，無人推動，那座巨大轉經筒自行旋轉，筒壁天女靈動而搖，一遍遍傳出六字真言，響徹西域，遍及北涼。

佛云，若在山頂轉動經輪，所居方圓一帶可得吉祥圓滿。

若一地君主轉動經輪，百姓皆能消業除障。

老僧閉上眼，安詳圓寂，臨終言：「善哉。」

剎那之間，天地間零零落落的氣運蜂擁彙聚而起，如掛條條大虹，又如天開蓮花，同時湧入那只手上鉢。

——雪中悍刀行第三部（一）杯中起漣漪　完

高寶書版集團
gobooks.com.tw

DN 256
雪中悍刀行第三部（一）杯中起漣漪

作　　者　烽火戲諸侯
責任編輯　高如玫
封面設計　陳芳芳工作室
內頁排版　賴姵均
企　　劃　方慧娟

發 行 人　朱凱蕾
出　　版　英屬維京群島商高寶國際有限公司台灣分公司
　　　　　Global Group Holdings, Ltd.
地　　址　台北市內湖區洲子街88號3樓
網　　址　gobooks.com.tw
電　　話　(02) 27992788
電　　郵　readers@gobooks.com.tw（讀者服務部）
　　　　　pr@gobooks.com.tw（公關諮詢部）
傳　　真　出版部　(02) 27990909　行銷部 (02) 27993088
郵政劃撥　19394552
戶　　名　英屬維京群島商高寶國際有限公司台灣分公司
發　　行　英屬維京群島商高寶國際有限公司台灣分公司
初版日期　2021年 5 月

原書名：雪中悍刀行（14）杯中起漣漪
本作品中文繁體版通過文化部核准，核准字號文化部部版臺陸字第109071號。

國家圖書館出版品預行編目(CIP)資料

雪中悍刀行第三部（一）杯中起漣漪 / 烽火戲諸侯著. -- 初版. -- 臺北市：高寶國際出版：高寶國際發行, 2021.05
面；　公分. --（戲非戲；DN256）

ISBN 978-986-506-067-1（平裝）

857.7　　110003992

GOBOOKS
& SITAK
GROUP©